Er reißt ihnen das Herz heraus.
Er vergräbt es im Wald.
Dann pflanzt er Blumen.

Als Heather Evans den Nachlass ihrer Mutter ordnet, findet sie viele Briefe von Michael Reave, einem vor über 20 Jahre verurteilten Serienkiller. Bis die Polizei ihn schnappen konnte, hatte er mehrere junge Frauen auf bestialische Weise ermordet.
Doch jetzt werden wieder junge Frauen getötet. Auf die gleiche Weise wie damals. Die erste Leiche findet man in einem ausgehöhlten Baumstumpf. Und dort, wo eigentlich das Herz schlagen sollte, stecken Blumen. Genau wie damals. Woher kannte ihre Mutter Reave? Weiß er etwas über deren Suizid? Als die nächste Leiche gefunden wird, ist es Zeit, Fragen zu stellen. Fragen, die nur der Serienkiller beantworten kann. Doch Heather ahnt nicht, wie gefährlich die Wahrheit und wie nah der Tod ist.

Jen Williams lebt mit ihrem Partner und einer unmöglichen Katze im Südwesten von London. Schon als Kind war sie fasziniert von Drachen, Hexen und gruseligen Märchen. Für ihre Bücher im Fantasy-Bereich wurde sie mehrfach ausgezeichnet. Wenn sie keine Bücher oder Beiträge für Magazine schreibt, arbeitet sie als Buchhändlerin und freiberufliche Redakteurin.

Irene Eisenhut studierte Anglistik und Germanistik. Nach einem Auslandsaufenthalt in den USA, lebt und arbeitet sie seit mehreren Jahren als freie Übersetzerin in Bonn.

Weitere Informationen finden Sie auf www.fischerverlage.de

JEN WILLIAMS

DER HERZGRÄBER

THRILLER

Aus dem Englischen
von Irene Eisenhut

FISCHER Taschenbuch

Aus Verantwortung für die Umwelt hat sich der S. Fischer Verlag zu einer nachhaltigen Buchproduktion verpflichtet. Der bewusste Umgang mit unseren Ressourcen, der Schutz unseres Klimas und der Natur gehören zu unseren obersten Unternehmenszielen.

Gemeinsam mit unseren Partnern und Lieferanten setzen wir uns für eine klimaneutrale Buchproduktion ein, die den Erwerb von Klimazertifikaten zur Kompensation des CO_2-Ausstoßes einschließt.

Weitere Informationen finden Sie unter: www.klimaneutralerverlag.de

FSC www.fsc.org
MIX
Papier | Fördert gute Waldnutzung
FSC® C083411

Erschienen bei FISCHER Taschenbuch
Frankfurt am Main, August 2023

Die Originalausgabe erschien 2021
unter dem Titel ›A Dark and Secret Place‹
bei Harper Collins, London

Redaktion: Silke Reutler
Satz: Fotosatz Amann, Memmingen
Druck und Bindung: CPI books GmbH, Leck
Printed in Germany
ISBN 978-3-596-70846-8

Für Juliet

Die Teufelin auf meiner Schulter, die flüsterte:
Schreib ein gruseliges Buch!

1. KAPITEL

Früher

Licht fiel durch die geöffnete Tür auf das Gesicht des Jungen, und zum ersten Mal wandte er sich nicht davon ab. Seine Arme und Beine waren zu schwer, das Band um seinen Hals zu eng, zu fest. Und es war ja auch nicht so, dass ihn das Abwenden früher auch nur einmal gerettet hätte.

Die Gestalt im Licht verharrte, als würde sie die Veränderung in seinem Verhalten bemerken. Dann beugte sie sich herunter, um den Lederriemen mit groben, ruckartigen Bewegungen zu öffnen. Das Band löste sich, und die Gestalt fasste nach seinem Kopf, um ein dickes Büschel seines schwarzen Haars zu packen, dicht an der Wurzel.

Noch Jahre später würde er nicht erklären können, was in dem Moment anders gewesen war. Ausgehungert und müde, die Knochen schwer, die Haut voller Blutergüsse, hatte er geglaubt, dass er sich mit dieser Realität seines Daseins abfinden müsste. Aber als die Finger dieses Mal sein Haar verdrehten und die Nägel über seine Kopfhaut kratzten, *erwachte* etwas in ihm.

»Du kleine Bestie«, sagte sie geistesabwesend. Ihre Gestalt füllte die Schranktür aus, so dass kaum Licht hineindrang. »Du dreckige kleine Bestie. Du stinkst, weißt du das? Du schmutziges kleines Miststück.«

Vielleicht erkannte sie im allerletzten Augenblick, was sie in ihm geweckt hatte, denn für den Bruchteil einer Sekunde flackerte in ihr ein Gefühl auf und zuckte über ihr blasses, teigiges Gesicht. Möglicherweise hatte sie etwas in seinen Augen gesehen, einen Blick, der ihr fremd war, denn der Junge sah deutlich, wie sie panisch auf den Riemen schaute.

Doch da war es schon zu spät. Er sprang auf, den Mund weit aufgerissen, die Hände zu Krallen gespreizt. Kreischend wich sie zurück. Hinter ihr war direkt der Treppenabsatz – daran konnte er sich aus der Zeit vor dem Schrank noch dunkel erinnern – auf dem sie beide krachend landeten. Der Junge brüllte, die Frau schrie. Obwohl jener Moment des Fallens ausgesprochen kurz war, brannten sich einige Eindrücke in sein Gedächtnis ein: der Schmerz, der ihn durchzuckte, als sie ihm ein Büschel Haare aus der Schläfe riss; das gewaltige Gefühl, das ihn erfasste, als er stürzte, und der wilde Taumel, der ihn erfasste, als seine Krallen – seine Nägel – sich in ihre Haut bohrten.

Sie schlugen auf dem Boden auf. Anschließend Stille. Es schien niemand sonst im Haus zu sein. Keine lauten Stimmen, keine spitzen Finger, kein warnendes aufleuchtendes Rot. Die Frau, seine Mutter, lag unter ihm, in seltsamen Verrenkungen, ihr Hals überspannt und unverhüllt, als versuche sie, ihn zu besänftigen. Der rechte Unterarm war abgeknickt, und ein Knochen, der entsetzlich weiß unter ihrer gräulichen Haut hervorstach, zeigte zum Fenster. Der Ärmel ihres gelben Kittels hatte sich um ihn verfangen.

»Muh?«

Ein dünnes Rinnsal von Blut lief aus ihrer Nase und aus ihrem Mund, und ihre Augen – grün wie seine – blickten auf eine Stelle über seinem Kopf. Vorsichtig legte er eine Hand auf ihren Mund und ihre Nase und drückte zu, während er fasziniert beobachtete, wie die Haut sich dadurch zusammenschob und Falten warf. Er legte sein ganzes Gewicht in seinen Arm, drückte noch fester zu und spürte, wie ihre Lippen aufplatzten, als sie gegen ihre Zähne gepresst wurden und …

Er hielt inne. Er musste nach draußen.

Es war ein kalter grauer Morgen. Herbst, vermutete er. Das Licht brannte in seinen Augen, aber nicht so sehr, wie er es erwartet hatte. Sie schienen es vielmehr aufzusaugen, während er den Blick mit einem wachsenden Gefühl des Friedens über den Himmel und die trostlose Landschaft wandern ließ. Da war der Wald, in dem er früher gespielt hatte, und dessen Laub sich braun und rot färbte. Dort die Felder, deren Böden vom Regen dunkel waren. Und dort die Wirtschaftsgebäude, die sein Vater hatte verfallen lassen. Irgendwo dahinter lag eine befestigte Straße, aber der Weg bis dorthin war weit. Die Leiche seiner Mutter, die er bis auf das struppige Gras hinter sich hergezogen hatte, sah schon viel hübscher aus – hier draußen war sie etwas anderes. Er griff nach ihren Fußgelenken und zerrte sie noch weiter über den Feldweg auf den brachliegenden Acker dahinter.

»Hier.« Er öffnete den Mund, um noch mehr zu sagen, doch er konnte nicht. Das Gras, das sie wie ein Kissen umrahmte, war feucht, und er konnte das Leben darauf spüren; kleine Fliegen und Käfer, das fröhliche Interesse der Würmer. Der Junge kniete sich neben sie hin und spürte eine riesige Wut in sich aufsteigen. Sie war wie eine Landschaft, die seinen ganzen Horizont einnahm. Eine Zeitlang war er losgelöst von sich selbst und sah nichts, außer dieser roten Wut. Hörte nichts, außer tosendem Donner. Er kehrte erst wieder zu sich selbst zurück, als ihn ein höfliches Hüsteln hinter ihm zusammenschrecken ließ. Seine Arme waren bis zu den Ellenbogen mit Blut besudelt, und in seinem Mund schmeckte es nach Metall. Zwischen seinen Zähnen klebte etwas.

»Was haben wir denn hier? Wer ist denn das?«

Ein Mann stand im Gras, groß und mit breiten Schultern. Er trug einen Hut und betrachtete den Jungen mit einer Art leisen Neugier, als wäre er gerade jemandem begegnet, der einen Drachen bastelte oder mit Murmeln spielte. Der Junge verharrte. Der Mann gehörte zwar nicht zum Haus, aber das bedeutete nicht, dass der Junge ungestraft davonkommen würde. Natürlich würde er bestraft werden. Als er den Blick senkte, um zu sehen, was er mit seiner Mutter gemacht hatte, verschleierte sich seine Sicht.

»Jetzt nimm's doch nicht so schwer!« Der Mann machte einen Schritt auf ihn zu, und der Junge bemerkte zum ersten Mal, dass der Fremde einen Hund dabeihatte. Einen riesigen schwarzen Hund mit zotteligem Fell und gelbbraunen Augen, die auf ihn gerichtet waren. Sein Atem dampfte leicht in der kühlen Morgenluft. »Weißt du, ich hatte völlig vergessen, dass die Reaves' einen Jungen hatten, aber hier bist du. In der Tat, hier bist du.«

Der Junge öffnete den Mund und schloss ihn wieder. Die Reaves', die Reaves' waren seine Familie, und sie würden böse auf ihn sein.

»Und was für eine Kreatur du doch bist.« Der Junge zuckte zusammen und erinnerte sich, wie seine Mutter ihn genannt hatte. »Bestie«, »Miststück« und »Dreckskerl«, doch der Mann klang erfreut. Als der Junge aufblickte, schüttelte er sanft seinen Kopf. »Du kommst mit mir mit, mein kleiner Wolf. Mein kleiner Barghest.«

Der Hund öffnete das Maul, und eine lange rosa Zunge kam zum Vorschein. Nach einem Augenblick begann er, das Blut vom Gras zu lecken.

2. KAPITEL

Frierend, müde und nicht in der Stimmung, plumpe Freundlichkeiten auszutauschen, zwang sich Heather, höflich zu lächeln. Einen Moment später überdachte sie das noch einmal und ließ es bleiben – zu viel zu lächeln würde in einer Zeit wie dieser eher unangemessen wirken. Und außerdem war sie sich nur zu bewusst, dass sie ungefähr so willkommen war wie ein Hundehaufen in einem Schwimmbecken.

»Danke, dass Sie auf mich gewartet haben, Mr. Ramsey. Das ist sehr nett von Ihnen.«

Mr. Ramsey warf ihr einen finsteren Blick zu.

»Wenn du öfter hier gewesen wärst, hättest du vermutlich einen eigenen Schlüssel zum Haus deiner Mutter.« Er schniefte und ließ mit einem einzigen bronchialen Geräusch durchblicken, was er von Heather Evans hielt. »Deine arme Mutter. Ich … ich weiß, wie traurig das alles ist. Sehr traurig sogar. Einfach eine schreckliche Sache, das Ganze.«

»Ja, das stimmt.« Heather wiegte die Schlüssel in der Hand, während sie auf die hochragenden Bäume und die Sträucher schaute, die das Haus vor der Straße verbargen. »Lassen Sie sich von mir nicht aufhalten, Mr. Ramsey.«

Er versteifte, und die Tränensäcke unter seinen Augen nahmen einen noch dunkleren Farbton an. Heather blieb stumm, und die Stille legte sich wie ein Tuch über diesen wolkenverhangenen Morgen. Sie konnte an seinem Gesicht erkennen, dass er sich gerade fragte, ob er ihr einmal gehörig die Meinung sagen sollte. Aber schließlich drehte er sich um und ging zurück zu seinem Haus.

Heather stand noch einen Augenblick lang da, holte tief Luft und lauschte der Stille. Balesford war ein Ort mit frei stehenden, weit auseinanderliegenden Einfamilienhäusern und hohen Zäunen, mit Menschen, die sich alle gespenstig ähnlich sahen und gleich sprachen. Diese an Kent grenzende Gemeinde gehörte eigentlich noch zu London, war aber nicht mehr als ein blutleerer Ableger – keine Farbe, kein Leben.

Sie seufzte und klimperte mit den Schlüsseln in der Hand, bevor sie noch einmal tief Luft holte und zum Gartentor ging, das sich hinter den riesigen immergrünen Sträuchern verbarg. Auf der anderen Seite befand sich ein gepflegter Rasen mit leicht zugewachsenen Blumenbeeten, und ein Kiesweg führte zum Haus. Nichts an der Umgebung erschien außergewöhnlich. Und ganz bestimmt nicht ungewöhnlich. Trotzdem spürte Heather, wie ihr Magen sich zusammenzog, als sie durch den Garten ging. Das Haus wirkte nicht einladend, hatte es noch nie. Langweiliger Kieselrauputz rahmte trostlose Fenster ein und deutete auf ein Gebäude hin, das verschlossen war und für immer verschlossen bleiben würde. Auf dem Boden neben der Eingangstür, die in einem farblosen Beige gestrichen war, stand ein großer Terrakottatopf, gefüllt mit schwarzer Erde. In die glatte orangefarbene Oberfläche war ein Herz eingeritzt, seine Linie war zackig und überschnitt sich an der Spitze. Heather runzelte die Stirn – sie hätte nicht gedacht, dass ihre Mutter etwas für Rustikales übrig hatte – und warum war der Topf leer? Es passte nicht zu ihrer Mutter, etwas unfertig zu lassen … ein aberwitziger Gedanke, wenn man bedachte, wie alles zu Ende gegangen war. Einen Augenblick lang befürchtete Heather loszuheulen, genau da, auf dieser Treppenstufe. Stattdessen zwickte sie sich schnell in den Arm, und die Tränen wichen zurück. *Dafür ist jetzt keine Zeit.* Sie entdeckte ein paar Federn auf dem Boden, wahrscheinlich von einer Taube, verzog das Gesicht und stieß sie mit der Spitze ihres Joggingschuhs weg, während sie den richtigen Schlüssel im Bund suchte.

Als sie die Tür öffnete, rutschten Briefe und ein Haufen Werbung über den Boden. Sie trat in eine stille, verstaubte Diele. Es war später Vormittag, doch der düstere Septemberhimmel und die hohen Bäume im Garten hüllten das Haus schon in dunkle Schatten. Eilig knipste sie sämtliche Lichtschalter an, die sie sah, und blinzelte, als ein kitschiger Lampenschirm zu pastellfarbenem Leben erwachte.

Das Wohnzimmer war aufgeräumt und staubig. Nirgends eine schmutzige Tasse, kein aufgeschlagenes Buch auf dem Sofa. Ein alter roter Mantel, dessen dicke Wolle an den Ärmeln von kleinen Knötchen überzogen war, hing über der Rückenlehne eines Stuhls. Die Küche präsentierte sich in einem ähnlichen Zustand. Alles sauber und aufgeräumt. Ihre Mutter hatte selbst den Kalender auf das Septemberblatt umgeschlagen, stellte Heather fest, obwohl sie gewusst hatte, dass sie den Rest des Monats nicht mehr erleben würde.

»Was hatte das denn für einen Sinn, Mum?« Sie fuhr mit den Fingern über die glatten Seiten und bemerkte, dass in den kleinen Kästchen nichts stand. Keine Notizen wie: Milch abbestellen/mich umbringen.

Heather stieg die Treppe hinauf, die Schritte gedämpft durch den Teppich. Das Schlafzimmer war genauso adrett wie der Rest des Hauses. Der Frisiertisch ihrer Mutter war ordentlich und sauber. Verschiedene Glastiegel mit Cremes und Parfümflakons standen nebeneinander aufgereiht wie Soldaten, und eine Haarbürste und ein altmodischer Handspiegel lagen daneben. Heather setzte sich hin. Ihr Blick wanderte über die Bürste, bei der ihre Mum nicht so sorgfältig gewesen war, nicht so penibel. Zwischen den Borsten hingen feine blonde Haare und auch ein paar drahtige graue.

Organisches Material, dachte Heather. Dieser Begriff, gewichtig und giftig, schien sich aus irgendeinem Grund in ihr festzusetzen. *Du hast organisches Material hinterlassen, Mum. Hast du das gewollt?*

Ein zusammengeknülltes, leicht vergilbtes Stück Papier mit einer engen Schrifttype darauf war das Einzige, was auf dem Frisiertisch fehl am Platz wirkte. Heather hob es auf, um sich von der Haarbürste abzulenken, und strich es glatt. Sie rechnete damit, auf die Seite eines von ihr verfassten Artikels zu schauen – ihre Mutter hatte zwar keinen engen Kontakt zu ihr gehabt, doch Heather war sich sicher, dass sie die Karriere ihrer Tochter trotzdem immer noch kritisch beobachtet hatte –, aber ihre Vermutung stellte sich als ein Irrtum heraus. Sie blickte vielmehr auf eine Seite aus einem Buch, nach der Schrift und der Beschaffenheit des Papiers zu urteilen, ein ziemlich altes Buch. Ein Holzschnitt war darauf abgebildet, und er stellte etwas dar, das sie erst nach intensivem Betrachten erkannte – eine Ziege oder ein Lamm schien sich über ein anderes Tier zu beugen. Vielleicht über einen Hund? Der Bauch dieses Tiers war aufgeschlitzt, und ein paar kleinere Ziegen schoben Steine in die merkwürdig sauber aussehende Öffnung. Heather überflog den Text, aus dem sie erfuhr, dass der Wolf durstig war, als er aufwachte, und zum Fluss ging, um zu trinken …

Die Seite stammte aus einem Märchenbuch, doch was ihre Mutter damit gewollt hatte, konnte sie sich nicht erklären. Colleen hatte die althergebrachten, blutrünstigen Erzählungen nie gemocht. Heathers Gutenachtgeschichten hatte aus einer strengen Diät aus glücklichen Ponys und Mädchen in Internaten bestanden. Die Seite löste ein ungutes Gefühl in ihr aus: das seltsame Bild, die Art, wie es auf dem Tisch zusammengeknüllt zurückgelassen worden war. Wollte ihre Mutter überhaupt, dass sie es entdeckte?

»Wer weiß schon, was du gedacht hast? Du musst … du musst den Verstand verloren haben …«

Heather kam das Zimmer plötzlich sehr warm und eng vor, die Stille darin zu laut. Sie stand auf, leicht zittrig, und stieß dabei so fest gegen den Frisiertisch, dass eine Parfümflasche umkippte – der Verschluss fiel heraus, was sie noch mehr erschrecken ließ.

»Mist.«

Der Duft breitete sich im Zimmer aus, blumig und schwer, und erinnerte sie an die Leichenhalle. Vor allem an den Warteraum, der mit mehreren geschmackvollen Blumengestecken bestückt gewesen war, als könnten sie einen von dem, was man gleich zu sehen bekommen würde, ablenken. Sie schüttelte den Kopf. Es war wichtig, sich nicht darauf zu fixieren. Das hatte Terry gesagt, ihre Mitbewohnerin. Denk nicht an den Geruch, denk nicht an den Wind, der über einsame Klippen peitscht, und denk auf keinen Fall an die besondere Wirkung, die ein Tropfen auf das *organische Material* einer Leiche hat, der sehr langsam darauf hinabfällt …

»Mist. Ich brauche frische Luft.«

Heather stopfte das zerknüllte Papier in eine Schublade, in der sie es nicht sehen konnte, und stapfte die Treppe wieder hinunter. Sie war auf dem Weg zur Hintertür, als es vorne an der Haustür klingelte.

Das enge, schlechte Gefühl in ihrer Brust wurde augenblicklich durch Wut ersetzt. Wahrscheinlich war es jemand, der etwas verkaufen oder für einen wohltätigen Zweck sammeln wollte. Oder der verdammte Mr. Ramsey. Sie stürmte zur Tür und genoss bereits den Blick des Eindringlings, wenn sie sagen würde: *Was fällt Ihnen ein, sehen Sie nicht, dass ich trauere?*, als sie völlig unerwartet eine große, gut gekleidete, ältere Frau vor sich stehen sah. Sie hielt keine Broschüre oder Spendenbüchse in der Hand, sondern eine zugedeckte Auflaufform, und in ihrem Blick lag Mitgefühl.

»Ähm, kann ich Ihnen helfen?«

»Heather? Aber natürlich, Sie sind es.« Die Frau lächelte, und Heather merkte, wie ihre Wut verflog. Die Fremde hatte graues, sehr kurz geschnittenes Haar. Eine Frisur, die den meisten Menschen nicht schmeichelte, doch sie hatte auffallend gut geformte Wangenknochen und ein schmales, hübsches Gesicht. Heather konnte ihr Alter nicht schätzen. Sie war eindeutig alt, älter als ihre Mutter, aber ihre Haut hatte fast keine Falten, und ihre hellgrauen Augen waren klar und wach. *Mary Poppins*, schoss es Heather durch den Kopf. *Sie erinnert mich an Mary Poppins.* »Ich bin Lillian, meine Liebe, und wohne ein paar Häuser weiter. Ich wollte nur kurz vorbeischauen und mich vergewissern, dass Sie zurechtkommen.« Sie hob die Auflaufform an, nur für den Fall, dass Heather sie noch nicht gesehen hatte. »Kann ich das irgendwo abstellen?«

Heather trat schnell von der Tür zurück. »Entschuldigung, natürlich. Kommen Sie herein.«

Die Frau bewegte sich geschmeidig durch den Flur und marschierte zielstrebig zur Küche, woraus zu schließen war, dass sie sich im Haus auskannte.

»Das ist nur ein Eintopf«, verkündete Lillian, während sie die Schüssel auf die Arbeitsplatte stellte. »Lamm, Möhren, Zwiebeln und so weiter. Sie sind doch keine Vegetarierin, oder, meine Liebe? Nein? Das habe ich mir gedacht. Gut. Wärmen Sie das Gericht im Ofen auf.« Als sie Heathers Miene sah, lächelte sie erneut. »Ich weiß, wie man sich in einer solchen Situation fühlt. Da vergisst man leicht, richtig zu essen. Aber damit tut man sich überhaupt keinen Gefallen. Sehen Sie zu, dass Sie abends immer etwas Warmes in den Bauch bekommen. Colleen war eine liebe Freundin. Sie würde sich die Haare einzeln ausreißen, wenn sie wüsste, dass Sie deswegen vom Fleisch fallen.«

Heather nickte, bemüht, etwas Passendes zu erwidern.

»Wie freundlich von Ihnen, an mich zu denken, äh, Lillian. Haben Sie meine Mum gut gekannt? Ich meine, Colleen. Sie wohnen hier in der Gegend? Dann sind Sie wohl vor ein paar Jahren hierhergezogen, oder?« Sie dachte an ihre Kindheit und an die wenigen Besuche, die sie ihrer Mutter als Erwachsene abgestattet hatte, und versuchte, sich an Lillian zu erinnern. Doch die Frau kam ihr nicht bekannt vor.

»Gleich um die Ecke«, antwortete Lillian und sah sich in der Küche um, als könnte sie jedes Staubkorn ausmachen, für das Colleen sich geschämt hätte. Obwohl sie für Mr. Ramsey sofort nur Verachtung verspürt hatte, fand sie die Vorstellung, Lillian zu enttäuschen, seltsam beunruhigend. »Colleen und ich haben hin und wieder einen Nachmittag miteinander verbracht, Tee getrunken und über Dinge gesprochen, über die alte Damen eben so sprechen.«

Heather nickte, wenngleich sie es merkwürdig fand, an ihre Mutter als »alte Dame« zu denken.

»Welchen Eindruck hat sie auf Sie gemacht? In den vergangenen Wochen?« Die Frage schien Lillian zögern zu lassen, und so versuchte Heather, entspannter zu wirken, indem sie die Arme nicht mehr länger verschränkte, sondern sie locker herunterhängen ließ. »Wissen Sie, ich habe sie nicht so häufig gesehen, wie ich sie hätte sehen sollen. Für mich ist das alles ein ziemlicher Schock.«

»Sie war eine starke Frau, Ihre Mutter. Erstaunlich stark sogar. Aber, na ja, das ist wohl eine Generationssache. Menschen in meinem Alter sprechen nicht über Gefühle.« Lillian lächelte zaghaft. »Wir tun das einfach nicht, und wenn Colleen Probleme hatte, dann habe ich leider nichts davon gewusst.«

Heather dachte an die zusammengeknüllte Buchseite auf dem Frisiertisch und an das gequälte Gesicht des Polizisten, als er ihr den Ehering ihrer Mutter in die Hand drückte.

»Meine Mutter hat also nichts gesagt, was Ihnen merkwürdig vorgekommen wäre? Sie hat sich nicht seltsam verhalten?«

»Du liebe Güte.« Lillian senkte ihren Blick auf die Arbeitsplatte, als hätte Heather gerade ein unanständiges Wort im Beisein eines Pfarrers gesagt. »Colleen hat erwähnt, dass Sie Journalistin sind, aber …«

»Tut mir leid, ich …« Heather sah weg und lächelte zaghaft. *Ich kann nicht einmal eine zwanglose Unterhaltung führen. Mum hätte das wahrscheinlich witzig gefunden.* »Hören Sie, kann ich Ihnen eine Tasse Tee machen?«

»Nein, danke, meine Liebe«, antwortete Lillian und winkte ab. »Mir würde es nicht im Traum einfallen, Sie jetzt zu belästigen. Ich wollte das hier nur vorbeibringen und kurz nach Ihnen schauen. Wissen Sie, Colleen hat ständig von Ihnen gesprochen.«

»Wirklich?« Heather lächelte wieder, dieses Mal jedoch gezwungen. »Wir sind nicht immer so gut miteinander ausgekommen. Ich war als Kind eine Nervensäge, wie sie Ihnen bestimmt erzählt hat.«

»Oh nein, ganz und gar nicht«, erwiderte Lillian und strich einen Fussel von ihrem Ärmel. »Sie hat ihr Goldmädchen immer nur in den höchsten Tönen gelobt.«

Heather hatte plötzlich den Eindruck, dass Lillian log, nickte aber dennoch. Die Frau drückte Heathers Arm kurz, als sie sich aufmachte zu gehen.

»Wenn es irgendetwas gibt, das ich tun kann, meine Liebe, dann lassen Sie es mich einfach wissen. Wie schon gesagt, ich wohne ganz in der Nähe, und gerne koche und backe ich für Sie oder wasche sogar, wenn Ihnen das gerade alles zu viel ist …« Heather folgte ihr den Flur entlang wie ein Schulkind, das sich verlaufen hat. Die Menschen ließen sich von Lillian wahrscheinlich oft mitziehen, vermutete sie.

»Oh, sehen Sie nur.« Lillian war vor einem kleinen Beistelltisch stehen geblieben, auf dem Colleen ihre Schlüssel und die tägliche Post aufbewahrte. Darauf stand auch ein gerahmtes Foto. Es zeigte Heather als Jugendliche in ihrem alten Zimmer. Sie saß auf dem Bett, groß und schlaksig, das Haar hing ihr vor den Augen, und sie hielt eine Auszeichnung in der Hand, die sie in der Schule erhalten hatte. Für einen Aufsatz, eine Kurzgeschichte, an die Heather sich nicht mehr erinnern konnte. Es schnürte ihr die Kehle zu, als sie das Foto sah – es war nur wenige Wochen vor dem Tod ihres Vaters aufgenommen worden, und die Beziehung zwischen ihr und ihrer Mutter hatte begonnen zu vergiften.

»Das ist mein Lieblingsfoto von Ihnen«, sagte Lillian und klang erfreut, was sich Heather nicht erklären konnte. »Ist es nicht bezaubernd?«

Heather öffnete den Mund, ohne recht zu wissen, was sie sagen sollte. Sie hatte keine Ahnung, warum ihre Mutter das Bild überhaupt gerahmt hatte, und erst recht nicht, warum diese Fremde so begeistert davon war, denn sie machte ein mürrisches Gesicht darauf und trug ein viel zu großes T-Shirt von Akte X.

»Na gut, jetzt halte ich Sie nicht länger auf.« Lillian war schon zur Tür hinaus, ihre sauberen weißen Schuhe knirschten auf dem Kies. »Und denken Sie daran, meine Liebe, egal, was Sie brauchen, lassen Sie es mich wissen.«

Heather hob die Post vom Boden im Flur auf und warf sie auf die Arbeitsplatte in der Küche. Viele Werbeprospekte, ein paar Rechnungen, Speisekarten von verschiedenen Lieferservices. Stirnrunzelnd sortierte sie die Briefe aus, um die sie sich kümmern müsste, und warf den Rest in den Mülleimer. Irgendetwas Verdorbenes musste sich darin befinden – irgendwelche Essensreste, wahrscheinlich die der letzten Mahlzeit ihrer Mutter –, und der Geruch nach vergammeltem Fleisch stieg ihr in die Nase und schlug ihr auf den Magen. Heather hatte plötzlich das Gefühl, sich übergeben zu müssen und stürzte zur Hintertür. An der frischen Luft würde es ihr bestimmt sofort besser gehen.

Hohe Tannenbäume verstellten die Sicht auf die Nachbarn. In ihrer Kindheit – als sie auch hier gelebt hatte und ihrer Mutter ständig zwischen den Beinen herumgelaufen war – waren diese Bäume noch sehr viel kleiner gewesen und hatten sehr viel freundlicher gewirkt. Jetzt verdunkelten sie den Garten, schützten Heather vor fremden Blicken und hielten die Welt da draußen fern. Vor der Hintertür gab es eine kleine Fläche aus Beton, auf der zwei schmiedeeiserne Stühle, ein Tisch und ein weiterer Blumentopf mit leerer Erde standen. *Leer*. An der frischen Luft fühlte sie sich etwas besser. Heather fragte sich, warum sie überhaupt im Haus herumgewandert war, in Zimmer geschaut, Fotos betrachtet und auf Frisiertischen herumgestöbert hatte. *Weil ich nachsehe, ob sie auch wirklich nicht da ist,* dachte sie und zuckte zusammen. *Weil ein Teil von mir noch immer glaubt, dass sie im Bad sein könnte und die Toilette schrubbt. Oder dass sie im Wohnzimmer sitzt und fernsieht. Ich suche nach Geistern.*

»Verdammter Mist.« Sie holte tief Luft und wartete darauf, dass die Übelkeit nachließ. »Was für ein schreckliches Chaos, Mum. Ehrlich.«

Ihre Gedanken wanderten zurück zu der zerknüllten Seite, und sie fragte sich, in welchem geistigen Zustand ihre Mutter gewesen sein musste, ehe sie sich das Leben genommen hatte. Was war ihr durch den Kopf gegangen? Heather hatte Schwierigkeiten, sich vorzustellen, wie ihre Mum – eine Frau, die pedantisch war, was den Einsatz von Untersetzern und Lesezeichen anging – eine Seite aus einem Buch herausriss, und erst recht, wie sie die zusammenknüllte, als sei sie Müll. Doch genau das war der dunkle, düstere Kern, die beängstigende Wahrheit, der Heather nicht ins Auge sehen wollte: ihre Mutter war nicht bei Verstand gewesen. Etwas musste Besitz von ihr ergriffen und sie ihrer Vernunft beraubt haben. Ein grausamer, tödlicher Fremder, der sich in dem Kopf ihrer Mutter eingenistet hatte. »Nichts von dem ergibt für mich Sinn. Nichts davon.«

Kurz nachdem sie angerufen worden war, um die Leiche ihrer Mutter zu identifizieren, hatte die Polizei sie mit einem Seelsorger in Kontakt gebracht, der sehr freundlich gewesen war und sich viel Zeit genommen hatte. Er hatte über Schock gesprochen und darüber, wie gut Menschen eine ernste Depression verheimlichen konnten, selbst vor den engsten Angehörigen. Heather hatte geduldig zugehört und über ihre eigene Taubheit hinweg genickt. Obwohl sie verstanden hatte, was der Seelsorger ihr sagen wollte, hatte sich das selbst in dem Augenblick … falsch angefühlt. Diese alten Instinkte waren aufgeflackert. Die, die ihr sagten, wann an einer Geschichte etwas dran war und wann nicht.

»Du bist lächerlich«, sagte sie zu sich selbst und hörte, wie kalt und schwach ihre Stimme klang. »Paranoid.«

Ein Auto hupte irgendwo auf der Straße vor dem Haus, und sie zuckte zusammen. Dicke Tränen liefen ihr über die Wangen, die sie gereizt mit dem Handrücken wegwischte. Nach einem Augenblick zog sie ihr Handy aus der Hosentasche. Im Display leuchtete ihr eine Textnachricht entgegen.

Hallo Fremde – man sagt, du seist wieder in Balesford. Wollen wir uns treffen? Ich war so traurig, als ich das von deiner Mum gehört habe. Ich hoffe, du bist okay. xxx

Nikki Appiah. Heathers Blick wanderte über die dunklen

Bäume, und sie fragte sich, ob die Nachbarn hinter ihren Gardinen standen, sie beobachteten um sich gegenseitig Bericht zu erstatten. Sie schniefte und blinzelte die Tränen weg, bevor sie eine Antwort tippte.

Bist du bei der Nachbarschaftswache, oder was? Ja, ich bin für ein paar Tage hier. Hast du jetzt Zeit? Wollen wir uns im Spoons *treffen? Ich brauche einen Drink.*

Sie hielt inne und fügte dann ein grüngesichtiges, kotzendes Emoticon hinzu.

Nikkis Antwort poppte fast augenblicklich auf.

Es ist elf Uhr morgens, Hev. Aber ja, lass uns in der Stadt treffen. Es ist schon viel zu lange her und ich freu mich, dein Gesicht zu sehen (auch wenn's grün ist). In einer Stunde? xxx

Heather steckte das Handy weg. Der Himmel verdunkelte sich, und die Luft nahm einen säuerlichen, mineralischen Geruch an – es würde bald regnen. Ihr würde es guttun, wenn sie irgendwo anders war. Der Wind wurde stärker und fuhr durch die hohen Sträucher und ließ sie sich hin und her wiegen. Für einen kurzen Augenblick glaubte Heather, zu viel Bewegung dort zu sehen. Als würde etwas im Rhythmus des Winds mitschwingen, um seine Schritte zu verbergen. Sie starrte auf die dunklen Schatten und versuchte, eine Gestalt auszumachen. Nach ein paar Sekunden drehte sie sich um, tat es als Einbildung ab, und ging zur Hintertür. Das Haus wirkte noch immer leer und unergründlich. Eine kleine, irdische Kapsel.

»Was hast du gedacht, Mum?«

Heather kam ihre eigene Stimme fremd und traurig vor. Sie wischte sich die letzten Tränen von den Wangen und ging durch den Flur zur Vorderseite des Hauses hinaus, wo der Mietwagen stand.

3. KAPITEL

Der Wind war im Laufe des Vormittags noch stärker geworden, hatte die grauen Wolken vertrieben und einen blitzblanken Himmel hinterlassen. Es war freundlich, aber kühl. Beverly freute sich, denn ihre Enkel, Tess und James, würden dann zumindest ein paar Stunden im Garten verbringen können. Wie alle Jugendlichen waren sie ständig mit ihren Handys und anderen technischen Geräten beschäftigt. Doch Beverly bemerkte mit Stolz, dass sie die beiden noch immer in ihren Garten locken konnte, wenn das Wetter schön war. Mit diesem Gedanken im Kopf schlüpfte sie in ihre Jacke – immer noch die dünne, der Herbst hatte noch nicht endgültig Einzug gehalten – und ging zum hinteren Tor hinaus. Ihr Garten war wunderschön, hatte aber keine Rosskastanien, wohingegen auf den Feldern weiter draußen zwei Prachtexemplare standen, und sie wollte nachsehen, ob diese bereits ihre Früchte abwarfen.

Sie betrachtete die Baumreihe, die das Feld umschloss und aus Eichen, Birken und Ulmen und den beiden großen Rosskastanien bestand. In der Sonne leuchtete das Laub wie Buntglas, grün, gelb, rot und golden. Und tatsächlich, dort auf dem Gras lagen verstreut die stacheligen grünen Gehäuse. Sie waren aufgeplatzt und offenbarten ihre milchig blassen Innenseiten. Beverly begann, ihre Taschen mit den heruntergefallenen Kastanien zu füllen. Doch sie sammelte nur die Früchte ein, die den Fall unversehrt überstanden hatten und suchte insbesondere nach solchen, die eine flache Seite besaßen und damit besonders gut geeignet waren, den Gegner zu vernichten. Ein- oder zweimal stieß sie auf ein Gehäuse, das nur teilweise aufgeplatzt war. Sie drückte mit ihrem Stiefel auf einen Teil der Gehäuse und lächelte zufrieden, wenn die Kastanien herausquollen, ganz glatt und neugeboren. Eine davon war besonders schön flach.

»Ich glaube, die behalte ich für mich.« Beverly ließ sie in eine Innentasche gleiten. Conkers, das Spiel mit den Kastanien, machte nur Spaß, wenn sie mindestens einen ihrer Enkel schlagen konnte. Es war das Exemplar, das sie gleich danach aufhob, nahe der Wurzeln des großen alten Baums, das sich seltsam anfühlte. Sie verzog das Gesicht, hielt die Kastanie ins Licht und bemerkte die dunkelrote Schliere an ihrem Finger erst, als deren Geruch ihr in die Nase stieg: wie vom Hintereingang der Metzgerei an einem heißen Tag.

Beverly schrie auf und ließ die Kastanie fallen. Das Gras unter ihren Füßen war dunkel: durchtränkt von Blut, wie sie jetzt begriff.

»Das muss dieser verdammte Köter gewesen sein«, sagte sie aufgebracht und hielt ihre schmutzige Hand von sich weg, als hätte sie sie sich verbrannt. »Dieser verdammte Hund hat schon wieder was erwischt.«

Doch sie konnte weder einen zerfetzten Hasen noch einen größeren Vogel sehen – beides hatte sie in der Vergangenheit schon auf den Feldern entdeckt. Stattdessen trat sie näher zu dem Stamm der alten Kastanie und stellt fest, dass aus dessen Wurzeln Blut quoll, als wäre der Baum zur Ader gelassen worden. An seinem unteren Ende befand sich ein großer Hohlraum. Normalerweise war er mit Erde und altem Laub vollgestopft, doch jetzt steckte etwas anderes darin.

»Oh Gott. Oh Gott, nein, oh *Gott* …«

Beverly ließ die Arme sinken, ihre Finger waren taub. Sie blickte in ein Gesicht, in das Gesicht einer Frau. Die Augen geschlossen, der Mund geöffnet, wie zu einem Gebet. Die wächsernen Wangen überzogen dunkle Sprenkel, und Blumen ragten aus den Zähnen. *Rosa Blumen*, stellte Beverly fest. In ihrem Haus würde es nie wieder rosa Blumen geben. *Hundsrosen, nach dem Aussehen zu urteilen.*

Unter den Kopf der Frau waren zwei Füße gequetscht, nackt, bis auf einen silbernen Zehenring und blassrosa Nagellack. Da war auch ein Arm. Die Hand lag mit der Innenfläche nach oben gerichtet auf dem Gras, als würde sie um Hilfe bitten oder jemanden herbeiwinken. Sie konnte sogar den Ärmel einer roten Jacke erkennen, die breiten Knöpfe am Aufschlag waren mit feuchten Tropfen überzogen. Alles war derart eng in die Öffnung gezwängt, dass Beverly die Haarfarbe der Frau oder ihren Oberkörper, wenn er sich überhaupt darin befand, nicht sehen konnte. Aber was sie sehen konnte, war eine Art weicher Vorhang aus violettem, schnurähnlichem Zeug, der zu beiden Seiten des Arms herabhing. In der Rinde über dem Hohlraum war ein Herz eingeritzt, zweifellos die romantische Geste eines Liebenden.

Schlagartig bemerkte Beverly, dass sie drohte, ohnmächtig zu werden. Taumelnd trat sie von dem Baum weg und begann zurück zum Haus laufen, das Gesicht tränennass.

4. KAPITEL

»Der Laden hier war schon immer ein mieser Schuppen.«

Heather stellte die beiden Gläser ab und ließ drei Tüten Chips auf den Tisch fallen. Nikki griff nach der Packung mit Salz- und Essiggeschmack und betrachtete sie kritisch.

»Du wolltest hierhin«, stellte Nikki milde fest. Sie sah aus wie früher. Das schwarze Haar zu ordentlichen Zöpfen geflochten, die Brille etwas schmaler, eine modischere Version der Brillen, die sie in ihrer Schulzeit getragen hatte. Sie hatte sogar einen grob gestrickten marineblauen Pullover an, der Heather unweigerlich an ihre alte Schuluniform erinnerte. »In Balesford gibt es zwar nicht viele angesagte Läden, aber wir hätten schon was Besseres finden können als das *Wetherspoons.*«

»Ach komm, um der guten alten Zeiten willen.« Heather nippte an ihrem Glas und verzog das Gesicht. Sie war bei der Bestellung der Getränke an der Bar in alte Gewohnheiten verfallen und bei dem Drink gelandet, den sie in erster Linie mit ihrer Schulzeit verband – Cola mit Rum. Nikki hatte sich eine Weißweinschorle bestellt, schien aber mehr an den Chips interessiert zu sein. »Tut mir leid, dass ich mich nicht früher bei dir gemeldet habe, aber … die letzten Tage waren völlig chaotisch. Woher weißt du überhaupt, dass ich hier bin? Hast du Spione, die das Haus überwachen? Arbeitest du jetzt beim Geheimdienst, oder was?«

Nikki lächelte und schüttelte den Kopf. »Du weißt doch, dass meine Tante in deiner Straße wohnt, und sie *ist* quasi der Geheimdienst von Balesford. Alle haben bloß darauf gewartet, dass du auftauchst. Und Mr. Ramsey hat dann jedem erzählt, dass du nicht einmal einen Schlüssel zum Haus deiner Mutter hast.« Nikkis Lächeln verschwand. »Es tut mir so leid, Hev. Wirklich. Das ist alles so schrecklich. Wie geht's dir?«

Heather zuckte mit den Achseln, riss eine Tüte Chips auf und wich dem Blick ihrer Freundin aus. Nikki war schon immer die Nette gewesen, die Liebenswürdige, und in das Gesicht eines Menschen zu blicken, der echtes Mitgefühl zeigte, überforderte sie gerade. Insbesondere nach dieser Aufregung im Haus. *Organisches Material.*

»Ich glaub, mir geht's so gut, wie es unter diesen Umständen eben möglich ist. Ich habe mich vorhin im Haus umgesehen und dabei fast ständig gedacht, dass sie gleich doch noch um die Ecke kommen würde, verstehst du? Als ob das alles, ich weiß nicht, ein Schreibfehler ist. Ich …« Heather schnürte es die Kehle zu. Der Raum schien zu schwanken und der Boden unter ihren Füßen zu verschwinden. »Ich war eine ganze Weile nicht mehr zu Hause. Und, na ja, sie war kein Riesenfan von mir, wie du weißt.«

»Darum geht's doch nicht.«

»Stimmt.« Heather trank einen Schluck und blinzelte, als der Rum durch ihre Kehle brannte. Die Spannung in ihren Schultern und die Kopfschmerzen, die sich angeschlichen hatten, ließen nach. »Warum hat sie sich umgebracht, Nikki? Ich begreife das nicht. Das … das fühlt sich nicht richtig an. Es macht keinen Sinn.«

Nikki wirkte leicht befangen. Sie rutschte auf ihrem Stuhl hin und her. Der Pub begann sich zu füllen. Die Leute kamen herein, um das günstige Tagesgericht in ihrer Mittagspause zu essen. Ein Curry, das für fünf Pfund zu haben war. »Tante Shanice wollte zuerst nicht glauben, was Mr. Ramsey ihr da erzählt hat. Sie hat sein Gerede erst als Unsinn abgetan … Heather, Selbstmord zu verstehen ist schwer. Deine Mum muss sehr unglücklich gewesen sein. Vielleicht hatte sie schon lange richtig große Probleme. Und es kann durchaus sein, dass niemand geahnt hat, wie sehr sie litt. Psychische Krankheiten können derart verheerend sein.«

»Ja. Und ich wäre die Letzte gewesen, der sie es gesagt hätte. Es ist nur …«. Heather zuckte mit den Achseln. »Du hast doch meine Mutter gekannt. Sie mochte kein großes Aufheben, ihr war es am liebsten, wenn alles so leise wie möglich verlief. Diese Tat fühlt sich an wie eine große Geste, als wollte sie mir etwas sagen. Oder mich bestrafen.« Heather bemerkte Nikkis Gesichtsausdruck und seufzte. »Ja, ich weiß, das hört sich total klischeehaft an. Ich weigere mich, das Offensichtliche zu akzeptieren, weil die Wahrheit zu unangenehm ist. Also beziehe ich alles auf mich, verdammt nochmal. Aber ich werde einfach das Gefühl nicht los, dass ich irgendwas übersehe. Ist deiner Tante etwas aufgefallen? Ich meine, in letzter Zeit, an meiner Mutter?«

»Hev …« Nikki griff nach Heathers Hand und drückte sie leicht. Heather konnte ihrer Freundin wieder nicht in die Augen sehen. »Manche … Manche Dinge lassen sich einfach nicht nachvollziehen oder auflösen.«

Heather nickte und starrte auf die klebrige Tischplatte.

»Ja, egal. Lass uns nicht weiter darüber sprechen. Das ist alles Unsinn. Wie geht's dir? Ist schon eine Weile her, dass wir zusammen ausgegangen sind. Was machst du denn so? Immer noch unterrichten, nehme ich an?«

»Ja, das stimmt, und dein Gesichtsausdruck sagt mir, dass du entsetzt bist.« Nikki lächelte und nippte an ihrer Weinschorle. »Ich unterrichte mittlerweile am College, Englisch und Geschichte, was du wissen könntest, wenn du meinen Updates auf Facebook jemals Beachtung schenken würdest. Bist du immer noch bei der Zeitung?«

Heather erschrak, was sie zu verbergen versuchte, indem sie sich gleich mehrere Chips in den Mund stopfte und aß. »Hat nicht funktioniert. Ich arbeite seit einiger Zeit freiberuflich, passt besser zu mir.« Noch mehr unangenehme Erinnerungen. Sie kippte den Rest ihres Drinks herunter und zog die Augenbrauen hoch. »Trinken wir noch einen?«

Die beiden verbrachten den Rest des Nachmittags im Pub und stiegen auf Limonade um, als die Ränder des Raums zu verschwimmen begannen. Irgendwann schlug eine von ihnen vor, Essen zu bestellen. Kurz darauf war ihr Tisch voll mit Tellern, Papadamkrümeln und Spritzern grellgelber Currysauce. Sie sprachen von der Schule und kramten all die alten Geschichten aus, die nun einmal bei solchen Gelegenheiten ausgekramt werden. Schließlich trafen die ersten Abendgäste ein, und sie entschieden, dass sie jetzt wohl besser nach Hause gingen – den ganzen Tag im Pub zu verbringen ließe eine Lehrerin nicht wirklich gut dastehen, gab Nikki zu bedenken.

»Wie du meinst, Professorin.«

Draußen war es mittlerweile düster und kalt geworden. Als Nikki ihnen ein Taxi rief, merkte Heather, wie das kleine Arsenal an guter Laune, das sich über den Nachmittag hinweg aufgebaut hatte, in die Dunkelheit verschwand. Sie würde jetzt nicht nach Hause fahren, in ihr unaufgeräumtes, aber dennoch gemütliches Zimmer in ihrer WG mit ihren ebenso unordentlichen Mitbewohnern, sondern in das leere Haus ihrer Mutter, in dem ihr zweifellos eine lange Nacht mit vielen quälenden Erinnerungen und unbeantworteten Fragen bevorstand. Heathers Gefühle mussten sich auf ihrem Gesicht widerspiegeln, denn als Nikki ihr Handy zurück in die Tasche steckte, berührte sie sanft ihren Arm.

»He, das Taxi wird in ein paar Minuten da sein. Alles in Ordnung mit dir?«

Heather zuckte mit den Achseln. Die viele Limonade und Cola rumorten in ihrem Magen, und sie war zu erschöpft, um so zu tun, als ginge es ihr gut.

»Der Abschiedsbrief war wirklich seltsam. Habe ich dir davon erzählt?«

Nikki schüttelte den Kopf, die braunen Augen düster.

»Ich meine, wie du schon gesagt hast, sie war in einer schlechten Verfassung. Da kann man wohl kaum erwarten, dass ein derartiger Brief Sinn macht.« Heather versuchte zu lächeln, doch ihre Lippen wollten ihr nicht gehorchen, also gab sie den Versuch auf. Stattdessen öffnete sie ihre Umhängetasche und zog ein Stück Papier aus einem Notizbuch, blasslila, mit dem Bild eines Zaunkönigs am oberen Rand, neben dem Aufdruck ›*Meine Notizen*‹. Sie trug aus Gründen, die sie nicht genauer hinterfragen wollte, das Blatt mit sich herum, seit die Polizei es ihr zusammen mit den Habseligkeiten ihrer Mutter übergeben hatte. Die krakelige Handschrift von Colleen Evans setzte in der Mitte an. Heather reichte Nikki den Brief, den sie stirnrunzelnd entgegennahm und vorsichtig mit den Fingern glatt strich.

»An euch beide. Ich weiß, dies wird ein Schock sein, und es tut mir leid, dass ihr euch nun mit diesem Chaos auseinandersetzen müsst, aber ich kann nicht mehr damit leben – ihr wisst nicht, was ich weiß, und welche Entscheidungen ich habe treffen müssen. Dies hier ist der Weg der Feiglinge, heißt es – die Menschen, die das sagen, wissen nicht, womit ich gelebt habe, kennen nicht diesen schrecklichen Schatten, der mich immer begleitet hat. All diese Monster im Wald, sie sind nie wirklich verschwunden, nicht für mich. Und vielleicht verdiene ich das hier. Ich bedaure aufrichtig, was auf euch zukommen wird, wozu es auch immer gut sein mag. Was immer ihr auch denken mögt, ich liebe euch beide. Das habe ich immer getan.«

Nikki sagte nichts, sondern presste stattdessen die Lippen aufeinander und blickte auf die Straße. Nach einem Augenblick strich sie sich schniefend eine Träne aus dem Augenwinkel.

»Oh, Hev, das ist schrecklich. Deine arme Mum.«

»Aber, ist dir nichts aufgefallen?« Heather nahm den Brief wieder an sich, faltete ihn und steckte ihn zurück in ihre Tasche. Sie war froh, ihn nicht mehr sehen zu müssen. »*An euch beide.* Ich liebe euch beide. Was bedeutet das? Sie hat außer mir keine Familie mehr. Und dann, was meint sie mit diesen *Entscheidungen*?«

Nikki schüttelte langsam den Kopf. »Okay, das ist seltsam. Aber vielleicht hat sie dich und deinen Vater gemeint? Wenn sie in einer derart schlechten seelischen Verfassung war, hat sie womöglich irgendwie vergessen, dass er schon gestorben ist. Oder … oder diese Zeilen waren auch an denjenigen gerichtet, der ihren Körper gefunden hat, wer immer das auch war.«

»Aber ›an euch beide‹ hört sich so konkret an. Als hätte sie an zwei bestimmte Personen gedacht. Und *Monster im Wald*? Was zum Teufel meint sie damit?« Heather seufzte. »Du hast recht, sie könnte von Dad gesprochen haben. Aber ich hasse diese Ungewissheit. Und jetzt werde ich mich den Rest meines Lebens fragen, wovon sie da redet – als sei ihr Scheißselbstmord nicht schon schlimm genug, hat sie mir obendrein auch noch einen kryptischen, rätselhaften Abschiedsbrief hinterlassen.« Irgendwo bellte ein Hund, und es hatte zu nieseln begonnen. Die Straße war fast menschenleer, weil alle vor dem Regen geflüchtet waren. Nur an der Bushaltestelle stand eine schattenhafte Gestalt und bewegte sich nicht. Ein Bus fuhr donnernd an ihr vorbei, ohne zu halten, und sie wandte ihr Gesicht vom Licht der Scheinwerfer ab.

»Ich verstehe. Du wirst dich nach der Beerdigung besser fühlen, denke ich. Sie sollen einem doch dabei helfen abzuschließen, oder?« Nikki presste die Lippen aufeinander, als sei sie sich selbst nicht sicher, ob das stimmte. »Hast du angefangen …?«

»Oh, das meiste ist geregelt.« Heathers Mund formte sich zu einem kleinen Lächeln. Nikki zu sehen und jemanden zu haben, der einen zu den praktischen Dingen des Lebens zurückführte, tat gut. »In einer Situation wie dieser sind Menschen wirklich hilfsbereit, weißt du das? Aber meine Mutter hatte ihr Handy bei sich … und das hat den Sturz leider nicht überstanden. Deshalb muss ich jetzt ihr Adressbuch finden, falls sie eins gehabt hat. Schreibt man sich heutzutage überhaupt noch Telefonnummern auf? Ich nehme an, wenn jemand, dann meine Mutter.«

»Solltest du etwas brauchen, egal was, sag einfach Bescheid. Meine Mum und Tante Shanice stehen bereit.« Nikki nickte zum Bordstein. »Da kommt unser Taxi.«

Ein paar Stunden später wachte Heather im Gästezimmer ihrer Mutter auf und starrte in völlige Dunkelheit. Panikartig griff sie nach ihrem Handy, das auf dem Nachttisch lag. Das Licht des Displays tauchte den Raum in unterschiedlich graue Schatten. *Du bist nur im Gästezimmer*, ermahnte sie sich, *das sind nur die dämlichen, schweren Vorhänge.* Vor dem Fenster ihres Schlafzimmers zu Hause stand eine Straßenlaterne. Daher war es bei ihr nie richtig dunkel. Doch hier war sie wie blind aufgewacht, durch die zahlreichen Bäume im Garten und die langen, dicht bestickten Gardinen. Leicht zitternd knipste sie die Nachttischlampe an und setzte sich auf, das Handy in der Hand.

Ein Geräusch. Ein Poltern, direkt über ihr. Heather rieb sich die Augen und rief sich in Erinnerung, dass sie eine erwachsene Frau war in einem ihr nicht vertrauten Haus – da musste sie mit seltsamen, ihr Angst einjagenden Geräuschen rechnen. Das Poltern verwandelte sich in eine Art Schlurfen, und sie spürte, wie sie eine Gänsehaut bekam.

»Okay«, sagte sie laut. »Auf dem Dachboden ist ein Vogel. Eine Taube oder nistende Stare, oder sonst was.« Ihre Stimme klang vertraut und normal, und sie nickte sich selbst zu. »Ein Vogel ist nur ein Vogel. Kein Grund zur Beunruhigung.«

Sie blieb noch ein paar Minuten länger liegen, horchte nach den schwachen Geräuschen und wurde immer ungehaltener. Schließlich warf sie die Bettdecke zurück und stapfte auf den Flur. Vielleicht würden ihre lauten Schritte den Vogel erschrecken und dazu bringen wegzufliegen, dachte sie. Nachdem sie die letzten Minuten in dem hellen Licht der Nachttischlampe gelegen hatte, erschien der Treppensatz besonders finster. Heather blinzelte mehrfach und wartete darauf, dass ihre Augen sich an die Dunkelheit gewöhnten. Es war kalt, der Teppich unter ihren nackten Füßen seltsam eisig.

»Dieses verdammte Haus.«

Die Falltür zum Dachboden war nur als schwacher Umriss in der Decke zu erkennen. Heather blieb darunter stehen, und die schlurfenden und klappernden Geräusche hörten schlagartig auf, als wäre sie bemerkt worden. Immer noch neugierig und sehr viel wacher als noch vor ein paar Minuten, verharrte sie eine Weile an der Stelle, lauschte und rieb sich gelegentlich die Arme. Es war derart kalt, dass sie schon fast glaubte, ihren eigenen Atem zu sehen.

Das Haus war völlig still. Selbst das übliche Knacken und Knirschen eines Gebäudes schienen aufgehört zu haben.

Als Heather sich umdrehte, um zurück ins Gästezimmer zu gehen, erblickte sie das Fenster am Ende des Treppenabsatzes. Sie nahm eine Bewegung wahr, nur einen Augenblick lang, als würde sie von den Bäumen aus beobachtet werden. Weit aufgerissene Augen, leuchtend und ganz und gar nicht menschlich, starrten sie durch die dunkle Scheibe an.

»Was …«

Eine Sekunde später wehte ein Windstoß durch die Bäume und das, was auch immer dieses Trugbild herbeigeführt hatte, löste sich in Nichts auf. Denn *das muss es gewesen sein,* sagte sie zu sich selbst. *Deine Augen spielen dir einen Streich, du Trottel.* Trotzdem trat sie ans Fenster und spähte hinaus. Doch außer den Straßenlaternen, die durch die Äste der Bäume schienen, und dem Mondlicht, das seltsame Umrisse und undeutliche Formen schuf, war nichts zu sehen.

Wütend auf sich selbst, ging sie zurück ins Bett. Die Nachttischlampe ließ sie bis zum Morgen eingeschaltet. Obwohl sie in dieser Nacht keine Geräusche mehr hörte, kehrten ihre Gedanken immer wieder zu ihnen zurück. Und wenn sie dann einmal schlief, träumte sie von Federn, flaumig und braun, und von dem runden Gesicht ihres Vaters, puterrot vor Zorn.

5. KAPITEL

Der nächste Morgen war für Heather nicht erfreulich.

Sie hatte gewusst, dass das Haus ihrer Mutter viele unangenehme Gefühle heraufbeschwören würde. Und so war sie nicht im Geringsten überrascht, als sie in diesem ungewohnten Bett aufwachte und den Eindruck hatte, ein Tuch des Elends hätte sich über sie gelegt. Ihr Vater hatte dieses Zimmer früher als Abstellkammer benutzt und all seinen Krimskrams darin aufbewahrt – alte Autohandbücher, große Plastikeimer, um Bier zu Hause zu brauen und eine riesige Tiefkühltruhe, die ihre Mutter vollgestopft hatte mit Fertiggerichten und Fürst-Pückler-Eis. Heather hatte diesen Raum als Kind geliebt und war davon überzeugt gewesen, dass er alle Geheimnisse ihres Vaters barg. Jetzt war es ein kleines Gästezimmer, sauber und ohne jede Persönlichkeit. Trotzdem spürte Heather ihre Mutter noch immer überall – in dem Stapel Handtücher auf dem Hocker, in dem Zierdeckchen auf der Fensterbank und in der leeren Vase. Es war zu kalt und zu still, und so stand sie auf, drehte die Heizung auf die höchste Stufe und schaltete den Fernseher und das Radio ein. Als ein beruhigender Geräuschpegel entstanden war, machte sie sich eine Tasse starken Tee, setzte sich an den Küchentisch und begann, eine Liste der zu erledigenden Aufgaben zu erstellen.

Sie fand, zu ihrer eigenen Überraschung, das Adressbuch ihrer Mutter sofort. Es lag, fast schon in Vergessenheit geraten, in einem Zeitungsständer im Wohnzimmer. Sie rief all die Menschen an, die angerufen werden mussten, überbrachte ihnen die schlechte Neuigkeit und nahm Beileidsbekundungen entgegen. Als diese unangenehme Angelegenheit erledigt war, fand sie sich auf der Treppe wieder auf dem Weg nach oben. Ihre Hand ruhte auf dem Türknauf ihres alten Zimmers. Sie unterdrückte ein Seufzen und trat hinein. Es war noch immer als ihr Jugendzimmer erkennbar. Die Farbe der Tagesdecke, die sauber und ordentlich über das Bett gelegt war, konnte nur ein Teenager ausgesucht haben, und die Tapete wies noch immer ein paar winzige kahle Stellen auf, die von heruntergerissenen alten Klebestreifen herrührten – ihre Mutter hatte die Poster abgenommen und zusammengerollt, kurz nachdem Heather das Haus verlassen hatte. Heather hatte sich im Laufe der Jahre daran gewöhnt, dass dies nicht mehr ihr Zimmer war. Doch sie bemerkte zum ersten Mal, dass ihre Mutter offensichtlich begonnen hatte, den Raum anderweitig zu nutzen – in der Ecke stand ein kleiner Beistelltisch mit Bastelmaterial.

Heather lächelte leise und setzte sich auf den Klappstuhl, um sich den Krimskrams anzusehen. Ihre Mutter schien tatsächlich eines ihrer alten, ausrangierten Bastelsets aufbewahrt zu haben, eine teure Packung mit unterschiedlich farbiger Knetmasse, die Heather unbedingt einmal zum Geburtstag geschenkt haben wollte. Colleen hatte lustige Serviettenringe daraus gemacht und sie mit Stechpalmenzweigen und Schneemännern verziert. Neben den fertigen Exemplaren war eine Haftnotiz, auf der die Adresse eines nahe gelegenen Altenheims stand. Hatte sie vorgehabt, sie der Seniorenresidenz für ihren Weihnachtsbasar zu schenken? Sie waren oft dorthin gegangen, als sie klein war, hatten Kuchen gekauft und mit den alten Herrschaften geplaudert. Heather griff nach einem der Serviettenringe und hielt ihn mit einem Finger. Ihre Mutter hatte sich große Mühe gegeben, ihn zu gestalten. Ein Ring war erst zur Hälfte fertig. Was brachte einen Menschen dazu, seine beschauliche Bastelarbeit wegzulegen und stattdessen darüber nachzudenken, sich das Leben zu nehmen?

Die glatte Knete auf ihrem Finger erinnerte sie an ihre eigenen Versuche, etwas daraus herzustellen. Die Masse war zu fest, wenn sie aus der Packung kam, um sie sofort bearbeiten zu können. Also musste sie mit den Händen aufgewärmt und weich geknetet werden, aber Heathers kleine Finger waren nie gut darin gewesen. Ihr fiel plötzlich ein, wie sie in genau diesem Zimmer mit ihrer Mutter gesessen hatte, der Teppich sorgsam mit Zeitungen ausgelegt, vor beiden kleine Teller. Ihre Mum hatte jedes Stück bunter Knete mit ihren Händen aufgewärmt und weich gemacht, bevor sie es Heather gegeben hatte, damit sie etwas daraus basteln konnte …

Heather legte den Serviettenring zurück, ihre Hand zitterte. *Nikki hat recht*, sagte sie zu sich selbst. *Ich kann nicht wissen, was Mum so zugesetzt hat. Ich sehe Rätsel, wo keine sind.*

Trotzdem ließ sie das Gefühl nicht los, dass hier irgendwo irgendwas ganz und gar nicht stimmte, als sie das Zimmer verließ und sich umdrehte, um noch einmal auf den kleinen, arbeitsreichen Tisch zu schauen.

Heather verbrachte den nächsten Tag damit, durch das Haus zu wandern, Notizen zu machen und sich darüber zu wundern, wie viel Krempel ein Mensch in seinem Leben ansammeln konnte. Mittags wärmte sie sich den Eintopf auf, den Lillian gebracht hatte, und aß ihn aus einer großen Schüssel, während sie vor dem Fernseher saß. Das Gericht war lecker und nahrhaft, doch war ihr zum Schluss leicht übel, und sie fragte sich, ob sie zu lange mit dem Aufwärmen gewartet hatte – ob eine Zutat bereits verdorben war. Sie wusch die Auflaufform sorgfältig ab, nur für den Fall, dass Lillian vorbeikommen würde, um sie abzuholen.

Es gab bei jedem Raum so viel zu bedenken. Was sollte mit den Kleidern, dem Krimskrams und den alten Fotos geschehen, was mit so langweiligem Zeug wie Bettwäsche und Vorhängen? In jedem Zimmer kamen neue Erinnerungen hoch, als sei das Haus voll mit Geistern aus ihrer Kindheit. Doch die meisten Erinnerungen waren nicht so angenehm wie die, als sie mit Knete auf dem Boden ihres Schlafzimmers gespielt hatte. In der Tür zum Bad fiel ihr ein heftiger Streit ein, der dort stattgefunden und in dessen Verlauf sie derart fest gegen die Badewanne getreten hatte, dass sie in die Notaufnahme des Krankenhauses fahren musste. Als sie so dastand, fragte sie sich, warum in aller Welt sie niemanden hierher mitgenommen hatte, um ihr bei all dem beizustehen. Terry, ihr Mitbewohner, hatte sogar angeboten, ihr zu helfen, aber sie hatte automatisch abgelehnt. Und auch Nikki wäre bestimmt bereit gewesen, einige unangenehme Aufgaben zu übernehmen.

Warum verhielt sie sich so? Fürchtete sie, dass Terry sie wegen ihrer gewöhnlichen Vorstadtkindheit abgeurteilt hätte? Oder hatte sie eher Angst davor, dass er sie in einem verletzlichen Zustand gesehen hätte?

Das Durchgehen der Papiere und das Räumen hatten überall Staub aufgewirbelt, also holte Heather den Staubsauger hervor und schob ihn – ziemlich lustlos – durchs Wohnzimmer. Als sie ein paar Haare aufsaugen wollte, stieß sie mit der Düse gegen etwas Hartes unter dem Sofa. Sie griff danach, zerrte es hervor und stellte überrascht fest, dass es sich um ein Buch handelte. Ein ziemlich altes sogar, dem Aussehen nach zu urteilen. Sie wischte den Staub und die Flusen ab und betrachtete stirnrunzelnd den Einband. Es war eine Märchensammlung, eine zerfledderte alte Taschenbuchausgabe, und vorne auf dem Deckel war ein großer schwarzer Wolf abgebildet, der das Maul weit geöffnet hatte, so dass all seine tödlichen Zähne zu sehen waren.

»Seltsam.« Sie warf es ins Regal und brachte die Arbeit zu Ende.

Als sie vor die Haustür trat, um dort einen Müllsack abzustellen, atmete sie tief die kalte herbstliche Luft ein. Als sie sieben oder acht gewesen war, hatte sie mit ihrer neuen Lupe hier draußen gesessen und kleine Löcher in trockenes Laub oder Papierschnipsel gebrannt, was immer ihr in die Hände gefallen war. Sie hatte herausgefunden, dass Ameisen aufplatzten, wenn man sie mit der Lupe verbrannte, und sie hatte einen unterhaltsamen Nachmitttag damit verbracht, viele verschrumpelte winzige Ameisenleichen auf dem Gartenweg zu hinterlassen, bis ihre Mutter hinausgekommen war und sie dabei erwischt hatte.

Heather hatte eine Woche lang nicht draußen spielen dürfen, im Hochsommer. Und sie konnte sich noch immer so lebhaft an die rasende Wut erinnern, die sie damals empfand, dass ihre Wangen rot wurden. Eingesperrt in ihrem Zimmer, hatte sie sich andere kleine Formen der Zerstörung einfallen lassen – wie zum Beispiel die Teller kaputt zu machen, auf denen ihr die Sandwiches gebracht wurden, oder das Parfüm ihrer Mutter ins Waschbecken zu kippen. Sie war darüber so böse gewesen – was alles nur noch viel schlimmer gemacht hatte.

Deshalb wollte ich nicht, dass Terry mitkommt. Wer möchte schon, dass die erwachsenen Freunde herausfinden, wie man als Kind war? Heather stand in der Kälte und spürte, wie eine weitere Welle der Verzweiflung sie erfasste.

»Die Geister sind einfach viel zu laut.« Sie wischte sich die Hände an der Jeans ab und ging wieder hinein.

Nachdem sie schon mehrere Stunden lang geräumt und sortiert hatte, fiel ihr der Dachboden wieder ein. Sie hatte keine seltsamen Geräusche mehr gehört, doch als sie mit einem Becher Tee in den Händen darunter entlangging, blickte sie unwillkürlich nach oben. *Der Mann im Speicher*, dachte sie. *Als ich klein war, hat ihn Granddad immer für alles verantwortlich gemacht, was abhandengekommen war, egal was.*

Das war kein beruhigender Gedanke, und Heather wusste, dass sie oben nachsehen musste. Andernfalls würde sie die ganze Nacht im Bett liegen und auf den Mann im Speicher lauschen – oder noch schlimmer, auf die sanften Schritte ihrer Mutter.

»Herrgott, was ist falsch mit mir? Es gibt keine Monster auf dem Dachboden. Ein paar Tage allein in diesem Haus, und ich verhalte mich wie eine hysterische Fünfjährige.«

Eine Stunde später saß sie im Schneidersitz auf dem Boden des überraschend gemütlichen Raums und sah eine Kiste mit alten Schallplatten durch. Darunter war viel Schund, Bands und Sänger in merkwürdigen Anzügen, die sie nicht kannte, aber auch ein paar vielversprechende: Led Zeppelin, Siouxsie Sioux und David Bowie. Zweifellos die Platten ihres Vaters. Er hatte ihr einmal erzählt, dass er in der Zeit, als er ihre Mutter kennenlernte, seine eigene Band gründen wollte und angefangen hatte, Bassgitarre zu spielen, es aber nie richtig hinbekommen hatte. Heather lächelte zaghaft und legte die Platten beiseite. Sie würde sie entweder behalten oder auf eBay verkaufen. Als sie in der Kiste weiterkramte, stellte sie überrascht fest, dass eine alte, zerbeulte Keksdose unter all den Schallplatten gesteckt hatte. Sie hob sie heraus, öffnete den Deckel und rümpfte die Nase, als ihr Staub entgegenwirbelte. Zwei dicke Bündel Briefe lagen eingezwängt im Innern, verschnürt mit einem Gummiband.

Beide Bündel waren an ihre Mutter adressiert. Die Briefe des ersten Bündels schienen sehr alt zu sein. Die Umschläge waren fleckig und zerknittert, die Tinte bereits verblasst. Die oberen Briefe des zweiten Bündels sahen neu aus – sie erkannte sogar aktuelle Briefmarken mit dem Konterfei von alten Schurken aus der Serie *Doctor Who*. Heather konnte der Versuchung nicht widerstehen und zog einen Brief aus dem zweiten Bündel heraus. Sie begann zu lesen. Der Verfasser hatte eine unordentliche, ausladende Handschrift. Das Gekrakel in schwarzer Tinte erstreckte sich vom einen bis zum anderen Rand des Papiers. Die Rechtschreibung ließ an manchen Stellen extrem zu wünschen übrig.

»*Liebe Colleen,*

heute war's ruhig. So still. Ich hab hier sehr wenig zu tun, und wenn ich die Aufgaben erledigt hab, die man mir aufgetragen hat, spür ich die Leere. Sie dringt von allen Seiten auf mich ein. Sie stäckt in den gelben Lichtern und den saubren Böden. Eine Leere, die mehr ist als nur eine Leere. Sie ist ein Nichts. Ein Ort, der derart stinkt vor künstlichen Dingen, hat kein wahres Leben. Und so denk ich an die Zeit zurück, die wir miteinander verbracht haben. Auf dem Gras und auf den Fäldern gings uns am besten. Hier kann ich kain Gras sehen und auch kaine Bäume.«

Heather blinzelte. Ohne weiterzulesen, zog sie einen anderen, älteren Brief aus seinem Umschlag heraus. Sie erkannte die unordentliche Handschrift sofort wieder.

»*Du beschraibst diese Orte so gut. Dass du das nach all den Jahren noch für mich machst, zeigt mir einfach, dass ich immer richtich über dich gedacht hab. Mein Leben hat sich in dem Augenblick geändert, als du zur Kommune gestoßen bist.*«

»Kommune?«

Ein weiterer Brief mit ähnlichem Inhalt. Sie stammten alle von ein und derselben Person. Und ihre Mutter schien sie beantwortet zu haben. Das war nicht die Handschrift ihres Vaters, das wusste Heather sofort. Er hatte immer nur fein säuberlich in Druckschrift geschrieben, was auf seine Arbeit in der Baubranche zurückzuführen war und der Notwendigkeit, leserliche Belege zu schreiben. Wer war dieser Mensch mit derart starken Gefühlen für ihre Mutter?

»Du hast nie einen Brieffreund erwähnt, Mum.« Die Worte klangen eigenartig und tonlos in der warmen Luft des Dachbodens, als wären auch sie mit Staub überzogen. Unter ihrer Überraschung und sogar leichten Belustigung machte sich ein kaltes Gefühl in Heathers Bauch breit. »Ich kann mich nicht daran erinnern, dass du jemals davon gesprochen hast, überhaupt Briefe zu schreiben.«

»Hier ists nachts so laut. Erinnerst du dich, wie still es auf den Fäldern war, unter den Sternen? Als wir im Wald waren und das Gefühl hatten, wir wären die einzigen Menschen dort, obwohl wirs nicht waren. Die anderen Leute, die dazukamen und unter den Sternen lebten, haben das nicht so empfunden wie wir, Colleen.«

Heather überflog die Seite bis an den unteren Rand und kniff die Augen zusammen, als sie den Namen las. Michael? Neben der krakeligen Unterschrift war ein grüner Prüfstempel, und in einer anderen Schrift und einem anderen Stift standen die Wörter *Reave* und *Genehmigt* da. Reave, dachte Heather. Michael Reave.

Sie runzelte die Stirn. Der Name kam ihr seltsam bekannt vor, obwohl sie nicht sagen konnte, warum. Heather legte die Briefe zurück in die Keksdose, klemmte sie unter den Arm, stand auf und kletterte die Leiter hinunter. Zurück in der Küche, machte sie sich ein Sandwich und eine Kanne sehr heißen Kaffee.

Sie zog die Gummibänder von den beiden Bündeln ab und las in der nächsten Stunde ungefähr zwanzig Briefe. Als sie fertig war, spürte sie ein Brennen im Hals und ein beständiges Pochen im Kopf. Das Sandwich lag unangetastet auf dem Teller. Sie legte die Briefe zurück in die Dose, die Hand leicht zitternd, und dachte über all das nach, was sie von ihrer Mutter wusste, und über all das, was sie nicht wusste.

Die stille, gutsituierte, anständige Colleen Evans hatte in den letzten fünfundzwanzig Jahren einem Mann im Gefängnis geschrieben. Sie hatte ihm geschrieben, als Heathers Vater noch lebte, schon während der ersten Jahre ihrer Ehe. Und anscheinend hatte ihre Mutter in den 1970er-Jahren in einer Hippie-Kommune gelebt, irgendwo im Norden.

Heather rieb sich die Augen und versuchte, aus diesen neuen Informationen schlau zu werden. Ihre Mum hatte nie dazu geneigt, in Erinnerungen zu schwelgen, und Heather hatte das nie hinterfragt. Doch wie sich jetzt herausstellte, hatte sie einen ganzen Lebensabschnitt ausgeklammert. Soweit Heather wusste, hatte ihre Mutter keine ernsthaften Beziehungen vor ihrem Vater gehabt. Dennoch gab es diesen Mann hier, in den Briefen. Diesen Mann, der anscheinend im Gefängnis saß.

Und in all den Briefen, die Heather gelesen hatte, erwähnte Colleen nicht, dass sie eine Tochter hatte. Nicht ein einziges Mal.

Wer war dieser Mann? Heather fiel unwillkürlich der Abschiedsbrief ihrer Mutter ein und ihre merkwürdigen Formulierungen darin – als spräche sie nicht nur zu Heather, sondern noch zu jemand anderem.

»Ach, hör auf damit!«, murmelte Heather zu sich selbst. »Du ziehst jetzt voreilige Schlüsse.«

Sie trank hastig den Rest des Kaffees und kramte den Laptop aus ihrer Tasche. Ihre Mutter war immer ein Technikfeind gewesen und hatte sich sogar geweigert, sich einen Internetzugang zuzulegen. Also musste Heather den Laptop mit dem mobilen

Internet auf ihrem Handy verbinden, was aber problemlos klappte. Innerhalb von Sekunden erschien die Seite des Browsers auf ihrem Bildschirm. Sie betrachtete den Namen Michael Reave im Suchfeld.

Sie hielt kurz inne, bevor sie auf *Suchen* drückte. »Durchaus möglich, dass da überhaupt nichts ist«, sagte sie zu der leeren Küche.

Das erste Bild, das auftauchte, war sein Polizeifoto, was sie natürlich kannte – es war ihr so vertraut wie die verhassten, unbekümmerten Gesichter von Myra Hindley und Ian Brady. Und die fratzenhafte Visage von Fred West. Der bittere Geschmack des Kaffees kitzelte in ihrem Rachen, und sie kämpfte gegen das quälende Gefühl an, sich übergeben zu müssen. Gleich hier, auf den Küchentisch. Doch dann beruhigte sich ihr Magen. Michael Reave blickte in die Kamera, das strubbelige schwarze Haar reichte nicht ganz bis an den Kragen. Da war keine Leere in seinem Blick, die man bei dieser Art Fotos sonst oft sah. Er schaute vielmehr gekränkt drein, ja sogar leicht bedauernd, als hätten die Polizisten, die ihn verhaftet hatten, einen dummen Fehler gemacht, der ihnen schon bald leidtun würde. Michael Reave war unrasiert, was ihm aber stand, und die kleine weiße Haarlocke an seiner Schläfe ließ ihn nur noch attraktiver erscheinen. Verglichen mit Bildern von anderen Serienkillern, war dies hier recht passabel.

Ein Serienkiller.

»Verdammte Scheiße, Mum. Verdammte *Scheiße*.«

Es gab eine Wikipedia-Seite über Michael Reave, die im einleitenden Absatz feststellte, dass er ein verurteilter Serienkiller aus dem Vereinigten Königreich war, in den britischen Boulevardblättern bekannt als »Country Ripper«, »Jack in the Green« und »Red Wolf« – der Rote Wolf. Als er schließlich 1992 gefasst wurde, hatte er bereits fünf Frauen in Lancashire und Manchester umgebracht, möglicherweise noch zehn andere sonst wo. Der Eintrag wies darauf hin, dass man davon ausging, dass Michael Reave für das Verschwinden von noch sehr viel mehr Frauen verantwortlich war, aber dass er immer beteuert habe, unschuldig zu sein, bis heute. Die Seite wirkte seltsam gekürzt. Heather kannte Wikipedia gut genug, um zu wissen, dass alles, was mit grauenhaften Mördern zu tun hatte, gern bis ins kleinste Detail ausgeschlachtet wurde. Aber die Seite hier war anders. Sie überflog die wenigen Zeilen, die Lippen zu einem dünnen Strich zusammengepresst, vor Ekel. Michael Reave war dafür bekannt, bei seinen Opfern Blumen zu hinterlassen. Manchmal pflanzte er sie in die Wunden – Heather blickte kurz weg und versuchte, es sich nicht vorzustellen – manchmal steckte er Blüten ins Haar oder in den Mund. Den Spitznamen »Red Wolf« hatte er sich offensichtlich selbst gegeben. Er hatte bei einer der Leichen eine Notiz hinterlassen, auf der lediglich stand: »Der Rote Wolf jagt.«

Heather klickte unter der Suchleiste auf *Bilder.* Es gab Fotos von einigen seiner Opfer. Die Frauen waren meist jung und mit ihren altmodischen Frisuren in der Zeit gefangen wie Fliegen in Bernstein. Ihre Bilder würden für immer mit dem Mann verknüpft sein, der sie umgebracht hatte.

Im Haus war es sehr still. Heather dachte an ihre Mutter. Sie hatte in dieser Küche gesessen, wahrscheinlich an diesem Tisch, und einen Brief nach dem anderen an einen Mann geschrieben, der Frauen abgeschlachtet hatte, während ihre Tochter nebenan Fernsehen schaute und ihr Mann auf der Arbeit war.

Sie dachte an ihre Mutter, wie sie an diesem Küchentisch saß und einen Abschiedsbrief schrieb.

Monster im Wald.

Heather war übel und sie griff nach ihrem Handy, ihr Daumen schwebte über Nikkis Nummer. Sie fror, und sie fühlte sich wie losgelöst, aber sie spürte auch eine gewisse innere Anspannung, eine Art fiebrige Aufregung. Sie kannte dieses seltsame Gefühl. Es ähnelte dem, das sie hatte, wenn sie sich sicher war, eine Riesenstory an der Angel zu haben. Sie biss sich auf die Unterlippe und drückte die Nummer. Als sie die Stimme ihrer Freundin hörte, fiel es ihr plötzlich schwer, etwas zu sagen, aber sie presste die Worte heraus.

»Nikki, kann ich rüberkommen? Ich muss mit jemandem reden.«

6. KAPITEL

Als Fiona die Klausuren endlich fertig korrigiert hatte und sie beiseiteschob, betrachtete sie lächelnd den kleinen Stapel an Karten und Geschenken auf ihrem Schreibtisch. Sie hatte die Mädchen ihrer Abiturklasse eine alte Abschlussprüfung schreiben lassen, und sie war sich fast sicher, dass es bei deren plötzlichem Interesse an ihrem Geburtstag nur darum ging, ihr Honig um den nicht vorhandenen Bart zu schmieren. Aber es gab schlimmere Dinge, die man am Ende des Tages auf seinem Schreibtisch vorfinden konnte – davon konnten zahlreiche Lehrer ein Lied singen. Abgesehen davon war Fiona großzügig gestimmt und bereit, die offensichtlich zarten Versuche der Bestechung zu verzeihen. Ihr Interesse, Aufsätze über *Möglichkeiten und Auswirkungen eines gesunden und aktiven Lebensstils* zu lesen, war genauso groß wie das ihrer Schülerinnen, darüber zu schreiben.

Der Heizkörper neben ihr knackte, und sie rückte ihren Stuhl näher an ihn heran. Zu Hause war es fraglos wärmer, und der Kater war bestimmt schon verärgert, weil sie sich so viel Zeit ließ, aber die Mädchen würden bestimmt enttäuscht sein, wenn die Karten morgen früh nicht alle geöffnet auf dem Schreibtisch standen.

Sie arbeitete den Stapel durch und lächelte, als sie die verschiedenen Glückwünsche las, wie »Alles Gute zum Geburtstag, Miss Graham« oder »Haben Sie einen schönen Tag, Rotschopf!!!« Ein besonderes Merkmal zu haben – ein Leberfleck im Gesicht, eine lispelnde Aussprache oder buschige Augenbrauen – konnte für einen Lehrer verheerend sein. Doch Fiona hatte das Gefühl, dass sie mit ihrem roten Haar glimpflich davongekommen war. Sie hatte schon weniger freundliche Spitznamen verpasst bekommen, wie zum Beispiel »Rot-Muschi«, das Geschenk einer Gruppe von besonders unsympathischen Achtklässlerinnen. Aber die meisten erwachsenen Schülerinnen fanden rote Haare toll. Was keine Überraschung war, wo sie sich ja jede Woche die Haare in einer anderen Farbe färbten.

Die Geschenke waren kleine Aufmerksamkeiten: winzige Pralinenschachteln, Lippenbalsam mit Aroma. Eines der Mädchen, Sarah, hatte ihr sogar einen Gutschein für einen Drogeriemarkt geschenkt.

»In meiner Jugend konnten die Lehrer froh sein, wenn sie einen Apfel bekamen«, murmelte sie in das leere Klassenzimmer hinein.

Eines der Geschenke besaß weder einen Anhänger noch lag eine Karte dabei und war in merkwürdiges Papier eingewickelt, das mit einem etwas altmodischen Paisleymuster bedruckt war und aussah wie das nach Lavendel duftende Mottenschutzpapier im Kleiderschrank ihrer Oma. Zwei verwelkte rosa Blumen steckten unter dem Geschenkband.

Leicht stirnrunzelnd wickelte sie das Päckchen aus und fand nur einen großen, glatten dunkelgrauen Kieselstein darin vor, der sich kalt anfühlte und sie sofort ans Meer denken ließ. Ein Herz war hineingeritzt, nicht sehr kunstvoll.

»Hm.« Fiona legte die Stirn noch tiefer in Falten und überlegte, wer ihr wohl so etwas schenkte. Natürlich gab es hin und wieder eine künstlerisch begabte Schülerin, die sich in ihrer Rolle wohlfühlte, diejenige zu sein, die etwas machte, was unangepasst war oder schockierend. Doch war das normalerweise keine Schülerin, die ihr Abitur in Sport machte, sondern eher in Kunst oder Schauspiel.

Schließlich stellte sie die Karten in einer Reihe am vorderen Rand des Schreibtischs auf und legte den Kieselstein daneben, die Seite mit dem Herz zur Klasse gerichtet. Und dann ging sie nach Hause.

7. KAPITEL

Früher

Der Mann nahm den Jungen mit in sein Haus, das allerdings anders aussah als die Häuser, die der Junge bisher von innen gesehen hatte. Dieses Haus war riesig und sehr geräumig, mit glänzenden Fußböden und alten, polierten dunklen Möbeln. Es war sauber, kühl und still, ohne Flecken an den Wänden oder schmutziges Besteck, das herumlag. Der große schwarze Hund trottete über den Holzboden, und das Geräusch seiner Krallen durchbrach die Stille. Der Mann betrat die Diele, nahm seinen Hut ab und hängte ihn am Hutständer auf.

»Du bist jetzt in Sicherheit, Michael. Du *bist* doch Michael, oder?«

Der Junge antwortete nicht. Er beobachtete den Hund, der an einem großen Wandspiegel vorbeigelaufen war, so dass es für einen kurzen Augenblick zwei schwarze Hunde mit bernsteinfarbenen Augen gab. Der Junge folgte dem Tier und erblickte ein weiteres Wesen im Spiegel – ein schmutziges Strichmännchen mit schwarzen Haaren. Eine dunkle Gestalt, beschmiert mit einer dunklen Masse. Er konnte sich plötzlich selbst riechen, und der Gedanke, dass er an diesem sauberen Ort war und ihn verschmutzte, ließ ihn einen gequälten Laut ausstoßen. Seine Haut juckte und fühlte sich heiß an.

»Naa. Ain …«

»Komm. Ich lasse dir ein Bad ein.« Der Mann trat zu ihm und sah ihn an. Zum ersten Mal bemerkte der Junge, dass mit einem seiner Augen etwas nicht stimmte – das Weiß war ein bisschen zu weiß und das Braun der Iris zu glatt. »Dann wird's dir besser gehen, mein Junge.«

Der Mann ließ ihn allein in einem Badezimmer mit einer Wanne, die mit heißem, seifigem Wasser gefüllt war. Zuerst strich er eine Weile darum herum, verunsichert von der glatten weißen Emaille und all der freien Fläche in dem großen Raum. Helles gelbes Licht drang durch ein Milchglasfenster, und er kam sich ungeschützt vor. Er blickte nicht in den Spiegel über dem Waschbecken. Nachdem er eine Zeitlang an der Tür gehorcht hatte, streifte er schließlich sein durchnässtes Hemd und seine Unterhose ab – zusammengeknüllt auf dem Boden, sahen sie überhaupt nicht mehr nach Kleidung aus – und glitt langsam in die Wanne. Als das heiße Wasser seine Brust erreichte, machte er kleine schnaubende Geräusche. Er blieb in der Wanne, bis das Wasser ganz kalt war und ein zäher bräunlicher Film sich rings an den Seiten gebildet hatte.

Später saß er an einem langen Tisch in einem Schlafanzug, der ihm etwas zu groß war, während der Mann ihm Essen brachte. Weiches Weißbrot und rosa Schinkenspeck, knusprig gebräunt an den Rändern. Eine Portion gelbe Butter. Ein Glas Gurken, halb leer und voller rätselhafter trüber Schatten. Ein großes Glas Milch.

»Wenn ich auf Reisen bin, bringt die Frau, die das Haus putzt, ihren Sohn mit hierher«, sagte er. »Er ist ungefähr so alt wie du, denke ich, aber er hat ein bisschen mehr auf den Rippen. Ich glaube nicht, dass er einen Schlafanzug vermissen wird, oder?« Die Stimme des Mannes war warm und sanft, unbekümmert. Der Junge dachte daran, wie er ihn im Gras angelächelt hatte, wie er den zerschundenen Körper seiner Mutter lächelnd betrachtet hatte. »Greif zu, mein Junge. Das Essen ist in Ordnung.«

War es das? Der Junge war sich nicht sicher. Zögerlich umfasste er das Glas Milch, hob es aber nicht an. Essen war ein Köder, eine Strafe, ein Mythos.

»Woher stammen die Narben an deinem Hals, Michael? Und die Male an deinen Handgelenken.«

Der Junge blickte auf. Der Mann lächelte noch immer, doch das Licht, das durch die großen Fenster fiel, sammelte sich in seinem künstlichen Auge und verwandelte es in ein glattes, undurchsichtiges Stück Glas. Krallen scharrten über das glänzende Holz, und er wusste, dass der große schwarze Hund wieder hinter ihm stand.

»Es gibt immer eine Familie, über die hinter vorgehaltener Hand gesprochen wird, in jeder Stadt«, fuhr der Mann fort. Er klang leicht amüsiert. »Das weiß ich besser als die meisten. Eine Familie, die ihre Geheimnisse für sich behält, bleibt für sich. Gerüchte und Geschichten ranken sich um sie wie Efeu um ein Haus. Und meistens handelt es sich nur um üblen Tratsch, um einen Haufen bösartigen Unsinn von alten Weibern, die zu viel Zeit haben. Aber manchmal, da sind diese Geschichten wahr, stimmt's, Michael? Auch darüber weiß ich ein bisschen Bescheid.« Er atmete langsam durch die Nase ein. »Du bist jetzt in Sicherheit, mein Junge.«

»Ich kann hier nicht bleiben.« Das war der erste vollständige Satz, den er seit Monaten gesagt hatte, und er fühlte sich merkwürdig in seinen Mund an, fremd. »Sie werden mich holen kommen.« Er sagte nicht, wer.

Das Lächeln des Mannes wurde breiter.

»Mach einfach das, was ich dir sage, mein Junge.«

»Sie werden kommen.«

Sie kamen erst nach drei vollen Tagen.

Da hatte Michael noch vier weitere Male gebadet – der Geruch des Schranks, in dem er gefangen gehalten worden war, schien ihn nicht loslassen zu wollen – und in einem altmodischen Zimmer mit großen Fenstern geschlafen, die ein blanker weißer herbstlicher Himmel ausgefüllt hatte. Nachts ließ er das Licht an und schlüpfte immer wieder aus dem Bett, um sich zu vergewissern, dass die Tür nicht abgeschlossen war. Er konnte sie nicht offen stehen lassen, da er dann ein kleines Stück der Treppe sehen konnte. Tagsüber hatte er durch das Haus streifen dürfen, seine Füße bewegten sich leise, aus Gewohnheit. Er begriff schnell, dass der Mann allein lebte, abgesehen von dem Hund. Die Anzahl der Zimmer erschien endlos. Einige davon waren verschlossen, was ein unangenehmes Gefühl in seiner Magengegend hervorrief. Doch Michael wandte diesen Türen einfach den Rücken zu und ging woandershin. Manchmal erwischte er den großen schwarzen Hund dabei, wie er ihn beobachtete, eine undeutliche Gestalt oben an der Treppe oder auf der anderen Seite des Flurs, und er winkte ihm zu. Aber der Hund grinste ihn nur feucht an.

Als sie kamen, war Michael in dem Zimmer, in dem er schlief, und hielt einen Stapel Spielkarten in der Hand, die der Mann ihm gegeben hatte. Stiefel knirschten auf dem Kies, und er *wusste*, wusste sofort, wer da war. Einige schreckliche Sekunden lang flatterten seine Augenlider, seine Finger wurden taub, und er befürchtete, in Ohnmacht zu fallen. Doch das laute Bellen des Hunds irgendwo im Haus wirkte wie eine Ohrfeige, und er kroch stattdessen zum Fenster. Es klingelte an der Tür.

Sein Vater, ein krummbeiniger Mann mit schütterem schwarzem Haar stand vor dem Eingang, aber er war allein. Kein roter Mantel neben ihm auf dem Kies, keine spitzen weißen Finger. Seine Schwester war nicht dabei. Michael sackte gegen das Fensterbrett, kurzzeitig zu erleichtert, um klar denken zu können oder sich zu bewegen, obwohl er wusste, dass er tot sein würde, wenn sein Vater ihn am Fenster entdeckte. Und dann verschwand sein Vater aus dem Blickfeld, und eine Tür schlug zu.

Er hörte Geschrei. Michael dachte an die Leiche seiner Mutter. Sie hatten sie im Gras liegen lassen, in dem es vor Insekten nur so wimmelte. Er stellte sich vor, wie ihre Augen sich mit Regenwasser füllten, während die Schnecken sich über ihren gelben Kittel schoben. Schließlich bemerkte er, dass die Stimmen leiser geworden waren. Ohne genau darüber nachzudenken, was er tat, schlich er sich auf den Treppenabsatz und spähte durch die Streben des Geländers. Er erblickte zuerst den Mann, der die Arme auf dem Rücken verschränkt hatte, als bewundere er ein Gemälde. Dann sah er seinen Vater. Er trug einen schmutzigen blauen Regenmantel und wirkte seltsam klein.

Gesprächsfetzen drangen zu ihm hinauf. *Sie wissen so gut wie ich*, und *scheußliche Sache* und *besser unausgesprochen bleiben.*

Michael gingen andere Wörter durch den Kopf: *Bestie, schmutzige Bestie, Tier*, aber als er aufblickte, bemerkte er, dass der Hund dastand und ihn beobachtete.

Irgendwann schlug die Tür wieder zu. Und als er nach unten sah, war sein Vater weg. Der Mann sprach, ohne sich umzudrehen, als wüsste er, dass Michael ihn hörte.

»Du hast jetzt nichts mehr zu befürchten, kleiner Wolf.«

8. KAPITEL

Heather betrat Nikkis Wohnzimmer und fühlte sich gleich wohl, als sie mehrere, mit Büchern vollgestellte Regale sah und einen Fernseher, der derart riesig war, dass er fast eine ganze Wand einnahm. Die Einrichtung war freundlich und gemütlich und stammte eindeutig von einer Person, die kein großes Interesse an Design hatte. Heather blieb vor einer schmalen Vitrine stehen und lächelte.

»Ich erinnere mich, dass ich so was schon im Haus deiner Mum gesehen habe. Ist das genetisch bedingt, oder was?«

Nikki verzog das Gesicht. Die Vitrine enthielt eine kleine Sammlung pastellfarbener Keramikfiguren, darunter Schwäne, Schäfer, Milchmädchen und Damen in Rüschenkleidern.

»Nein. Ich kriege von meiner Mutter zum Geburtstag und zu Weihnachten immer eine neue Figur geschenkt. Ich weiß nicht, was ich sonst mit ihnen machen soll. Möchtest du eine Tasse Tee?«

»Gern.« Sie folgte Nikki in die große Küche im hinteren Teil des Hauses. Es roch noch angenehm nach einem gut gewürzten Abendessen. »Wie war's in der Schule?«

»Gut, die üblichen Dramen.« Sie goss heißes Wasser über die Teebeutel, duftender Dampf erfüllte die Küche. »Alles in Ordnung mit dir? Du hast dich am Telefon so komisch angehört.«

Heather öffnete ihre Umhängetasche und zog die Keksdose heraus, die sich schwerer anfühlte, jetzt, wo sie wusste, was sie enthielt. Es war, als würde sie mehrere abgetrennte Köpfe mit sich herumtragen statt zwei Bündel Briefe. Sie machte den

Deckel auf, und schon der bloße Anblick dieser krakeligen Handschrift rief ein Gefühl der Angst in ihr hervor.

»Ich habe diese Briefe auf Mums Dachboden gefunden, unter einem Stapel alter Platten.«

»Briefe? Was für Briefe?«

»Na ja, ich … Vielleicht ist es besser, wenn du dir sie einfach anschaust«, sagte Heather und streckte ihr ein Bündel entgegen.

Nikki nahm es und begann zu lesen. Heather beobachtete aufmerksam ihre Miene. Während Nikkis Augenbrauen sich verwirrt zusammenzogen, kümmerte sich Heather um den Tee. Als sie mit den Tassen zu Nikki trat, die an der Küchentheke stand, hielt die das Stück Papier so in der Hand, als könnte es sie beißen.

»Ist es das, was ich denke, was es ist?«

Heather lachte zaghaft, obwohl ihr nicht im Geringsten nach Lachen zumute war. »Ja, kaum zu glauben, oder? Ich habe zwar in den letzten Jahren wenig Kontakt zu meiner Mutter gehabt, aber das hier? Das ist schon ein Schock.«

»Michael Reave. Der Rote Wolf.« Nikki schüttelte leicht den Kopf, als wollte sie ihn auf diese Weise wieder freibekommen. »Heather, hast du keine Nachrichten gehört?«

»Nein? Was meinst du?« Heather blinzelte. Sie war normalerweise immer bestens informiert – da sie sich lächerlicherweise immer noch als Journalistin bezeichnete, sah sie es als Teil ihres Jobs an, sich auf dem Laufenden zu halten, was die aktuellen Ereignisse anging –, doch in den vergangenen Tagen war sie der Welt aus dem Weg gegangen, wie sie jetzt feststellte. Sie hatte die alten CDs ihrer Mutter gehört, die alten Filme geschaut. Ohne Internet im Haus war das einfacher gewesen.

Nikki legte die Briefe hin, ging kurz ins Wohnzimmer und kehrte mit einer Zeitung zurück, die sie Heather reichte. »DER ROTE WOLF SCHLÄGT AUS DEM GEFÄNGNIS ZU«, lautete die Überschrift. Darunter: »Die Polizei befürchtet, dass ein

Nachahmer sein Unwesen treibt.« Heather fühlte sich seltsam leicht, als könnte ihr Kopf jeden Augenblick zur Decke schweben und las weiter.

»Du willst mich doch verarschen«, sagte sie schließlich. Nikki hatte inzwischen ihren Laptop hervorgezogen und überflog die Wikipedia-Seite, die sich auch schon Heather angesehen hatte. Ihre Augen wurden mit jeder Zeile größer.

»Hev, dieser Typ war ein Monster. Er hat die Leichenteile dieser armen Frauen immer wie eine Art Kunstwerk arrangiert, alles war durch Pflanzen miteinander verbunden und … verflucht, ich bin mir sicher, dass ich die *CSI*-Folge gesehen habe, die auf der Geschichte basiert. Teile der Leichen wurde nie gefunden. Die Polizei geht noch immer davon aus, dass es Opfer gibt, von denen sie nichts wissen. Hev, hat deine Mum das gewusst? Hat sie gewusst, was er getan hat, bevor er gefasst wurde? Glaubst du, das könnte etwas mit dem zu tun haben, was sie gemacht hat, du weißt schon …«

Heather schüttelte den Kopf. »Ich habe nicht alle Briefe gelesen, aber in denen, die ich mir angeschaut habe, steht nichts davon, dass er jemanden umgebracht hat. Allerdings, was weiß ich schon? Habe ich sie überhaupt gekannt? Dieser Mann, der lebenslänglich im Gefängnis sitzt, weil er Frauen zerstückelt hat, kennt offensichtlich eine völlig andere Seite meiner Mutter. Eine Seite, die mir verborgen geblieben ist.« Heather griff nach ihrem Tee und stellte ihn wieder ab. »Sie muss ihn zu der Zeit, als er die Frauen ermordet hat, gekannt haben, aber hat sie davon gewusst? Ich habe keine Ahnung. Und ich habe keinen Brief von ihr. Wer weiß, welche Fragen sie ihm gestellt hat? Ich meine, wusste er überhaupt, dass sie eine Familie hatte? Einen Mann? Wusste mein Vater, was sie da gemacht hat?« Heather musste fast lachen, und plötzlich war ihr wieder übel. »Sie kommt mir plötzlich vor wie eine Fremde.«

»Heather, ich weiß nicht, was ich sagen soll.«

»Und dann noch ihr Abschiedsbrief. *An euch beide. Die Monster im Wald?* Ich fand diese Wortwahl, schon bevor ich die Briefe gefunden hab, seltsam genug. Aber jetzt …«

Eine kurze Stille trat ein. Heather hörte eine Uhr im Flur ticken. Sie schüttelte den Kopf. Alles erschien nur noch unfassbarer, jetzt, wo sie ihr Herz Nikki ausschüttete.

»Und er ist *jetzt* in den Nachrichten? Was ist passiert?«

Nikki rief eine der seriöseren Nachrichtenseiten auf und schob den Laptop Heather zu.

»Eine alte Dame hat die Leiche auf einem Feld in Lancashire gefunden, oder zumindest den größten Teil davon. Der Körper wurde zerstückelt und in einen Baumstamm gesteckt. Das hat der Rote Wolf auch früher so gemacht, nur sitzt er seit Jahrzehnten sicher im Gefängnis.« Nikki hielt inne, die Lippen zu einem dünnen Strich zusammengepresst. »Und das ist nicht die erste Leiche. Erinnerst du dich an die junge Frau, die vor ein paar Wochen in Manchester verschwunden ist und nach der alle gesucht haben?«

Heather lief ein Schauer über den Rücken. »Sharon Barlow. Sie wurde neben einem Fluss gefunden, oder? Ich erinnere mich …« Nur, das Schreckliche war, dass sie sich an kaum etwas erinnern konnte. Als die fieberhafte Suche aufhörte, ebbte das Medieninteresse ab, und Sharon Barlow wurde eine weitere Frau, die an ein unbekanntes Monster verloren gegangen war.

»Die Polizei scheint zu glauben, dass es derselbe Typ war.«

»Sie werden der Presse nicht alle Details erzählt haben. Details, die die beiden Fälle verbinden.« Heather dachte an ihre Zeit bei der Zeitung und daran, wie sie jedem noch so winzigen Hinweis nachgegangen war, den die Polizei hatte durchsickern lassen. »Oh Gott, ich will's gar nicht wissen.« Sie sah vom Laptop weg und versuchte, sich nicht vorzustellen, was Sharon Barlow widerfahren war. »Also hat er einen Nachahmer, oder was?«

»Er hat immer gesagt, dass er es nicht gewesen ist«, antwortete Nikki. »Das sagt er heute noch, nach mehr als zwanzig Jahren. Was ist, wenn sie am Ende doch den Falschen eingesperrt haben und … deine Mutter hat das vielleicht gewusst?«

Heather umfasste den heißen Becher, um sich irgendwo festzuhalten und etwas Trost zu finden. Entweder lief ein neuer Serienkiller frei herum oder die Justiz hatte sich geirrt. Wusste dieser Mann, der eine Seite ihrer Mutter gekannt hatte, die ihr vollkommen verborgen geblieben war, etwa auch, warum sie sich umgebracht hatte? So oder so, sie musste unbedingt Antworten auf diese Fragen bekommen.

»Hev«, sagte Nikki schließlich. »Hev, du musst diese Briefe der Polizei zeigen. Da könnten Sachen drinstehen, die vielleicht nützlich für sie sind. Schau mal, hier ist eine Telefonnummer, die man anrufen kann, wenn man sachdienliche Hinweise hat.«

Heather nickte bedächtig. Sie dachte an den Mann auf dem Polizeifoto und fragte sich, wie er wohl jetzt aussah, fünfundzwanzig Jahre später.

»Nikki«, sagte sie. »Glaubst du, dass ich mit ihm reden darf?«

»Wie bitte?«

»Dieser Mann weiß mehr über meine Mutter als sonst jemand. Herrgott, sie könnten miteinander telefoniert haben, Nikki. Sie könnte ihn besucht haben, und ich habe nichts davon gewusst. Ich bin mir sicher, wenn jemand weiß, warum sie sich umgebracht hat, dann er. Vielleicht wollte sie darauf in ihrem Abschiedsbrief hinaus. Ich will mit ihm reden.«

Nikki legte ihre Hände auf die Arbeitsplatte und seufzte. »Ich weiß es nicht, ich weiß es wirklich nicht. Aber ich bezweifle, dass die Polizei jeden, der aufkreuzt, einfach so mit diesen Leuten reden lässt.«

»Na ja, ich bin ja nicht jeder, oder?« Heather griff nach dem Deckel der Keksdose und drehte ihn immer und immer wieder.

Ihr war noch immer flau im Magen, aber mittlerweile hatte sich ein Gefühl der Aufregung sich daruntergemischt. Möglicherweise gab es hier Antworten. »Wie sich herausstellt, bin ich die einzige Tochter seiner einzigen Freundin überhaupt. Nikki, ich muss wissen, was mit meiner Mutter passiert ist. Ich muss es herausfinden.«

»Hev«, sagte Nikki und schaute Heather fest in die Augen. In ihrem Blick war wieder dieser Ausdruck von Mitgefühl, den Heather so schwer ertragen konnte. »Manchmal gibt es keine Antworten. Manchmal passieren schreckliche Dinge einfach so. Was ich damit sagen will, ist … Mach dir keine zu großen Hoffnungen, okay?«

Heather ging an diesem Abend fast wie in Trance nach Hause. Sie hatte die Polizei von Nikkis Telefon aus angerufen und schließlich mit einem Polizisten gesprochen, der sich als Detective Inspector Ben Parker vorgestellt hatte. Zuerst hatte er ungeduldig geklungen, sogar gestresst, doch als Heather ihm detailliert schilderte, was ihre Mutter auf ihrem Dachboden versteckt hatte, wurde seine Stimme zunehmend ruhiger und nachdenklicher. Sie hatte ein paar der Briefe abfotografiert, vor allem auch jene, die Colleen von Reaves vor seiner Zeit im Gefängnis erhalten hatte, und ihm zugeschickt. Er bedankte sich für ihre Hilfe. Als sie ihn fragte, ob sie Reave im Gefängnis besuchen könnte, lehnte er das sofort ab, wenn auch höflich. Zitternd stand Heather an der Haustür ihrer Mutter, mühte sich mit den ihr unbekannten Schlüsseln ab und betrachtete die hochragenden Bäume mit einem mulmigen Gefühl.

»Als ob das nicht schon alles gruselig genug wäre.«

Sie betrat das Haus und ging durch den Flur zum Wohnzimmer. Auf halbem Weg blieb sie stehen. Ein kalter Schauer lief ihr über den Rücken. Der Duft des Parfüms ihrer Mutter hing in der Luft, stark und unverwechselbar. Veilchen und Maiglöckchen, seltsam und süß – so hatte es auch vor zwei Tagen gerochen, als sie den Flakon im Schlafzimmer ihrer Mutter umgestoßen hatte. Ihr Vater hatte ihrer Mutter jedes Jahr eine neue Flasche zu Weihnachten geschenkt, und als er gestorben war, hatte sie es sich selbst gekauft. Es war das einzige Parfüm, das ihre Mutter überhaupt benutzt hatte, obwohl es ein muffiger Altfrauenduft war.

Heather betrat das Wohnzimmer und schnupperte. Der Geruch war plötzlich wieder weg.

Vielleicht habe ich gerade einen Schlaganfall, dachte sie, warf ihre Umhängetasche aufs Sofa und zuckte zusammen, als die Keksdose gegen irgendetwas anderes in ihrer Tasche klirrte. Heather ließ sich neben sie fallen und sackte in die dicken Polsterkissen ein. »Es heißt, man riecht seltsame Dinge, wenn das Hirn das Licht ausschaltet.«

Das Sofa ihrer Mutter hatte ein kitschiges Muster und so brauchte sie ein paar Sekunden, bis sie die drei braunen Federn auf dem weichen Stoff entdeckte. Drei Federn, schmal und leicht flaumig, die Enden mit dunkleren Flecken gesprenkelt. Heather sprang auf, ihr Blick wanderte hektisch durch den Raum, obwohl sie nicht genau sagen konnte, wonach sie suchte.

»Ist hier jemand?«

Sie stapfte aus dem Wohnzimmer, eilte durch den Flur und sah in der Küche, der Gästetoilette und dem Hauswirtschaftsraum nach – nichts. In den Zimmern oben war es genauso, alles war still und unberührt. War es möglich, dass sie die Federn vorher übersehen hatte? Das war unwahrscheinlich. Denn jetzt, wo ihre Mutter nicht mehr da war, um sie zurechtzuweisen, hatte sie fast immer im Wohnzimmer gegessen, mit dem Teller auf den

Knien und irgendeinem alten Film im Fernsehen. Sie grübelte weiter und überprüfte dann alle Fenster. Doch auch die waren verschlossen. Dass ein Vogel hereingeflogen war, ein paar Federn auf dem Sofa verloren hatte und über irgendeinen geheimen Weg wieder rausgekommen war, erschien eher unwahrscheinlich. Heather kehrte schließlich ins Wohnzimmer zurück, stand vorm Sofa und starrte auf die Federn.

»Das bedeutet gar nichts«, sagte sie laut. Das Haus behielt seine Stille bei, nur durchbrochen vom leisen Brummen des Kühlschranks. Die Federn waren braun. Braun, mit schwarzen Sprenkeln an den runden Enden. Sie wurde das Gefühl nicht los, dass sie sie schon einmal gesehen hatte – vor Jahren. Dass es die gleichen Federn waren …

Heather schüttelte den Kopf. Sie sah das Bild ihrer Mutter zu scharf und zu deutlich vor sich, der Kopf zertrümmert, auf der Bluse nasser Sand, während sie ihr schadenfroh diese Federn hinterließ. Ihre Mutter, die noch immer nach Veilchen und Maiglöckchen roch, obwohl ihr die Hirnmasse am Hals hinuntertropfte, zwischen ihren steifen, gebrochenen Fingern die braunen Federn.

Heather machte ein würgendes Geräusch, ihre Mundwinkel wanderten nach unten. Sie lief zurück in die Küche, holte Küchenkrepp, hob die Federn auf und spülte sie in der Toilette weg. Danach wusch sie sich die Hände und schaltete sämtliche Lichter ein, ehe sie sich ein großes Glas Limonade eingoss, um ihren Magen zu beruhigen.

Ganz ruhig, Heather. Du hast nur eine blühende Phantasie und einen Nachmittag damit verbracht, Serienmörder zu googeln. Alles ist in Ordnung. Es gibt keine Geister, sagte sie zu sich selbst.

Sie hatte sich gerade selbst zu der Überzeugung gebracht, dass sie überreagierte, als ihr Handy klingelte. Das Geräusch erschreckte sie dermaßen, dass die Limonade überschwappte und auf ihrer Bluse landete. Sie ging zum Spülbecken, um das tropfende Glas abzustellen, und nahm dabei den Anruf entgegen. Sie kannte die Nummer nicht.

»Ja?«

»Miss Evans? Hier ist noch einmal Detective Inspector Parker.« Er räusperte sich, ihm war offensichtlich unbehaglich zumute. »Vielen Dank, dass Sie mir die Bilder so schnell zugeschickt haben.«

»Keine Ursache.« Heather leckte sich einen Tropfen Limonade von der Hand. »Sind sie hilfreich?« Nikki und sie hatten bei ihrer Suche im Internet herausgefunden, dass eine Frau namens Elizabeth Bunyon das letzte Opfer des sogenannten Roten-Wolf-Nachahmers war. Sie hatten das Foto dieser Frau auf so vielen Nachrichtenseiten gesehen, dass Heather das Gefühl hatte, das Gesicht nie wieder vergessen zu können.

»Ja und nein. Uns liegen natürlich von einigen der Briefe bereits Kopien vor, da alles, was Reave im Gefängnis erhält und von dort aus wegschickt, überprüft wird.«

»Das hab ich gesehen«, bemerkte Heather. »Die Stempel.«

»Aber die früheren Briefe sind zumindest interessant. Miss Evans, ich glaube, der Schlüssel liegt nicht in den Briefen, sondern eher in seiner Reaktion. Er wusste nicht, dass Ihre Mutter gestorben ist.«

Heather lief ein kalter Schauer über den Rücken. »Sie haben es ihm erzählt? Was hat er gesagt?«

Eine kurze Stille trat ein, in der Detective Inspector Parker Luft holte. »Sehr wenig, um ehrlich zu sein. Michael Reave sagt selten viel, was uns schon lange frustriert. Aber jetzt müssen wir ihn zum Sprechen bringen, und das schnell. Sie verstehen bestimmt, warum.«

Heather stand in der Küche, runzelte die Stirn und fragte sich, wo dieses Gespräch wohl hinführen würde.

»Ich kann's mir vorstellen.«

»Er wusste auch nichts von Ihnen. Also, dass Colleen Evans eine Tochter hatte. Als ihr Name fiel, änderte sich sein Verhalten. Ich …« der Detective räusperte sich erneut. »Ich weiß, wir haben vorhin kurz darüber gesprochen, aber wären Sie wirklich bereit, mit ihm zu reden? Wir fragen so etwas nicht leichtfertig, das können Sie mir glauben.«

Heather blinzelte. Seine Bitte war genau das, was sie gewollt hatte, als sie vorhin mit Nikki über die Idee gesprochen hatte. Doch jetzt, wo ihr die Chance auf dem silbernen Tablett serviert wurde, hatte sie das Gefühl, als hätte Parker sie gerade auf dem falschen Fuß erwischt.

»Er wird mit mir reden?«

»Er *will* mit Ihnen reden.« Parker stieß ein leises Grunzen bitterer Belustigung aus. »Und nur mit Ihnen. Mit sonst niemandem. Und wie ich bereits gesagt habe, Miss Evans, wir müssen unbedingt herausfinden, was er über diese neuen … Vorfälle weiß. Wenn er überhaupt etwas weiß.«

Heathers Blick wanderte zum Küchenfenster, und sie sah sich selbst darin, das Gesicht blass, die Augen nur als dunkle Schatten erkennbar. Sie dachte an ihren letzten Tag bei der Zeitung. Und an das Gefühl von Stärke und Wut, das sie gespürt hatte, bevor alles aus dem Ruder gelaufen war. Diese Heather würde nicht eine Sekunde lang zögern.

»Kann ich die anderen Briefe sehen? Die, die meine Mutter ihm geschickt hat?«

Am anderen Ende der Leitung trat eine kurze Stille ein. »… Das wäre vielleicht möglich.«

Heather nickte zu sich selbst. Das war ein Anfang.

»Wann soll ich kommen?«

9. KAPITEL

Das Erste, was nicht stimmte, war der Kater.

Normalerweise, wenn Fiona nach einem langen Tag das Haus betrat, an dem sie schlechtgelaunte Teenagerinnen davon hatte überzeugen müssen, dass sie eigentlich nichts lieber tun wollten, als sich Bälle zuzuwerfen, eilte Byron sofort herbei und strich so lange begeistert um ihre Beine herum, bis ihr nichts anderes mehr übrig blieb, als ihm eine Dose Katzenfutter zu öffnen. Doch als sie ihre Einkaufstasche im Flur auf den Boden fallen ließ – und ein vorwitziger Kohlkopf hinausrollte – war der anschmiegsame Teufel nirgends zu sehen. Im Haus war es still. Kein Scharren im Katzenstreu, kein dumpfes Geräusch vom schuldbewussten Herunterspringen von einem Schrank in der Küche.

»Byron?«

Fiona schleppte die Einkaufstasche in die Küche und knipste das Licht an. Byron war ein Stubentiger, eine Rassekatze, viel zu teuer und zugegebenermaßen auch viel zu dumm, um unbeaufsichtigt im Freien herumzulaufen. Gelegentlich fand er jedoch ein neues Versteck im Haus und verkroch sich dort für Stunden. Einmal hatte er es sogar geschafft, sich in den Koffer unter ihrem Bett zu zwängen. Allerdings sah es ihm sehr unähnlich, ihr zur Essenszeit einen Streich zu spielen.

Fiona begann, in der Küche herumzuklappern, und machte mehr Lärm als nötig, um eine Dose zerkleinerten Hühnerfleischs hervorzuholen und den Inhalt in eine Plastikschüssel zu geben. Normalerweise lockten diese Geräusche ihn aus seinem Versteck hervor, und er kam in Lichtgeschwindigkeit angerast. Doch im Haus blieb es still. Sie stellte die Plastikschüssel auf den Boden und wartete. Nichts.

»Byron? Du kleiner Teufelsbraten.«

In dem Augenblick dachte sie an das kaputte Fenster, das sie die ganze Zeit schon hatte reparieren wollen. Eigentlich sollte der Kater sich da nicht hinauswinden können, aber was, wenn doch? Fiona schob den Gedanken beiseite und machte sich auf den Weg in die obere Etage. Besser erst einmal überall nachsehen, bevor sie in Panik geriet.

Das Zweite, was nicht stimmte, war der Geruch. Er stieg ihr in die Nase, als sie die Treppe hinaufstapfte, ein beißender und irritierender Gestank, wie der von Käfigen in einem Zoo. Oben angekommen, runzelte sie die Stirn und fragte sich, ob Byron vielleicht krank war und sich übergeben hatte, obwohl das Erbrochene von Katzen gewöhnlich nie so penetrant roch.

»Byron, du kleiner Teufelsbraten, ist alles in Ordnung mit dir? Dieses Futter ist teuer, und ich würde es begrüßen, wenn du es nicht überall hinspucken würdest …«

Die Worte verhallten im Nichts, verschluckt von der Stille und dem Gestank.

»Byron?«

Sie stand vor ihrer Schlafzimmertür, und ihr wurde flau beim Anblick der dunklen Schatten des Abends. Der Geruch war hier noch schlimmer, so dass ihr die grässlichsten Phantasien kamen, was diese Finsternis alles für sie bereithalten könnte – Byron tot auf ihrem Bett, das kleine Katzenhirn überhitzt, das Fell voller Erbrochenem. Oder vielleicht noch etwas Schlimmeres. Vielleicht eine Gestalt in der Dunkelheit, die sie beobachtete.

Fiona war mit einem Mal wütend auf sich selbst und knipste das Licht an. Ihr Blicke wanderte erleichtert durch das große, chaotische Zimmer. Das Bett, das für sie viel zu groß war; der

Nachttisch, auf dem ein Stapel eselsohriger Liebesromane lag, und die Schranktüren, die durch die darüber hängenden Kleidungsstücke halb verdeckt waren. Sie durchquerte das Zimmer, setzte sich aufs Bett und zog an den Schnürsenkeln ihrer Sportschuhe.

»Ich nehme an, du hast eine Maus gefunden«, sagte sie laut in den Raum hinein. »Du hast sie umgebracht und eine Schweinerei gemacht. Das würde auch den Gestank erklären. Jetzt hast du ein so schlechtes Gewissen, dass du dich nicht hervortraust.«

Von ihren Sportschuhen befreit, beugte sie sich nach unten, um sie aufzuheben – genau in dem Moment sah sie eine Hand unter ihrem Bett hervorschnellen und sie an ihrem Fußgelenk packen.

Vor Schreck und Entsetzen fuhr ein Zucken durch ihren Körper. Fiona gab ein seltsames, schnaubendes Geräusch von sich – die Panik schien ihr den Atem zu rauben – und sie versuchte aufzuspringen. Doch der Griff der Hand um ihre Fessel war stark, und sie wurde zurückgerissen, so dass sie das Gleichgewicht verlor und auf den Boden knallte, mit dem Kinn zuerst. Der dicke Teppich dämpfte den Aufprall nur leicht ab, und als sie den Mund öffnete, um zu schreien, bemerkte sie ein großes Gewicht auf ihren Beinen. Wer immer sich unter ihrem Bett versteckt hatte, schob sich gerade darunter hervor und kroch auf sie. Fiona sträubte sich mit aller Kraft und versuchte den Eindringling abzuschütteln, aber er war größer und stärker als sie. Es gelang ihr, sich zu drehen und sie sah flüchtig ein Gesicht, versteckt unter einer Wollmaske. Doch dann traf sie ein weiterer Schlag am Kopf, und ihr Blickfeld verengte sich und verschwamm an den Rändern.

»Nein, nein, nein …«

Sie riss die Arme hoch und schlug nach ihm, immer und immer wieder, entsetzt, wie seltsam schwach ihre Schultern waren. Die Angst hatte sie sämtlicher Kraft beraubt. Er drückte sie zurück auf den Teppichboden und setzte sein Gewicht ein, um sie dort zu halten. Für einen seltsam zähen Augenblick dachte Fiona daran, wie sie mit den Mädchen ihrer fünften Klasse die Bänke weggeräumt hatte: Sie hatten Dreierteams dafür gebildet, doch Fiona konnte eine Bank alleine stemmen, weil sie stark war, so stark, trotz ihrer geringen Größe. Jeder sagte das, jeder … Bestürzt und beschämt stellte sie fest, dass sie sich eingenässt hatte.

»Geh RUNTER von mir!«

Schließlich konnte sie ihm einen Schlag versetzen und das Gesicht des Mannes von sich wegdrücken, doch er stürzte sich wieder auf sie und biss. Er stieß seine Zähne in ihre Hand, als sei er ein tollwütiger Hund. Der Gestank, der eigentlich nie ganz verschwunden war, wurde immer stärker, bis er ihr den Atem zu rauben schien.

»Geh runter. Hilfe, Hilfe …«

Fiona wand sich verzweifelt, ihre Handgelenke und ihr Kreuz rieben über den Teppichboden und brannten. Wenn sie sich nur befreien und die Treppe hinunterlaufen könnte, auf die Straße. Ihre Hand blutete, und ihr Herz pochte, als wollte es sich einen Weg aus ihrer Brust schlagen. Er stürzte sich wieder auf sie, und dieses Mal sah sie, dass er einen weißen Lappen in seiner behandschuhten Hand hielt, den er ihr ins Gesicht drückte. Mehrere Gerüche vermischten sich und lösten einen stechenden Schmerz in ihren Augen aus.

»Hör mir zu«, sagte er ruhig, als würden sie leise miteinander in einer Bibliothek sprechen. Er presste sein Gesicht an ihr Ohr. »Hör mir zu. Ich bin gekommen, um dich nach Hause zu holen.«

Später, als beide Menschen weg waren, kroch Byron aus dem Schuhschrank. Der Gestank, der ihm am meisten Angst gemacht hatte, hing noch immer in der Luft. Also schlich er die Treppe hinunter zur Haustür, wo es nur nach Blut roch.

10. KAPITEL

»Sind Sie sich sicher, dass Sie sich dem aussetzen wollen? Sie können immer noch einen Rückzieher machen.«

»Ja, ich bin mir sicher«, antwortete Heather sofort. Wenn sie aufstehen konnte mit dieser unguten Vorahnung, die wie eine Wolke über ihr hing, wenn sie sich anziehen und hierherkommen konnte, in dieses Gefängnis und in dieses kleine anonyme Zimmer, ohne vorher kehrtzumachen, dann würde sie jetzt bestimmt nicht mehr kneifen.

Detective Inspector Ben Parker sah sie aufmerksam an, als würde er versuchen, in ihrem Gesicht doch noch Zweifel zu entdecken. Er war etwas größer als sie, eher stämmig gebaut, mit sandfarbenem Haar und haselnussbraunen Augen – eigentlich überhaupt nicht ihr Typ, aber er machte einen leicht unordentlichen Eindruck, der irgendwie liebenswert erschien. Der Knoten seiner Krawatte war etwas schief, und die Frisur sah aus wie der Versuch, gepflegt zu wirken, der aber auf halber Strecke aufgegeben worden war, weil es dann doch Wichtigeres gegeben hatte. »Haben Sie irgendwelche Tipps für mich? Gibt es Regeln? Soll ich Augenkontakt vermeiden, oder so etwas?«

»Er ist ein Serienkiller, nicht Tom Cruise. Wir sind keine *Monster*«, sagte er mit einem Lächeln, an dem eher seine Augenbrauen beteiligt waren als seine Zähne. »Denken Sie dran, Sie können jederzeit den Raum verlassen. Er kann Sie nicht berühren, und Sie sind nicht allein. Und schauen Sie, ob Sie ihn zum Reden bringen können. Aber provozieren Sie ihn nicht. Bringen Sie nicht absichtlich Dinge zur Sprache, mit denen Sie nicht umgehen können. Und wenn ich Sie auffordere, den Raum zu verlassen, dann machen Sie das sofort.«

»Okay. Gut. Sonst noch was?«

»Sie schaffen das schon. Wenn Sie bereit sind …?«

Heather nickte nur, weil sie befürchtete, etwas Sarkastisches zu sagen, wenn sie den Mund aufmachte. Detective Parker führte sie in einen kleinen Raum mit pastellgelb gestrichenen Wänden. Zwei kräftig aussehende Gefängniswärter beobachteten sie interessiert, als sie eintrat. An einem breiten grauen Tisch saß Jack in the Green, der Rote Wolf. Michael Reave.

Sie hatte sich darauf eingestellt, dass er in echt kleiner aussah, jämmerlich und irgendwie bedauernswert – oder es zumindest gehofft. Aber leibhaftig sah er sogar noch vitaler aus, noch bedrohlicher. Er war groß, seine Schultern breit und das dichte Haar bis auf wenige graue Strähnen noch immer schwarz. Obwohl er blass war, machte er einen ziemlich gesunden Eindruck. Er trug ein einfaches weißes T-Shirt, eine schwarze Trainingshose – Socken, aber keine Schuhe – und Handschellen.

»Michael, hier ist Besuch für Sie.«

Reave hatte auf den Tisch geschaut, und als er den Kopf hob, hatte Heather das seltsame Gefühl, dass er sich wappnete. Und tatsächlich, als ihre Blicke sich trafen, huschte eine Emotion über sein unrasiertes Gesicht, die sie nicht bestimmen konnte. Er blinzelte mehrfach, während sie ihm gegenüber Platz nahm. Parker blieb in der Nähe stehen, die Arme vor der Brust verschränkt. Ein kleiner schwarzer Kasten, von dem sie vermutete, dass es ein Aufnahmegerät war, stand auf dem Tisch.

»Mr. Reave, danke, dass Sie mit mir sprechen.«

Sie hatte einen Umschlag mit Kopien der Briefe mitgebracht, den sie auf den Tisch legte.

»Sie sind Colleens Mädchen.« Es war eine Feststellung, keine Frage. Er sprach mit dem weichen nordenglischen Akzent, den sie unter normalen Umständen anziehend gefunden hätte. »Sie hatte ein kleines Mädchen.«

»Ja, hatte sie. Ich bin Heather, Mr. Reave, und meine Mutter …«

Er zuckte, als hätte sie ihn geschlagen. »Michael. Für Sie Michael.«

Aus Gründen, die sie nicht benennen konnte, stellten sich Heather die Nackenhaare auf, und sie ertappte sich dabei, wie sie auf seine Hände starrte – große, kräftige Hände mit Narben auf den Knöcheln. Trotz ihrer gespielten Tapferkeit und der Gewissheit, dass sie dieses Gespräch meistern würde wie eine erstklassige Journalistin, gefror ihr das Blut in den Adern bei der Vorstellung, einen Serienkiller mit seinem Vornamen anzusprechen, und ihr fiel nichts ein, was sie darauf hätte erwidern können. Seltsamerweise war es Michael Reave, der sie aus ihrem Dilemma rettete.

»Tut mir leid«, sagte er. »Ich meine, das mit Ihrer Mum.«

Heather nickte und dachte, wie eigenartig es doch war, dass ihr ein Serienmörder sein Beileid aussprach. Das alles erschien zu absonderlich, um wahr zu sein. Der zerschmetterte Körper ihrer Mutter auf den Felsen. Der jahrzehntelange Briefwechsel mit einem verurteilten Mörder. Dieser kleine gelbe Raum und der Mann, der darin saß. Sie räusperte sich, rückte auf ihrem Stuhl vor und ignorierte ihr Zittern.

»Danke«, sagte sie. »Ich habe sie in den vergangenen Jahren nicht häufig gesehen, aber es war dennoch ein ziemlicher Schock.« Sie wusste, dass Detective Parker ihm nicht erzählt hatte, wie sie gestorben war – er hoffte, dass Reave eine Reaktion zeigen würde, wenn er es von Heather erfuhr. »Sie hat sich das Leben genommen.«

Michael Reave nickte bedächtig, ohne wegzusehen. In seinem Gesicht war keine Spur von Überraschung zu erkennen, und auf einmal war Heather froh, dass sie den Mut gehabt hatte, ihm gegenüberzutreten. Er *musste* mit all dem etwas zu tun haben. Hier würde sie Antworten finden.

»Schockiert Sie das nicht?« Als er nichts erwiderte, fuhr sie fort. »Hat Sie Ihnen erzählt, dass sie das vorhatte? In ihren Briefen?«

»Nein.« Der Blick von Reaves Augen war fest und blieb auf ihr Gesicht gerichtet. »Aber das Leben ist hart, und manche Menschen werden … davon zerrissen.«

»Zerrissen ist eine sehr interessante Wortwahl.« Heather spürte eher, als dass sie sah, wie der hinter ihr stehende Detective sein Gewicht von einem Fuß auf den anderen verlagerte. »Mr. Reave, können Sie mir etwas dazu sagen, warum sie sich umgebracht hat? Nach den Briefen zu urteilen, haben Sie sich ziemlich gut gekannt.« Der Gedanke, dass er die Antwort darauf vielleicht kannte, dass er den Tod ihrer Mutter erklären konnte, aber womöglich entschied, ihr die Information vorzuenthalten … war unerträglich. Sie holte Luft und wappnete sich. Was hatte ihre Chefin Diana ihr vor Jahren gesagt, als sie bei der Zeitung als Redaktionsassistentin zu arbeiten begonnen, den Kaffee gebracht und die Bestellungen fürs Mittagessen aufgenommen hatte? *Augen und Ohren offen halten, Heather. Immer. Das ist das A und O in deinem Job.*

Michael Reave neigte den Kopf leicht zur Seite und betrachtete sie mit einem Blick, der verdächtig nach Mitleid aussah.

»Sie sind ihre Tochter. Da müssten doch eher Sie als ich eine Ahnung haben, was im Kopf Ihrer Mum vorgegangen ist.«

Heather gestand mit einem bedächtigen Kopfnicken ein, dass er recht hatte. »Ja, das stimmt. Aber trotzdem ist es hart, einen Menschen auf diese Weise zu verlieren, mit all diesen offenen Fragen. Vielleicht sogar die härteste.«

Michael Reave blieb still. Er hatte dunkelgrüne Augen, stellte sie fest. Die gleiche Farbe wie die von Kiefernnadeln auf Schnee.

»Warum hat meine Mutter Ihnen geschrieben?«

»Sie war eine Freundin. Eine gute Freundin.«

»Sie kennen sich schon lange?«

Er zuckte mit den Achseln. »Ja, schon.«

»Das habe ich nicht gewusst.« Heather rang sich ein kleines Lächeln ab, das sich jedoch seltsam auf ihren Lippen anfühlte. »So ein langer Briefwechsel, und sie hat mir nicht ein einziges Mal etwas davon gesagt. Ich … vielleicht können Sie mir helfen, das zu verstehen?«

»Wir haben doch alle unsere Geheimnisse.« Er sah sie noch immer derart unverwandt an, dass sie eine Gänsehaut bekam. »Für Kinder ist das wohl schwer zu verstehen, aber selbst Eltern verheimlichen manchmal etwas. Ihre Mutter hatte ein Leben, bevor Sie geboren wurden, Heather.«

Ihr Name fühlte sich aus seinem Mund an wie eine Drohung. Heather blickte auf ihre Hände. Plötzlich wollte sie das Gespräch so schnell wie möglich in eine andere Richtung lenken, nur weg von ihr.

»Dann haben Sie sich meiner Mutter also anvertraut? War sie diese Art von Freundin? Wissen Sie, ich habe meine Mum nur als einen Menschen gekannt, der nie an Verbrechen oder Morden interessiert war. Sie wollte nicht einmal die Nachrichten sehen, weil sie ihr zu bedrückend waren. Warum also hat sie mit Ihnen gesprochen?«

»Sie war meine Freundin. Eine alte Freundin. Und ich habe hier sonst niemanden zum Reden.«

»Ich bin mir nicht sicher, ob ich das glauben kann.« Ein Ausdruck der Überraschung huschte über sein Gesicht, und sie hatte das Gefühl, als hätte sie einen kleinen Sieg errungen. »Nicht jetzt, wo doch Ihr Name wieder in den Nachrichten ist. Da wollen doch bestimmt viele Leute mit Ihnen über die Morde reden, die gerade passieren, oder?«

Ein Lächeln umspielte seine Lippen, und er zog sanft an der Kette zwischen den Handschellen, so dass sie klirrte. »Davon weiß ich nichts. Wie sollte ich auch? Ich vermute, dass ich länger im Gefängnis sitze, als Sie auf der Welt sind. Wie alt sind Sie? Für mich sieht heutzutage jeder jung aus«, sagte er und deutete mit dem Kopf auf Parker. »So wie der da. Wartet noch immer darauf, dass ihm ein Bart wächst und er sich zum ersten Mal rasieren darf, aber steht schon da und wirft mir böse Blicke zu.«

»Wenn's so weit ist, werde ich bestimmt für ein paar Tipps auf Sie zurückkommen«, erwiderte Parker trocken.

»Na gut«, sagte Heather und beugte sich vor und lenkte Reaves Aufmerksamkeit wieder auf sich. Er lächelte leicht, und sie musste ein Schaudern unterdrücken. Die Art, wie er sie ansah, wie eine Elster, die etwas Glänzendes im Gras entdeckt hatte, beunruhigte sie. Er schien sich an ihr zu erfreuen, und sie wusste nicht, warum. »Was ist mit Ihrer Vergangenheit? Können Sie mir dann etwas über die alten Morde erzählen?«

Er lehnte sich in seinem Stuhl zurück und streckte die Arme.

»Soll ich Ihnen eine Geschichte erzählen?«

Heather straffte die Schultern. Worauf lief das hinaus?

»Wenn Sie möchten, Mr. Reave.«

»Michael, bitte.« Er legte seine Hand auf den Mund, und verbarg für einen Augenblick seinen Gesichtsausdruck. »Es waren einmal ein Bruder und eine Schwester. Ihre Mutter starb und überließ die beiden in der Obhut ihrer Stiefmutter, die insgeheim eine Hexe war. Sie schlug die Kinder und gab ihnen nicht genug zu essen. Also liefen sie weg, in der Hoffnung, dass sie woanders ihr Glück finden würden. Aber der Fußmarsch war anstrengend, und sie hatten nicht daran gedacht, Proviant mitzunehmen. Schon bald waren sie so hungrig und durstig, dass sie kaum noch klar denken konnten. Schließlich kamen sie an einen Fluss. Doch als sie sich bückten, um daraus zu trinken, hörte das

Mädchen eine Stimme in dem plätschernden, fließenden Gewässer. Die Stimme sagte: ›Wer immer aus mir trinkt, wird sich in einen Tiger verwandeln. Wer immer aus mir trinkt, wird sich in einen Tiger verwandeln.‹«

Heather blinzelte. Sie hatte aufgrund der seltsamen Situation und Reaves merkwürdiger Geschichte das Gefühl, als würde sie schlafen und etwas besonders Beunruhigendes träumen.

»Mr. Reave … ich bin mir nicht sicher …«

»Die Hexe hatte alle Flüsse verwünscht. Die kleine Schwester sagte: ›O Bruder, bitte trink nicht aus diesem Fluss, denn dann wirst du dich in einen Tiger verwandeln und mich fressen.‹ Der Bruder gab ihrer Bitte nach. Als sie an den nächsten Fluss kamen, hörte sie erneut das Wasser. Dieses Mal sang es: ›Wer immer aus mir trinkt, wird sich in einen Bären verwandeln. Wer immer aus mir trinkt, wird sich in einen Bären verwandeln.‹ Und wieder bat die Schwester ihren Bruder, nicht daraus zu trinken. Dieses Mal kam er ihrer Bitte nur noch widerwillig nach. ›Wir müssen bald etwas trinken‹, sagte er zu ihr, ›oder wir werden sterben.‹ Schließlich kamen sie an einen dritten Fluss, einen breiten, einladenden Strom voll prickelndem, klarem Wasser. Verzweifelt und durstig fielen sie auf die Knie, die Lippen spröde, die Münder trocken. Dieses Mal hörte das Mädchen den Fluss sagen: ›Wer immer aus mir trinkt, wird sich in einen Wolf verwandeln.‹ Mit Tränen in den Augen bettelte und flehte sie ihren Bruder an, doch er ließ sich nicht mehr aufhalten. Der Junge trank, verwandelte sich in einen Wolf und riss seine Schwester in Stücke.«

Eine kurze Stille trat ein, bis ein Wärter hustete. Detective Parker, der hinter Heather stand, seufzte sehr leise.

»Hm. Eine reizende Geschichte.« Heather räusperte sich. »Mr. Reave, ich will ehrlich sein. Geschichten zu erzählen, in denen Mädchen aufgefressen werden, ist nicht der beste Weg, um jemanden von Ihrer Unschuld zu überzeugen.«

Michael Reave kicherte, und sein Gesicht leuchtete auf, offenbar ehrlich amüsiert. »Ich weiß. Die meisten der alten Geschichten, also die der Gebrüder Grimm, klingen so, als hätten Mörder sie verfasst. Das Märchen, das ich gerade erzählt habe, heißt ›Brüderchen und Schwesterchen‹ und hat zu den Märchen gehört, die Ihre Mum gesammelt hat. Sie hatte sehr viele davon. Entweder waren sie aus alten Büchern kopiert oder aus dem Gedächtnis niedergeschrieben.«

»Meine Mutter?« Heather verzog den Mund zu einem ungläubigen Lächeln. »Ausgeschlossen. Meine Mum mochte nicht einmal, wenn ich nach neun Uhr abends Fernsehen schaute. Ich hatte als Kind nur Bilderbücher, in denen Blumenfeen und Einhörner vorkamen. Sie müssen sie mit jemand anderem verwechseln.«

Doch noch während sie das sagte, dachte sie an das herausgerissene, zerknüllte Blatt auf dem Frisiertisch. Und an das Buch, das alte Buch, das sie unter dem Sofa entdeckt und ins Regal geworfen hatte.

Michael Reave schüttelte langsam den Kopf, noch immer lächelnd. »Sie wollten doch, dass ich Ihnen von Ihrer Mutter erzähle, oder? Colleen hat diese Geschichten geliebt. Und die Natur – so wie ich – sie wollte damals nichts weiter, als unter freiem Himmel sein und durch den Wald laufen. Diese Geschichten machten es ihr möglich, wieder in die Zeit einzutauchen, als wir nichts anderes gemacht haben als eben das. Als wir uns zu Recht vor dem Wald fürchteten und den Rhythmus der Welt kannten. Ich will damit sagen, dass Sie wahrscheinlich sehr viel über Ihre Mutter nicht gewusst haben. So sind die Menschen nun mal. Und Ihre Mum, sie konnte gut Dinge verheimlichen. Besser als jeder andere.«

Heather bemerkte, dass sie ihre Hände unter dem Tisch gefaltet hatte, und die Finger so fest zusammenpresste, dass sie ganz weiß waren. Mit einiger Mühe löste sie den Griff. Ihre Erinnerungen an den Tag in der Leichenhalle waren mit einem Mal wieder ganz wach, so als könnte sie, wenn sie den Kopf nach rechts drehte, den kalten weißen Tisch dort stehen sehen und in die weißen Gesichter der Bestatter blicken. Jetzt ballte sie die Hände unterm Tisch zu Fäusten und konzentrierte sich auf den dumpfen Schmerz ihrer Nägel, die sich in ihre Handflächen gruben.

»Die Natur, ja, richtig. In den Briefen sprechen Sie von einem Ort, an dem Sie beide eine Zeitlang gelebt haben, eine Art Hippiekommune, oben im Norden. Ich habe immer gedacht, dass es so was nach den Sechzigerjahren nicht mehr gegeben hätte, aber es klingt so, als wäre das noch einige Jahre weitergegangen. Haben Sie sich dort kennengelernt? Was können Sie mir davon erzählen?«

Michael Reave schaute auf den Tisch. All die Lebendigkeit, die sich beim Erzählen seines düsteren Märchens auf seinem Gesicht gezeigt hatte, schien daraus verschwunden zu sein.

»Ich verstehe nicht, warum ich darüber reden sollte. Das ist alles lange vorbei.«

»Warum nicht? Heutzutage wollen alle zurück zur Natur, alle wollen das Hamsterrad verlassen. In den Briefen nennen Sie diesen Ort Fiddler's Mill. Wie war es da?«

Er drehte den Kopf und blickte auf die hintere Wand, als wäre dort ein Fenster, aus dem er hinausschauen könnte.

»Ich glaube, ich bin fertig«, sagte er leise. »Ich will zurück in meine Zelle.« Heather blinzelte, überrascht davon, dass sein Verhalten sich so plötzlich änderte und er das Gespräch abbrach. Als Detective Parker ihre Schulter berührte, um sie zum Gehen aufzufordern, sah Michael Reave sie ein letztes Mal an. »Haben Sie die Geschichte verstanden, Heather? Ist Ihnen klar, was die Schwester hätte tun sollen?«

Heather antwortete nicht.

»Sie hätte auch von dem Wasser trinken sollen«, sagte er.

Detective Parker bot ihr an, sie mitzunehmen, da er sowieso in ihre Richtung fuhr, und sie nahm sein Angebot dankbar an, froh, nicht mit dem Bus fahren zu müssen, wo am Himmel gerade düstere Regenwolken aufzogen. Sein Auto war unordentlicher, als sie es von einem Polizisten erwartet hätte – leere Pappbecher von McDonalds, leere Tupperdosen, zusammengeknülltes Schokoriegelpapier –, und sie bemerkte, wie er leicht errötete, als sie den Deckel einer Plastikflasche von ihrem Sitz schob. Irgendwie liebenswert.

»Tut mir leid wegen der Unordnung«, sagte er und verzog leicht das Gesicht, als sie vom Parkplatz auf die regennasse Straße fuhren.

»Keine Sorge, Sie sollten mal meine Wohnung sehen.« Heather hielt inne, sowohl amüsiert als auch entsetzt über ihre Worte, die jetzt zwischen ihnen hingen. *Ich lade ihn schon zu mir nach Hause ein. Verdammt.* »Haben Sie hier in dem Auto irgendwo eine Sirene versteckt? Jetzt nach Hause zu rasen, wie in so einer Polizeiserie, würde den Tag noch irgendwie retten. Ansonsten war er der totale Reinfall.«

Parker grunzte. »Sirenen sind tatsächlich nur für Notfälle, Miss Evans. Und außerdem, nehmen Sie's nicht so schwer. Sie haben Ihre Sache da drinnen gut gemacht.«

»Hab ich?«

Er zuckte mit einer Schulter. »Es ist ein Anfang. Ich habe Reave auf jeden Fall noch nie so viel reden hören. Er ist daran interessiert, mit Ihnen zu sprechen. Hoffen wir, dass er etwas fallenlässt, was uns auf neue Ideen bringt. Ich würde Sie gern noch einmal mit ihm reden lassen, wenn das für Sie in Ordnung ist.«

Heather blickte aus dem Fenster. Der Regen hatte die Welt in etwas Unklares verwandelt, durchzogen von roten und gelben Lichtern. Obwohl sie die Begegnung vorhin einen Reinfall genannt hatte, musste sie sich eingestehen, dass sie auch faszinierend gewesen war. Zum einen wegen Reave und seiner beunruhigenden Zutraulichkeit, zum andern wegen der Informationsbröckchen, die er über ihre Mutter hatte fallenlassen.

»Ist schon echt ein Ding mit so jemandem zu reden. Wenn man ihn in einem Pub sehen würde, würde man kein zweites Mal hingucken. Aber trotzdem *spüre* ich, dass er Sachen zurückhält. Sachen über meine Mutter.« Sie sah Parker kurz an, leicht verlegen. »Oh Mann, ein Gespräch mit ihm, und ich halte mich schon für Miss Marple, was?«

Detective Parker warf ihr ein schiefes Lächeln zu.

»Egal. Er ist unheimlich, Inspector Parker. Aber die Tatsache, dass er all die Jahre zu meiner Mutter Kontakt hatte, dass es diese Seite an ihr gab, von der ich nichts wusste, und *dann* begeht sie aus heiterem Himmel Selbstmord ...« Sie schüttelte leicht den Kopf. »Und jetzt dieser neue Killer. Haben Sie sich schon in Fiddler's Mill umgesehen? Ich meine, damals.«

»Die Polizei hat alles durchforstet, als Reave verhaftet wurde. Auf jeden Fall, so gut sie konnte – es ist ein großes Stück Land. Und die Kripo von Lancashire hat sich noch einmal alles angesehen, als sie die Verbindung zu diesen neuen Vermisstenfällen festgestellt haben. Mittlerweile hat sich dort sehr viel verändert. Man würde kaum vermuten, dass dort einmal eine Kommune gewesen ist.« Parker umfasste das Lenkrad jetzt fester. »Die Informationen über Reaves Herkunft sind äußerst spärlich. Die Leute, die ihn vielleicht als Kind gekannt haben, sind mittlerweile alle tot. Es gibt fast keine Aufzeichnungen über ihn aus diesen Jahren, und aus seiner Zeit als Erwachsener gar nichts. Wir haben eine Geburtsurkunde und eine Anmeldung zur Vorschule gefunden. Danach scheint er einfach vom Erdboden verschwunden zu sein.«

Heather schürzte die Lippen, dachte nach. »Er muss etwas wissen. Wann soll ich wieder mit ihm reden?«

»Lassen wir ihm ein bis zwei Tage Zeit, um darüber nachzudenken, aber ansonsten so schnell wie möglich.«

»Denken Sie wirklich, das bringt was? Also, in Bezug auf die aktuellen Morde, meine ich.«

»Es ist durchaus möglich, dass Reave über wichtige Informationen verfügt.« Parker trommelte kurz mit den Daumen auf das Lenkrad. »Wer immer dieser neue Täter ist, wir glauben, dass zwischen ihm und Reave eine persönliche Verbindung besteht. Die Morde sind einfach zu ähnlich.«

»Etwas, was nur der Mörder wissen kann, so was in der Art?«

Parker schnaubte leicht und fuhr sich mit der Hand durchs Haar. Heather konnte plötzlich sehen, wie müde er war, und wie jung. Auf keinen Fall älter als sie.

»Eigentlich darf ich mich dazu nicht äußern, aber ja. Die ursprünglichen Rote-Wolf-Morde waren, auf eine, na ja, einzigartige Weise unheimlich. Michael Reave ist ein besonders merkwürdiges Monster, und wir können froh sein, dass er im Gefängnis sitzt. Aber dieser neue Kerl? Er hat zweifellos seine Hausaufgaben gemacht.« Parker bemerkte offensichtlich, dass er unprofessionell war und räusperte sich. »Wie auch immer, Elizabeth Bunyon und Sharon Barlow wurden nicht in London gefunden, doch unsere bisher größte Informationsquelle sitzt hier in einer Zelle in Belmarsh. Ich stehe in engem Kontakt mit der Kriminalpolizei in Lancashire, und wir unterstützen die Kollegen, so gut wir können, aber …« Die Ampel schaltete auf Grün, und für einen Moment war das Auto erfüllt vom Geräusch des aufjaulenden Motors. Detective Parker fuhr anscheinend schneller, wenn er aufgewühlt war. »Serienkiller sind auf ihre eigene Weise unberechenbar.«

»Sind Sie sich sicher, dass es ein Serienkiller ist? Nimmt er Andenken mit?«

»Was machen Sie noch mal beruflich, Miss Evans?«

»Äh, also, ich bin Autorin. Ich schreibe.«

»Oh.«

Sie lachte. »Nur Kleinigkeiten. Freiberuflich. Meistens Werbetexte …« Sie lächelte. »Manchmal Filmkritiken. Zurzeit viel Korrektorat.«

»Aha.« Er wirkte nachdenklich, und Heather hatte den Eindruck, als würde er etwas laut überdenken. Fast so, als wäre sie nicht da. »Er hat sehr viel Zeit darauf verwendet, die Leichen zu drapieren. Sie weisen Besonderheiten auf – Besonderheiten, die bei den ursprünglichen Morden des Roten Wolfs nicht an die Presse weitergegeben wurden – und die nahelegen, dass er weitermachen wird.« Er räusperte sich und sah wieder leicht verlegen aus. »Ich habe Kriminalpsychologie studiert und ein paar Artikel über Serienmörder geschrieben. Der Green River Killer, Shipman. Nur Kleinigkeiten, wie Sie es nennen.«

»Wenn er Dinge tut, die mit den ursprünglichen Morden übereinstimmen, die der Öffentlichkeit aber niemals bekannt waren, … ist es dann möglich, dass diese ursprünglichen Morde schon von jemand anderem begangen worden sind als von Reave?«

Parker erwiderte erst einmal nichts darauf. Als er wieder sprach, war seine Selbstsicherheit zurück. »Nein. Die Beweise gegen Reave waren letztendlich eindeutig, und wir haben keine weiteren Morde in der Art gehabt, seit er im Gefängnis sitzt.«

»Bis jetzt.«

Er verzog das Gesicht. »Bis jetzt.«

»Ich würde gern mehr darüber erfahren, wenn Sie Zeit haben.«

Der Verkehr war ins Stocken geraten, so dass er einen Augenblick hatte, zu ihr hinüberzusehen. »Das ist eigentlich kein angenehmes Gesprächsthema, Miss Evans.«

»Dann können Sie nicht viele Menschen kennen, die schreiben. Nennen Sie mich Heather, ja? Wenn der verdammte Michael Reave denkt, dass er mich so nennen kann, dann können Sie es auch.«

Er kicherte in sich hinein. »Na gut.«

Als sie Balesford erreichten, bat Heather ihn, sie an einer Ladenzeile abzusetzen – sie konnte nicht genau sagen, warum sie nicht wollte, dass er sie mit dem Haus ihrer Mutter in Verbindung brachte. Als sie sich hinunterbeugte, um die Wagentür zu schließen, sah sie ihm direkt in die Augen.

»Ich habe das ernst gemeint. Also, das mit dem Gespräch. Balesford ist zwar ein Drecksloch, aber es gibt einen netten Chinesen, nur ein paar Minuten von hier entfernt. Mit richtig guten Rippchen süß-sauer.«

»Also, …« Zu ihrer leisen Überraschung lächelte er. »Ich bin mir nicht sicher, ob das wirklich angebracht ist, Heather.« Das war weder ein Ja noch ein Nein, stellte sie fest, und so erwiderte sie sein Lächeln.

»Sie haben meine Telefonnummer, Detective Inspector Parker.«

Zurück im Haus ihrer Mutter, ging Heather ins Wohnzimmer und griff nach dem Buch, das sie dort gefunden hatte. Das Märchenbuch mit dem Wolf auf dem Einband. Sie dachte an die gruselige Geschichte, die Michael Reave ihr erzählt hatte. An den Jungen, der sich in einen Wolf verwandelt hatte, als er aus dem verwunschenen Fluss getrunken hatte.

Reave hatte also recht gehabt. Ihre Mutter hatte sich für diese Art von Geschichten interessiert. Aber wieso lag dieses Buch dann unter dem Sofa? Als sei es dort mit dem Fuß hingestoßen worden.

Heather erinnerte sich an das zerknüllte Blatt Papier auf dem Frisiertisch ihrer Mutter und begann, das Buch durchzublättern auf der Suche nach der Geschichte, aus der es herausgerissen worden war. Doch ihr wurde schnell klar, dass dies schwieriger war, als sie gedacht hatte, denn aus dem Buch waren viele Seiten herausgerissen und scheinbar weggeworfen worden. Trotzdem gab es noch genügend Abbildungen von Jungen und Mädchen mit runden Wangen, von Bären, von Burgen und Soldaten und von Feen, Kobolden und Irrwichten. Ihre herumtollenden Gestalten tauchten immer wieder auf. Aber keine Wölfe. Nicht ein einziger Wolf war übrig.

11. KAPITEL

»Nikki, das Treffen mit ihm war so was von gruselig, ich kann's dir gar nicht sagen.«

»Das glaub ich sofort.«

Sie waren wieder in Nikkis Wohnzimmer, die Reste des chinesischen Essens, das sie sich hatten bringen lassen, standen auf dem bislang unbefleckten Couchtisch. Es war spät, und die Fenster kamen Heather schrecklich dunkel vor. Sie war froh, dass ihre Freundin alle Lichter angemacht hatte. Selbst der lautlos gestellte Fernseher hatte eine beruhigende Wirkung.

»Er war anders, als ich es erwartet hatte. Aber was kann man schon erwarten? Einen Menschen wie Fred West – der aussieht, als wäre er unter einer Brücke hervorgekrochen. Ian Brady. Seine Visage ist echt zum Reinschlagen. Beziehungsweise war sie einmal. Und Jeffrey Dahmer steht das Wort Fiesling förmlich auf der Stirn geschrieben. Aber Michael Reave … Ich weiß nicht. Wie ein Kneipenwirt oben im Norden, der auf sein Äußeres achtet. Oder …«, schnaubte Heather bitter amüsiert, »oder wie so ein dubioser Liebhaber aus diesen Schundromanen. Er ist ein grüblerischer Typ.«

»Man denkt, dass diese Leute böse oder unangenehm aussehen, weil man weiß, was sie getan haben«, stellte Nikki fest. Sie saß auf dem Sofa, die Beine angezogen, und hatte ihre Bluse gegen einen großen lila Pulli eingetauscht. Doch ihre Strumpfhose hatte sie noch immer an, und über dem Knie war eine Laufmasche. »Schau dir Bundy oder Harold Simpson an. Die sehen völlig normal aus. Shipman sieht aus wie ein freundlicher alter Mann. Dabei ist er der Serienkiller mit den meisten Morden.«

»Hmm«, sagte Heather. Sie und Nikki hatten in den letzten Stunden einen Crashkurs im Recherchieren von Serienmördern gemacht. »Bundy. Was für eine Fotze.«

»Meine Mum würde dich höchstpersönlich killen, wenn sie wüsste, wie du hier im Beisein meiner Porzellanfigürchen sprichst. Aber diese Geschichte …«

»Ja wirklich, oder?« Heather schnappte sich einen der übrig gebliebenen Krabbenchips und knabberte daran. »So was Seltsames zu erzählen. Und dann noch zu behaupten, dass meine Mum ein Riesenfan von so was war.« Sie hielt kurz inne und fragte sich, ob sie Nikki von dem Buch erzählen sollte, entschied sich dann aber dagegen.

»Dass deine Mutter viel Zeit für gruselige Märchen übriggehabt haben soll, kann ich mir zugegebenermaßen auch nicht vorstellen.«

»Ja, oder? Und die Geschichte, die er mir erzählt hat, gibt es tatsächlich. Also, das Märchen gibt es wirklich. Jedenfalls so ähnlich.«

Nikki war gerade dabei, sich einen Krabbenchip in den Mund zu schieben, und hielt in der Bewegung inne.

»Ach echt? Woher weißt du das?«

Heather schürzte die Lippen. »Ich habe mich in das Thema eingelesen – im Internet gibt's viele, die ihre Zeit damit verbringen, diese Geschichten zu analysieren. Grimms Märchen wurden durch Disney weichgespült und mit einem Zuckerguss überzogen, um sie genießbarer zu machen. Ursprünglich waren sie wohl genauso grausam wie die Geschichte, die Michael Reave mir erzählt hat. Die Sache ist, dass es das Märchen, das er mir erzählt hat, wirklich gibt. Es heißt ›Brüderchen und Schwesterchen‹, nur hat er den Schluss geändert. Das Brüderchen verwandelt sich am dritten Fluss eigentlich in ein Reh. Dann wird's ziemlich kompliziert, mit Königen, Prinzessinnen und einer Hexe, die schließlich selbst von wilden Tieren in Stücke gerissen wird. Seine Version war zugegebenermaßen sehr viel knackiger.«

»Oh.« Nikki tunkte einen weiteren Krabbenchip in die süß-saure Sauce. »Warum glaubst du, hat er das gemacht?«

»Viele dieser Geschichten wurden verändert, allerdings die meisten nicht so, dass sie danach noch brutaler waren. Vielleicht hat er sie falsch in Erinnerung gehabt, oder er wollte mir auf diese Weise etwas sagen.« Heather zuckte mit den Achseln, als sie bemerkte, wie Nikki die Augenbrauen hochzog. »Er hat mir zum Schluss gesagt, dass er mir diese Geschichte erzählt habe, um mir zu zeigen, dass ich nicht alles von meiner Mum wusste. Vielleicht steckte aber noch eine andere Botschaft dahinter.«

»Ja, und die könnte ganz einfach lauten: ›Ich will dir Angst machen.‹ Wirst du noch einmal hingehen?«

Heather nickte.

»Er weiß etwas, Nikki. Er war überhaupt nicht überrascht, als ich ihm erzählt habe, dass Mum sich umgebracht hat. Vielleicht hatten sie eine Art Pakt geschlossen oder einen Code in ihren Briefen verwendet.« Sie verstummte und blickte hinaus in die Dunkelheit. »Was immer es ist, ich muss es wissen.«

Auf dem Weg zurück zum Haus ihrer Mutter ertappte Heather sich dabei, wie sie wieder an Michael Reaves grausames Märchen dachte. Ihre Mutter hatte tatsächlich dermaßen streng über ihre Fernseh- und Lesegewohnheiten gewacht, dass Heather deshalb oft bis spätabends bei ihren Freundinnen geblieben war, um sich alle möglichen Horrorstreifen auf Video anzusehen – das Verbot ihrer Mutter hatte ihr Interesse nur verstärkt – und in ihrem

Schrank hatte sie unter ihren Schuhen eine Kiste mit Büchern und Comicheften versteckt, die ihre Mum bestimmt nicht gebilligt hätte. Die Vorstellung, dass ihre Mutter einmal besonders grausame Geschichten gesammelt und sie mit einem späteren Serienkiller ausgetauscht hatte, erschien ausgeschlossen. Es war wie ein Puzzleteil, das nicht passen wollte. Und trotzdem … irgendwas an der Geschichte fühlte sich vertraut an.

Es ist nur Rotkäppchen, sagte sie zu sich selbst. *Ob man nun eine überbehütende Mutter hatte oder nicht, irgendwann bekamen alle Kinder einmal Geschichten über Jungen und Mädchen zu hören, die von Wölfen gefressen wurden. Und vielleicht vergisst man diesen ersten kleinen Schauer des Entsetzens nie wirklich ganz, den man fühlt, wenn man begreift, dass der große böse Wolf die Großmutter gefressen hat und jetzt, makabrerweise, ihr Nachthemd trägt. Dieses Gefühl des Wölfischen, diese schleichende Angst vor der Bestie verströmen alle diese alten Märchen.*

»Die Lehre dieser Geschichten ist immer die gleiche«, murmelte sie zu sich selbst. »Fürchte dich vor der Bestie, denn die Bestie ist hungrig.«

Als Heather das Gartentor hinter sich schloss, blieb sie stehen. Sie hatte die Lampe im Wohnzimmer angelassen, damit das Haus nicht so gespenstisch wirkte, wenn sie zurückkam. Doch das gelbe Licht, verschwommen und undeutlich durch die Gardine, sorgte nur dafür, dass sie sich noch unbehaglicher fühlte. Das Fenster wirkte wie eine Pforte, hinter der sich etwas verbarg, das sie nicht sehen wollte. Vielleicht die Leichenteile eines von Michael Reaves Opfern, die auf einem abgelegenen Feld verstreut lagen. Oder ihre Mum, die mit zerschmettertem Kopf am Küchentisch saß, pflichtbewusst einen weiteren Brief an einen Mörder krakelte, während ihr die Hirnmasse auf das Papier tropfte.

Heather schüttelte den Kopf über sich selbst und ging zur Tür, schloss auf und trat ein. Im Haus war es mucksmäuschenstill, und sie dachte, dass sie beim nächsten Mal auf keinen Fall vergessen durfte, das Radio anzulassen, wenn sie ausging. Die Stille war irgendwie zu erwartungsvoll, zu begierig, von ihr gefüllt zu werden. Heather ging die Treppe hinauf ins Gästezimmer, zog sich aus und schlüpfte in ihren Schlafanzug. Dann ging sie über den Flur zum Bad. Als sie im Begriff war, die Tür zu öffnen, die Hand schon auf dem Griff, durchfuhr sie die Ahnung, dass etwas nicht stimmte – ein Geruch, ein winziges Geräusch –, doch da war es schon zu spät. Die Tür ging auf, und etwas Schnelles und Dunkles flatterte ihr ins Gesicht.

Sie schrie auf und machte einen Satz nach hinten, doch das Ding war bereits im Flur, umkreiste hektisch die Lampe und prallte mehrfach gegen die Wände. Es war irgendein Vogel. Heather schluckte den Schrei in ihrer Kehle herunter, und schlug verärgert mit der Faust aufs Geländer.

»Verdammtes Scheißding!«

Ihr Herz raste noch immer, als sie einen der alten Besen ihrer Mutter aus der Kammer holte. Mühsam versuchte sie, den Vogel in eines der Schlafzimmer oder zurück ins Bad zu drängen, doch er schwirrte nur noch hektischer herum und stieß spitze, panische Schreie aus, während er immer wieder gegen die Decke, den Lampenschirm und die Wände prallte. Heather beschimpfte ihn und spürte, wie die Angst, die in ihr brodelte, sich zu einer schnell wachsenden Wut entflammte. Der Vogel bewegte sich zu schnell, als dass sie ihn hätte richtig sehen können. Aber er war braun, die Flügel gesprenkelt, die Federn ölig schimmernd.

Ein Star, dachte sie bitter. *Natürlich, das ist ein verdammter Star.*

Schließlich packten sie die Frustration und die Ungeduld und sie schlug mit dem Besenkopf direkt nach dem Vogel, und er stürzte mit einem dumpfen Schlag auf den Teppich.

»Oh. Oh Scheiße.«

Heather ließ den Besen fallen, trat zu dem Vogel, betrachtete ihn und verzog das Gesicht. Der winzige Brustkorb hob und senkte sich noch immer, und sein Schnabel war so weit geöffnet, dass sie seine spitze schwarze Zunge sehen konnte. Er war wie benommen. Sie eilte zurück zur Kammer und griff nach einem Handtuch, in das sie den Vogel einwickelte. Er hatte fast kein Gewicht. Als sie ihn hochhob und vor ihrer Brust hielt, drohte eine Flut von Erinnerungen sie zu überwältigen: ein Vogel, eingewickelt in eines ihrer alten T-Shirts, sein Herz, das gegen ihres pochte. Das Gesicht ihres Vaters, gerötet, hektisch und irgendwie besorgt. Und dann später, die Hände ihrer Mutter, schrecklich weiß auf dem schwarzen Kleid, geballt zu Fäusten.

Sie schüttelte den Kopf und rannte die Treppe hinunter zur Haustür. Draußen fühlte sich die Luft eisig an auf ihrem erhitzten Gesicht, und sie war kurz davor, in Tränen auszubrechen.

»Dämlicher Vogel«, murmelte sie und lief über das Gras hin zu den Bäumen. Augenblicklich waren ihre Socken durchtränkt, nass und eiskalt. »Dummes Vieh.«

Sie trat zu den Sträuchern, beugte sich vor und faltete das Handtuch auseinander. Der Vogel war noch immer benommen, doch seine Beine bewegten sich leicht, und Heather glaubte, dass er bald wieder zur Besinnung kommen würde. *Am besten legst du ihn hier jetzt hin,* dachte sie. *Hier unter den Busch, und vielleicht wird er dann nicht von einer Katze erwischt.*

Doch stattdessen ging sie in die Hocke, starrte den Vogel an und erinnerte sich. Sie hatte sich für den langen Weg von der Schule zurück nach Hause entschieden und mit den üblichen Verdächtigen im Park herumgetrödelt. Das Nachhausekommen so lange wie möglich hinauszuzögern war damals die bessere Alternative gewesen, denn die Gespräche mit ihrer Mutter schienen immer in einen Streit zu münden – einen Streit über ihre

Kleidung, über ihre Hausaufgaben oder darüber, ob sie wirklich »ihr Bestes gab« oder sich nur treiben ließ. Nikki und die anderen, Kirsty, Aaron und Purdeep – sie musste lächeln, als sie an die Namen dachte – hatten sich über eine Band unterhalten oder irgendetwas anderes, was sie nicht interessiert hatte, und so war sie ein paar Schritte weggewandert, hin zu den Bäumen. Es war dort still gewesen, und sie hatte sich zu Hause gefühlt. Auf jeden Fall mehr zu Hause als bei sich im Haus, mit ihrer Mutter, die ruhelos von Zimmer zu Zimmer schlich.

Und dort hatte sie ihn gefunden, den Vogel. Verletzt, im Gras. Sie hatte ein T-Shirt aus ihrer Tasche hervorgeholt, ihn vorsichtig aufgehoben und dabei das flatternde Leben unter ihren Fingerspitzen gespürt.

Eine Welle der Scham und Schuld erfasste sie, so schmerzhaft und so unerwartet wie ein Schlag in die Magengrube. Alten Erinnerungen nachzuhängen schien plötzlich sehr dumm zu sein. Heather verspürte das dringende Bedürfnis, sich die Hände zu waschen, richtete sich auf und sah eine dunkle Gestalt hinter sich. Sie schrie zum zweiten Mal an diesem Abend auf, sprang zurück und rutschte über das nasse Gras. Doch als sie wieder hinsah, war die Gestalt verschwunden – als wäre sie überhaupt nie da gewesen. Wütend und müde ließ sie den Vogel unter dem Strauch zurück, noch immer auf seinem Handtuch, und ging ins Haus.

12. KAPITEL

Früher

Michael wachte eines Nachts auf und starrte in eine Dunkelheit, die so undurchdringlich war, dass sie zu surren schien. Das schützende, warme elektrische Licht der getönten Birne an der Decke war verschwunden, hatte ihn der völligen Finsternis ausgeliefert und ihn augenblicklich wieder in den Schrank geschickt. Plötzlich wusste er nicht mehr, wo er war, wer er war, was oben und was unten war. Er keuchte und atmete heiße, stinkende Luft ein. Luft, die nach muffigen Kleidern roch, nach altem Essen und frischem Kot, nach dem roten Mantel, dem roten Mantel, dem roten Mantel …

Er schlug um sich, und als seine Fingernägel über altes, splittriges Holz fuhren, begann er zu schreien und konnte nicht wieder aufhören. Seine Mutter würde bald die Treppe hinaufgestürmt kommen, um nachzusehen, was der Lärm sollte, ihre teigigen Arme vor Wut zitternd. Oder sein Vater würde kommen, den Gürtel bereits aus den Schlaufen gezogen und ihn schwingend. Oder noch schlimmer, vielleicht würde *sie* kommen, lächelnd und freundlich, mit ihren spitzen Fingern nach seiner Haut tastend … doch die Laute aus seiner Kehle wollten nicht verstummen – er war wie ein verwundetes Tier in einer Falle, das sich selbst in Stücke riss. Plötzlich spürte er eine warme Schnauze an seiner Hand und feuchten Atem zwischen seinen Fingern. Die Berührung überraschte ihn derart, dass er schlagartig den Mund schloss und sich mit den Zähnen auf die Zunge biss.

Eine Sekunde später stand der Mann in der Tür, und der Strahl einer alten Taschenlampe verjagte die Umrisse des Schranks und ließ das Zimmer erkennen, genauso wie es gewesen war. Der Hund war weg.

»Ist nur ein Stromausfall, mein Junge.« Geblendet vom Licht der Taschenlampe konnte er das Gesicht des Mannes nicht sehen, aber seine Gestalt war völlig anders als irgendetwas, das er von zu Hause kannte – *der rote Mantel, der rote Mantel, der rote Mantel* –, und er spürte, wie die Luft sich veränderte, wieder klar wurde, sanft und rein und frei von Angst. »Komm nach unten, wenn dein Schrecken nicht nachlassen will. Ich hab überall Kerzen aufgestellt. Blutet dein Mund?«

Am nächsten Tag war es nass und windig, aber der Mann ließ ihn eine Jacke anziehen – wieder viel zu groß, sie reichte ihm bis zu den Knien –, und sie gingen spazieren. Das Haus lag in einer abgelegenen Gegend. Michael konnte Felder, Hecken und ein Gewirr dunkler Bäume erkennen. Dorthin führte ihn der Mann, und ihre Hosen saugten sich schnell voll mit Wasser von dem hohen Gras, das sie durchstreiften, als sie unter den großen, knorrigen Bäumen entlanggingen. Michael zitterte und blinzelte, er fühlte sich so wach wie schon lange nicht mehr.

»Das ist Fiddler's Wood«, erklärte ihm der Mann. »Ein uralter Wald.« In seiner Stimme schwang eindeutig Stolz mit. »Hier wachsen Primeln, Buschwindröschen, Klappertopf und Heckenrosen. Im Frühjahr Glockenblumen. Das sind alles Pflanzen, die darauf hindeuten, dass ein Ort alt ist. Dass er ein Überbleibsel der Eiszeit ist.« Er sah Michael an, sein Glasauge matt. »Blumen sind dir egal, vermute ich, aber das ist es auch nicht, was ich dir zeigen möchte.«

Nicht weit vom Waldrand entfernt kamen sie an ein kleines Gebäude mit einem kuppelförmigen Dach. Es lag in einer Senke und war ursprünglich aus rotem Backstein, doch die Farben des Waldes waren ins Gemäuer eingedrungen. Grünes Moos und gelbe Flechten überzogen das Haus, so dass es aussah wie ein natürliches Gebilde, ein Gewächs auf dem Waldboden. Auf der Vorderseite war eine niedrige Tür mit einem Vorhängeschloss.

»Das ist ein Eishaus«, stellte der Mann fest. »So etwas hatten früher viele große Landsitze. Ich möchte, dass du an deine Mutter denkst, mein Junge.« Er legte eine Hand auf Michaels Schulter. Kalte Angst erfasste Michael und schoss wie ein Steinhagel durch seinen Körper.

»Was ist da drinnen?«

»Deine Mutter war keine gute Frau, aber das weißt du wohl besser als die meisten anderen. Deine ganze Familie ist …« Er hielt inne und schob Michael leicht vorwärts. »Aber ich möchte nicht, dass du daran denkst, mein Junge. Ich möchte, dass du daran denkst, wie es das letzte Mal war, als du sie gesehen hast. Verstanden? Hörst du mir zu, Junge?«

Er zog einen Schlüssel aus seiner Tasche und schloss die Tür auf. Kalte Luft wehte dem Jungen ins Gesicht, die brackig und seltsam roch, wie Wasser, das wochenlang in einem Eimer gestanden hatte.

»Erinnerst du dich? An das letzte Mal, als du sie gesehen hast?«

Der Junge rührt sich nicht. Er dachte an das merkwürdige Empfinden der Schwerelosigkeit in seinem Magen, als sie die Treppe hinuntergefallen waren, und an das überwältigende Gefühl, demjenigen Schmerz zuzufügen, der ihm Schmerz zugefügt hatte.

»Erinnere dich an die Zeit, als du die völlige Macht über sie gehabt hast«, fuhr der Mann fort. Er legte seine Hände erneut auf

Michaels Schultern und schob ihn sanft durch die Tür ins Eishaus. Der Boden fiel schräg ab, und Michael spürte, wie er mit den zu großen Stiefeln durch körnigen Schlamm stapfte. Das Tageslicht, das durch die Tür hereinfiel, offenbarte einen feuchten Raum, in dem es kalt war, viel kälter als draußen. Seine Wände waren mit schwarzem Schimmel überzogen. Auf einer langen, niedrigen Steinbank lag eine Gestalt. Der Mann drückte Michaels Schultern.

»Erinnere dich an die *Macht*, die du gehabt hast, mein Junge. Erinnere dich.«

Die Gestalt war seine Mutter. Sie sah klein aus, in sich zusammengerollt. Ihre Gliedmaßen waren dunkel, als würde ein riesiger Bluterguss sie überziehen, und aus ihrem Arm blitzte noch immer der weiße Knochen hervor. Der gelbe Kittel war nicht mehr gelb. Ihr Gesicht war abgewandt, doch er konnte ihren Kiefer und ihren Wangenknochen erkennen, der größer wirkte als früher. Er sah sie vor seinem inneren Auge. Sie stand an der Wand, starrte ihn an und flüsterte in die Dunkelheit. *Dreckige Bestie, schmutziges kleines Miststück.* Michael stieß einen seltsamen, kehligen Laut aus.

»Nein«, sagte der Mann entschieden. »Schau dir an, wie sie jetzt aussieht. Sie ist nichts. Siehst du das?«

Er schubste den Jungen ein Stück nach vorn, so dass er fast auf die Leiche fiel. Michael war plötzlich nur noch wenige Zentimeter von dem zerfetzten Leib seiner Mutter entfernt, ihre verfaulten Finger wie kleine braune Stöcke.

Und er sah es.

Er sah, dass sie klein und bedauernswert war, eine zerbrochene Gestalt auf der Landschaft seiner Wut.

»Das ist es, mein Junge. Das ist es. Wenn du der Wolf bist, dann sind Menschen wie sie bloß Fleisch. Schlechtes Fleisch.«

13. KAPITEL

Heather war eine gute Stunde vor dem vereinbarten Termin in Thamesmead angekommen, dem Stadtteil, in dem sich die Haftanstalt Belmarsh befand, und hatte ein kleines, billiges Speiselokal aufgesucht. Sie empfand eine widerwillige Zuneigung für dieses Viertel, das wie Balesford ein Randbezirk von London war und am unteren Zipfel der Metropole klebte wie eine Art Krebsgeschwür. Doch Thamesmead hatte in den 1970er-Jahren zumindest einen architektonischen Wandel erlebt – hoch aufragende graue Betonbauten im Stil des Brutalismus, wo immer man auch hinsah, die das vage Gefühl vermittelten, dass diese urbane Landschaft einmal nur auf den Entwurfszeichnungen eines äußerst optimistischen Architekten existiert hatte.

Sie bestellte sich ein Sandwich mit Eiern und Speck, eine Tasse Tee, setzte sich ans Fenster und blickte auf die Hauptstraße hinaus, auf der sich Wettbüros und Schnellrestaurants aneinanderreihten. Schließlich zog sie eine Mappe mit eingescannten Briefen hervor. Ben Parker hatte ihr Kopien von ein paar Briefen gegeben, die ihre Mutter an Reave geschickt hatte. Heather hatte sie bereits fieberhaft gelesen, starr vor Entsetzen, doch sie hatten letztendlich überhaupt nichts offenbart. Die Schreiben waren meist kurz und höflich und behandelten Belangloses wie den Wechsel der Jahreszeiten, das Wetter oder ihre Pläne fürs Abendessen. Heather konnte sich keinen Reim darauf machen. Niemand hätte daraus vermuten können, dass die Frau einem verurteilten Serienmörder schrieb. Ab und zu wich ihre Mutter von den üblichen Themen ab und erwähnte einen Ort, den sie in ihrer Jugend besucht hatte. Doch sie kehrte immer wieder rasch zu ihrem Kurs zurück. Heather hatte Parker gefragt, warum sie nicht alle Briefe sehen konnte. Er hatte ihr daraufhin widerstrebend erklärt, dass selbst Mörder bestimmte Rechte hätten – auch wenn sie Reaves Post überprüfen würden, machten sie nur dann Kopien der Briefe, wenn sie den Eindruck hätten, dass sie vielleicht etwas Nützliches beinhalteten. Was meistens nicht der Fall war. Das könnte sich im weiteren Verlauf der Ermittlungen noch ändern, aber im Augenblick würden sie Reave außen vorlassen.

Heather merkte, wie ihre Aufmerksamkeit unweigerlich zu Michael Reaves Briefen zurückwanderte, die für ihre Mutter anscheinend derart kostbar gewesen waren, dass sie sie auf dem Dachboden versteckt hatte.

… Ich weiß, dass du nicht bei mir sein konntest, Colleen. Ich bin hier glüglicher, im Freien. Wäre glüglicher mit dir, aber ich kann nich alles haben. Das hab ich immer gewusst …

… ich bin in meinen Leben nie jemandem nahe gewesen außer dir …

Heather legte den Brief vor sich. Die Grundfesten ihres Lebens erschienen brüchig und geisterhaft, wie etwas, das im Schatten des Mondlichts vollständig verschwinden konnte. Sie dachte wieder an den Vogel, der sich im Bad verirrt hatte. Diesen Vorfall für kein schlechtes Omen zu halten, war selbst in einem betriebsamen, nach Kaffee und Speck riechenden Café schwer … In dem Augenblick brachte die Bedienung ihr das Sandwich und den Tee, und Heather, die berührt war von dieser normalen Interaktion, nickte und lächelte die Frau so sehr an, dass diese ein ziemlich betroffenes Gesicht machte. Als die Kellnerin hinter ihre sichere Theke zurückgekehrt war, wandte Heather sich wieder den Briefen zu.

… Ich hab noch nie einen derartigen Sturm erlebt. Im Fernsehen meinten sie, dass er vorbeiziehen würde, ohne Schaden anzurich-

ten, aber sie hätten sich nich mehr täuschen können. Du hättest hier draußen sein müssen, Colleen, da, wo es richtig dunkel wird. Der Wind hat derart laut geheult, dass es wie eine Stimme geklungen hat. Und so viele umgeknickte Bäume. Mir tuts weh, den Wald so kaputt zu sehen …

… Sie verkaufen das große Haus in Fiddlers Mill. Es soll ein Erholungsort für Reiche werden, kannst du das glauben? Frauen und Männer, die aus der Stadt raus und ins Grüne wollen, aber nicht verstehen, warum, und dann ziehen sie Bademäntel an und bekommen Massagen.

Heather legte die Briefe hin und zog ihren Laptop aus der Tasche. Wie nicht anders zu erwarten, gab es in dem Café kein WLAN, also verband sie sich wieder mit dem mobilen Internet ihres Handys. Eine kurze Recherche im Web ergab Folgendes: Auf einem großen Stück Land, bekannt als Fiddler's Mill, lebte in den 1970er Jahren tatsächlich einmal eine Kommune, die ihr Willkommensein etwas überstrapazierte, sich aber angeblich ausschließlich den Idealen des Friedens, der freien Liebe und des reichlichen Drogenkonsums verschrieben hatte. Das große Haus, es wurde ebenfalls Fiddler's Mill genannt, war Anfang der 1990er Jahre in ein schickes Wellness-Hotel umgewandelt worden. Das Grundstück und das Hotel gehörten unter anderem einer Umweltstiftung namens Oak Leaf. Dementsprechend war das Angebot des Hotels auf Natur, gesundes Leben, Entgiftungstherapien und andere Dinge dieser Art ausgerichtet, wogegen Heather eine natürliche Abneigung besaß. Für eine Frau, die vor Kurzem von ihrer bescheiden bezahlten Stelle als Journalistin gefeuert worden war, sah es wahnsinnig teuer aus.

Heather öffnete eine neue Seite und tauchte etwas tiefer ein in die Geschichte von Fiddler's Mill, als es noch kein schickes Wellness-Hotel war. Sie fand sich schnell in einem abenteuerlichen Irrgarten unregelmäßig verfasster Blogs und hässlicher Webseiten wieder, zusammengebastelt von Menschen, die fürs Internet viel zu alt waren, aber so versessen darauf, ihre Erinnerungen zu teilen, dass sie nicht aufgegeben hatten. Zuerst erschien alles ziemlich harmlos, überwiegend Geschichten, in denen viel Musik, viel Alkohol und junge Menschen vorkamen, die eine gute Zeit hatten. Sie stieß auf Fotos von Menschen mit langen Haaren und einer äußerst entspannten Einstellung zur Körperpflege, die sehr viel mehr Akustikgitarren besaßen, als Heather für gesund hielt, und draußen kochten. Neben einem Hauptgebäude, einem ziemlich beeindruckenden Haus aus dem achtzehnten Jahrhundert, gab es Zelte und Wohnwagen, ein paar zusammengewürfelte, behelfsmäßige Bretterbuden und viele Autos.

Doch irgendwie wirkte das Ganze nicht wirklich entspannt. Vielleicht lag es daran, dass sie die 1960er Jahre hinter sich gelassen hatten und die Schäbigkeit der 1970er Jahre Einzug gehalten hatte. Heather konnte auf den Fotos einen harten Ausdruck in den Augen der Leute erkennen, von denen viele dünner waren, als sie hätten sein sollen. Auf einem Bild saß eine schwangere Frau an einem Lagerfeuer, eine Hand ruhte auf ihrem runden Buch. Sie war weit davon entfernt, mütterliche Zufriedenheit auszustrahlen. Ihre Miene war streng und distanziert, wie aus Stein gemeißelt. Heather betrachtete die Fotos und fragte sich, ob in Fiddler's Mill tatsächlich nur Gras geraucht worden war – sie bezweifelte es. Und in den Blogs, Tagebucheintragungen und Artikeln stieß sie auf einige unzufriedene Stimmen, die von unzulänglichen sanitären Einrichtungen, Missbrauch und sogar von Betrug sprachen.

»Meine Mutter hat dort einmal gelebt«, murmelte sie zu sich selbst. Die Tatsache laut auszusprechen schien sie näher in die Wirklichkeit zu rücken. »*Meine* Mutter. Sie muss damals ein völlig anderer Mensch gewesen sein.«

Beim Durchlesen einiger der empörteren Einträge stieß Heather auf eine Handvoll Posts von einer Frau, die sich whytewitch59 nannte und behauptete, dass in den 1970er und sogar auch noch in den 1980er Jahren alle möglichen finsteren Dinge in Fiddler's Mill passiert seien, ohne sie allerdings richtig zu benennen. In der oberen rechten Ecke ihrer Webseite war ein Foto von ihr, das ein spitzes Gesicht zeigte, auf dem Kopf eine Wollmütze, die nur selbstgestrickt sein konnte. Heather durchforstete ihre Berichte und suchte nach Informationen, mit denen sie die Geschichte rekonstruieren könnte, aber sie hatte schnell den Eindruck, dass die Frau wahrscheinlich nur einen Ort gesucht hatte, wo sie in Gemeinschaft sein konnte, aber stattdessen sehr viele Drogen genommen und am Ende nur noch einsamer war als vorher.

Aber ihre Bilder waren etwas anderes. Heather klickte auf das Galerie-Symbol am oberen Rand, und eine Seite mit Fotos und gemalten Bildern öffnete sich, die allesamt die Natur zum Motiv hatten, in manchen Fällen auch Fiddler's Mill. Sie erkannte in einigen das imposante Haus aus dem achtzehnten Jahrhundert, das entweder das Bild beherrschte oder als eckiger Umriss in der Ferne auftauchte. Die Fotos waren alle in Schwarz-Weiß, was ihnen eine düstere, beunruhigende Atmosphäre verlieh. Die Motive variierten zwischen Weizenfeldern unter einem blassen, trüb aussehenden Himmel und Nahaufnahmen von Gras, auf dem Steine und Stöcke in seltsamen konzentrischen Mustern angeordnet waren. Viele Fotos zeigten Bäume, zahlreiche davon dunkel und mit großen Schatten, als wären sie in der Abenddämmerung oder inmitten eines dichten Walds gemacht worden. Alle Fotos hatten etwas Klaustrophobisches, und Heather runzelte unwillkürlich die Stirn, als sie sie betrachtete.

Auch die gemalten Bilder wiesen die begrenzte Farbpalette von Schwarz-, Grau-, Grün- und Gelbtönen auf. Bäume griffen wie Finger nach einem gelblichen Himmel, und schemenhafte weiße Gestalten bewegten sich über ein Feld, das aus sich heraus grün leuchtete. Heather erkannte auf einem der Bilder den Umriss von Fiddler's Mill, das imposante Haus thronte auf einem Hügel, während rechts eine Gestalt aus dem Wald auftauchte, gekleidet in einem wallenden roten Gewand. Sie betrachtete dieses Bild eine ganze Weile, bis die Kellnerin kam, um den leeren Teller abzuräumen. Der Tee war kalt geworden.

Heather nahm die Webseite von whytewitch59 nur deshalb in ihre Liste der Favoriten auf, weil sie das Gefühl hatte, dass sie sich die Bilder noch einmal ansehen wollte. Spontan klickte sie auf »Kontaktaufnahme« und schickte whytewitch eine Nachricht – »Hallo, mein Name ist Heather Evans, ich finde Ihre Arbeiten wirklich toll und würde mich freuen, wenn ich mich mit Ihnen darüber unterhalten könnte und auch über Ihre Zeit in Fiddler's Mill. Gerne online oder auf einen Kaffee – geht auf mich –, sollten Sie in London wohnen.« Sie fügte ihre E-Mail-Adresse hinzu und klickte auf Absenden.

Als sie damit fertig war, kam ihr noch ein Gedanke. Sie kramte einen alten USB-Stick aus ihrer Handtasche und speicherte einige der Fotografien und Bilder darauf ab. In der Nähe gab es ein Internetcafé – sie hatte es auf dem Weg gesehen –, in dem man Dokumente ausdrucken konnte. Vielleicht war Reave eher bereit, über Fiddler's Mill zu sprechen, wenn er es vor Augen hatte.

Von weitem betrachtet wirkte die Vollzugsanstalt Belmarsh eher wie ein Fabrikgebäude, von nahem war es jedoch ein beeindruckendes Monstrum aus braunem Backstein. Detective Parker war nicht da, um sie zu begrüßen. Stattdessen wurde sie von einem kleinen Mann erwartet, dessen Bräune extrem orangestichig war, und der sich als Detective Constable Turner vorstellte. Er schenkte ihr ungefähr drei Sekunden lang seine Aufmerksamkeit, ehe er wieder auf sein Handy blickte. Parker sei wieder in den Norden gefahren, erklärte er ihr geistesabwesend. Heather stellte überrascht fest, dass sie eine leichte Enttäuschung verspürte.

»Was ist passiert? Gab es einen weiteren Mord?«

Sein Kopf schnellte hoch, und er starrte sie an, als sei ihm gerade erst bewusst geworden, dass sie überhaupt da war.

»Dazu kann ich nichts sagen, meine Liebe.«

»Verstehe. Aber nennen Sie mich nicht ›meine Liebe‹, okay? Danke.«

Er wandte sich mit einem tiefen Seufzer von ihr ab, und sie wusste sofort, dass sich zwischen ihnen keine lange, dauerhafte Freundschaft entwickeln würde. Eigentlich war es ihr egal, wenn sie jemand meine Liebe, Schätzchen oder sogar Süße nannte, solange derjenige nicht aussah wie ein erbärmlicher Volltrottel, der eine ungesunde Beziehung zu einer Sonnenbank pflegte. *Detective Inspector Parker, bitte kommen Sie zurück mit Ihren bezaubernd unordentlichen Haaren und Ihren haselnussbraunen Augen, alles ist vergeben und vergessen.*

»Gibt es etwas, worüber ich mit ihm sprechen soll?«

Sie standen vor dem kleinen Verhörraum, und Heather sah, dass Michael Reave bereits drinnen war. Er saß auf einem Stuhl, die Hände auf dem Tisch gefaltet. Detective Constable Turner betrachtete sie mit hochgezogenen Augenbrauen.

»Tun Sie einfach, was Sie können«, antwortete er. Sie spürte, dass ihm die Worte »meine Liebe« auf den Lippen lagen. »… Miss Evans.«

Als sie dieses Mal den Raum betraten, hob Michael Reave den Kopf und verfolgte Heather mit seinem Blick. Sie setzte sich hin. Vor Reave stand ein Plastikbecher mit Wasser, und sein Haar war sorgfältig aus der Stirn gekämmt. Er war rasiert, doch schien er einer dieser Männer zu sein, deren Bartstoppeln sich nur für kurze Zeit durch einen Rasierer verscheuchen ließen. Er trug einen langärmeligen blauen Pullover und beugte sich vor, als sie Platz nahm, die Ellenbogen auf dem Tisch.

»Hallo, Mr. Reave.«

Er lächelte schief. »Was muss ich tun, damit Sie mich Michael nennen?«

»Die ganzen Morde ungeschehen machen, die Sie begangen haben?« Die Antwort war draußen, ehe sie es sich noch einmal hätte anders überlegen können. Doch zu ihrer Überraschung verwandelte sich sein Lächeln in ein Grinsen – ein kurzes Grinsen, und seine Miene wirkte seltsam jungenhaft.

»Das kann ich nicht, weil ich sie gar nicht begangen habe, aber ich kann Ihnen wohl kaum vorwerfen, dass Sie das denken.« Er deutete mit seinem Kopf in den winzigen Raum, auf seine Handschellen und auf die stämmigen Wärter, die hinter ihm standen. »Man lässt uns noch einmal miteinander plaudern. Sie müssen sie sehr beeindruckt haben.«

Heather zuckte mit den Achseln. »Ich glaube, das haben wir Ihnen zu verdanken, Mr. Reave. Worüber möchten Sie heute sprechen?«

»Ich dachte mir, dass ich Ihnen noch eine Geschichte erzähle. Eine, die auch Ihre Mutter gemocht hat. Möchten Sie sie hören?«

Heather zögerte. »Ich möchte über meine Mutter sprechen. Und über Fiddler's Mill. Ich würde gern wissen, wie sie damals war – und auch, wie das Leben in dieser Kommune war.«

Reaves sah weg und starrte auf die Tür. Seine Hände waren übersät mit kleinen weißen Narben, stellte Heather fest. Es waren die Hände eines Menschen, der draußen und mit Messern gearbeitet hatte.

»Ich werden Ihnen etwas über diesen Ort erzählen«, sagte er schließlich. »Wenn Sie sich meine Geschichte anhören.«

»In Ordnung.« Detective Turner hatte ihr keine Tasse Tee oder sonst ein Getränk angeboten, so dass sie nicht so recht wusste, was sie mit ihren Händen machen sollte. Also legte sie sie entschieden auf den Tisch. »Erzählen Sie mir eine Geschichte.«

»Es war einmal ein König«, begann er und dieses jungenhafte Grinsen blitzte wieder auf, »der eine wunderschöne Tochter hatte. Die Prinzessin war auf der Suche nach einem Gemahl, aber sie bestand darauf, dass der Mann, der sie heiraten würde, sie so sehr lieben musste, dass er bereit wäre, im Falle ihres Todes mit ihr lebendig begraben zu werden …«

»Solche Geschichten hat man den Kindern erzählt?«

Reave lächelte noch immer, doch in seinen Augen war ein kalter Ausdruck, und sie vermutete, dass er nicht gern unterbrochen wurde.

»Diese Geschichten wurden abends am Feuer erzählt. So wussten die Leute, wie sie zu leben hatten und wie sie die Gefahren im Wald erkennen konnten.« Er straffte die Schultern und fuhr fort. »Der König war reich und die Prinzessin wunderschön, aber ihre Bedingungen schreckten alle Anwärter ab. Ein junger Soldat aus der Armee des Königs, der bekannt war für seine Tapferkeit und seine Stärke, lernte die Prinzessin kennen und verliebte sich Hals über Kopf in sie. Er erklärte, dass er sich nicht vor ihren Bedingungen fürchte, und sie heirateten. Eine Weile waren sie sehr glücklich. Das ganze Königreich war glücklich.«

»Wie schön. Aber ich vermute, dass sie das nicht bis ans Ende ihrer Tage blieben, richtig?«

»Nach ein paar Jahren wurde die Prinzessin schwer krank und starb schließlich. Der Soldat, der jetzt ein Prinz war, dachte mit Schrecken an die Abmachung, der er zugestimmt hatte, und wollte aus dem Schloss fliehen. Aber der König stellte überall Wachen auf, die ihn keine Minute aus den Augen ließen. Als dann der Tag der Beerdigung gekommen war, blieb dem Soldat nichts anderes übrig, als sich in die Gruft führen und zusammen mit dem Leichnam der Prinzessin einschließen zu lassen.«

»Okay, die Prinzessin ist eindeutig irre, aber meiner Meinung nach scheint die ganze Familie verrückt zu sein. Der König hätte sagen müssen: ›Na gut, sie hatte seltsame Vorstellungen, und wir werden sie fürchterlich vermissen, aber jetzt lasst uns nicht mehr davon reden.‹ Das wäre sicherlich das Vernünftigste gewesen.« Heather betrachtete sein Gesicht und wartete gespannt darauf, wie er reagieren würde – ein Mann, der Frauen zerstückelte, war bestimmt leicht reizbar, überlegte sie –, doch Michael Reave nickte nur leicht, als stimmte er ihr zu, und fuhr fort.

»Man hatte ihm Kerzen dagelassen, also zündete er eine an und wartete auf den Tod, während er die Leiche seiner geliebten Frau betrachtete. Um ihre Hände hatte man Blumen gewunden, Hundsrosen. Sie hatten die gleiche Farbe wie ihre Lippen. Schon bald war er hungrig und durstig, doch er konnte nichts dagegen machen. Schließlich wand sich eine kleine Schlange aus einem Loch in der Wand – grün und schnell. Da der Soldat glaubte, dass sie die tote Prinzessin beißen wollte, sprang er auf und tötete sie, indem er sie sie mit dem Messer in drei Stücke zerhackte.«

Reave hielt inne und strich sich mit den Fingern über die Lippen, als würde er sich an etwas erinnern.

»Kurze Zeit später glitt eine weitere Schlange aus dem Loch. Sie sah ihre tote Artgenossin und zog sich sofort wieder zurück. Kurz danach tauchte sie erneut auf, dieses Mal mit drei Laubblättern im Maul, die sie auf die durchtrennten Körperteile der anderen Schlange legte. Innerhalb weniger Augenblicke war die tote Schlange wieder lebendig, und die beiden verschwanden zusammen in dem Loch. Die Blätter ließen sie zurück. Der Soldat, der kaum glauben konnte, was er da gerade gesehen hatte, griff nach den Blättern und legte sie auf den Mund und die Augen der Prinzessin. Nicht einmal einen Atemzug später floss wieder Blut durch ihre blauen Lippen, und sie sprang auf, voller Leben. Zusammen trommelten sie gegen die Türen der Gruft, bis die Wächter herbeigeeilt kamen und sie hinausließen. Der Soldat und der König waren beide überglücklich, und das Königreich feierte sieben Tage und sieben Nächte lang.«

»Was soll das hier, Reave?«, unterbrach ihn Detective Turner. »Wir haben diese Frau nicht den ganzen Weg hierhergebracht nur für eine gruselige Märchenstunde.«

»Tatsächlich habe ich mich selbst hierhergebracht, und ich möchte das Ende hören.«

Falls Reave sich über ihre Unterstützung freute, zeigte er es nicht. Stattdessen fuhr er fort, als hätte keiner der beiden gesprochen. »Aber die Prinzessin hatte sich verändert. Mit ihren neuen blutroten Lippen verspürte sie eine neue Macht und neue Gelüste. Sie geisterte in der Küche herum, stahl rohe Fleischstücke und aß sie. Hunde und Katzen begannen im Schloss zu verschwinden, und dann bemerkten die Bettler, die am hinteren Tor warteten, dass ihre Reihen sich lichteten. Es gibt Geschenke, und dann gibt es Preise, die man zahlen muss. Es gehört sich, dass wir …«

Er hielt inne und sah Heather wieder an. »Eines Tages ging die Prinzessin in die Waffenkammer und legte sich eine Rüstung an, als würde sie in den Krieg ziehen. Dann marschierte sie in die Gemächer des Königs und brachte ihn um. Den Soldaten tötete sie nicht, aber er durfte ihr Zimmer nicht mehr verlassen, und sie herrschte für den Rest ihrer Tage selbst über das Königreich.«

Eine unbehagliche Stille breitete sich aus, während Detective Turner hinter ihr hustete und seufzte. Heather vermutete, dass auch diese Geschichte ein neues Ende verpasst bekommen hatte, so wie schon die Geschichte von Brüderchen und Schwesterchen – selbst die ziemlich grausamen Märchen der Gebrüder Grimm konnten nicht derart merkwürdig enden.

»Ich bin mir nicht sicher, ob das ein Happy End ist oder nicht.«

Michael Reave zuckte mit den Achseln. »Colleen … ich meine, Ihre Mum, mochte diese Geschichte. Sie fand die Rolle der Frauen in den Märchen interessant. Sie waren Hexen, und die Menschen hassten sie, aber sie hatten Macht.«

»Hat meine Mutter mit Ihnen über diese Geschichten gesprochen, als sie in Fiddler's Mill war?«

Er sah sie fast tadelnd an, denn er durchschaute sofort ihre Absicht. »Ja.«

»Und Sie haben sie dort kennengelernt? Wie alt waren Sie, als Sie dort gewesen sind?«

Reave senkte den Kopf und stieß langsam Luft aus.

»Meine Familie hat in der Nähe gewohnt, und ich … ich bin dorthin gekommen, als ich schon älter war. Ich habe für den Mann, dem es gehörte, gelegentlich gearbeitet – sauber gemacht, Sachen repariert. Es wurde mein Zuhause. Colleen tauchte dort … im Frühjahr 1977 auf, glaube ich.«

»1977 war meine Mutter fünfzehn … Da ist sie einfach durch die Gegend gezogen? Sie war noch ein Kind. Was war mit der Schule?« Heather bemerkte, dass sie wie eine entrüstete Tante klang, und hielt inne, während Reave über sie lachte.

Er zuckte mit den Achseln. »Damals war noch alles anders. Colleen war ein Wildfang. Sie kam mit ihrem Vater nicht zurecht, sie kam mit der Schule nicht zurecht … es war für Kinder damals noch viel einfacher abzuhauen. Es gab keine Überwachungskameras, aber noch Orte, an denen man sich verstecken konnte. Außerdem war der Mann, dem das Land gehörte, geschickt darin, Probleme zu beseitigen.«

Heather blinzelte und versuchte sich ihre Mutter als eine rebellische Teenagerin vorzustellen. Vor ein paar Wochen hätte sie das noch für lachhaft gehalten, doch jetzt erschien ihr Colleen Evans wie eine Verwandlungskünstlerin. Wie jemand, der sich jederzeit ändern konnte.

»Dieser Mann. Der Besitzer. Wer war er?«

»Ich erinnere mich nicht mehr.«

Das war eindeutig gelogen. Heather ging darüber hinweg.

»Ich habe nachgeforscht, Blogs und Artikel über diesen Ort gelesen. Sieht so aus, als wären dort ständig Partys gefeiert worden. Viele Drogen und viel freie Liebe, oder?«

Reave zuckte mit den Achseln. Heather spürte, dass er begann, das Interesse an ihr zu verlieren.

»Haben Sie dort viele Leute kennengelernt, Michael? Viele Frauen?«

»Ein paar.«

»Es heißt, dass Sie das Verschwinden einer Menge mehr Frauen zu verantworten haben, von denen man bisher noch nicht einmal weiß. Wollen Sie mir dazu etwas sagen?«

Dieses Mal zuckte er nicht einmal mehr mit den Achseln, sondern starrte nur ausdruckslos vor sich hin.

»Mr. Reave … Michael, schauen Sie, alle glauben, dass Sie diese Frauen umgebracht haben. Das ganze Land hält Sie für den Roten Wolf.« Heather meinte in seinen Augen das Aufflackern eines neuen Gefühls zu entdecken. »Vielleicht können Sie mich als eine neutrale Partei betrachten.« Sie zuckte leicht mit den Achseln. »Ich habe so gut wie nichts über Sie gewusst, bis ich auf diese Briefe gestoßen bin. Auf jeden Fall nicht mehr als das, was in den Überschriften der Boulevardzeitungen gestanden hat. Vielleicht sollten Sie das Gespräch nutzen, um mir *Ihre* Sicht der Dinge zu erzählen. Erzählen Sie mir Ihre Geschichte.«

Reave blickte sie jetzt direkt an, und eine kleine Falte tauchte zwischen seinen Augenbrauen auf. Er rutschte auf seinem Stuhl nach vorne und Heather sah, dass er darüber nachdachte.

»Meine Geschichte?«

Sie nickte.

»Meine Geschichte.« Er lehnte sich in seinen Stuhl zurück und schaute auf die Wand. Die Wärter traten von einem Fuß auf den anderen. Einer von ihnen verschränkte die Arme vor der Brust. Beide sahen gelangweilt aus. »Ich war ein armer Junge vom Land. Mein Vater verdiente sein Geld mit Gelegenheitsarbeiten, die nicht alle wirklich legal waren, vermute ich. Meine Mutter war eine böse Frau. Sie mochte mich nicht sehr, aber ich glaube, dass sie niemanden sehr gemocht hat. Sie war ein kalter, in sich gekehrter Mensch. Manchmal sagte sie tagelang nichts. Ich kann mich daran erinnern, dass sie den Ofen schürte, bis die Funken sprühten, und dann konnte sie stundenlang danebensitzen und vor sich hinstarren, bis die eine Körperhälfte ganz heiß war und voller roter Flecken. Wenn sie auf mich wütend war, sperrte sie mich ein.« Er räusperte sich und sah Heather wieder an. »Eine Häsin muss sich völlig sicher fühlen, wenn sie Junge hat, Heather. Wissen Sie, was sie macht, wenn das nicht der Fall ist? Wenn sie glaubt, dass ein Raubtier durch den Wald streift?«

Heather schüttelte den Kopf.

»Sie frisst ihre Jungen auf, um sich selbst zu retten. Denn die Jungen sind aus weiter Ferne zu riechen, Heather – sie wissen nicht, dass sie wie ein Leuchtfeuer sind für andere hungrige Mäuler. Sie führen das Raubtier zum Muttertier, und das kann sie nicht zulassen. Sie frisst ihren eigenen Nachwuchs auf, um sich selbst zu retten.«

Der Wärter hatte seine verschränkten Arme gelöst und starrte Reave mit offener Abneigung an.

»Ich …«

»Das klingt abscheulich, aber manche Wesen haben einfach keinen angeborenen mütterlichen Instinkt. Manche Wesen haben eine angeborene Angst, wie zum Beispiel Hasen.«

»Gab es in dem Haus, in dem Sie aufgewachsen sind, ein Raubtier, Michael?«

Da lächelte er, ein wirklich aufrichtiges Lächeln, und sie merkte, wie sie verwirrt zusammenzuckte, denn er sah *verletzlich* aus. Er sah verloren aus.

»Niemand interessiert sich für meine Geschichte. Niemand interessiert sich für Kinder, die in schmutzigen Häusern aufwachsen, in denen es nie warm ist. Oder dafür, was diese Kinder tun müssen, um zu leben. Was sie tun müssen, um da herauszukommen. Nicht einmal Sie.«

Doch, tue ich. Die Worte lagen ihr auf den Lippen, aber sie konnte sich nicht dazu durchringen, sie zu sagen. Sie hätten der Schlüssel sein können, um den Rest seiner Geschichte zu hören. Aber sie konnte in dem Augenblick an nichts anderes denken als an die Fotos der Mädchen, die für immer mit seinen Namen verbunden sein würden. *Doch, tue ich*, dachte sie. *Ich interessiere mich für sie und für meine Mutter. Ich interessiere mich für Sharon Barlow und Elizabeth Bunyon.*

»War Fiddler's Mill Ihr Weg, da rauszukommen, Mr. Reave? Haben Sie sich dorthin geflüchtet?«

Er erwiderte nichts darauf.

Heathers Blick blieb auf ihn gerichtet, als sie in ihre Tasche griff, um die Mappe mit den Ausdrucken hervorzuholen. Sie hatte die Fotos und Bilder von whytewitch auf DIN A4 vergrößert, wodurch sie zwar leicht unscharf, aber noch beeindruckender geworden waren. Das erste Foto, das sie ihm über den Tisch schob, zeigte ein paar öde Felder mit einer Gruppe von Zelten am rechten Bildrand und das Haus von Fiddler's Mill in der Ferne.

Reave betrachtete die Aufnahme, ohne sich zu bewegen oder etwas zu sagen. Heather war sich nicht ganz sicher, aber sie hatte das Gefühl, dass er wieder etwas zurückhielt, so wie schon einmal, als er sie zum ersten Mal gesehen hatte.

»Weckt dieses Foto Erinnerungen?«

Er neigte den Kopf zur Seite, eine Art unverbindliche Antwort.

»Ich vermute, dass Sie Ihre prägenden Jahre dort verbracht haben, das vergisst man nur schwer.« Sie legte das zweite Bild auf das erste. Noch eine Fotografie, mehr Zelte, leicht unscharfe Menschen, hier und da aufsteigender Rauch. »Stellen Sie sich vor, ich habe diese Aufnahmen im Internet gefunden. Sie stammen von einer Frau, die sich whytewitch nennt und in den 1970er Jahren ebenfalls da war, in Fiddler's Mill. Können Sie sich an sie erinnern?«

Er sah weg, doch sein Kiefer spannte sich an, woran Heather erkannte, dass er nicht erfreut war. *Nicht erfreut.* Heather dachte an den zerschmetterten Körper ihrer Mutter, der am Fuß einer Klippe gelegen hatte, und an die Gesichter der Frauen, die im Internet aufgetaucht waren, als sie *seinen* Namen gegoogelt hatte. Mit einer schwungvollen Handbewegung zog sie noch mehr Bilder aus der Mappe und knallte sie nacheinander auf den Tisch. Reave betrachtete sie ungerührt, als würde es sich um langweilige Urlaubsschnappschüsse eines Arbeitskollegen handeln.

»Sie hat damals viele Fotos gemacht und auch Bilder gemalt. Ich vermute, dass sie den Ort für sehr inspirierend gehalten hat. Was hat Fiddler's Mill Ihnen bedeutet? Was hat es meiner Mutter bedeutet?«

»Ich verstehe Ihren Schmerz wegen Ihrer Mutter. Wirklich«, sagte Reave mit schleppender Stimme, eine leise Parodie von Mitleid. »Sie möchten verstehen, warum Ihre Mutter das gemacht hat. Aber vielleicht gibt es da nichts zu verstehen. Man kann die Angst, die ein Tier dazu bringt, die eigenen Jungen zu fressen, nicht verstehen. Oder die Angst, die einen Menschen dazu bringt, sich selbst umzubringen.«

Heather sagte nichts.

Sie legte als Nächstes die Ausdrucke mit den gemalten Bildern von whytewitch auf den Tisch. Das Bild mit der Gestalt im roten Mantel, die aus dem Wald herauskam, glitt von dem Haufen und landete fast auf seinem Schoß. Michael Reave betrachtete es und unvermittelt zerrte er an der Kette, mit der seine Handschellen verbunden waren. Er tat dies derart fest, dass Heather spürte, wie der verschraubte Tisch unter ihren Händen hüpfte. Sie schrie auf und sprang zurück, als Reave bereits stand und immer noch an der Kette zerrte, als wollte er sie aus der Verankerung reißen.

»Das reicht.«

Die Hand von Detective Turner lag auf ihrer Schulter, umfasste sie nicht allzu sanft, und bevor Heather auch nur begriff, was passierte, war sie aus dem Raum gebracht worden. Als die Tür zuschlug, sah sie noch, wie die beiden Wärter auf Reave zugingen. Sie erhaschte einen Blick auf seinen Gesichtsausdruck. Er war wütend, seine Wangen hochrot. Dann war die Tür zu.

»Was …?«

Heather merkte plötzlich, dass ihre Beine leicht nachgaben, und sie lehnte sich gegen die Wand. Detective Turner sah sie an und rieb sich den Nacken.

»Ich denke, das war's dann wohl, Miss Evans.«

»Ich … was ist passiert?« Sie hatte Mühe zu atmen – und fühlte sich wie in dem Moment, als dieses Auto auf der Hauptstraße in Peckham unerwartet um die Ecke geschossen war und sie beinahe umgefahren hätte. Michael Reaves plötzlicher Stimmungswandel von ruhiger Langeweile zu rasender Wut hatte sie schwindelig gemacht.

»Sie haben ihn verärgert«, antwortete Turner und zuckte mit den Achseln. »Menschen wie er sind unberechenbar, meine Liebe, also machen Sie sich deshalb keine Vorwürfe.«

»Aber wir machen Fortschritte!«

»Das hier kostet Geld. Wussten Sie das nicht? Hatte ich auch nicht anders erwartet.« Er schürzte die Lippen und bemühte sich, ein verständnisvolles Gesicht zu machen. »Ich, der auf Sie aufpasst, die Wächter da drinnen, wir haben alle Besseres zu tun – vor allem jetzt, wo wir wieder so einen Irren haben, der frei herumläuft.«

»He, es waren Ihre Leute, die mich darum gebeten haben, mit ihm zu sprechen.« Heather drückte sich von der Wand ab. »Wo ist Detective Inspector Parker? Ich möchte mit ihm darüber sprechen.«

Turner lachte und deutete den Flur hinunter. »Tut mir leid, aber Detective Parker hat definitiv gerade Besseres zu tun, als mit Ihnen zu reden. Zeit zu gehen.«

»Kann ich wenigstens meine Ausdrucke wiederhaben?«

Turner seufzte noch einmal theatralisch, und Heather fragte sich, wie er wohl seufzen würde, wenn sie ihm den Ellenbogen in die Nase rammte. Der Vorfall bei der Zeitung tauchte vor ihrem inneren Auge auf – das Würgegeräusch, das auf den cremefarbenen Teppich tropfende Blut – und sie ballte ihre Hände zu Fäusten.

»Wenn er sie noch nicht zerrissen hat, von mir aus.«

Eine Stunde später saß Heather in einer Bar in Lewisham und trank gerade einen Schluck Whisky, um ihre Nerven zu beruhigen, als Detective Parker anrief. Sie räusperte sich und nahm den Anruf entgegen, bemüht darum, gelassen und professionell zu klingen.

»Schade, dass ich Sie heute nicht gesehen habe, Detective Inspector Parker. Belmarsh ist viel einladender, wenn Sie da sind. Außerdem ist Ihr Kollege Turner eine Flachpfeife.«

»Wie ist es gelaufen? Mit Reave?«

»Soll das heißen, Sie wissen es noch nicht?«

Eine kurze Stille trat ein, bevor Parker antwortete.

»Dass er launisch ist und schwer zu verstehen, damit müssen

Sie rechnen. Aber selbst, wie er auf Dinge reagiert, kann nützlich für uns sein.«

»Er weiß mehr über den Tod meiner Mutter, als er sagt. Da bin ich mir sicher.« Heather nahm das Glas mit dem Whisky in die Hand und hatte kurz das Gesicht ihrer Mutter im Kopf, ernst und verkniffen, wie es oft gewesen war. »Ich würde gerne weitermachen, wenn das möglich ist.«

Parker gab ein unverbindliches Geräusch von sich. »Ihre Sicherheit hat für uns Vorrang.«

»Oh, ich bin gerührt. Aber er ist doch an den Tisch gekettet, und Ihre riesigen Jungs sind auch da. Was also könnte er machen?«

»Schäden sind nicht immer körperlich, Miss Evans.«

Heather trank einen Schluck Whisky und verzog das Gesicht gegen das Brennen in ihrer Kehle. Sie dachte an die Leichenhalle und an den zerschmetterten Körper ihrer Mutter, den sie natürlich nicht gesehen hatte – der Leichnam musste letztendlich anhand der Zähne und der Gravur im Ehering, der noch immer an ihrem Finger steckte, identifiziert werden –, doch es war seltsam, wie einzelne Sätze im Gedächtnis haften blieben, insbesondere wenn man eine lebhafte Phantasie hatte. Die Knochen ihrer Mutter, zerschellt auf einem Felsen. Ihr Haar, voller Sand und Gestein. *Körperlicher Schaden. Organisches Material.* Die Bar, die sich gerade mit Gästen zu füllen begann, schwankte hin und her, als stünde sie auf einem Schiffsdeck, und sie zwang sich, sich auf Ben Parkers Stimme zu konzentrieren. Er redete weiter.

»… unmöglich zu sagen, ob es eine Verbindung gibt, aber für mich sieht es ganz danach aus. Die Sache wird wohl jetzt schon in den Schlagzeilen stehen.«

»Entschuldigung, was denn?«

»Eine Frau namens Fiona Graham scheint gewaltsam aus

ihrem Haus entführt worden zu sein. Es gibt Gründe zur Annahme, dass unser Nachahmer wieder zugeschlagen hat.«

»Fiona Graham?« Heather blinzelte. Sie hatte das Gefühl, plötzlich in kaltes Wasser getaucht zu werden. »Mir kommt der Name irgendwie bekannt vor.«

»Ja? Woher?«

»Ich bin mir nicht sicher.« Sie versuchte, sich zu erinnern, aber ihr fiel nichts ein, außer dass sie glaubte, den Namen schon einmal gehört zu haben. »Ich muss darüber nachdenken«, sagte sie schließlich.

»Wenn Sie wieder darauf kommen, lassen Sie es mich wissen.«

»Klar. Hören Sie …« Sie biss sich auf die Lippe. Trotz ihres unangenehmen Nachmittags im Gefängnis verspürte sie mit einem Mal wieder dieses aufgeregte Kribbeln im Bauch, was daran lag, dass ihr Fiona Grahams Name bekannt vorkam. Hier waren Hinweise, Teile eines größeren Puzzles, sie musste sie nur zusammenfügen, um die Antworten zu bekommen. Vielleicht war sie tatsächlich die geeignetste Person dafür. »Ist Ihnen nach einem Drink zumute? Nach einer Unterhaltung? Der heutige Tag hat mich etwas mitgenommen, und ich könnte den Anblick eines freundlichen Gesichts gebrauchen.«

»Heather, wir haben hier alle Hände voll zu tun, und ich bin nicht einmal in London …«

Sie zuckte zusammen und schloss die Augen.

»… aber vielleicht, wenn ich wieder zurück bin?«

Heather stellte das Glas ab. »Unbedingt. Melden Sie sich.«

Ab da wurde ihr Gespräch unbeholfen, und sie spürte, wie er sich geistig von ihr zurückzog. Sie stand da, in der Bar, die Wangen hochrot vor Verlegenheit, aber sie hatte kein schlechtes Gewissen, dass sie ihn derart unverhohlen um eine Verabredung gebeten hatte – denn sie würde später in ein leeres Haus zurückkehren und an nichts anderes denken als an ermordete Frauen und an den geheimnisvollen Tod ihrer eigenen Mutter. War es da so furchtbar, Gesellschaft haben zu wollen? Der Whisky schmeckte bitter, und nachdem sie sich von ihm am Telefon verabschiedet hatte, kippte sie den Rest hinunter, ohne ihn zu genießen.

14. KAPITEL

Früher

Michael lebte in dem großen Haus, aber Fiddler's Wood war sein Zuhause.

Er verbrachte seine Tage meist dort, egal wie das Wetter war, stapfte durch das Unterholz, saß mit dem Rücken an einen Baum gelehnt oder folgte halb versteckten Pfaden hin zu Orten, die bedeutend erschienen. Einem toten Baum, in den vor Jahrzehnten der Blitz eingeschlagen war. Einem tiefen Graben, durchzogen mit Hundsrosen. Einer Gruppe von drei Birken, die zusammen heranwuchsen, knorrig und fein gestreift. Unter dem Regen, dem Wind und der stets schwächelnden Sonne wurde er größer und stärker. Die Narben an den Handgelenken und am Hals verblassten, und das Haar an seinen Schläfen wuchs nach, auch wenn es jetzt die Farbe des Mondlichts hatte.

Fast in jeder Nacht hatte er immer noch Albträume. Er träumte von dem Schrank oder von den dicken Fingern seiner Mutter, die sein Haar verdrehten, das Gesicht wutverzerrt oder schlaff und geistesabwesend. Manchmal träumte er von einer flachen roten Landschaft mit einem Himmel in der Farbe von Hundsrosen und von Wesen, von verzweifelt heulenden Wesen. Er wachte noch immer auf von diesen Träumen. Schreiend. Doch das Wissen, dass der Wald vor seinem Fenster lag – dunkel, kühl und grün – war Balsam für seine Seele.

Michael ging nicht zur Schule, wenngleich er sich nicht daran erinnern konnte, überhaupt jemals dorthin gegangen zu sein. Er hatte die vage Erinnerung, an einen Ort mit vielen Kindern gebracht worden zu sein, die alle nicht mit ihm reden wollten, aber es schien ihm, dass er dort nicht lange geblieben war. Statt Schule durfte er in den Büchern des Mannes lesen, die in einem Zimmer aufbewahrt wurden, das eigens dafür eingerichtet war. Michael stellte überrascht fest, dass die Wörter einen Sinn ergaben. Der Mann überließ ihn meist sich selbst, und wenn Michael aus den Wäldern zurückkehrte, die Kleidung voller Schlamm, gab er ihm zu essen. Manchmal ging er mit ihm über die Felder spazieren, der große schwarze Hund irgendwo vor ihnen im Gras.

Eines Tages, im Frühjahr, er war gerade dabei, in seine Stiefel zu steigen, fing der Mann ihn an der Tür ab.

»Ich muss dir heute etwas zeigen, mein Junge«, sagte er. »Komm.«

Er pfiff, und der Hund kam über den Holzboden herbeigejagt. Wenige Augenblicke später waren sie draußen, über ihnen ein kornblumenblauer Himmel. Doch statt zum Wald zu gehen, führte der Mann ihn in einen alten Schuppen. Michael hatte nie darauf geachtet, denn ein Schuppen war nun einmal kein Wald.

»Komm her. Stell dich auf den Eimer.«

Der Schuppen war groß, und offensichtlich gab es keine richtige Verwendung für ihn. Werkzeuge, Kisten, riesige verrostete Spaten und Säcke lagerten darin, die unten am Boden ausgeblichen waren. Die Sparren waren alt und rissig, und das Dach hatte ein ziemlich großes Loch, durch das ein Stück Himmel zu sehen war. Michael kletterte auf den umgestürzten Stahleimer. Sein Blick fiel auf ein Vogelnest mit drei kleinen Küken, direkt unter dem Loch. Erst in dem Augenblick stellte er fest, dass er sie hatte schreien hören, seitdem sie den Schuppen betreten hatten.

»Jetzt sieh nach unten«, sagte der Mann und deutete auf den Boden, wo zwischen Staub und Sägemehl eine tote Amsel lag.

Ihr Hals war seltsam verdreht und ein Auge, das wie ein winziger Tintentropfen aussah, starrte ins Leere.

»Eine Katze hat sie wohl erwischt«, sagte der Mann. Michael wusste instinktiv, dass dies eine Lüge war. Er hatte nie eine Katze hier gesehen, weder auf den Feldern noch in der Nähe des Hauses, nicht einmal im Wald. Außerdem war er sich sicher, dass der Hund keine Katze in seinem Revier tolerieren würde. Genau in dem Augenblick kam der Hund angetrottet, als hätte man ihn gerufen, und steckte seine Nase in den toten Vogel. »Die Küken werden sterben, in ein oder zwei Tagen. Was wirst du machen?«

»Ich?«

»Sie gehören dir. Hier.« Der Mann griff mit seinen Riesenpranken in das Nest und hielt ihm die Jungen hin. Entsetzt und ein bisschen angewidert, fing Michael sie in seinem Pullover auf. Ihr aufgeregtes Piepen wurde immer lauter, und sie strampelten schwach in seinen Armen, während ihre übergroßen Köpfe hin und her wackelten.

»Ich weiß nicht, was ich mit ihnen machen soll.«

»Mach mit ihnen, was immer du willst«, erwiderte der Mann. Michael sah ihn an. »Darum geht es. Berühr sie. Spür, dass sie lebendige Wesen sind, und dann mach, was du willst.«

Der Mann und der Hund verließen den Schuppen, und da Michael nicht genau wusste, was er sonst machen sollte, beschloss er, die Küken mit in den Wald zu nehmen. Auf dem Weg dorthin kamen ihm die typischen Gedanken eines Kindes – vielleicht würde er eine Amselfamilie im Wald finden, die bereit war, ein paar zusätzliche Vogelkinder aufzunehmen, oder er könnte Würmer ausgraben und die Küken selbst füttern. Irgendwann würden sie wie Haustiere sein und herbeigeflogen kommen, wenn er nach ihnen rief. Diese Vorstellung gefiel ihm.

Schließlich erreichte er einen seiner Lieblingsplätze: ein mit Gras bewachsenes Ufer an einem kleinen schlammigen Bach.

Die Sonne schien hier durch die Baumkronen, und das stumpfe Gras leuchtete in einem fast schon übernatürlichen Grün. Der Platz unterhalb des Ufers bot den Kröten ein schlammiges Versteck. Michael setzte seine Küken auf das Gras und beobachtete eine Weile, wie sie aufgeregt herumzappelten. Das Piepen hatte fast vollständig aufgehört, als würden die Vogelkinder spüren, dass sie nicht mehr in ihrem sicheren Zuhause waren – als wüssten sie, dass Raubtiere in der Nähe waren.

Sanft drückte er einen Finger auf die Brust eines der Küken, spürte seinen Herzschlag, unfassbar schnell und wild, und die feuchte Wärme seines flaumigen Federkleids. Er stellte sich vor, wie das Blut durch den kleinen Körper strömte, um sich aufzuplustern, während der Vogel noch nicht einmal wusste, wo er war oder was er war. Nur ein Leben, das in den Startlöchern stand.

Michael hob das Vogelkind auf und ging damit den kleinen Abhang hinunter zu dem schattigen Ufer. Der Schlamm dort war weich, kaum steinig, und er brauchte nur wenige Augenblicke, um ein Loch zu graben. Ein winziges Grab.

Er legte den Vogel hinein und sah zu, wie er sich wand. Aus irgendeinem Grund schlug sein Herz ebenfalls schnell – fast so schnell wie das des Kükens. Michael drückte den Vogel in den Schlamm und war sich seiner eigenen Kraft deutlich bewusst – wie einfach es doch sein würde, so lange mit dem Finger zu drücken, bis die winzigen Knochen zerbrachen, bis die gerade gebildeten Eingeweide nur noch Brei wären. Die brutale rote Landschaft war sehr nahe. Michael war sich sicher, dass er sie sehen würde, wenn er die Augen schloss.

Die Stirn leicht gerunzelt, nahm er eine Handvoll Schlamm und presste ihn auf das Küken. Das Piepen hörte auf. Er hob noch mehr Schlamm auf und packte ihn auf den bereits vorhandenen Haufen. Dann saß er da, die Hand auf der feuchten Erde, und zählte in seinem Kopf die Sekunden. Nach zwei Minuten bohrte er seine Finger in den Schlamm und wühlte darin herum. Zuerst konnte er das Vogelkind nicht finden, als hätte die Erde es verschluckt – diesen Gedanken fand er aufregend – doch dann ertasteten seine Finger einen weichen Widerstand. Er zog das Küken heraus und war entsetzt, als er sah, dass es noch immer lebte. Schwarzer Schlamm steckte in seinem winzigen Schlund, und eines seiner kleinen Beine war nach hinten abgeknickt, doch sein Kopf wackelte noch immer mitleiderregend. Michael hielt das Küken hoch, er war verärgert und gleichzeitig völlig erstaunt.

»Nein«, sagte er zu dem Küken. »*Ich* entscheide hier.«

Er packte das Vogelkind wieder zurück in die Erde.

Als er Stunden später nach Hause kehrte, ging die Sonne am Horizont unter. Der Mann war nicht da. Das war nicht ungewöhnlich, denn er hatte ein Auto. Er fuhr damit einkaufen und kehrte mit Lebensmitteln zurück. Manchmal war er stundenlang weg, doch zum Abendessen war er immer rechtzeitig wieder da. Michael achtete nicht sonderlich darauf, was der Mann machte – es schien nicht wichtig zu sein. Er schlich nach oben in sein Zimmer, wo er eine Stunde lang ruhelos auf und ab ging, unfähig, sich zu konzentrieren. Er betrachtete die schwarze Erde unter seinen Fingernägeln und dachte daran, wie die Herzen der Küken aufgehört hatten zu schlagen. Irgendwann.

Als der Mann zurückkehrte, blieb Michael in seinem Zimmer, bis er gerufen wurde. Er ging nach unten. Der Mann musterte ihn und schien den Schlamm an seiner Hose und die Erde an seinen Händen wohlwollend zur Kenntnis zu nehmen. Er lächelte, und sein Glasauge leuchtete in dem orangen Licht des Abendrots.

»Ich habe noch etwas für dich.«

Auf dem Esszimmertisch lag ein Sack – aus Jute, beschriftet mit einem einzigen Wort, DARTS. Der Sack bewegte sich leicht. Ohne dass er dazu aufgefordert wurde, trat Michael an den Tisch und öffnete den Beutel. Vier winzige Kätzchen lagen darin, alle schwarz-weiß gescheckt, die Augen noch geschlossen. Er griff hinein, hob eins heraus und spürte die hektische Wärme des kleinen Körpers auf seiner Haut. So lebendig. Und so machtlos.

»Michael, mein Junge, hast du je von dem Barghest gehört?«

Er drückte das Kätzchen an seine Brust.

»Von wem?«

»Das ist ein großer Höllenhund, im Grunde ein Wolf, der auf einsamen Straßen und Feldern herumgeistert. Eine alte Legende aus dem Norden.«

»Also … ein Märchen?«

Der Mann lächelte, und seine langen gelben Zähne offenbarten sich.

»Eigentlich nicht, mein Junge. Der Barghest ist ein Omen, aber man kann ihn sich auch als eine Art Geist vorstellen, ein Symbol des Todes und der Wiedergeburt. Er macht keine Geräusche, wenn er umherstreift, und hinterlässt keine Spuren, doch wenn er dich beißt, heilt diese Wunde nie.«

»Hm«, sagte Michael, da er nicht wusste, was er darauf antworten sollte.

»Der Wolf hat eine wichtige Rolle, mein Junge. Das weißt du, oder? Er versorgt die Erde mit Leben, weil die Erde immer hungrig ist.« Der Mann trat zu dem Sack, in dem die anderen Kätzchen sich aneinanderschmiegten und miauten. Er deckte sie mit einem Stück Sackleinen zu. »Es gibt Menschen, die die Macht darin nicht erkennen. Wie deine Mutter zum Beispiel. Frauen, mein Junge. Sie haben eine andere Aufgabe zu erfüllen.«

Michael zuckte zusammen.

»Aber dieses Problem hast du ja schon gelöst, nicht wahr?« Er sah den Jungen an, und seine Miene änderte sich noch einmal. Ein Außenstehender hätte ihn für einen freundlichen Onkel gehalten, der sich darüber freute, seinem Neffen ein Geschenk zu machen. »Die Kätzchen gehören dir. Du kannst mit ihnen spielen.«

Michael nickte.

15. KAPITEL

Heather fühlte sich leicht zittrig und ziemlich müde, als sie die Tür zum Haus ihrer Mutter öffnete. Fast rechnete sie mit weiteren verirrten Vögeln. Michael Reaves Reaktion hatte ihr Angst eingejagt, aber noch schlimmer war, dass sie sich von toten Frauen verfolgt fühlte – von Sharon Barlow und Elizabeth Bunyon, von all den Frauen, die vor Jahrzehnten bestialisch umgebracht worden waren, und vor allem von ihrer Mutter. Reave, mit seinen vernarbten Händen und grünen Augen, stand in Verbindung mit diesen Todesfällen. Wenn sie nur herausfinden könnte, wie … Vielleicht könnte sie es so beenden. Und vielleicht würde das ihre unerbittlichen Schuldgefühle etwas lindern.

Sie wurde vom sanften Klang des Radios und vom schwachen Duft des Kaffees begrüßt, den sie sich am Morgen gekocht hatte, nicht von Vögeln. Alles erschien normal, was sie beruhigte. Sie machte sich einen Berg Rührei auf Toast, den sie vor ihrem Laptop hinunterschlang, ausnahmsweise am Küchentisch.

Die Ungeheuerlichkeit seiner Taten erschloss sich einem nicht, wenn man nur die Namen der Opfer las und ihre Fotos betrachtete, die aus einer Zeit stammten, als sie noch lebten. Sie und Nikki hatten diese Ungeheuerlichkeit lediglich gestreift, denn es hatte zwischen ihnen die stillschweigende Übereinkunft gegeben, dass sie bei ihrer Recherche nichts weiterverfolgten, womit sie nicht würden umgehen können. Heute hatte sie das wahre Gesicht von Michael Reave gesehen. Die Bestie, die er wirklich war, und vielleicht war es an der Zeit, sich damit auseinanderzusetzen.

Sie sah sich noch einmal seine Wikipedia-Seite an, die jedoch nur wenige Informationen zu seiner Herkunft oder zu den Details der Morde lieferte – all das untermauerte Detective Parkers Aussagen, dass Reaves Vergangenheit eine Leerstelle war. Sie würde also woanders nachforschen müssen, um die Informationen zu bekommen, die sie haben wollte.

Die notwendigen Fähigkeiten dafür hatte sie sich bei der Zeitung angeeignet. Sie begann, die dunkleren Seiten des Internets nach der rauen Wirklichkeit des Roten Wolf-Mörders zu durchsuchen, und nippte dabei hin und wieder an einem Glas Wein. Ihr Teller war bis auf ein paar Rühreireste leergeputzt. Schnell füllte sich der Bildschirm mit einigen sehr einfach aufgebauten Webseiten, deren bevorzugte Farbpalette aus Schwarz, Grün und Rot bestand. Sie nannten sich »Albtraumstoff«, »Tote Liebende« und »Leichengesichter«.

Diese Foren hatten Menschen erstellt, die regelmäßig die blutrünstigsten Details schlimmster Verbrechen aufspürten. Schon bald stieß Heather auf einen langen, detailreichen Diskussionsbeitrag zu Michael Reave, einschließlich Tatort- und Leichenfotos. Manchmal auch nur von Leichenteilen. Nach der kalten Beleuchtung und den fehlenden dramatischen Blickwinkeln zu urteilen, erschienen zumindest einige der Fotos echt, gestohlen aus dem Polizeiarchiv oder aus den Ermittlungsakten vom Ende der 1980er oder Anfang der 1990er Jahre. Heather betrachtete ein paar der Aufnahmen und merkte, dass sie eine Schwelle übertrat, die ihr vorher nicht bewusst gewesen war. Sie dachte an die Bilder, die sie von Reaves Opfern bereits gesehen hatte, ihre Gesichter lächelnd oder unsicher in den Fotografien, die einmal berühmt werden würden – hier waren sie gelandet. Schuld daran war Michael Reave.

Eines der ersten Bilder zeigte eine junge Frau, die nackt und mit dem Gesicht nach unten auf einem Feld lag. Ihre Arme waren auf den Rücken gefesselt. Sie hatte glänzendes, langes rotes Haar, das sich über ihre Schultern auf das Gras ergoss. Ihre Haut sah schrecklich weiß aus, und eine grobe Girlande aus tropfnassen Wildblumen schlang sich um ihren Körper, die zweifellos mit Sorgfalt und absichtlich so drapiert worden war. Heather, die so gut wie nichts über die Pflanzenwelt und die Natur wusste, glaubte einige der Blüten zu erkennen – Glockenblumen, Gänseblümchen, blassgelbe Primeln und die nickenden Köpfe von Fingerhut, rosa, violett und irgendwie unanständig. Neben der Toten war ein Kleidungsstück, das schwer zu identifizieren war, weil es in einem Haufen auf dem Gras lag und blutdurchtränkt war.

Das nächste Foto zeigte ebenfalls eine Szene in der freien Natur. Eine Frau lag auf dem Boden, die Augen zum Himmel gerichtet. In der Mitte der Brust war ein großes, fast rundes Loch, aus dem ein junger, kleiner Baum ragte, jene Sorte, die man in einem Gartencenter kaufen konnte, um sie gleich einzupflanzen. Heather konnte die dunkle Feuchte im Inneren der Brust erkennen, obwohl das Loch selbst relativ sauber war. Die Frau trug eine Bluse. Sie war aufgeknöpft und hatte einen dunklen braunen Rotton angenommen. Nur eine kleine Stelle am Kragen verriet, dass die Bluse einmal weiß gewesen war.

»Er richtet sie her«, sagte Heather und spürte, wie sich ihr der Magen umdrehte. Das Rührei fühlte sich nicht gut darin an. »Er richtet die Leichen her und setzt sie in Szene. Sie sind ihm tot wichtiger als lebendig. Das Bild, das er schafft, ist für ihn von Bedeutung.«

Während sie weiter nach unten scrollte, fragte sie sich bereits, warum sie beschlossen hatte, sich das anzutun. War der heutige Tag nicht schon schrecklich genug gewesen?

In ein paar Beiträgen diskutierten die Forenteilnehmer die Motive des Roten Wolfs und brachten sie mit heidnischen Kulten und Teufelsanbetung in Verbindung. Einer behauptete, dass die Herzen und andere Weichteile nie gefunden worden seien – der Verfasser des Posts vertrat die Meinung, dass Michael Reave sie vielleicht gegessen haben könnte, ähnlich wie Jeffrey Dahmer oder Albert Fish. Heather stand auf, um sich Wein nachzuschenken, und blickte beunruhigt zum Fenster. Mittlerweile war es stockdunkel, und sie sah nur ihr eigenes Spiegelbild in der Scheibe.

In dem Augenblick klingelte es. Heather erschrak, stellte das Glas ab, klappte den Laptop zu und ging zur Tür. Sie spähte erst durch den Spion, ehe sie aufmachte.

»Lillian?«

»Hallo, meine Liebe«, sagte die ältere Frau und trat in den Flur. Als sie Heathers bedrückten Blick sah, hielt sie einen Stoffbeutel hoch. »Entschuldigung, ich weiß, es ist schon ziemlich spät. Ich bin nur gekommen, um meine Auflaufform zu holen. Das ist doch in Ordnung, oder? Ich brauche sie fürs Abendessen morgen. Ich hoffe, Sie haben mittlerweile alles aufgegessen, denn jetzt wäre es bestimmt verdorben.«

»Ja, sicher, kein Problem. Die Form ist gespült und steht schon bereit. Kommen Sie mit in die Küche …«

Nur dass Lillian bereits dort war, ihre blaue Auflaufform erspäht und vorsichtig in ihrem Stoffbeutel verstaut hatte. Heather beäugte den Abwasch vom Vortag – sie war schon immer faul gewesen, was Hausarbeit anging – und spürte, wie ihre Wangen rot wurden.

»Hätten Sie gern ein Glas Wein?«, fragte sie, räusperte sich und kam sich schrecklich förmlich vor.

Lillian zog die Augenbrauen hoch und lächelte. Sie war, wie schon bei ihrem vorherigen Besuch, schick gekleidet und trug einen gutsitzenden grünen Hosenanzug aus Tweed. Am Revers steckte eine Brosche in der Form von zwei ineinander verschlungenen silbernen Fischen. Ihre glänzende schwarze Lederhandtasche sah teuer aus. Weiße Perlenohrringe, winzig und unauffällig, schimmerten an ihren Ohren.

»Das wäre reizend, meine Liebe. Nur ein kleines Gläschen, wenn es Ihnen nichts ausmacht.« Als Heather ihr ein Glas gab, nahm sie den kleinsten Schluck, der möglich war. »Wie geht es Ihnen? Kommen Sie zurecht?« Ihre grauen Augen waren freundlich. »Wann ist die Beerdigung? Ich würde sehr gerne daran teilnehmen. Colleen war eine so gute Freundin.«

Heather nahm einen großen Schluck aus ihrem Glas, um ihr Unbehagen zu verbergen. Sie hatte versucht, nicht an die Beerdigung zu denken. Die meisten Vorkehrungen waren getroffen worden, gleich als der Leichnam ihrer Mutter von der Rechtsmedizin freigegeben worden war. Danach hatte sie nur noch das Allernotwendigste gemacht.

»Nächsten Mittwoch, um ein Uhr, in der Kapelle des Krematoriums von Balesford. Ich habe alle Menschen eingeladen, die ich im Adressbuch meiner Mutter finden konnte. Sie muss ich wohl übersehen haben.« Heather zwang sich ein Lächeln ab. »Aber selbstverständlich können Sie sehr gerne kommen. Ich denke nicht, dass der Kreis groß sein wird – Mum hatte keine Familienangehörigen mehr, und sie blieb lieber für sich allein.«

»Oh, da werden Sie sich aber wundern.« Der wissende Ton ließ Heather aufblicken, doch Lillian schien bereits an etwas anderes zu denken, denn ihr schmallippiger Mund legte sich missmutig in Falten. »Eine Einäscherung? Hat Colleen das so gewollt?«

Heather zuckte mit den Achseln. »Das hat sie in ihrem Testament so verfügt.«

Lillian räusperte sich und deutete dann mit ihrem Glas auf die Ausdrucke, die auf dem Tisch lagen. »Arbeiten Sie an einem Artikel? Ich hätte gedacht, dass Sie zu sehr trauern, um dazu in der Lage zu sein.«

Heather zuckte zusammen, als sie feststellte, dass die ausgedruckten Bilder offen herumlagen. Doch noch ehe sie die Fotografien wegräumen konnte, griff Lillian bereits danach. Sie nickte leicht.

»Fiddler's Mill? Meine Güte, das muss eine sehr alte Aufnahme sein.«

»Sie kennen den Ort?« Heather konnte die Überraschung in ihrer Stimme nicht verbergen.

»Ich? Nicht persönlich, aber Ihre Mutter hatte viel davon gesprochen. Muss eine unvergessliche Zeit für sie gewesen sein.«

Heather stellte das Weinglas ab. »Sie hat mit Ihnen über Fiddler's Mill gesprochen? Das erstaunt mich, um ehrlich zu sein, denn mir gegenüber hat sie diesen Ort nie erwähnt.«

»Na ja.« Lillian zuckte höflich mit den Achseln. »Es gibt Dinge, über die man mit seinen Töchtern nicht spricht, zumindest nicht, solange sie noch jung sind.«

»Vielleicht können Sie mir das, woran Sie sich noch erinnern, erzählen?« Heather deutete mit dem Kopf auf die Barhocker an der Küchentheke, und sie setzten sich hin. »Alles, was sie über den Ort gesagt hat, wäre nützlich.«

»Schreiben Sie einen Artikel darüber?«, fragte Lillian. »Colleen hat auch viel von Ihrer Karriere als Journalistin gesprochen.«

»Nein, es ist nicht wegen eines Artikels.« Ihre Mutter hatte wohl nicht erwähnt, dass die Zeitung sie rausgeworfen hatte. »Wissen Sie, ich bin einfach interessiert daran, mehr von ihrem Leben, ihrer Vergangenheit zu erfahren. Ich habe das Gefühl, als hätte ich einiges von dem, was ihr wichtig gewesen ist, gar nicht mitbekommen.«

»Also, ich bin mir nicht sicher, ob ich Ihnen da weiterhelfen kann.« Lillian nippte wieder an ihrem Weinglas und blicke zur hinteren Tür, als würden die Erinnerungen da draußen auf sie warten. »Wissen Sie, mein Gedächtnis ist nicht mehr das, was es einmal war.« Sie lächelte Heather an. »Werden Sie bloß nicht alt, meine Liebe, das ist ziemlich ermüdend.«

Heather lächelte zurück und dachte an die Fotos der Frauen, deren Leichen zerstückelt auf Feldern zurückgelassen worden waren. »Aber sicher die bessere Variante. Gibt es da nichts, was Sie mir erzählen können?«

»Sie hat davon gesprochen, dass sie mit der Natur kommuniziert hat und dass das Essen sehr schlecht war. Möglicherweise hat sie einen Freund gehabt.« Heather saß still da und versuchte die Angst zu ignorieren, die sie beschlich. »Möglicherweise mehr als einen«, fügte Lillian kichernd hinzu. »Wie ich schon gesagt habe, es gibt Dinge, über die man mit seiner Tochter nicht spricht. Nicht, wenn man ein gutes Vorbild für sie sein möchte. Vielleicht sollten Sie hinfahren und sich umsehen.«

»Wohin?«

»Nach Fiddler's Mill. Das könnte Ihnen dabei helfen«, sie zog eine Schulter hoch. »Wie sagen die jungen Leute das? Abzuschließen. Ihre Trauer zu bewältigen. Dieser Ort war so wichtig für Ihre Mutter.«

Wichtig für Mum, dachte Heather. *Und wichtig für einen berüchtigten Serienmörder. Großartig.*

Lillian blieb kurz in der Eingangstür stehen, als sie sich verabschiedete. Sie schien in den Himmel zu spähen – es sah nach Regen aus.

»Haben Sie es weit bis nach Hause? Möchten Sie sich einen Regenschirm ausleihen?«

»Vielen Dank, meine Liebe. Ich wohne gleich die Straße hoch.« Als sie sich zu Heather umdrehte, war ihre Miene jedoch ernst. »Ich möchte Sie nicht beunruhigen, aber ich glaube, ich habe heute jemanden bei Ihren Bäumen herumlungern sehen. Einen Mann.«

»Wann war das?« Heather dachte an die Gestalt, die sie am Abend zuvor zu sehen geglaubt hatte, als sie hinausgegangen war, um den Vogel in den Garten zu bringen. Sie war fast schon zu der Überzeugung gekommen, dass sie sich das Ganze nur eingebildet hatte, aber vielleicht …

»Heute Nachmittag. Sie haben doch keine verschmähten Liebhaber, oder?«

Heather musste bei dieser altmodischen Formulierung unwillkürlich lächeln. »Kaum. Machen Sie sich keine Sorgen, Lillian. Danke, dass Sie vorbeigekommen sind.«

Trotzdem blieb sie stehen, bis die alte Dame den Weg durch den Vorgarten gegangen war, und starrte anschließend in die Dunkelheit, die den Rasen umgab. Konnte das jemand von der Zeitung sein? Sie kannte dort mindestens einen Menschen, der ein großes Interesse daran hätte, sie aus der Fassung zu bringen, wenn nicht sogar, ihr Schaden zuzufügen. Schließlich setzte der Regen ein, ein kräftiger Herbstschauer, und sie schloss die Tür.

Später ging Heather nach oben, ließ sich auf das Bett im Gästezimmer fallen und öffnete ihren Laptop. Sie schaltete ihr Handy ein, um Nikki eine Nachricht zu schreiben, fragte, wie es ihr ging, und fasste ihren Tag in Belmarsh knapp zusammen. Anschließend überprüfte sie ihre E-Mails und stellte einigermaßen überrascht fest, dass whytewitch59 ihr geantwortet hatte. Sie hieß Pamela Whittaker, ein etwas prosaischerer Name als ihr Alias in der virtuellen Welt – sie würde sich gern mit Heather treffen, ob diese Woche passte? Heather mailte zurück, schlug einen Tag und eine Uhrzeit vor und fragte sich, ob sie sich gerade zu einer peinlichen halben Stunde paranoiden Hippieblödsinns verabredete.

Danach scrollte sie durch eine Nachrichtenseite und stellte fest, dass Detective Parker recht hatte: Die Nachricht von einer verschwundenen Sportlehrerin in Lancashire hatte ihren Weg in die Medien gefunden, und die Bevölkerung wurde aufgerufen, sich zu melden, wenn sie sachdienliche Hinweise geben konnte. Neben der Schlagzeile war ein Foto der Vermissten, das sie auf einem Sportfest in der Schule zeigte. In Heathers Hinterkopf schien sich etwas zu regen. Sie ging in den Flur, um eine der Kisten zu holen, die sie vom Dachboden heruntergebracht und dort abgestellt hatte. Ihre Mutter hatte unzählige Fotografien darin aufbewahrt – sie war offenbar nie dazu gekommen, sie zu ordnen oder in eines ihrer vielen ledergebundenen Fotoalben zu kleben.

Heather wanderte mit der Kiste zurück ins Gästezimmer, machte es sich auf dem Bett bequem und begann, die Bilder zu sichten. Sie wusste, nach welchem Foto sie suchte, und sie wusste auch, dass es in dieser Kiste sein musste. Ihre Mutter hätte es nie in ein Album gesteckt.

Bilder der Vergangenheit glitten über ihren Schoß, die Oberfläche der älteren leicht körnig, die der neueren glatt und kühl. Viele Fotos zeigten feiernde Menschen. Ihr Vater hatte früher oft Partys für seine Baufirma geschmissen. Unbekannte rotgesichtige Männer tranken Punsch und machten einen ziemlich desolaten Eindruck – auf einigen der Aufnahmen entdeckte sie ihren Dad. Diese Fotos betrachtete sie etwas länger und strich mit dem Finger über sein rötliches Gesicht. Schließlich tauchte es auf, ganz unten am Boden. Das einzige Foto von einem Sommerfest, das sie besucht hatte, als sie ungefähr sechs Jahre alt gewesen war.

Heather hob es aus der Kiste, ihr Blick wanderte aufmerksam darüber. Die leicht überbelichtete Aufnahme war kein gut gelungener Schnappschuss, ein paar der Kinder hatten diese vampirhaften roten Augen. Mehrere Erwachsene und Kinder standen um eine Picknickdecke herum, auf der Eiersandwiches und Keksschachteln lagen. Heather entdeckte sich sofort auf dem Foto, ein blasses und etwas ernst dreinblickendes Kind mit dunklem Haar und einer rosa Butterbrotdose, die es an sich drückte. Daneben ihre Mutter, die Miene eher eine Grimasse als ein Lächeln. Und da endlich: das kleine rothaarige Mädchen, das vielleicht ein Jahr älter war als sie. Es trug eine hellblaue Hose und grinste direkt in die Kamera. Sie hatte Kuchen gegessen, wie ein Cremestreifen auf ihrer Wange verriet.

Fi. Heather konnte sich an ihren Namen deutlich erinnern, denn sie war sich sicher gewesen, dass dies überhaupt kein Name war. Fi war gleich am Anfang der ersten Zeile des Reims vorgekommen, den der Riese in *Hans und die Bohnenranke* sprach. *Fee-fi-fo-fum, ich rieche Menschenfleisch.* Und sie konnte sich auch deshalb so deutlich an den Tag erinnern, weil ihre Mutter mittendrin zu weinen und zu zittern begann, so dass sie nach Hause fahren mussten.

Man hatte ihr nie erklärt, warum ihre Mutter so zusammengebrochen war, aber sie wusste noch, dass sie traurig gewesen war, Fi verlassen zu müssen. Dieses kräftige, ungestüme Mädchen, das gern auf Bäume kletterte. Sie hatten sich gegenseitig ihre Namen gesagt und sie ständig wiederholt, so dass sie sich womöglich in der Zukunft wiederfinden konnten – für Kinder schienen Namen noch einen Zauber zu haben. Fi. Fiona Graham.

Natürlich hatte sie Fi nur dieses eine Mal gesehen. Ihre Eltern waren nie wieder mit ihr zu einem Sommerfest dieser Art gefahren. Aber vielleicht bildete sie sich das auch nur ein. Heather betrachtete das kleine Mädchen mit den roten Locken und den Sommersprossen und erinnerte sich an ihre warme Hand.

Ihr Blick wanderte zu dem Foto auf der Nachrichtenseite, und ihr wurde kalt. Das kleine Mädchen und die erwachsene Frau schienen ein und dieselbe Person zu sein. Fiona Graham hatte sich zu einem guten Menschen entwickelt. Zu einer Frau, einer Lehrerin, die nichts Falsches getan hatte, außer dass sie ein normales Leben führte. Und dann war jemand in ihr Haus eingebrochen und hatte sie verschleppt. Fiona Graham hatte vermutlich viel mehr Kindern geholfen, als ihr bewusst war, hatte Tränen von ihren Wangen weggewischt und sie zur Schulschwester gebracht, wenn sie sich das Knie aufgeschlagen hatten. Wahrscheinlich war sie schon jetzt bei ihren Schülerinnen beliebt oder würde es spätestens dann sein, wenn ihre Schulzeit lange genug zurücklag, dass sie ihren Lehrern positive Gefühle entgegenbringen konnten.

Nichts davon hatte sie davor bewahren können, entführt zu werden.

Fionas Eltern hatten eine Pressekonferenz abgehalten, von der es einen Videoclip gab. Darin baten sie darum, sich zu melden, wenn man irgendeine Information hätte. Sie machten einen zutiefst erschütterten, zerbrechlichen Eindruck, als bestünden ihre Körper nur noch aus einer Hülle, und sie könnten durch den leisesten Windhauch in Stücke gerissen werden. Dass die lebhafte, lachende rothaarige junge Frau ihre Tochter war, die in dem Foto auf der Nachrichtenseite neben einer Gruppe von Schülerinnen stand, war kaum vorstellbar. Heather fielen unweigerlich die Bilder ein, die sie vorhin gesehen hatte. War dies das Schicksal, das auch Fiona Graham erleiden würde?

Sie war dabei, die Fotos zurück in die Kiste zu legen, als ihr Handy piepste. Sie hatte eine Nachricht bekommen. Von Nikki.

Tut mir leid, hab Klausuren korrigiert. Gruselige Geschichte. Warum war Detective Parker nicht da? Wie hat deine Mum das nur alles verheimlichen können? Glaubst du, dass das alles wahr ist? Geht's dir gut?

Ging's ihr gut? Heather stellte die Kiste auf den Boden, zog die

Bettdecke über die Beine und dachte nach. Sie wusste zwar jetzt mehr über ihre Mutter – aber dass sie einmal ein wilder Teenager gewesen und mit fünfzehn von zu Hause weggelaufen war, oder dass sie gruselige Märchen fasziniert hatten, hätte sie nie vermutet. Doch dieses neue Wissen hatte nur noch mehr Löcher freigelegt in dem, was sie für wahr gehalten hatte, und hinterließ klaffende Lücken, die zu etwas Dunklerem und Schrecklicherem führten – wie zu den furchtbaren Wunden in den Körpern der Opfer des Roten Wolfs.

Egal ob sie noch einmal mit Michael sprechen durfte oder nicht, sie würde einige dieser Löcher füllen müssen.

16. KAPITEL

Abi zog die Kapuze über den Kopf, schlang die Arme um sich und verfluchte das dünne Material der Sportjacke. Wenn sie klar gedacht hätte, hätte sie sich auch noch ihren Mantel übergezogen. Doch ihr ständiger Drang, sich zurückzuziehen, ließ ihr nicht viel Raum für klares Denken. Und außerdem wollte sie unbedingt aus dem Haus ihres Bruders, weil er ein Date erwartete. Obwohl er ihr mehr als einmal erklärt hatte, dass sie nicht weggehen müsste, hatte sein Gesicht etwas anderes ausgedrückt: Kaum etwas ließ ein Mädchen schneller das Weite suchen als die drogensüchtige Schwester, die auf der Couch schlief.

Sie trottete bis ans Ende der Straße. Dann blieb sie einen Augenblick lang stehen, um zu überlegen, welche Richtung sie einschlagen sollte. Ihr Rücken schmerzte. Sie war zu alt, um auf einem Sofa zu übernachten, aber ihr blieb nichts anderes übrig, denn sie hatte ihren dritten Job in Folge verloren. Eigentlich war es zu kalt, um durch die Straßen zu laufen, doch sie hatte nicht genug Geld, um etwas anderes zu machen. Abi entschied sich, rechts abzubiegen und lief weiter.

Sie befand sich jetzt im heruntergekommenen Teil der Stadt. Ein oder zwei Straßenlampen waren kaputt, und die meisten Ladenfronten waren entweder mit Brettern zugenagelt oder mit Plakaten für Wettbüros vollgeklebt. An der Ecke befand sich ein Pub. *The Joiners*. Sehnsüchtig blickte sie auf die geriffelten Fensterscheiben, doch der Gedanke hineinzugehen, nur der Wärme wegen, war beschämend. Der Gedanke, darauf zu hoffen, dass ihr jemand ein Getränk spendierte, noch beschämender. Sie hatte es nicht übers Herz gebracht, David zu sagen, dass sie kein Geld hatte, um sich »zu amüsieren«, und dass sie dazu verdammt war, die nächsten Stunden in der Kälte zu verbringen, weil er ein schnuckeliges Date hatte.

Abi ging an dem Pub vorbei und tat so, als hätte sie kein Ziel im Sinn. Sie bog erneut ab. Die Straße, die sie entlangwanderte, war noch schäbiger, und sie fragte sich bereits, ob wohl jemand da war. Sie konnte den Park am Ende der Straße sehen, verdeckt durch einen Maschendrahtzaun und ein hässliches Stahltor. Die Schaukeln, das verrostete Karussell und die Rutsche tauchten auf, aber sie konnte keine Gestalten ausmachen. Manchmal saßen sie unter der Rutsche, wenn es kalt war, und vertickten dort den Stoff, erinnerte sie sich.

Ihr Blick war auf den Park gerichtet, so dass sie die Gestalt, die auf sie zukam, beinahe übersehen hätte – ein großer, stämmiger Mann, der ebenfalls die Kapuze über den Kopf gezogen hatte, wodurch sein Gesicht nicht zu erkennen war. Abi erfasste plötzlich Angst und hielt den Kopf gesenkt. Sie wünschte sich, dass sie aufmerksamer gewesen wäre und die Straßenseite gewechselt hätte. Als der Mann näher kam, stieg ihr ein fauliger, wilder Geruch in die Nase, und für den Bruchteil einer Sekunde war sie überzeugt davon, dass er sie anschreien oder sie packen würde – er roch abartig, unmenschlich.

Doch er ging an ihr vorbei und stapfte weiter die Straße hinunter, seine Schritte rhythmisch. Abi blieb vor einem Durchgang stehen und schaute zu, wie er verschwand. Der Gestank war noch immer da. Sie rümpfte die Nase und hustete. Ihr kam gerade der Gedanke, dass der penetrante Geruch vielleicht gar nicht von ihm ausgegangen war, als eine dunkle Gestalt aus dem Durchgang hervortrat, und ein starker Arm sich um ihren Hals legte.

17. KAPITEL

Whytewitch59 oder Pamela Whittaker, der Name, unter dem ihre Whist-Spielerinnen sie wohl kannten, lebte in einer Sozialwohnung im Londoner Stadtteil Elephant and Castle. Als Heather die Treppe hinaufging, überprüfte sie noch einmal ihr Handy, doch sie hatte keinen Anruf von Detective Parker verpasst. Am Vormittag hatte sie ihn angerufen und war zu seiner Mailbox weitergeleitet worden. Sie hatte ihm eine Nachricht hinterlassen und von dem Foto berichtet, das sie von Fiona Graham gefunden hatte, ehe sie es mit ihrem Handy abgelichtet und ihm zugemailt hatte.

Als sie die zweite Etage erreichte, klopfte sie an die Tür der Wohnung Nummer 87, die von einer großen Frau Anfang siebzig geöffnet wurde. Ihr Gesicht war viel weniger spitz, als es auf ihrem Profilbild ausgesehen hatte, wenngleich sie Heather mit leicht ängstlichem Blick beäugte. Sie trug eine kakigrüne Strickjacke, die ihr bis zu den Knien reichte. Auf den Ärmeln waren kleine Farbflecken. Ein rosa Plastikhaarreif hielt das graue Haar aus ihrem Gesicht zurück.

»Miss Evans?«

»Heather, bitte.« Heather lächelte freundlich und schob den Riemen ihrer Handtasche über die Schulter. »Möchten Sie sich noch immer mit mir unterhalten, Ms. Whittaker?«

Pamela Whittaker winkte sie herein. Die Wohnung war klein, und die orange-braune Tapete löste sich von den Wänden ab, da wo keine Bilder hingen.

»Tee? Kaffee?« Pamela Whittaker bedeutete Heather, auf einem

Sofa Platz zu nehmen. Das Wohnzimmer war vollgestopft mit dem üblichen Kram, Sesseln, Schränken und kleinen Couchtischen. Hinzu kamen noch Staffeleien, Papierrollen, Malerpaletten mit eingetrockneter grüner und brauner Farbe und Becher mit vielen bunten Farbspritzern. Auf einem Beistelltisch neben dem Sofa stand ein großes gerahmtes Foto. Es hatte eindeutig einen Ehrenplatz in dem allgemeinen Durcheinander bekommen. Eine jüngere Pamela Whittaker war darauf zu sehen, die Arme um eine kleine, kurvige Frau geschlungen. Irgendwo in dem Tohuwabohu war ein Fernseher und blickte mit seinem schwarzen Auge auf alles hinab. »Möchten Sie einen Fruchtsaft? Ich habe auch einen Likör da …«

»Tee wäre großartig, danke.«

Pamela verschwand durch eine schmale Tür und tauchte fast augenblicklich wieder mit zwei Bechern dampfenden Tees auf – sie musste ihn bereits gekocht haben, schlussfolgerte Heather. Pamela setzte sich auf einen Sessel ihr gegenüber, vorne auf die Kante, und umklammerte ihren Becher mit beiden Händen.

»Ich habe Ihre Werke im Internet gesehen, Ms. Whittaker, und fand sie großartig. Sehr fesselnd und atmosphärisch. Ich arbeite an einer Story über Fiddler's Mill und dachte mir, es wäre interessant, die Sicht einer *Künstlerin* zu kennen.«

Eine Vielzahl von Emotionen huschte über Pamelas Gesicht. Heather betrachtete sie genau, um sie zu erfassen. Freude über das Lob ihrer Arbeit. Unsicherheit, vielleicht sogar Angst bei der Erwähnung von Fiddler's Mill. Und Stolz, dass sie gerade als Künstlerin bezeichnet worden war. Pamela beugte sich vor und starrte in ihren Tee.

»Ja, nun, vielen Dank. Ich bin, also, ich bin Autodidaktin. Meine Eltern konnten es sich nicht leisten, mich auf eine Kunstschule zu schicken, also habe ich mir das alles selbst beigebracht.

Ich, ich betrachte es als meine Lebensaufgabe, das wahre Gesicht der Natur einzufangen. Ihre Ursprünglichkeit.«

Heather nickte ernst, als hätte sie eine Ahnung, was Pamela damit meinte. Sie hatte einige Menschen interviewt, als sie für die Zeitung gearbeitet hatte. Entscheidend war, den Leuten am Anfang des Gesprächs zu schmeicheln – sie sprachen gern über sich selbst, denn das war das Thema, in dem sie sich am besten auskannten.

»Das ist *so* interessant. Sie malen noch immer, wie ich sehe. Das freut mich. Sind idyllische Landschaften auch jetzt noch Ihr Hauptmotiv? Hat das in Fiddler's Mill begonnen?«

Pamela umklammerte den Becher fester. »Ja. Ja, ich denke schon. Sie sind eine sehr scharfe Beobachterin«, erwiderte sie und warf Heather ein kurzes, schüchternes Lächeln zu. »Ich war zu dem Zeitpunkt Anfang dreißig. Vorher war ich eine Weile durch Europa gereist, hatte als Kellnerin gearbeitet und mich fast nur von Bohnen ernährt. Aber wissen Sie, es gab einfach so viel zu sehen. Schließlich landete ich wieder in England. Viele meiner Freunde redeten von diesem Ort in Lancashire. Dass man dort versuchen würde, sich wieder mit der Erde zu verbinden, mit dem Boden, und das scheint«, Pamela nickte bekräftigend, »das scheint sich in meiner Arbeit ausgedrückt zu haben.«

»Die Werke, die Sie in dieser Zeit geschaffen haben, sind unglaublich atmosphärisch«, schmeichelte Heather und nippte an ihrem Tee. »Hat dieser Ort Sie inspiriert?«

Pamelas Gesicht schien sich wieder zu verschließen, und ihre Augen wanderten zum Fenster, obwohl das auf den Gehweg hinausging und es dort nur wenig zu sehen gab. Während Heather wartete, dass Pamela die Stille durchbrach, schweifte ihr Blick über das Durcheinander im Wohnzimmer. Es gab viele kleine gerahmte Zeichnungen und Drucke, einige stammten eindeutig von Pamela selbst, andere hatten Künstler angefertigt, die Heather nicht kannte. Ein Werk, das Heather besonders furchterregend fand, zeigte eine nackte männliche Figur in Rot und Schwarz. Die Pinselstriche waren breit und der menschliche Kopf durch den eines knurrenden Wolfs ersetzt.

»Das könnte man so sagen«, erwiderte Pamela schließlich. Sie griff nach dem Haarreif und rückte ihn nervös zurecht. »Dieser Ort hat große Energie. Wenn Sie wissen wollen, wovon ich spreche, müssen Sie einmal dorthin fahren …«, fügte sie hinzu, doch die vorangegangene Begeisterung war völlig aus ihrer Stimme verschwunden, und sie starrte wieder auf ihren Tee.

»Wie war es dann dort? Was haben Sie gemacht?« Heather lächelte ermunternd. »Haben Sie Marihuana geraucht und Musik gehört? Die Natur angebetet? Ich habe darüber im Internet gelesen.«

Pamela runzelte die Stirn. »Da gab es eine Gruppe von Menschen. Ich gehörte nicht so richtig dazu. Sie haben sich sehr mit der Natur beschäftigt, fanden, dass wir sie ausbeuteten und zu einer Zeit zurückkehren müssten, wo die Erde noch Bestandteil unseres Lebens war und wir den Rhythmus der Wälder noch kannten …«

Heather dachte an Michael Reave. Er hatte in dem kleinen gelben Raum im Gefängnis gesessen und ungefähr das Gleiche gesagt.

»Verzeihen Sie, Ms. Whittaker, aber was genau meinen Sie damit? Hat es Rituale gegeben? Haben Sie Loblieder gesungen? Zaubersprüche gesagt? So was in der Art?«

Pamelas Knopf schnellte hoch. Sie sah Heather scharf an, als würde sie Spott in ihrem Gesicht erwarten. Heathers Miene blieb ausdruckslos.

»Ja, gesungen. Bei Sonnenaufgang und -untergang.« Ihre Antworten wurden ungenauer, und sie starrte wieder zum Fenster.

»Man tanzte, man nahm Drogen. Und da waren zwei Priesterinnen, die sich für etwas Besseres hielten und alle anderen herumkommandierten. Aber das war alles harmlos. Wenn man näher ins Zentrum kam …«

Plötzlich veränderte sich Pamela Whittakers Verhalten völlig. Sie schüttelte den Kopf und knallte den Becher auf den Couchtisch, so dass der Tee überschwappte und auf der kleinen bestickten Tischdecke landete.

»Ms. Whittaker, sind Sie …«

»Ich habe Dinge gesehen! Schlimme Dinge. Sie haben Frauen benutzt und ihnen weh getan. Doch als ich mich darüber beschwerte, haben sie gesagt, dass ich mir das alles nur einbilden würde. Oder noch schlimmer, dass ich bloß neidisch sei, weil ich nicht zum inneren Kreis gehörte. Ich würde all das nicht verstehen, weil ich …« Ihre bleichen Wangen überzogen hektische rote Flecken. »Ich habe Blut gesehen, in den Wäldern, aber wir durften nicht darüber sprechen.«

Obwohl es in dem Wohnzimmer warm war, spürte Heather einen Schauer über ihren Rücken fahren.

»Sind Sie nicht zur Polizei gegangen?«

Pamela Whittaker sah sie mitleidig über ihre Brille hinweg an. »Eine zugedröhnte Hippie-Lesbe, die von Misshandlungen im Wald spricht? Sie hätten mich sofort wieder weggeschickt, Miss Evans. Das heißt, wenn sie mich nicht wegen Drogenkonsums verhaftet hätten.«

Heather merkte, wie sie ihr Urteil über whytewitch59 noch einmal revidierte. Ja, sie entsprach dem Bild der flatterhaften, neurotischen Künstlerin, aber sie besaß auch eine stählerne, realistische Seite.

»Fiddler's Mill war ein böser Ort«, stellte Pamela fest und starrte auf ihre Hände, die Gesichtszüge leicht verzerrt vor Hass. »*Böse*. Wie ich schon gesagt habe, Sie müssen dorthin fahren, um zu wissen, wovon ich spreche. Wenn es etwas gibt, woran ich aus dieser Zeit noch glaube, dann daran, dass die Erde nichts vergisst – sie erinnert sich an all die schrecklichen Dinge, an all das Blut, das auf ihr vergossen wurde, tief in ihren steinernen Wurzeln. Das ist Fiddler's Mill. Mich bringen keine zehn Pferde mehr dorthin.«

»Ms. Whittaker, was genau haben Sie gesehen? Wären Sie bereit, mir das zu erzählen? Wenn dort Verbrechen passiert sind, sollten sie geahndet werden. Ich könnte Ihnen dabei helfen. Können Sie schildern, was da vor sich gegangen ist?«

All die Wut und Sicherheit schienen aus Pamela zu weichen. Ihr schmaler Mund wurde feucht und zittrig.

»Das ist so lange her … Ich kann mich beim besten Willen nicht mehr genau daran erinnern. Ein paar der Dinge, die passiert sind, konnte ich in meinen Bildern festhalten, andere nicht. Schreiende Babys, Blut in der Erde …«

»Wie bitte? Blut in der Erde?«

Pamela Whittaker schüttelte den Kopf, sagte aber nichts.

»Pamela, ist Ihnen bewusst, dass Michael Reave damals in Fiddler's Mill war? In der Kommune?«

Die ältere Frau erstarrte, wie ein Hase im Gras, der gerade einen Hund im Wald bemerkte.

»Wissen Sie, wen ich mit Michael Reave meine? Den Roten Wolf?«

»Ich dachte, Sie wollten mit mir über meine Kunst reden.« Pamela Whittakers Stimme klang inzwischen kraftlos und leicht gereizt. »Ich habe das Gefühl, dass ich Sie unter … unter Vorspiegelung falscher Tatsachen hereingelassen habe. Sie sind Journalistin. Oder waren es einmal. Wissen Sie, ich bin auch in der Lage zu googeln.«

Heather zuckte leicht mit den Achseln und spürte, wie ihre bisherige Bewunderung für Pamela Whittaker schwand. Sie wollte nicht an ihren alten Job erinnert werden oder daran, wie sie ihn verloren hatte.

»Aber finden Sie das denn nicht interessant? Sie erzählen mir, dass Fiddler's Mill ein böser Ort ist, dass Sie schreckliche Dinge dort gesehen haben – und die ganze Zeit hat sich dort ein Serienmörder aufgehalten. Ich schätze, das macht Ihre Geschichte sogar noch glaubwürdiger, aber Sie scheinen nicht wirklich darüber sprechen zu wollen. Warum nicht?«

Pamela Whittaker presste ihre schmalen Lippen zusammen. »Er war dort. Und es waren auch andere dort. Ich habe das der Polizei später erzählt, als alles herausgekommen ist … Ich kann darüber jetzt nicht sprechen.«

»Was ist passiert? Hat man Sie bedroht? Wer hat noch zu diesem Kreis gehört?«

Die alte Frau schüttelte den Kopf, das Gesicht runzlig vor Widerwillen. »Gerüchte gab es immer. Gerüchte über Sexpartys in den Wäldern und wozu sie geführt haben. Ich habe eine junge Frau kennengelernt, als ich dort war. Sie war sehr zerbrechlich, sehr verletzlich, und sie hätte nicht an einem Ort wie diesem sein sollen … Aber das habe ich natürlich erst begriffen, als es zu spät war.«

»Was ist ihr dort zugestoßen?«

»Ganz ehrlich? Ich weiß es nicht. Aber sie war völlig verändert, als sie Fiddler's Mill verließ. Ich möchte Sie nicht belügen, Miss Evans. Anna war von Beginn an nicht gesund. Ich meine psychisch. Aber als ich sie später wiedersah, hat sie mir erzählt, dass sie damals schwanger war und das Baby bekommen hat, draußen im Wald. Und dann sind Wesen gekommen und haben das Kind mitgenommen, haben es ihr gestohlen.«

»Monster haben ihr Baby gestohlen? Das hat sie gesagt? Haben Sie damals gesehen, dass sie schwanger war?«

Pamela zuckte mit den Achseln. »Ich war nicht immer in der

Kommune, weil ich mich auch immer mal wieder in der Gegend nach Arbeit umgesehen habe. Aber ich erinnere mich, dass sie eine Zeitlang glücklich zu sein schien. Sie hat mir nicht erzählt, warum, aber sie hat oft die Hand auf ihren Bauch gelegt. Doch ich sollte hinzufügen«, sagte Pamela und blickte Heather unter gesenkten Wimpern hervor an, »dass sie mir damals nicht schwanger vorkam, und sie war ein kleines, zartes Persönchen. Eine Schwangerschaft hätte sich wie eine Bowlingkugel abzeichnen müssen.«

»Ist sie nicht zur Polizei gegangen, wenn sie geglaubt hat, dass man ihr das Kind gestohlen hatte?«

»Sie verstehen nicht. Anna war … unglaubwürdig. Eine Frau wie sie würde heute Hilfe bekommen und alle möglichen Medikamente einnehmen, aber damals … Sie ist durchs Raster gefallen, und Fiddler's Mill hat ihren Zustand noch verschlimmert. Sie hat mir so leidgetan. Tut sie noch immer.«

Heather lehnte sich zurück in das gepolsterte Sofa. Sie konnte unmöglich sagen, ob überhaupt etwas von dem, was ihr da gerade erzählt wurde, nützlich war. »Hat Anna Michael Reave gekannt?«

Pamela wandte den Kopf ab. »Nicht, dass ich wüsste. Aber er war ein Mysterium. Er kam und ging – ich habe keine Ahnung, wer ihn überhaupt gekannt hat, richtig gekannt. Wie Sie sehen, wühlt mich das alles sehr auf.«

»Das tut mir leid, Pamela. Aber ich glaube, meine Mutter war auch dort, und ich muss unbedingt herausfinden, warum. Haben Sie sie vielleicht gekannt? Sie hieß Colleen und war damals noch ein Teenager. Dünn, blond.«

»Ihre Mutter? Darum geht es hier also? Ich habe keine Zeit für Lügnerinnen, junge Frau.«

Pamela Whittaker stand abrupt auf und stapfte aus dem Zimmer. Heather blickte ihr hinterher, und sie fragte sich, ob sie gleich mit einem Nudelholz zurückkommen würde, um sie damit aus der Wohnung zu jagen. Heather schürzte die Lippen. Sie war wie immer zu forsch vorgegangen und hatte die Frau verschreckt.

Doch Pamela kehrte nicht mit einem Nudelholz zurück, sondern mit einem dicken schwarzen Fotoalbum, das sie Heather reichte. Ihre Miene war erneut verschlossen und ihre Wangen nicht mehr hektisch rot. Sie hatten wieder die Farbe von altem Käse angenommen.

»Ich habe keine junge Frau gekannt, die Colleen hieß. Aber in der Kommune lebten ja auch ziemlich viele Leute. Hier, das ist meine Arbeit aus dieser Zeit, ich habe Abzüge von meinen Bildern gemacht. Das ist sozusagen mein Archiv. So behalte ich den Überblick. Vielleicht finden Sie dort etwas.«

Heather öffnete das Album. Statt Familienschnappschüssen enthielt es Farbabzüge von Bildern und Fotografien, die meisten davon in A4-Format. Ihre Qualität war ordentlich. Auf dem Ledereinband stand ein Datum in Tipp-Ex geschrieben: 1978–83.

»Nehmen Sie es mit, leihen Sie es sich aus. Alles, was ich zu Fiddler's Mill zu sagen habe, finden Sie da drinnen. Vielleicht bringt es Ihnen etwas für das, was Sie gerade machen. Was immer das ist, Miss Evans.« Pamela holte tief Luft. Sie wollte offenkundig, dass Heather ging. »Und sprechen Sie mit Anna. Ich habe ihre Adresse auf ein Post-it in der Innenseite geschrieben. Ich glaube zwar nicht, dass Sie viel aus ihr herausbekommen werden, was einen Sinn ergibt – ich bin dazu nicht in der Lage, schon lange nicht mehr –, aber es wird ihr vielleicht guttun, wenn sie das Gefühl hat, dass sich jemand für ihr *Baby*, oder was immer es war, interessiert.« Pamela schien plötzlich den Tränen nahe zu sein. »Dort sind schreckliche Dinge passiert, Miss Evans. Dinge, mit denen ich mich nicht mehr auseinandersetzen möchte. Tut mir leid.« Ihr ganzer Körper schauderte. »Fiddler's Mill ist die Wunde, die nie heilt.«

Heather sah sie an, doch Pamela Whittaker hatte sich bereits abgewandt. Sie dachte erneut an den Abschiedsbrief ihrer Mutter: *Monster im Wald*.

»Und jetzt bitte ich Sie zu gehen, ich habe noch viel zu tun.«

Als sie die kalte Betontreppe hinunterging, klingelte Heathers Handy. Sie blieb an einem alten, ramponierten Telefonhäuschen stehen und nahm den Anruf entgegen.

»Miss Evans?«

»Oh, Detective Parker. Hallo.«

»Ich habe Ihre Nachricht gehört. Sie haben was zu Fiona Graham?«

»Ja, ich habe Ihnen eine E-Mail geschickt. Es ist nicht viel, aber da gibt es ein Foto mit ihr, glaube ich. Mein Vater hat es gemacht, vor vielen Jahren.«

»Denken Sie, dass Ihre Eltern Fiona Graham gekannt haben?«

Die Frage brachte sie kurz aus der Fassung. Was wollte er damit andeuten?

»Äh, ich weiß nicht. Wahrscheinlich hat es nichts zu bedeuten.«

»Könnten Sie morgen in mein Büro kommen? Ich wäre dann wieder zurück in London.«

»Und ich dachte schon, dass ich die Chance verpasst hätte, Sie wiederzusehen.«

Er stieß ein leicht amüsiertes Geräusch aus. Heather war überrascht, wie sehr sie sich darüber freute, ihn zum Lachen zu bringen, wenn auch nur ein bisschen. Sie lächelte, was eine Wohltat war nach diesem unerfreulichen Gespräch mit Ms. Whittaker.

»Nein, sieht nicht so aus«, fuhr er fort.

»Heißt das, Sie haben Fiona Graham gefunden.«

Es gab eine kurze Pause, in der Heather sich alle möglichen schrecklichen Schicksale vorstellte, die der jungen Frau widerfahren sein könnten, die sie in ihrer Kindheit möglicherweise flüchtig gekannt hatte. Bewegungslos stand sie da und starrte mit leerem Blick auf das zerkratzte Glas des Telefonhäuschens.

»Hören Sie, ich erzähle Ihnen morgen, was ich Ihnen erzählen kann. Können Sie kommen?«

»Wir haben ein Date«, antwortete sie und wartete auf ein weiteres Lachen, das aber nicht kam.

Als Heather zum Haus ihrer Mutter zurückkehrte, stand Lillian am Gartentor, eine große Tupperdose im Arm. Sie bemerkte Heathers irritierten Gesichtsausdruck und sah daraufhin verlegen aus.

»Denken Sie bitte nicht, meine Liebe, dass ich meine Nase in Angelegenheiten stecke, die mich nichts angehen. Aber Sie sehen so dünn aus, und ich mache mir Sorgen, dass Sie nicht richtig essen.« Als Heather den Mund öffnete, um zu widersprechen, hob Lillian die Hand. »Die Rolle der lästigen alten Schrulle ist mir auch unangenehm, aber ich kann einfach nicht anders, als mir Sorgen zu machen.« Sie hob die Tupperdose hoch. »Nur ein Blechkuchen. Damit sie etwas im Bauch haben. Ich habe ihn heute Morgen gebacken und bin fröhlich davon ausgegangen, dass Sie zu Hause sind. Deshalb habe ich gerade hier ziemlich unentschlossen gestanden und mich gefragt, ob ich ihn vor der Haustür abstellen soll, so wie eine gute Fee.«

Heather dachte an den Wäschehaufen vom Abend zuvor und an die Batterie von leeren Whisky- und Weingläsern. Sie zuckte zusammen.

»Das ist sehr nett von Ihnen, Lillian. Bitte, kommen Sie doch herein.«

Als sie drinnen waren, brachte Lillian den Kuchen in die Küche, stellte ihn auf der Theke ab und warf einen Blick auf das Chaos am Spülbecken.

»Bitte sehr. Nur Brotpudding, aber er ist gehaltvoll und schmeckt gut. Mit Eiscreme obendrauf sogar richtig gut, wenn ich das sagen darf.« Sie hielt kurz inne und berührte Heather am Arm. »Ich gehe dann mal wieder, aber wenn Sie irgendetwas brauchen, dann lassen Sie es mich wissen, ja? Kommen Sie klar, Heather? Ich könnte den Gedanken nicht ertragen, wenn die Trauer Sie auffressen würde. Und ich weiß, dass Ihre Mutter entsetzt wäre.«

Lillian sah sie suchend an mit ihren grauen, scharfen Augen. Heather war den Tränen nahe und kurz davor, sich alles von der Seele zu reden – wie entsetzt sie gewesen war, als die Polizei sie anrief und ihr mitteilte, dass ihre Mutter sich umgebracht hatte, wie schuldig sie sich fühlte seit dem Tod ihres Vaters, und auch wie quälend sie die Anwesenheit von Michael Reave empfand. Sie öffnete den Mund, bereit, alles herauszulassen, und Lillians Augen wurden größer, nur leicht. Doch dieser erwartungsvolle Blick brach den Bann, so dass Heather nur schief lächelte.

»Danke, dass Sie sich um mich kümmern, Lillian. Und danke für den Brotpudding.«

Die Frau nickte und lächelte. Aber Heather hatte deutlich den Eindruck, dass sie enttäuscht war.

»Gern, meine Liebe. Vielleicht sollten Sie darüber nachdenken, eine Weile wegzufahren. Nach der Beerdigung. Irgendwohin, wo es ruhig ist. Das würde Ihnen bestimmt guttun.« Sie gingen zur Tür. »Die Tupperdose ist übrigens spülmaschinenfest«, fügte sie noch hinzu, als sie aus der Tür trat.

Heather wärmte sich kurz später eine große Portion von dem

Brotpudding auf und schenkte sich ein Glas Wein ein. Es war noch immer hell, doch die Bäume und Sträucher im Garten warfen bereits dunkle Schatten auf das Haus. Heather beschloss, in ihren Schlafanzug zu schlüpfen. Sie setzte sich mit der Schüssel Brotpudding auf das Sofa, neben ihr der Laptop und ein Stapel Notizen. Nachdem sie den Brotpudding gegessen hatte, verdrückte sie noch eine zweite Portion und genehmigte sich ein weiteres Glas Wein. Sie begann sich zunehmend schläfrig zu fühlen. Schon bald hatte sie Schwierigkeiten, sich auf ihre Notizen zu konzentrieren, die sie von dem Gespräch mit Pamela Whittaker gemacht hatte. Auch die Nachrichtenseiten auf dem Bildschirm des Laptops – alle geschmückt mit Bildern von Fiona Graham – verschwammen vor ihren Augen. Heather gähnte.

Sie überprüfte ihr Handy und stellte fest, dass sie mehrere Nachrichten von Nikki erhalten hatte. Der Gedanke, eine Antwort zu tippen, ließ das Gefühl der Übelkeit, das sie mittlerweile erfasst hatte, nur noch größer werden. Also warf sie das Handy wieder zurück auf das Sofa – wo es auf einem Kissen landete – und stand auf. Eine Entscheidung, die sie sofort bereute.

»Mist.« Ihr Magen und das Zimmer schienen sich in entgegengesetzte Richtungen zu drehen. Normalerweise brauchte sie mehr als zwei Gläser Wein, um betrunken zu sein, aber sie hatte zu Mittag nur ein Sandwich gegessen. Sie schrieb den Schwindel ihrem niedrigen Blutzucker zu. »Dann gehe ich heute Abend mal früh ins Bett.«

Unsicher stapfte sie die Treppe hinauf und ging ins Bad. Sie betrachtete sich blinzelnd im Spiegel und konnte nachvollziehen, warum Lillian so besorgt gewesen war. Ihr Gesicht war kreidebleich, und sie hatte dunkle Ringe unter den Augen, wie ältere Blutergüsse. Selbst ihr Haar war fettig, und ein paar Strähnen klebten ihr an der Stirn. Sie verzog das Gesicht und griff nach ihrer Zahnbürste, die aber weder an ihrem üblichen Platz lag, auf dem Waschbecken, noch auf den Fliesenboden gefallen war. Sie musste sie wohl in den Arzneischrank gesteckt haben, abgelenkt durch ihre Gedanken an das Treffen mit Pamela Whittaker. Als sie die Tür des Schranks öffnete, flatterte etwas auf das Waschbecken.

Ein lila Stück Papier und eine Handvoll brauner Federn. Heather spürte einen galligen Geschmack im Mund, und sie angelte es aus dem Waschbecken, ehe es noch weitere Wassertropfen aufnehmen konnte. Als sie das Stück Papier umdrehte, sah sie oben einen kleinen gedruckten Zaunkönig – auf dem gleichen Papier hatte ihre Mutter ihren Abschiedsbrief verfasst, stellte Heather fest. Auf diesem Stück Papier stand eine Notiz, sorgfältig in Großbuchstaben geschrieben, mit einem schwarzen Kuli.

»Na und?«, sagte Heather in den Raum hinein. »Bloß ein Stück Papier, das sie hier im Bad hat herumliegen lassen. Und die Federn stammen von diesem verdammten Vogel. Weiter nichts.«

Trotzdem zog sich ihr Magen zusammen, als sie die Worte las.

Ich weiß, was du bist, und ich denke, du weißt es auch.

Darunter ein winziges schwarzes Herz.

18. KAPITEL

Früher

Michael wurde in rasanter Geschwindigkeit größer und stärker, baute Muskeln auf und schoss in die Höhe, dass er fast so groß war wie der Mann. Es machte ihm nichts aus, dass er fast keinen Kontakt zu anderen Menschen hatte. Er dachte nicht einmal viel darüber nach – er verbrachte seine Tage im Wald oder in der Bibliothek des Mannes. Manchmal fertigte er Zeichnungen an, die er jedoch sorgfältig versteckte und in den frühen Morgenstunden unter seine Matratze schob. Gelegentlich kam die Frau, die das große Haus putzte, vorbei. Er ging ihr aus dem Weg und horchte auf die Geräusche des Staubsaugers oder auf ihr leises Seufzen, wenn sie das Silber polierte. Und hin und wieder kamen auch andere Männer ins Haus. Große, draufgängerische Kerle vom Land, die nach Bier und Rauch rochen. Wenn sie auftauchten, verließ Michael das Haus. Manchmal blieb er die ganze Nacht im Wald, beobachtete das lila Morgenlicht, das zwischen den Bäumen hindurchschien, und pflegte seine Gräber.

Eines Nachmittags kam er ins Haus zurück und spürte gleich, dass es von einer neuen Anwesenheit erfüllt war, die er nicht benennen konnte. Er blieb in der Tür stehen und schnupperte vorsichtig – ein Duft lag in der Luft, blumig und exotisch, und noch eine andere Energie erfüllte den Raum. Der Hund trottete über die Diele und verschwand. Eine Sekunde später rief der Mann nach ihm.

»Michael! Wir haben Gäste. Komm rein und begrüß sie.«

Es war Sommer. Im Wohnzimmer war es heiß und still. Staubpartikel schwebten in der Luft, und Michael musste unwillkürlich an altes Wasser denken, das in einem vergessen Fischbecken hin und her schwappte. Der Mann saß auf einem der Holzstühle und beugte sich interessiert vor, um Michaels Miene zu sehen. Auf dem großen grünen Sofa saßen zwei Frauen – beide älter als Michael, aber nicht so alt wie der Mann. Die eine Frau hatte kreideweiße Haut und glänzende rosa Lippen. Ihre Augenbrauen sahen aus, als wären sie mit einem Stift aufgemalt worden. Sie trug ein enges blaues Kleid mit Löchern an der Seite. Ihr blasses Fleisch quoll daraus hervor wie roher Brotteig. Die andere Frau hatte viel gelbes Haar, das auf dem Kopf zusammengesteckt war. Sie trug einen weißen, dicken Pelzmantel, darunter einen kurzen schwarzen Rock und ein gepunktetes Oberteil. Eine Kombination, die nicht zusammenpasste. Michael erkannte sofort, dass der Pelz unecht war, denn er plusterte sich auf, dass es aussah, als würde sie ein großer weißer Bär umarmen. Sie lächelte Michael an, und kleine saubere Zähne tauchten auf.

»Das ist dein Junge, nicht wahr? Was für ein großer Kerl.« Die andere Frau lachte und zog die aufgemalten Augenbrauen hoch. Die Worte schienen etwas zu bedeuten, das Michael nicht begriff.

»Komm und sag hallo.« Der Mann winkte ihn herbei. »Das sind Freundinnen von mir.«

Michael bewegte sich nicht. Dieser blumige Duft kam von diesen Frauen, und er war erdrückend in dem heißen Wohnzimmer. Er musste zu viele Sinneseindrücke verarbeiten, spürte, wie sein Herz zu rasen begann. Da waren große Silberringe an knochigen Fingern, glänzende rote Schuhe mit Absätzen wie Messer und weiche Körper, überall, wo er hinsah. Die Frau mit den Augenbrauen beugte sich vor, und ihr Busen drohte aus dem engen Oberteil zu quellen.

»Er hat doch keine Angst, oder? Doch nicht vor uns.«

»Natürlich nicht«, sagte der Mann. Michael bemerkte den Blick, den er ihm zuwarf. Interessiert, an der Grenze zu verärgert. Hier war ein Weg, den er nehmen sollte – wie bei den Küken – und er lief gerade Gefahr, die Abzweigung zu verpassen. Doch das war Michael ganz plötzlich egal. Diese fremden Frauen und ihre starken Gerüche widerten ihn an. Sie waren Störenfriede in seinem Zuhause und luden die Luft seltsam auf. Zum ersten Mal verspürte er Wut gegenüber dem Mann und kam sich verraten vor. Dieser Ort sollte doch *sicher* sein.

Er verließ das Wohnzimmer, ohne auf das schrille Lachen zu achten, das eine der beiden Frauen ausstieß und stürmte hinaus in den schon späten Nachmittag. Er folgte den Wegen, die er besonders gern mochte. Durch Fiddler's Wood, durch die Felder und noch weiter, bis er auf befestigte Straßen stieß. Auch die ging er entlang, weiter als je zuvor, während die Sonne auf ihn herabbrannte und sein Kopf leer wurde.

Die Sonne neigte sich dem Horizont entgegen, als er ein kleines Dorf erreichte. Vor den Häusern, die von der Straße zurückgesetzt lagen, parkten Autos, und er konnte das Schild eines Pubs erkennen, das an einem schwarz-weißen Haus hin und her schwang. Dort waren Menschen, stellte er fest. Menschen, die sich vielleicht fragen würden, warum ein vierzehnjähriger Junge allein durch die Gegend wanderte. Menschen, die vielleicht sogar seine Familie kannten. Michael zuckte zusammen, als hätte man ihm einen Eimer Wasser übergegossen und machte kehrt, um zurück zu den Feldern zu gehen. Plötzlich fühlte er sich schrecklich ungeschützt – er war die Maus, die bei Einbruch der Dunkelheit noch draußen war, und über die sich der Schatten einer Eule schob. In diesem Augenblick sah er sie.

Eine Gestalt in einem roten Mantel, die grinsend an einer niedrigen Trockenmauer lehnte, das blasse Gesicht den letzten

Sonnenstrahlen zugewandt. Ihre Finger lagen gespreizt auf dem grauen Stein, doch er wusste, dass sie schnell sein konnten. Sie konnten innerhalb weniger Augenblicke nach ihm greifen.

Er rannte los.

Als er an ihr vorbeilief, nahm er eine Bewegung wahr, spürte, wie sie den Kopf drehte, um ihn anzuschauen, spürte, wie sie die Hände ausstreckte. Und er wusste, dass er ohnmächtig werden würde, wenn sie ihn mit ihren spitzen Fingern berührte und dass es dann vorbei wäre. Dass er dann wieder im Schrank landen würde. Er wäre seiner Familie ausgeliefert – seiner Mutter, die ihn schlug, seinem Vater, der ihn hasste, und seiner Schwester …, die nachts zu ihm kam, mit ihrem roten Mantel und dem spitzen Lächeln im Gesicht.

Aber sie erwischte ihn nicht. Er rannte wie wild über die Felder, rannte, bis er wieder die gesegneten Bäume erreicht hatte. Und irgendwann verwandelte sich seine Angst in etwas anderes. In etwas Rotes. Er rieb sich wütend das Gesicht, empört über die Tränen, die er dort spürte, und über den pochenden Schmerz in der Seite.

Das ist nicht richtig.

Es war nicht richtig, dass sie mit ihren lächelnden Gesichtern und ihren spitzen Fingern auftauchten und ihm seine Sicherheit wegnehmen konnten. Es war nicht richtig, dass sie ihn derart schwach machen konnten, wo er doch der Starke war. Das hatte er doch gesehen. Ihre Körper waren weich und kraftlos, das war selbst durch ihre Kleider sichtbar – er hatte ihren raubtierhaften Duft in den blumigen Parfüms wahrgenommen, in das sie sich tauchten. Frauen waren gefährlich und schwierig. Genauso wie der Mann gesagt hatte. Sie würden stets eine tödliche Gefahr für ihn sein. Etwas, wovor er sich fürchten musste.

Als er nach Hause zurückkehrte, war der Mann nirgends zu sehen. Doch die Wohnzimmertür stand offen, und Michael bemerkte, dass eine der Frauen noch immer auf dem Sofa saß. Es war die im weißen Pelzmantel. Sie sah gelangweilt aus und zupfte einen losen Faden von einem Kissen. Die andere Frau war nicht mehr da. Michael ging in die Küche und holte eines der langen Fleischmesser, womit er den Mann hatte Steaks schneiden oder einen Schweinebraten tranchieren sehen. Die Frau war noch immer da, als er zurückkehrte. Michael stand vor dem Zimmer im länger werdenden Schatten des Abends, und er begriff, dass sie ihn nicht sehen konnte. Er dachte daran, wie er war, wenn er durch den Wald streifte, seinem Zuhause. Leise, wie ein Raubtier. Er dachte an all die kleinen Geister, die er fein säuberlich in der schwarzen Erde verscharrt hatte und die ihn an seinen lautlosen Schritten erkannten, wenn er über ihre Gräber lief.

Das Messer locker in der Hand, betrat er das Wohnzimmer und schloss die Tür.

Später, sehr viel später, bemerkte Michael, dass der Mann in der Tür stand und ihn beobachtete. Er zwinkerte schnell. Das Zimmer schien sich verändert zu haben, es war zu einem anderen Ort geworden. Zu einem Raum in einer roten Landschaft voller Stille.

»Michael.« Die Stimme des Mannes war sehr sanft. »Wir können sie nicht hierlassen, mein Junge.«

Er schüttelte den Kopf. »Wir werden sie in den Wald bringen.«

»Nein.« Der Mann machte einen einzigen Schritt in das Zimmer, dann schien er es sich noch einmal anders zu überlegen. »Selbst das ist zu nahe. Wir werden sie weiter wegbringen müssen, Michael, nur, um sicher zu sein.«

»Aber das habe ich ihr versprochen, einen Platz unter den Bäumen.« Michael erinnerte sich nicht daran, der Frau irgendein Versprechen dieser Art gemacht zu haben, doch die letzte Stunde schien sich bereits in einen einzigen seltsamen Fiebertraum zu verwandeln. Ein Grab unter den Bäumen kam ihm richtig vor. Sie gehörte in Fiddler's Wood, zusammen mit dem Rest, sie würde seine leisen Schritte spüren, wenn er über ihr Grab lief.

»Das ist nicht möglich, mein Junge«, erwiderte der Mann, und in seiner Stimme schwang nun ein gefährlicher Unterton mit. Michael riss sich von dem Anblick des Durcheinanders auf dem Boden los und sah auf. Der Mann war ein Wesen aus schwarzen und grauen Schatten, das Licht der einzigen Lampe reflektierte in seinem matten Glasauge. »Du hast deine Sache gut gemacht, aber du musst mir jetzt verdammt nochmal zuhören, verstanden? Merk dir jedes Wort, das ich dir sage, und lerne etwas daraus. Klar?«

Sie begruben letztendlich ihr Herz in Fiddler's Wood. Den Rest ihrer sterblichen Überreste luden sie in den alten, zerbeulten Transporter des Mannes und fuhren weit weg. Der warme, süßliche Geruch der Frau breitete sich in der Fahrerkabine aus, und der Mann verzog das Gesicht. Als sie schließlich einen passenden, abgelegenen Platz gefunden hatten, hoben sie die Frau aus dem Wagen und legten sie ins Gras. Der Himmel glänzte da schon silbrig im Osten, und der Mann drängte darauf, wieder loszufahren.

»Du musst noch viel sauber machen, mein Junge. Denk ja nicht, du kommst um diese Arbeit herum. Es ist wichtig, dass du das lernst. Eine ordentliche, gute Reinigung kann dir deinen Kopf retten.«

Michael beachtete ihn in diesem Augenblick nicht. Die Frau in dem Gras sah seltsam gelassen aus, ihre Augen waren zu dem heller werdenden Himmel gerichtet, ihr Körper unterhalb des Schlüsselbeins war aufgeschlitzt, wie bei einem Schlachter. Er wusste, warum sie so friedlich aussah. Ihr Herz steckte in der kühlen schwarzen Erde, tief vergraben in dem alten Wald. Mit einem einzigen behandschuhten Finger malte er mit ihrem Blut ein Herz auf eine der wenigen unversehrten Stellen ihrer Haut.

»Ein Herz für ein Herz«, sagte er.

Sein Blick fiel auf ihren Mantel. Ihr Mantel, einmal blütenweiß, war jetzt tiefrot getränkt. Der Anblick brachte ihn zum Lächeln, und er sog das Bild in sich auf, ehe er zurück in den Wagen stieg.

19. KAPITEL

Heather saß auf dem Bett im Gästezimmer, die Beine bis zur Brust angezogen, das Licht noch immer an, und wartete darauf, dass die Übelkeit vorbeiging. Auf dem Boden stand ein Eimer. Sie hatte die Notiz zusammengeknüllt und in den Mülleimer im Badezimmer geworfen. Trotzdem musste sie ständig an die Worte denken, so einfach, so vernichtend. Die Handschrift hatte nicht ausgesehen wie die ihrer Mutter, aber wie vertraut war ihr diese schon? Außerdem war die Nachricht in Großbuchstaben verfasst worden, der typischen Schreibweise ihres Vaters. So hatte er früher geschrieben: Post-its am Kühlschrank, dass Milch gekauft werden musste, Rechnungen für Bauarbeiten. Sie dachte daran, dass Nikki gesagt hatte, dass Selbstmörder sehr krank und womöglich nicht in der Lage waren, klar zu denken, wenn sie Notizen verfassten – vielleicht war ihre Mutter zum Zeitpunkt dieser Nachricht völlig am Boden zerstört gewesen und hatte vorwurfsvolle Mitteilungen an niemand Bestimmtes geschrieben, oder vielleicht sogar an sich selbst. Heather hätte das gern geglaubt, weil es ihr etwas Trost gespendet hätte, aber sie konnte nicht.

Sie wusste, dass diese Notiz für sie bestimmt war.

Das machte Sinn, denn sie ähnelte zu sehr den vielen spitzen Bemerkungen, die ihre Mutter hatte fallen lassen, bevor Heather schließlich ausgezogen war. Damals, in der düsteren Zeit nach der Beerdigung ihres Vaters, hatten die beiden sich in einer Art Kriegszustand befunden. All die Konflikte waren schließlich aufgebrochen, weil der Mensch, der sie zusammengehalten hatte, nicht mehr da war.

Es hatte viele Stunden des Schweigens gegeben, lange Zeiträume, in denen sie sich aus dem Weg gegangen waren, aber irgendetwas brachte eine von ihnen schließlich doch wieder dazu, aufzubrausen – ein alter Sportschuh des Vaters, eingekeilt unter dem Klapptisch, oder ein im Gefrierfach vergessener Becher Eiscreme mit seiner Lieblingssorte. Diese kleinen Überbleibsel, die vergegenwärtigten, dass er nicht mehr da war, schoben sich unter die Haut wie Splitter und rissen die alten Wunden wieder auf.

Widerstrebend erinnerte sich Heather daran, wie sie den verletzten Vogel nach Hause gebracht hatte, immer noch vorsichtig eingehüllt in ihr T-Shirt. Sie hatte ihn in ihrem Zimmer versteckt, in einer alten Schuhschachtel, die sie mit Lappen ausgelegt hatte. Sie hatte ein kleines Gefäß mit Wasser gefüllt, eine Handvoll Frühstücksflocken aus der Küche geklaut und geglaubt, dass er diese vielleicht essen würde. Rückblickend betrachtet, war sie über sich selbst erstaunt – natürlich hatte sie den Vogel nicht lange vor ihren Eltern verstecken können, und sie hatte nicht die geringste Ahnung gehabt, wie man sich um ein Tier kümmerte, da sie nie ein Haustier hatte haben dürfen.

Doch selbst jetzt, wo das Leben ihr schon zahlreiche schreckliche Erinnerungen beschert hatte, zählte der Blick ihres Vaters, als er die Schachtel fand, noch immer zu den schlimmsten. Er hatte den Karton unter dem Bett hervorgezerrt – der Vogel hatte tot ausgesehen, der Kopf bis zur Brust eingezogen, die Augen glasig – und über sein Gesicht hatte sich ein Ausdruck blanken Entsetzens gelegt. Dann langsam war er von Wut abgelöst worden. Eine Wut, derart unvermittelt und rasend, dass allein der Gedanke daran sie noch als Erwachsene ängstigte.

Sein Gesicht war rot angelaufen, und sie hatten sich angeschrien, ein immer lauter werdender Chor der Empörung. Ihr Zorn, der durch die unerwartete Reaktion ihres Vaters immer weiter geschürt wurde, hatte Heather selbst damals bestürzt – ihr

Vater war doch der Sanftmütige in der Familie und ihre Mutter die eiserne Faust. Und außerdem war es nur ein Vogel. Ein armseliger Vogel. Und er benahm sich, als hätte sie ein Baby umgebracht.

Das hatte sie zu ihm auch so gesagt, erinnerte sie sich. Hatte ihm die Worte ins Gesicht geschrien. Weiße Flecken waren auf seinen roten Wangen aufgetaucht, seine Augen feucht und glänzend, und er war aus ihrem Zimmer gestürmt, die Schachtel mit dem Vogel noch immer in der Hand. Ungefähr fünfundvierzig Minuten später war er gestorben, an einem plötzlichen, apokalyptischen Herzinfarkt, als er im Park war, um den Vogel dorthin zu bringen, wo er hergekommen war. Zu dem Zeitpunkt ging die Sonne bereits unter, und niemand war da gewesen, um ihm zu helfen oder einen Krankenwagen zu rufen. Das war es gewesen.

Heather betrachtete ihre Hände. Ihr war übel, und sie war so müde, dass ihr alle paar Sekunden die Augen zufielen, auch wenn ihr Herz in ihrer Brust raste.

»Du weißt, was du getan hast.« Das waren die Worte, die ihre Mutter ihr entgegengeschleudert hatte, ein oder zwei Tage nach der Beerdigung. Sie hatte ihre Mutter nie trinken sehen, doch da trank sie, Wodka-Cola, in kleinen Schlucken, ihre Augen rot, so wie auch die Ränder ihres verkniffenen Munds. »Du weißt, was du getan hast.« Das war die eiskalte Wahrheit, das klirrend kalte Wasser, das zwischen ihnen floss und über das keine Brücke mehr gebaut werden konnte. Und waren diese Worte wirklich so anders als *Ich weiß, was du bist*? Heather konnte sich jetzt doch vorstellen, dass ihre Mutter diese Notiz geschrieben hatte. Sie musste sich gar nicht groß anstrengen, sah ihre Mutter, die Lippen zusammengepresst vor Hass, den Stift derart fest umklammert, dass die Knöchel weiß hervortaten.

Heather beugte sich abrupt über die Bettkante und erbrach sich in den Eimer, den sie gerade noch rechtzeitig hatte anheben können. Ein Schwall warmer Brotpudding und saurer Rotwein spritzte auf den Plastikboden des Eimers. Ihr Magen zog sich immer wieder krampfhaft zusammen, bis schließlich alles draußen war. Danach schienen sie die Kräfte zu verlassen, und sie schlief endlich ein, obwohl die Lichter brannten und der Geruch von Erbrochenem in der Luft hing.

Gegen vier Uhr morgens wachte sie auf und saß aufrecht im Bett. *Meine Zahnbürste war im Schrank*, dachte sie hektisch. Sie konnte sich keinen Reim darauf machen, warum diese Information wichtig war. Erst als sie aus dem Bett stieg, um das Licht auszuknipsen, und wieder unter die Decke kroch, begriff sie, was das bedeutete: Wenn sie die Zahnbürste an diesem Morgen in den Schrank gelegt hatte, wieso waren dann die Federn und die Notiz nicht da schon herausgefallen?

Sie lag wach, bis sie den widerlichen Geruch des Erbrochenen nicht mehr ertragen konnte, und nach unten ging, um auf dem Sofa weiterzuschlafen.

20. KAPITEL

»Entschuldigen Sie die Unordnung.«

Heather ging um einen Stapel Archivboxen herum, als Detective Parker sie durch das chaotische Großraumbüro führte, das sie für ein Polizeirevier bemerkenswert schäbig fand, und in dem etliche Leute stirnrunzelnd über irgendwelchen Papieren brüteten oder Sandwiches aßen, aber zumindest war es hier sehr lebendig.

»Sie haben gerade viel zu tun, stimmt's?«

Ben Parker blickte über die Schulter und warf ihr ein kurzes Lächeln zu. »Immer. Aber auf der östlichen Seite des Gebäudes ist eine Decke eingestürzt, also ist viel von dem Zeug, das dort war, hierhin gebracht worden«, erklärte er und deutete mit der Hand auf die überladenen Schreibtische. »Normalerweise führen wir auch dort die Befragungen durch. Aber heute müssen Sie sich mit meinem Büro zufriedengeben.«

Sie erreichten das Ende des Großraumbüros, wo sich eine Reihe von kleinen, abgetrennten Einzelbüros befand. Ihre Glaswände waren übersät mit Post-its und Powerstrips. Parker führte sie in sein Büro. Die beiden Kaffeebecher, die er in den Händen hielt, setzte er auf einem vollen Schreibtisch ab. Heather nahm Platz und versuchte dabei, all die Unterlagen, die auf dem Schreibtisch lagen, mit einem Blick zu erfassen. Ihre Augen wanderten über handschriftliche Berichte, ausgedruckte E-Mails und einige großformatige Fotografien, die ein Schlafzimmer zu zeigen schienen.

»Dann ist das also jetzt eine Befragung? Klingt sehr offiziell.«

»Äh, nein.« Parker setzte sich, und der Stuhl quietschte leicht. Er fuhr sich mit einer Hand durchs Haar und betrachtete ebenfalls das Chaos auf seinem Schreibtisch. Anscheinend hatte er kurzzeitig vergessen, warum sie hier waren. »Nur eine Unterhaltung. Das Foto, von dem Sie glauben, dass Fiona Graham darauf sein könnte, haben Sie es dabei?«

»Ja, ich …« Heather hob ihre Tasche auf den Schoß und wollte gerade hineingreifen, um es hervorzuholen, als ihr etwas anderes auf dem Schreibtisch ins Auge fiel. Es waren mehrere Plastikbeutel, in jedem schien eine fröhliche Geburtstagskarte zu stecken. Doch ein Beutel, der etwas weiter hinten lag, enthielt etwas völlig anderes: einen glatten, glänzenden, abgeschliffenen Stein, ungefähr so groß wie Heathers Handinnenfläche. Auf der Oberseite war ein grobes Herz eingeritzt. Heather hielt in der Bewegung inne, während ihr Herz einen Purzelbaum zu machen schien. »Was ist das?«

Parker sah, wo sie hinblickte, und verzog das Gesicht. »Tut mir leid. Wie schon gesagt, hier herrscht gerade Chaos.« Er stand auf und ging um den Schreibtisch herum. Heather vermutete, dass er die Beutel gleich weglegen würde, und starrte auf den Stein.

»Das sind Beweisstücke, eingesammelt in der Schule, in der Fiona Graham unterrichtet hat. In der sie unterrichtet.« Er seufzte. »Die Spurensicherung hier in London arbeitet schneller, also tun wir, was wir können, um die Untersuchungen zu beschleunigen.«

»Der Stein, ist das …?«

»Der da? Eins von den Geschenken ihrer Schülerinnen.«

Heather wollte danach greifen, das Gewicht in ihrer Hand spüren. Der Stein bedeutete wahrscheinlich nichts. Eingeritzte Herzen auf Gegenständen waren keine Seltenheit, doch sie musste unwillkürlich an den leeren Blumentopf im Garten ihrer Mutter denken. An die plumpen Zeichen, die sich auf den Habseligkeiten einer toten Frau fanden. An die in ihrem Badezimmer hinterlassene Notiz. Hatte nicht jemand im Internet behauptet, dass der Rote Wolf die Herzen seiner Opfer gegessen hatte? Ein Schauer wanderte über Heathers Rücken. Ein Teil von ihr wollte Parker auf diesen Umstand hinweisen, denn er roch nach einer Spur. Gleichzeitig kam sie jedoch nicht umhin, sich selbst durch seine Augen zu sehen: eine Frau, die vor Kurzem ihre Mutter verloren hatte und wilde Phantasien entwickelte, was ihre Terrakottatöpfe anging. Sie würde wie eine Verrückte klingen. Und wenn er sie für verrückt hielt, würde er sie vielleicht nicht mehr mit Michael Reave reden lassen. Und dann würden ihre Chancen schwinden, Antworten auf die Fragen zu ihrer Mutter zu bekommen.

»Haben Sie etwas gefunden? Ich meine …« Heather räusperte sich. »Ich meine, glauben Sie, dass der Täter eine Geburtstagskarte an Fiona Graham geschickt hat?«

Parker zuckte mit den Achseln. »Gewaltverbrecher haben bestimmt schon Seltsameres gemacht. Außerdem müssen wir natürlich alles überprüfen. Das ist auch, warum …«

Er zog die Augenbrauen hoch, während er sie ansah, und Heather erinnerte sich an ihre Handtasche auf dem Schoß.

»Oh, ja. Ein Moment.« Sie holte das Foto heraus und betrachtete es kurz, ehe sie es ihm reichte. Auf dem Weg zum Revier hatte sie begonnen, an ihrer Vermutung zu zweifeln und zu glauben, dass sie Dinge in dem Foto sah, die gar nicht da waren. Doch das hatte sich mit dem Stein und dem darauf eingeritzten Herz geändert.

»Hmm. Wir haben einen Ausdruck von dem Foto gemacht, das Sie per Mail geschickt haben, aber wie Sie sich vorstellen können, ist es immer besser, sich das Originalfoto anzugucken.« Er wischte mit dem Daumen über die Oberfläche. »Fühlt sich auf jeden Fall an wie eine echte Fotografie.«

»Haben Sie etwa gedacht, dass ich es gefälscht habe?« Obwohl es gerade um sie ging, musste Heather bei dem Gedanken amüsiert lächeln.

Parker blickte auf. »Sie wären überrascht, welche seltsamen Ideen den Menschen manchmal kommen, Miss Evans, insbesondere in einem Fall wie diesem. Wissen Sie, wo diese Aufnahme entstanden ist?« Parker betrachtete das Foto stirnrunzelnd und wirkte beunruhigt. Heather hatte eigentlich damit gerechnet, dass er das Bild sofort für uninteressant halten würde, doch er drehte es um, auf der Suche nach einem Datum, das es nicht gab.

»Soweit ich mich erinnern kann, auf einer Sommerfeier, irgendwo außerhalb von London.« Parker sah sie an. »Ich weiß, aber Sie sehen ja, wie alt ich da war. Allerdings …«, sie neigte den Kopf leicht zur Seite und versuchte, sich an die seltenen Tagesausflüge ihrer Kindheit zu erinnern. »Wir haben früher gelegentlich einen Tag in Kent oder Essex verbracht. Southend vielleicht.«

»Die Familie von Fiona Graham kommt aus Manchester. Was sollte sie in dieser Gegend machen?«

»Ich weiß nicht, aber ich habe gehört, dass selbst die Leute aus dem Norden manchmal gern ihre eisigen Gefilde verlassen.«

Das brachte ihn zum Lächeln. »Okay. Das Mädchen hier auf dem Foto sieht für mich ganz nach Fiona Graham aus.« Parker kramte in den Papieren auf seinem Schreibtisch und zog ein typisches altes Klassenfoto hervor, das noch immer in seinem braunen Passepartout steckte. Fiona war darauf ein paar Jahre älter als auf der Feier, und sie grinste breit in die Kamera, ihr Gesicht umrahmt von roten Korkenzieherlocken. Sie trug eine Schuluniform – eine dunkelgrüne Strickjacke und eine hellgrüne karierte Bluse.

»Ich werde das Foto Fionas Eltern zeigen und sehen, ob sie das bestätigen können.« Parker legte die Fotos vor sich und nahm einen Schluck von seinem Kaffee. »Das ist Ihre Mutter auf dem Foto? Und Ihr Vater hat es gemacht?«

»Ja, das ist richtig.« Ihr lag es auf der Zunge, ihm zu erzählen, was an diesem Tag geschehen war. Dass ihre normalerweise so kalte und distanzierte Mutter in Tränen ausgebrochen war. Dass sie am ganzen Körper gezittert und den Kopf zwischen den Händen verborgen hatte. Dass ihr Vater sie beide von der fröhlichen Picknickrunde schnell zum Auto gebracht hatte, die Wangen seltsam blass.

»Irgendeine Ahnung, ob Ihre Eltern Fiona Grahams Eltern gekannt haben?«

Heather zuckte mit den Achseln und griff nach ihrem Kaffee. Er schmeckte scheußlich, aber er war eine gute Ablenkung. »Nicht die geringste.«

»Trotzdem, ein merkwürdiger Zufall, oder? Eine Verbindung zu Reave, eine Verbindung zu Fiona Graham.«

»Sie wissen doch noch gar nicht, ob Fiona ein Opfer ist«, warf Heather ein. »Sie kann sich auch einfach nur davongemacht haben. Das machen Menschen manchmal – wenn ihnen das Leben zu viel wird, oder sie hat Schulden oder sich mit ihrer Familie verkracht.« Heather lächelte. »Ich habe mein Zuhause verlassen, sobald ich konnte, und nicht genau darüber nachgedacht, was ich da tat. Ich hatte einfach nur von allem die Nase voll. Vielleicht hatte sie auch von allem die Nase voll.«

Parker nickte, aber er lächelte nicht.

Nach einem Augenblick nahm er wieder eine der Fotografien zur Hand, die Heather vorhin gesehen hatte – und zwar die mit dem unordentlichen Schlafzimmer. Dort war offenkundig etwas Schreckliches passiert. Schuhe und Taschen lagen auf dem Boden herum, und der Teppich wies dunkle Flecken auf, die eindeutig nach Blut aussahen – keine große Menge, aber genug, um einen gewissen Grad an Gewalt nahezulegen.

»Das ist Fiona Grahams Schlafzimmer«, erklärte Parker, eigentlich unnötigerweise. »Auf dem Treppenabsatz und der Treppe ist noch mehr Blut. Bilder sind von den Wänden heruntergefallen, und es gibt noch mehr Hinweise darauf, dass ein Gewaltverbrechen stattgefunden hat. Sie hat das Haus nicht aus eigener Kraft verlassen können, Heather.«

»Nein. Nein, das scheint mir auch so.« Heather starrte auf das Foto und versuchte, jedes Detail in sich aufzunehmen. »Inspector, wenn es eine Verbindung zwischen meinen Eltern und Fiona Graham *gibt* …, was würde das dann heißen? Was, wenn meine Mutter etwas gewusst hat, etwas, das sie niemandem erzählen konnte, nicht einmal mir? Ich meine, meine Mutter hat sich genau in der Zeit umgebracht, als die Morde angefangen haben, und jetzt das?«

Die traurigen, abgewetzten Sportschuhe, der Stapel eselsohriger Taschenbücher auf dem Nachttisch. Es könnte ihr Zimmer sein. Hier war eine Story, eine von der Sorte, mit der sie bei egal welcher Zeitung sofort wieder anfangen konnte. Aber es sah immer mehr danach aus, als würde das Schreiben dieser Story bedeuten, eine Seite ihrer Mutter zu entdecken, von der sie nichts geahnt hatte.

Parker stand plötzlich auf.

»Der Kaffee hier ist grässlich. Möchten Sie, ähm, etwas zu Mittag essen gehen?«

Heather blickte auf und bemerkte eine leichte Röte auf seinen Wangen. Lächelnd legte sie das Foto weg.

»Sehr gern.«

Sie gingen in einen Laden um die Ecke, ein kleines, gemütliches Restaurant, von dem Heather annahm, dass es kein Stammlokal der Polizei war. Parker bestellte ein so reich belegtes Sandwich, dass es auseinanderfiel, als er es vom Teller hob. Heather hatte sich für einen gewöhnlichen Nudelsalat entschieden, aus dem sie die Fleischstücke herauspickte. Detective Parker bestellte sich ein Bier, was sie überraschte. Als sie ihre Augenbrauen hochzog, lächelte er nur.

»Also, wie ist Ihre Geschichte mit Michael Reave?«, fragte sie, nachdem sie ihren zerpflückten Salat halb aufgegessen hatte. »Ich nehme an, Sie hatten schon vorher mit ihm zu tun.«

»Ich bin zu jung, um an der ursprünglichen Ermittlung beteiligt gewesen zu sein – woran mich mein Vorgesetzter gerne erinnert –, aber ich musste vor ein paar Jahren mit ihm wegen eines anderen Falls sprechen.« Er klopfte mit den Fingern gegen den Hals seiner Bierflasche. Sie saßen mit dem Rücken zur großen Fensterfront des Restaurants, und ein herbstlicher Lichtstrahl fiel auf sein Hemd. »Es ging um einen ungelösten Fall, um eine Frau, die seit 1979 vermisst wird. Wir waren immer davon ausgegangen, dass er dafür verantwortlich war. Wie sich dann aber herausstellte, hatte sie Verbindungen zu einer alten Verbrecherbande im East End gehabt. Und plötzlich schien es möglich, dass sie aus ganz anderen Gründen verschwunden war. Also habe ich ihn im Gefängnis besucht und mit ihm gesprochen. Ich war damals erst seit kurzem bei der Kriminalpolizei. Die Aufgabe war unbedeutend und wahrscheinlich sinnlos, weshalb man sie dem Neuen, also mir, gegeben hat.« Er lächelte schief. »Das Gespräch *war* dann auch wirklich sinnlos. Er sagte kaum etwas. Aber er hörte zu, spielte sich nicht auf und schrie nicht herum. Daran gemessen, war das Gespräch fast schon ein Erfolg. Wir arbeiteten in anderer Richtung an dem Fall weiter. Aber ich habe Reave nie vergessen.«

»Dann hat er Sie also beindruckt?«

»Ich habe alles über ihn gelesen, als ich meinen Abschluss

gemacht habe. Ihm persönlich gegenüberzusitzen war schon eine Sache. Einem so seltsamen und einzigartigen Serienmörder wie ihm. Er ist ein echter Sonderfall, genauso merkwürdig, wie Bundy es war, ehrlich.«

Ben Parker kam in Fahrt, bemerkte Heather, das Thema fesselte ihn. Heather dachte an das Notizbuch in ihrer Tasche, und sie plagte ein schlechtes Gewissen. Während er sich ihr gegenüber öffnete, war sie nicht ganz ehrlich zu ihm gewesen – all die Notizen, die sie in der letzten Zeit gemacht hatte, liefen immer mehr auf einen Artikel hinaus.

»Bundy?«

»Ted Bundy. Die beiden sind sich nicht ähnlich, also nicht wirklich. Aber Bundy war deshalb bemerkenswert, weil er sich von dem, was er gemacht hatte, abspalten konnte. Als lebten zwei Personen in seinem Körper. Er versuchte bis zum Schluss, alles zu erklären, als sei er für seine Taten nicht verantwortlich.«

»Und Reave ist genauso?«

»Reave ist sich *ganz* sicher, dass er nicht schuldig ist.« Parker lächelte grimmig. »Aber das Besondere bei ihm sind seine rituellen Handlungen an den Leichen. Er ist dabei ein hohes Risiko eingegangen – so viel Mühe und Zeit darauf zu verwenden, sie in Szene zu setzen, hat es einfacher gemacht, ihn zu finden und zu überführen –, aber dennoch wurden sämtliche Opfer, die uns bekannt sind, auf diese seltsame Weise präsentiert, wie … ich weiß nicht, Dekorationen. *Gemälde.* Und es gibt noch sehr viel mehr Erkennungsmerkmale beim Roten Wolf. Die Blumen, die oft im Mund steckten. Die Kleider, die mit Blut durchtränkt waren. Und ihre Herzen.«

»Ihre Herzen?« Heathers Hand umfasste die Gabel fester, und sie zwang sich, den Griff zu lockern. »Was meinen Sie damit?«

»Keins davon wurde je gefunden. Er hat sie den Körpern entnommen und irgendwo versteckt oder aufgegessen. Ich weiß es nicht.« Parker hielt inne und betrachtete die Reste von Heathers Mittagessen. »Tut mir leid. Oh Gott, tut mir leid. Das ist wirklich kein passendes Gesprächsthema beim Essen, oder?«

Heather zuckte mit den Achseln und trank einen Schluck. *Herzen.* Vielleicht könnte der Artikel den Mythos, den der Rote Wolf umgab, beleuchten. Sie sah die Story schon vor sich: Seine lückenhafte Vorgeschichte, seine Zeit in der Kommune in Fiddler's Mill und dann Details zu den Morden – so etwas liebten die Leute. Und dabei immer wieder eingestreut ihre persönlichen Eindrücke von dem Mann, ausgehend von den Gesprächen, die sie mit ihm geführt hatte. Ihre Mutter müsste nicht einmal in dem Bericht vorkommen. Außerdem könnte die Veröffentlichung des Artikels noch warten – die Zeitungen wären selbst dann noch daran interessiert, wenn dieser neue Mörder gefasst und hinter Gittern sitzen würde. Vielleicht sogar noch mehr. Sie könnte Diane kontaktieren, ihre frühere Chefin, und ihr einige von ihren Notizen zukommen lassen. Seit Wochen spürte sie zum ersten Mal einen Hoffnungsschimmer, einen Lichtblick in einer langen Periode der Dunkelheit. Sie hatte vergessen, wie viel Freude sie an ihrem Job gehabt hatte.

»Das macht mir nichts aus, ehrlich. Man würde nie vermuten, dass er all diese Verbrechen begangen hat, wenn man ihn so sieht, oder? Ich weiß, so zu denken ist ziemlich naiv, aber wenn ein Mensch zu derartigen Taten fähig ist, dann stellt man sich ihn doch völlig durchgeknallt vor.«

»Möchten Sie noch einmal versuchen, mit ihm zu reden?«

Heather blinzelte, überrascht von seinem bereitwilligen Vorschlag. »Ich möchte helfen. Und ich glaube, dass er mehr über meine Mutter weiß, als er zugibt.«

Auf dem Weg nach draußen legte sie ihre Hand auf seinen Ärmel. Der Arm fühlte sich fest und warm an, und sie kämpfte gegen das Verlangen an, ihn zu drücken.

»Vielen Dank für das Mittagessen. Der Anlass ist zwar grauenvoll, aber die Gesellschaft hat gutgetan.«

Sie blieben kurz in der Tür stehen und berührten sich beinahe. Heather betrachtete seinen Hemdkragen und seinen gebräunten Hals und fragte sich, was jetzt kommen würde. In dem Moment schrillte sein Handy. Er wandte sich kurz ab und drückte mit dem Daumen auf das Display.

»Ich gehe dann wohl mal besser wieder zurück«, sagte er. »Aber wir könnten für morgen noch einmal ein Gespräch mit Michael Reave arrangieren, wenn Sie es einrichten können?«

Heather nickte, etwas enttäuscht. »Geht klar.«

Als Heather zum Haus ihrer Mutter zurückkehrte, war es dunkel und der Terrakottablumentopf neben der Haustür fast gänzlich in einen düsteren Schatten gehüllt. Sie ging durch den Vorgarten, nahezu sicher, dass sie sich alles nur eingebildet hatte. Doch als sie zu dem Pflanzenkübel trat, sich hinkniete, um ihn hochzuheben und ihre Finger über die raue Oberfläche strichen, breitete sich in ihren Armen ein Kribbeln aus, das ihren Rücken hinunterwanderte: *das Herz*.

In der hell erleuchteten Küche drehte sie den Blumentopf unter dem Licht hin und her, um die Form des Herzens zu begutachten, das sie erstmalig entdeckt hatte, als Mr. Ramsey ihr die Schlüssel gegeben hatte. Es sah noch immer seltsam und plump aus und ähnelte sehr dem Herzen, das auf den Stein eingeritzt worden war, den sie in Ben Parkers Büro gesehen hatte. Und da war noch etwas, eine weitere dunkle Erinnerung, die sie nicht richtig zu fassen bekam …

Heather ging mit dem Blumentopf zum Spülbecken, kippte die gesamte Erde aus und durchwühlte sie mit den Fingern, aber da war nichts. Als sie von der Spüle zurücktrat und aufblickte, sah sie ihr Spiegelbild im Fenster. Ihr Gesicht war blass und angespannt, das dunkle Haar umrahmte ihr Gesicht.

»Das muss etwas bedeuten«, sagte sie laut in die leere Küche hinein. »Das kann unmöglich ein Zufall sein.« Hier gab es eine Verbindung. Eine Verbindung, nicht nur zwischen ihrer Mutter und Michael Reave, sondern auch zwischen ihr und dem neuen Mörder. Was bedeutete, dass sie in echter Gefahr war. *Die Story*, erinnerte sie sich. Wenn es tatsächlich eine Verbindung zwischen ihr und dem Roten Wolf gab, dann würde jeder ihrer Artikel ein Knüller werden. Sie würde das sehr vorsichtig angehen müssen.

Vor dem Fenster bewegte sich etwas. Heather schnappte nach Luft, ließ fast den Topf fallen und knallte ihn auf die Küchentheke. Da draußen war jemand, eine dunkle Gestalt auf dem Rasen. Unwillkürlich schnappte sie sich ein Messer aus der Küchenschublade, stürmte zur Hintertür, stieß den Schlüssel ins Schlüsselloch und drehte ihn derart gewaltsam um, dass sie sich ihr Handgelenk verstauchte, wie sie später feststellte. Die kalte herbstliche Abendluft drang in ihre Lungen, und sie konnte fast nichts sehen. Wirre Gedanken schwirrten wie Kometen in ihrem Kopf herum: *Was, wenn ich den Mörder erwische? Was, wenn er mich umbringt? Was, wenn ich ihn umbringe …?*

»Wo bist du? Was willst du?«

Das Licht, das durch die Küchenfenster schien, warf gelbe Quadrate auf den Rasen. Wer immer sich da draußen bewegt hatte, war verschwunden.

21. KAPITEL

Früher

Michael stand in der Einfahrt, blickte auf die Felder hinab und kniff die Augen zusammen, als eine weitere Wagenladung junger Leute ankam. Sie wurden von einer Gruppe begrüßt, die ihre Zelte bereits aufgeschlagen hatte. Ihre hellen Stimmen drangen zu ihm hinauf. Ein sanfter Druck an seinem Oberschenkel verriet ihm, dass der Hund neben ihm stand, und er hörte das quietschende Geräusch von einem Paar Stiefel in der Eingangshalle.

»Ich dachte, die Regel lautet, nicht vor unserer Haustür?«, sagte er, ohne sich umzudrehen. Der Mann kicherte, trat neben ihn und zog sich Gartenhandschuhe an.

»Mein Junge, dein Problem ist, dass du keine Visionen hast.« Der Mann sog Luft durch seine Zähne ein. Der Frühling hatte Einzug gehalten, aber es war morgens noch immer sehr kalt. »Ich baue ihnen einen Klärgrube. Willst du helfen?«

Michael verschränkte die Arme vor der Brust. Unten spazierten zwei Frauen über das Feld, eine davon trug einen Gitarrenkoffer auf dem Rücken. Beide hatten langes, glattes Haar, das so blond war wie nasses Stroh. Sie gingen Arm in Arm, die Köpfe zusammengesteckt, und unterhielten sich. Er vermutete, dass sie Zwillinge waren, oder zumindest Schwestern. Ihm war sofort klar, dass man ihnen, wie allen Frauen, nicht trauen konnte.

»Warum machst du das? Du hast hier bisher nie Gesellschaft gewollt.«

»Gesellschaft? Diese Leute sind wohl kaum Gesellschaft, mein Junge.« Der Mann grinste breit. »Oh nein, das hier ist etwas völlig anderes. Wir müssen der Sache nur etwas Zeit geben.«

22. KAPITEL

Heather stand zitternd vor dem Gefängnistor und wartete darauf, dass es sich öffnete. Sie blickte hinter sich auf einen schmalen Grünstreifen neben der Straße. Im Sommer würden die Bäume ihn verdecken, doch der Herbstwind hatte sämtliche Blätter von den Ästen gefegt. Eine Gestalt stand dort, mit dem Rücken zu Heather, die Kapuze über den Kopf gezogen, die Hände tief in die Taschen vergraben. Sie dachte an Michael Reave, der sich so sehr mit der Natur und der Pflanzenwelt verbunden fühlte. Eines der Bilder, auf das sie während ihrer Internetrecherche gestoßen war, tauchte unerwünscht vor ihrem geistigen Auge auf. Eine Frau, das Gesicht blass und wächsern, der Mund voller Blut, um den Kopf ein Kranz aus Primeln und weißen Blumen, von denen Heather den Namen nicht kannte. Was machte Reave jetzt, in seiner kleinen antiseptischen Zelle? Gab es Beschäftigungsprogramme für Häftlinge? Durften sie Gartenarbeiten verrichten? Sie verzog das Gesicht bei dem Gedanken und brauchte einen Augenblick, um ein Lächeln für die Wache auf ihr Gesicht zu zaubern, die erschien und sie ins Innere des Gefängnisses führte.

»Inspector Parker. Schön, Sie zu sehen«, sagte sie. Das war ehrlich gemeint. Heather hatte sich am Vormittag mit ihren Notizen beschäftigt und ihr Gedächtnis nach weiteren Verbindungen zwischen ihrer Familie und Michael Reave durchforstet. Doch ihre Gedanken waren immer wieder zu ihrem netten Mittagessen mit dem Detective gewandert.

Der etwas zerzaust aussehende Detective blickte von seinen Papieren auf und zog die Augenbrauen hoch.

»Schön, Sie zu sehen.« Sie standen vor dem kleinen Verhörraum, neben dem schmalen Sicherheitsfenster. »Ich, äh … danke, dass Sie noch einmal mit ihm sprechen. Ich weiß, das ist nicht einfach.«

»Hm, ja. Bei unserem letzten Treffen hat Reave die Beherrschung verloren. Freut … freut er sich auf das Gespräch?«

»Sehr sogar. Er hat nach Ihnen gefragt.« Als er ihren Blick sah, fuhr Parker fort. »Ich weiß, das ist seltsam, aber … er ist ein Mann, der Leichenteile durch die Gegend gekarrt und sie dann mit Blumen dekoriert hat. Sein Verhalten ist also nicht unbedingt rational oder vorhersehbar. Das sollten Sie nicht vergessen, wenn Sie mit ihm sprechen. Sind Sie bereit?«

Heather straffte die Schultern und reckte das Kinn. Ihr Kopf pochte, aber sie hatte heute Morgen eine gute halbe Stunde unter der Dusche gestanden und versucht, die Müdigkeit und die Ängste der vergangenen Nacht von sich abzuwaschen.

»Dann los!«

Der Verhörraum sah aus wie immer, klein, erdrückend und gelb. Auch Michael Reave sah aus wie immer. Hünenhaft saß er auf einem Stuhl, eine überlebensgroße Erscheinung. Ein erfreuter Blick huschte unübersehbar über sein Gesicht, als Heather den Raum betrat.

»Sie sind zurückgekommen.«

»Wie geht es Ihnen …«, begann Heather, während sie sich wappnete und sich innerlich bei den vielen verschwundenen Frauen entschuldigte. »… Michael?«

Er lächelte kurz und sah dadurch jünger aus.

»So gut, wie es mir hier drinnen gehen kann. Wie ist das Wetter draußen?«

Diese eigentlich höfliche Frage war in der Situation derart merkwürdig und unpassend, dass Heather sich irritiert hinsetzte und überlegen musste.

»Es ist kühl und wird immer kälter. Fühlt sich nach Herbst an. Die Luft ist frisch«, sagte sie schließlich.

»Frische Luft ist herrlich. Sie tut der Seele gut. Ich wünschte, ich bekäme mehr davon, aber …«, sagte er achselzuckend und mit kläglicher Miene. »Aber so viel, wie ich brauche, bekomme ich nie.«

Er zeigte keine Anzeichen von Wut, wie in ihrem letzten Gespräch.

»Dürfen Sie nach draußen gehen?«, fragte sie und dachte an den Grünstreifen vor dem Gefängnis. Sie hatte heute keinen Umschlag mit Bildern dabei.

»Er kann Zeit im Hof verbringen«, sagte Detective Parker.

»Gibt's da Grün? Können Sie Bäume sehen oder etwas anderes?«

»Es ist eher eine Betonloch«, antwortete Reave trocken. Sein Blick wanderte kurz zu den Wächtern. »Aber ich kann den Himmel sehen. Immerhin etwas. Ich bin froh über alles, was ich bekommen kann.«

»Die Natur, die Landschaft. Das ist Ihnen wichtig, oder?«

»Da, wo ich aufgewachsen bin …« Er hielt inne, als wollte er etwas anderes sagen, aber dann entschied er sich um. »In meiner Kindheit gab es nur das, mehr nicht. Wir haben an einem abgelegenen Ort gewohnt – ich habe meine Zeit auf Feldern und in Gräben verbracht, die Kleidung immer voller Schlamm und Erde. Das hat etwas Beruhigendes, wissen Sie, besonders, wenn man nichts anderes hat.« Er sah auf, ein wütender Ausdruck huschte kurz über sein Gesicht. »Wir sind mit dem Land verbunden, wir alle. Es ist nicht natürlich, davon getrennt zu sein.«

»Die Frauen, von denen es heißt, dass Sie sie umgebracht haben«, begann Heather und hörte, wie Parker sich räusperte. Die Richtung, die das Gespräch nahm, gefiel ihm anscheinend nicht. »Sie wurden unter freiem Himmel gefunden, nicht wahr? Mitten im Grünen, mit Blumen, Bäumen und Pflanzen drumherum. Haben Sie versucht, sie wieder mit der Natur zu verbinden?«

Heather blieb ruhig auf ihrem Stuhl sitzen. Sie erwartete, dass Reave einen Wutanfall bekommen oder zumindest verlangen würde, in seine Zelle zurückgebracht zu werden. Doch stattdessen saß er friedlich da, sein Blick auf den Tisch gerichtet.

»Ihre Mutter wusste es. Sie wusste, wie wichtig die reale Welt war«, antwortete er schließlich.

»Was hat meine Mutter noch gewusst, Michael?«

Als er nichts sagte, fuhr sie fort.

»Man kann im Internet viel über Ihren Fall lesen. Dazu muss man schon etwas weitergehen, als nur bei Wikipedia zu gucken, aber es ist alles da, wenn man nachsieht. Was allerdings davon stimmt, weiß nur der liebe Gott, aber … Sie wurden durch das letzte Opfer überführt. Ihr Transporter war in der Gegend gesehen worden, in der man die Leiche gefunden hat. Und man entdeckte ein paar ihrer Haarsträhnen auf einer Decke in Ihrem Wagen. Das hat zwar nicht genügt, um Sie mit den anderen Opfern in Verbindung zu bringen, außer dass sie auf die gleiche Weise umgebracht und ihre Körper in Szene gesetzt wurden. Das muss sehr viel Arbeit gewesen sein, und Sie waren sehr sorgfältig.«

Heather hielt inne. Draußen auf dem Flur klingelte ein Telefon, ohne dass jemand abhob. Reave war sehr still geworden. Eine Hand ruhte auf der Tischkante, und sein dicker, schwieliger Daumen drückte derart fest dagegen, dass er weiß wurde. Sein Blick, der den von Heather immer noch nicht erwidern wollte, wirkte gequält.

»Als ich das letzte Mal hier war, haben wir darüber gesprochen, dass dies eine Chance für Sie sein könnte, Ihre Geschichte zu erzählen. Hat Ihnen jemand geholfen, Michael? Hat Ihnen jemand geholfen, diese Frauen zu schnappen und in den Transporter zu kriegen?«

»Meine Geschichte.« Er lächelte mit zusammengepressten Lippen. »Ich haben Ihnen doch schon gesagt, dass meine Geschichte niemanden interessiert.«

»Doch, *mich*.« Dieses Mal bekam sie die Worte über die Lippen, und in ihrer Stimme schwang so viel Gefühl mit, dass er aufblickte, die Augenbrauen hochgezogen. »Wenn es auch die Geschichte meiner Mutter ist, dann möchte ich sie hören. Sie glauben, dass sie niemanden interessiert, aber sie würde die Menschen interessieren, wenn dadurch jemand davon abgehalten werden könnte, noch mehr Frauen weh zu tun. Ich bin an Ihrer Geschichte interessiert, wenn sie mir hilft, den Schmerz meiner Mutter und was sie dazu gebracht hat, sich umzubringen, etwas besser zu verstehen.«

Für eine Weile trat Stille ein. Heather griff nach ihrer Tasche, und nach kurzem Zögern zog sie den Abschiedsbrief ihrer Mutter aus ihrem Notizbuch heraus. Sie glättete das Papier mit den Fingern und versuchte das erdrückende Schuldgefühl nicht zu beachten – *Was machst du da? Wieso zeigst du diese, diese so schmerzliche, private Sache einem Mörder wie Reave?* – und gab es ihm. Reave nahm den Brief vorsichtig in die Hand, als würde er ein Küken aufheben.

»Das ist die Nachricht, die sie hinterlassen hat. Sie ist … Ich habe mich gefragt, ob Sie vielleicht etwas damit anfangen können.«

Sie beobachtete aufmerksam sein Gesicht, während er las, und hoffte auf eine sichtbare Reaktion – Entsetzen, Wut, Traurigkeit, selbst Erheiterung. Stattdessen blickte er ruhig auf die Nachricht, die in seinen großen Händen wie ein winziger Fetzen Papier aussah. Er schluckte einmal, ehe er den Brief zurückgab, und nickte leicht, als hätte sie ihm einen Riesengefallen getan, ihn lesen zu dürfen.

»Und?«, fragte Heather und hielt inne, um den verzweifelten Ton aus ihrer Stimme zu vertreiben. »Sagen Ihnen die Zeilen etwas?«

»Ihre Mutter«, begann er, »war anders als der Rest. Freundlicher, unschuldiger. Sie war wie ein Reh in diesen Wäldern.«

»Meine Mutter war anders als wer?«

Er schnaubte. »Anders als der Rest der Kommune. Sie waren da, weil ihre Freunde da waren, oder weil sie Drogen nehmen oder sich betrinken wollten. Aber Ihre Mutter, sie war anders als *all* die anderen, als all die anderen Frauen. Sie hat gewusst, wie wichtig die Wälder waren, sie hat es gewusst …«

Als er nicht weitersprach, beugte sich Heather erneut vor. *»Was hat sie gewusst?«*

Er wird sagen, dass sie von den Morden gewusst hat, dachte sie panisch. *Dass sie da gewesen ist und jeden Abend auf ihn gewartet hat, bis er mit Blut an seinen Händen zurückkam*. Der Gedanke war schrecklich reizvoll. Wenn ihre Mutter schon immer ein grässlicher Mensch gewesen war, dann wäre sie von ihrer Schuld befreit.

»Sie war unschuldig, aber auch stark. Das war mir nicht klar, auf jeden Fall nicht damals. Aber das zeigt nur, wie wenig ich gewusst habe, nicht wahr? Sie war wie ein Stein unter einer Schneedecke. Ich habe sie falsch eingeschätzt. In vielerlei Hinsicht. Sie hat mir in einer Weise die Stirn geboten, wie nur eine Frau es kann.«

»Was meinen Sie damit?«

Er schüttelte den Kopf, und Heather war dem Verzweifeln nahe. So würde es immer sein. Sie würden sich im Kreis drehen, und er würde ihr die Information wie einen Köder hinhalten, ohne dass sie ihn zu fassen bekam.

»Michael? Bitte. Sagen Sie mir, was Sie damit meinen. Haben Sie … haben Sie meine Mutter geliebt?«

»Ich wollte Ihnen noch eine andere Geschichte erzählen«, sagte er. »Darf ich?«

Heather presste die Lippen zusammen und schluckte ihren Frust hinunter. Parker war hinter ihren Stuhl getreten, und sie fragte sich, ob sie gleich wieder aus dem Raum geführt werden würde.

»Es war einmal ein König, und er war bekannt dafür, dass er der klügste König war, den es je gegeben hatte. Er war wahrlich … ein Landesvater und schien Dinge zu wissen, noch bevor sie geschahen. Seine Weisheit war ein Rätsel, aber sein Volk, seine Untertanen liebten ihn bedingungslos. Sie fragten nicht, wie das möglich war, sondern vertrauten einfach auf seine Klugheit. Das Essen wurde ihm abends in seinem königlichen Speisezimmer serviert und der letzte Gang immer auf einem abgedeckten Silbertablett. Niemand wusste, was dieses Gericht genau war, denn der König schickte seine Gäste und Dienerschaft stets weg, bevor er es aß. Der Diener, der es brachte, wurde angewiesen, den Deckel nicht zu heben.«

Reave holte Luft. Diese Geschichte schien eine beruhigende Wirkung auf ihn zu haben.

»Aber eines Tages konnte der Diener seine Neugierde nicht länger zügeln. Als der König sein Mahl beendet hatte und das Geschirr abgeräumt wurde, nahm er das rätselhafte Silbertablett mit in sein Zimmer, schloss die Tür ab und hob den Deckel. Er erblickte eine kleine weiße Schlange, ihre Augen so rot wie Blutstropfen. Neugierig schnitt sich der Diener eine Scheibe Schlangenfleisch ab und legte es sich auf die Zunge. Sofort hörte er gedämpftes Gemurmel und seltsames Geflüster im Raum. Überall erklangen Stimmen – sie stammten von den Flöhen im Bettzeug, den Ameisen unterm Bett und den Vögeln auf dem Fenstersims. Sie sprachen alle miteinander, und er konnte sie verstehen. Er konnte sie alle verstehen, diese kleinen Seelen.«

Reave räusperte sich und blickte auf den Brief, der auf dem Tisch lag.

»Irgendwann fand der König heraus, was passiert war. Der Diener war sich sicher, dass er für dieses Vergehen hingerichtet werden würde. Doch der König nahm ihn stattdessen mit in einen tiefen dunklen Wald. Sie ritten drei Tage und drei Nächte, bis sie auf eine tiefe Grube stießen. Der Boden war übersät mit Tierknochen, Heather, und viele weiße Schlangen glitten über die Erde – so viele, dass man die Schlangen und Knochen kaum voneinander unterscheiden konnte. ›Siehst du den Preis?‹, fragte der König. ›Für ein Wissen, wie wir es haben, verlangt das Land Opfer. Es verlangt Fleisch und Blut, denn es ist immer hungrig.‹ Und mit diesen Worten …«

»Stieß der König den Diener in die Grube?«, vollendete Heather für ihn den Satz.

Reave hielt inne. Ein Lächeln breitete sich auf seinem Gesicht aus. Seine Hände lagen mittlerweile auf dem Tisch, die Innenflächen nach oben gerichtet.

»Na also.«

Heather schluckte mühsam. Sie fing an zu denken wie er. Als die Stille unangenehm zu werden begann, beugte sie sich vor und zwang sich, seinen Blick zu erwidern. »Hat es noch jemanden gegeben, Michael? Jemanden, dem Sie vertraut haben und der gewusst hat, was mit den Leichen geschah? Kennen Sie die Person, die gerade ihr Unwesen treibt und diese Frauen umbringt?«

Reave schüttelte den Kopf. »Ich erzähle Ihnen meine Geschichte, immer und immer wieder, Heather. Aber Sie hören mir anscheinend nicht zu.«

Danach sagte Michael Reave nichts mehr. Doch als die Wächter zu ihm traten, um ihn aus dem Raum zu führen, schnellte sein Kopf hoch, und sein Gesicht wurde wieder lebendig.

»Wird es eine Beerdigung geben? Für Colleen? Oder haben Sie bereits …?«

»Am Mittwoch«, antwortete Heather.

»Wird es eine Erdbestattung sein?«

Reave verstand es nur zu gut, ungefährlich zu wirken, dass man fast in seiner Nähe entspannte, doch Heather richteten sich die Nackenhaare auf bei dem eifrigen Ton, mit dem er die Frage stellte. Sie griff nach dem Brief auf dem Tisch und steckte ihn in ihre Tasche.

»Nein, eine Einäscherung. Das hat sie in ihrem Testament ausdrücklich gewünscht.«

Er senkte den Kopf und verbarg das Gesicht, während seine Schultern sich hoben, als würde ihn etwas betrüben. Seine Hände lagen noch immer auf dem Tisch. Er ballte sie immer wieder zu Fäusten.

»Und ihre Asche?«

Detective Parker trat vor und drückte Heathers Schulter, wofür sie ihm fast schon lächerlich dankbar war.

»Sie wissen sehr genau, dass Sie das überhaupt nichts angeht, Reave.«

Der große Mann wandte sich ab. Entsetzt bemerkte Heather, dass Reave aufrichtig bestürzt war und seine Gesichtszüge sich bekümmert verzerrten. »Sie würde gern unter freiem Himmel sein. Vergessen Sie das nicht.«

Kurze Zeit später saß Parker gegenüber von Heather in der düsteren, kleinen Gefängniskantine. Stirnrunzelnd kramte er wieder in irgendwelchen Papieren herum.

»Ich bin mir nicht sicher, was uns diese Gespräche hier bringen sollen. Er hat zwar noch nie mit jemandem so viel geredet, nicht einmal mit seinen diversen Seelenklempern, das steht fest, aber dass uns diese gruseligen Märchenstunden weiterbringen, sehe ich nicht.«

»Ist Ihnen schon einmal der Gedanke gekommen, dass er vielleicht gar nicht derjenige ist, der diese Morde vor all den Jahren begangen hat?«

Parker seufzte.

»Das halte ich nicht für wahrscheinlich, nein. Er ist nicht das beste Beispiel für einen Serienmörder, das ist Ihnen schon klar, oder?« Als Heather ihn verständnislos ansah, fuhr Parker fort. »Die große Mehrheit sind widerliche Idioten, die eine Zeitlang Glück hatten. Gestörte Männer mit niedrigem IQ und verkorkstem Sexualtrieb. Kleine, bedauerliche Kerle, die nur dann etwas fühlen, wenn sie Macht über andere haben. Ein Fall wie Michael Reave ist äußerst selten, und ich möchte nicht, dass Sie darauf hereinfallen.«

»Sie halten ihn also für einen untypischen Serienmörder.«

Parker griff nach seinem Tee und stellte ihn wieder ab. »Er ist wortgewandt. Er ist sogar charmant. Man kann sich mit ihm unterhalten, ohne befürchten zu müssen, dass einem die Hirnzellen absterben. Das ist für diesen Menschenschlag ungewöhnlich, das können Sie mir glauben. Aber«, er räusperte sich, »neben dem Transporter und den darin gefundenen Beweisen führte er auch einen unsteten Lebenswandel, reiste viel herum und hatte für keinen der Morde ein echtes Alibi. Seine Mutter ist verschwunden, als er ein Kind war, wussten Sie das?«

»Wollen Sie damit behaupten, dass er auch sie umgebracht hat?«

Parker zuckte mit den Achseln. »Vielleicht hat sie die Familie verlassen, aber wir haben allen Grund zu glauben, dass sein Zuhause erbärmlich war, geprägt von Missbrauch.«

»Das beweist noch gar nichts.«

»Stimmt. Aber die Haare und der Ort, an dem wir den Transporter gefunden haben, beweisen seine Taten.«

»Ich will mich mit Ihnen nicht streiten«, sagte Heather. Ihre Wangen röteten sich, sie war verärgert. Parker deutete gerade an, dass sie auf Reave hereingefallen war. So wie diese seltsamen Frauen, die Briefe an verurteilte Mörder schrieben und sie dann auch noch heirateten. Heather dachte an ihre Mutter, und ihr wurde kalt. »Ben, da draußen läuft gerade jemand herum, der schrecklich viel über den Fall des Roten Wolfs zu wissen scheint. Der zu viel darüber zu wissen scheint.«

Parker rieb sich den Nacken. »Hören Sie, wir wissen Ihre Hilfe wirklich zu schätzen. *Ich* weiß sie zu schätzen. Mit Reave in diesem Zimmer zu sitzen ist grauenvoll, ich weiß.« Er hielt inne und seufzte plötzlich. »Wir haben die Leiche von Miss Graham gefunden.«

»Oh.«

Heather musste unwillkürlich an das Foto denken, das sie Parker gezeigt hatte, an das kleine, grinsende rothaarige Mädchen mit dem Cremestreifen auf der Wange. Der Gedanke, dass ihr vielleicht ein ähnliches Schicksal blühte, war entsetzlich.

»War sie … ist sie auf gleiche Weise wie die anderen umgebracht worden?«

Parker schob die Papiere zu einem Stapel zusammen und gab damit zu verstehen, dass das Gespräch beendet war.

»Ehrlich gesagt, ist es das Beste, wenn ich Ihnen nichts darüber erzähle. Werden Sie noch einmal versuchen, mit ihm zu sprechen?«

»Dann halten Sie das also doch nicht für sinnlos?«

»Zum jetzigen Zeitpunkt nehme ich alles, was ich kriegen kann. Wir müssen diesen Kerl finden und ihm das Handwerk legen. Bald. Außerdem …« Parkers Blick wanderte durch den Raum. Heather vermutete, um sich zu vergewissern, dass keine

Kollegen in Hörweite waren. »Außerdem würde ich Sie gerne wiedersehen.«

Heather grinste. »Nennen Sie mich altmodisch, aber man kann sich auch auf eine andere Weise miteinander verabreden. Ohne dass ein Serienmörder mit dabei ist wie ein fünftes Rad am Wagen.«

Detective Parker sah sie an und lächelte kläglich. »Wie schon gesagt, ich nehme, was ich kriegen kann.«

23. KAPITEL

Heather saß im Schneidersitz auf der Couch ihrer Mutter, den Terrakottatopf im Schoß. Sie drehte ihn immer wieder in den Händen, und ihre Finger strichen über die gezackte, herzförmige Einkerbung im Ton. Nikki saß auf dem Boden und goss Wein in die Gläser nach.

Es war ein Herz. Aber das hieß gar nichts. Sie würde in jedem Londoner Kaufhaus allen möglichen Landhausmist finden können, verziert mit Herzen – Untersetzer, Toastständer, Teller. Wahrscheinlich hatte jeder irgendwas mit einem Herzen darauf zu Hause – egal ob man elegant, kitschig oder zweckmäßig eingerichtet war. Herzen waren aus unerfindlichen Gründen kaum zu vermeiden.

Trotzdem.

»Meine Mum hat so was nie gemocht.«

»Was?« Nikki trank einen Schluck Wein und zog eine Augenbraue hoch. »Blumentöpfe?«

»Herzen.« Heather drehte den Topf so, dass ihre Freundin das eingeritzte Herz sehen konnte. »Mein Dad hat sich immer sehr viel Mühe mit seinen Geschenken zum Valentinstag gegeben. Er meinte immer, dass sie *wählerisch* sei. Aber je mehr ich darüber nachdenke …« Sie runzelte die Stirn. »Er hat ihr alles Mögliche geschenkt, aber nie irgendwelche Herzen oder Blumen. Sie bekam zu ihrem Geburtstag ihre Lieblingspralinen, Kerzen, die nach frischer Wäsche oder Seewind rochen, Schmuck, Parfüm und Bücher. Aber nie einen Teddybären, der ein Stoffherz hielt, oder riesige Blumensträuße.«

»Okay«, sagte Nikki. »Na und? Viele Menschen schenken sich nichts am Valentinstag. Und wäre das so untypisch für deine Mutter gewesen? Sie kam mir nie wirklich sentimental vor.«

»Ja, ich weiß, was du meinst. Aber …« Heather drehte den Topf noch einmal um und kramte ihr Gedächtnis durch. In ihrer Kindheit und Jugend hatte es immer Pflanzen im Haus gegeben. Große Grünpflanzen mit glänzenden, leuchtenden Blättern. Sie gingen nicht ein, selbst wenn man sich nicht regelmäßig um sie kümmerte. Aber Blumen? Hatte ihr Vater je einen Strauß Tulpen von der Tankstelle mitgebracht? Heather glaubte nicht. Sie saß in dem kitschigen Wohnzimmer ihrer Mutter, den schwachen Geruch von Kaffee und Raumspray in der Nase. »Meine Mutter hat Blumen nicht gemocht. Da bin ich mir fast hundertprozentig sicher. Auf dem Tisch stand nie eine Vase mit Narzissen, und es gab auch zum Valentinstag keine Rosen. Nikki, was ist, wenn sie etwas Schlechtes mit Blumen verbunden hat? Vielleicht musste sie, wenn sie Schnittblumen gesehen hat, ihre frischen Blüten bereits im Begriff abzusterben, unwillkürlich daran denken, dass der Mann, mit dem sie einmal so viel Zeit verbracht hat – *der Mann, dem sie Briefe ins Gefängnis schrieb* – die Körper seiner Opfer mit Blumen geschmückt hat.«

»Du interpretierst da zu viel rein«, entgegnete Nikki, aber sie wirkte dennoch verunsichert.

»Vielleicht auch nicht. Weil es wirklich sehr viel gibt, was ich von meiner Mutter überhaupt nicht wusste. Mir kommt es so vor, als würde mir eine ganz neue Seite von ihr offenbart werden.« Heather seufzte. »Vielleicht werde ich morgen mehr herausfinden.«

»Wirst du diese Anna treffen?«

Heather nickte. Sie hatte die Nummer angerufen, die Pamela Whittaker ihr gegeben hatte, und mit der Empfangsdame des Sanatoriums gesprochen, dem Twelve Elms Centre. Die Frau schien etwas überrascht gewesen zu sein, dass jemand Anna überhaupt besuchen wollte, aber sie hatte sie sehr bereitwillig eingetragen.

»Sie könnte meine Mutter gekannt haben, also ist es einen Versuch wert.«

Nikki schwenkte nachdenklich ihren Wein im Glas. »Hev, glaubst du wirklich, dass Fiddler's Mill der Schlüssel zu all dem ist? Dass dort etwas passiert ist, das deine Mutter dazu gebracht haben könnte …, sich Jahrzehnte später selbst etwas anzutun?«

»Ja.« In dem Augenblick, als Heather es laut ausgesprochen hatte, begriff sie, dass es wahr war. »Ich glaube in der Tat, dass dort irgendwas passiert ist. Etwas, das meine Mutter für den Rest ihres Lebens geheim gehalten hat.«

Heather stand auf und ging vom Wohnzimmer in die Küche, den Blumentopf noch immer in den Armen. Plötzlich kam ihr eine Erinnerung. Sie drang in ihr Bewusstsein wie eine Klinge durch Eis, und sie zuckte zusammen. Der Terrakottatopf glitt ihr aus den Armen und knallte auf den Boden. Die orangen Tonscherben schlitterten unter den Kühlschrank und den Ofen und landeten auf ihren Füßen, was Heather jedoch kaum wahrnahm.

Die Karte.

»Heather?« Nikki erschien in der Küchentür, die Augen weit aufgerissen. »Alles in Ordnung mit dir?«

Heather war damals vierzehn oder fünfzehn gewesen. Sie hatte die Karte auf dem Boden vor der Haustür entdeckt, als sie hinausgetreten war, um zum Laden an der Straßenecke zu flitzen. Verlegenheit und Freude hatten sie gleichzeitig erfasst, als sie sich hinkniete, um die Karte aufzuheben. Zu der Zeit schwärmte sie für einen Jungen namens James Thurlow, der mit ihr zur Schule ging. Eine wilde Mischung aus Hormonen und Optimismus hatte sie in den Wochen zuvor immer wieder den Valentinstag erwähnen lassen. Die Karte selbst war stilvoll gewesen. Einfach und weiß mit goldener Umrandung und einem großen roten Herz darauf. Auf der Innenseite hatten, etwas enttäuschend, nur die Worte gestanden »Denke Immer an Dich«, darunter ein Herz, gemalt mit Kugelschreiber.

»Was ist los?« Nikki griff nach der Hand ihrer Freundin und drückte sie. Heather hatte Mühe, wieder in die Gegenwart zurückzukommen.

»Als ich ein Teenager war, hat mal jemand eine Valentinskarte vor unserer Haustür gelegt. Ich dachte, sie sei für mich bestimmt, aber … Mum hat gesehen, wie ich sie aufgehoben hab, und Nikki, sie ist völlig durchgedreht.«

Ihre Mutter hatte sie bei den Schultern gepackt, sie zurück in den Flur gezerrt und die Tür zugeschlagen. Ihr Gesicht war derart weiß gewesen, dass es fast grau gewirkt hatte. Heather erinnerte sich an die dunklen Schatten, die unter den Augen ihrer Mutter aufgetaucht waren, fast so wie Blutergüsse.

»Sie hat mir die Karte aus der Hand gerissen und sie zerfetzt, einfach so. Als ich sie angeschrien und gesagt hab, dass es meine ist, hat sie mich gefragt, ob mein Name darauf gestanden hätte. Hatte er nicht, aber ich war jung, und es wäre mir nie in den Sinn gekommen, dass jemand meiner Mutter eine Valentinskarte geschickt haben könnte. Mum war alt und verheiratet, was für Jugendliche so viel heißt wie tot, oder? Aber …« Heather blickte auf den mit Scherben übersäten Boden. »Als sie aufgehört hat, mich anzuschreien, hat sie angefangen zu weinen. Sie hat sich ins Bad eingesperrt. Wir haben nie wieder darüber gesprochen.«

»Was glaubst du, was das zu bedeuten hat?«

»Ich weiß es nicht.« Heather rieb sich das Gesicht mit den Händen, die genauso rochen wie der Erde aus dem Blumentopf. »Wahrscheinlich nichts. Komm, ich habe keine Lust aufzuräumen. Lass uns ins Wohnzimmer gehen und unseren Wein austrinken.«

Nikki ging voraus. Heather blieb noch einen Augenblick stehen und sah ihr hinterher. Es war kalt, zu kalt. Sie rieb sich energisch die Arme, während ein Riesenschauer ihr über den Rücken wanderte.

Die Karte bedeutete nichts, bis auf die Tatsache, dass es etwas gab, wovor ihre Mutter panische Angst gehabt hatte. Selbst in einer Zeit, in der Michael Reave im Gefängnis gesessen und keine Karten vor eine Haustür hatte ablegen können – es sei denn, da draußen war jemand, der für ihn kleine Aufgaben ausführte. Aufgaben wie romantische Gesten. Und Mord.

Heather stieß eine der größeren Scherben mit dem Fuß weg, und sie landete unter dem Kühlschrank. Dann folgte sie ihrer Freundin ins Wohnzimmer.

24. KAPITEL

Das Sanatorium Twelve Elms Centre war in einem wunderbaren gotischen Gebäude untergebracht mit weißen Fenstersimsen, die in dem grauen Mauerwerk leuchteten. Das Haus wirkte durch den wolkenverhangenen grauen Regenhimmel noch imposanter. Heather ging den Weg entlang, der durch die gepflegten Gärten führte, und das Schild am Haus war klein und diskret: Twelve Elms Centre, Sanatorium zur Behandlung von Angststörungen und Traumata. In dem behaglichen Empfangsbereich erwartete sie ein kräftig aussehender Mann, der freundliche Augen hatte und sich als Doktor Parvez vorstellte.

»Sie sind hier, um Anna Hobson zu besuchen?«

Dr. Parvez war ein groß gewachsener, gertenschlanker Mann mit einer fortschreitenden Halbglatze und einer altmodischen riesigen Brille. Er trug eine beige Strickjacke, die sowohl zu lang als auch zu groß für ihn war, wodurch er wie eine etwas geistesabwesende Oma aussah.

Heather lächelte. »Ja, ein Gefallen für meine Freundin Pamela. Sie hat Anna wohl ziemlich häufig besucht, aber in letzter Zeit hat sie alle Hände voll zu tun. Sie haben Pamela doch kennengelernt, oder?«

»Ms. Whittaker, ja. Also, vielen Dank, dass Sie sich die Zeit nehmen. Anna bekommt nicht viel Besuch, und er tut ihr gut. Nachrichten aus der realen Welt sind immer heiß begehrt.«

Er führte sie durch lange, freundliche Flure, die alle leicht nach Desinfektionsmittel und Bohnerwachs rochen. Hier und da erblickte Heather einen Menschen. Einen jungen Mann mit einer altmodischen Frisur, der eine Zeitung las. Eine ältere Frau in einem Sessel, die sich immer wieder die Hände rieb.

»Hat Ms. Whittaker Ihnen viel von Anna erzählt?«

»Nein, nicht sehr viel. Nur dass sie eine schwere Zeit durchgemacht hat.«

Dr. Parvez nickte ernst. »Das hat sie in der Tat. Manchmal verliert Anna den Faden, aber gewöhnlich ist sie eine sehr angenehme Gesellschaft. Hier sind wir.«

Er blieb im Durchgang zu einem großen, weiten Raum stehen, der geschmackvoll in Blassrosa und cremefarbenem Weiß gestrichen war. Mehrere Tische, jeweils mit zwei Stühlen, standen verteilt im Raum, und eine Handvoll Menschen sprach leise miteinander. Die hohen Fenster gingen auf die Gärten hinaus. Trotz der angenehmen Umgebung musste Heather unwillkürlich an ihre Besuche in Belmarsh denken, wo sie Michael Reave getroffen hatte.

»Die Menschen hier ...«, sagte sie plötzlich. »Sie haben doch keine gewalttägige Vergangenheit, oder?«

Im Gesicht von Dr. Parvez flackerte kurz Verärgerung auf, und Heather bedauerte ihre Frage augenblicklich.

»Wir behandeln hier Probleme unterschiedlichster Art, Miss Evans – Depressionen, Angstzustände, verschiedenartige Persönlichkeitsstörungen –, doch sie haben alles eins gemeinsam. Die Patienten fügen sich eher selbst Schaden zu als anderen. Soll ich Sie jetzt Anna vorstellen?«

Er brachte sie an einen Tisch in der hinteren Ecke, wo eine müde aussehende Frau mit strähnigem braunem Haar und tief zerfurchtem Gesicht saß. Heather stellte fest, dass sie ihr Alter nicht einschätzen konnte. Sie konnte jung oder alt sein. Die Frau trug eine weiche Kapuzenjacke und ein graues T-Shirt und sah Heather mit feuchten Augen an.

»Guten Morgen, Anna«, sagte Dr. Parvez in einem fröhlichen

Ton. »Pamela hat eine Freundin geschickt, um mit Ihnen zu plaudern. Ist Ihnen heute nach einem Gespräch zumute?«

Annas Blick wanderte zum Arzt, als würde sie ihn zum ersten Mal sehen. Dann nickte sie langsam.

»Wunderbar.« Dr. Parvez wandte sich lächelnd an Heather. »Ich schicke jemanden, der Ihnen Tee bringt.«

Heather setzte sich an den Tisch. Sie kam sich etwas töricht vor. Was sollte sie zu dieser Frau sagen? Ein leises Murmeln in einer Ecke verriet, dass dort ein Fernseher lief, obwohl niemand hinsah.

»Hallo Anna, wie geht es Ihnen? Ich bin Heather Evans. Pamela meinte, ich solle Sie besuchen kommen und mit Ihnen plaudern. Haben Sie Lust auf eine Unterhaltung?« Heather zuckte innerlich zusammen, als sie den gönnerhaften Ton in ihrer Stimme bemerkte. Das lag daran, dass sie sich vorkam wie in einem Altersheim. Sie rechnete schon fast damit, lauter sprechen oder politische Themen vermeiden zu müssen. Die Frau stieß einen tiefen Seufzer aus.

»Plaudern. Ja. Das wäre nett«, antwortete sie, rückte sich auf ihrem Stuhl zurecht und verschränkte für einen Moment die Arme vor der Brust, als wollte sie sich selbst umarmen, ehe sie sie wieder nach unten fallen ließ. »Hier ist es sehr langweilig«, erklärte sie, und ihre Augen wurden lebhafter. »Es gibt nicht viel zu tun. Normalerweise darf ich spazieren gehen, aber ich bin beim letzten Mal in Schwierigkeiten geraten.«

»Wie das denn? Was ist passiert?«

Anna zuckte mit den Achseln und sah weg. Ein unsicherer Ausdruck huschte über ihr Gesicht, als eine kleine junge Frau zwei Styroporbecher mit Tee brachte. Heather dankte ihr, und die Pflegerin ging zum anderen Ende des Raums, wo ein alter Mann mit sich selbst Dame spielte.

»Also, das scheint ein netter Ort zu sein. Wie sind Sie hier gelandet?«

»Ich bin immer wieder eingewiesen worden. Die Ärzte sagen, ich leide ich unter milder paranoider Schizophrenie.« Sie sprach die Wörter sorgfältig aus, als würde sie sie von einer Karte in ihrem Kopf ablesen. »Mit langzeitigen Wahnvorstellungen und gelegentlichen Halluzinationen«, fügte sie hinzu. »Wahrscheinlich verschlimmert durch Alkohol- und Drogenmissbrauch«, schloss sie ab.

»Ein solche Diagnose ist bestimmt nicht einfach.«

»Wem sagen Sie das!« Nachdem dieses Thema erledigt war, schien Anna etwas aufzublühen. »Ein Leben mit diesem Krankheitsbild ist schwer, und ich schlucke so viele Pillen, dass sie mir fast zu den Ohren rauskommen, aber es ist nett hier. Auf jeden Fall ist dieses Sanatorium besser als all die anderen Kliniken. Pam hat Sie also geschickt.«

»Ja. Ich habe mit ihr über ihre Kunst geplaudert, und sie hat mir bei einer Sache geholfen. Also habe ich ihr versprochen, Sie zu besuchen.« Sie räusperte sich. »Pamela tut es leid, dass sie in letzter Zeit nicht hergekommen ist.«

Anna zuckte wieder mit den Achseln. »Die arme Pam, sie macht sich viele Gedanken und glaubt, dass sie große Schuld hat an meiner Situation, obwohl das nicht stimmt. Mein Hirn ist einfach so konzipiert, aber sie … ihr fällt es schwer, mich zu sehen, wenn ich wieder eine schlimme Phase durchmache.«

»Warum glaubt Pam, dass sie an Ihren Problemen schuld ist?«

Anna schien erneut nur ungern zu antworten. Sie nippte an ihrem Tee und verzog das Gesicht, als sie ihn hinunterschluckte. »Oh Gott, dieses Zeug schmeckt widerlich. Der Tee ist immer das Schlimmste in diesen Kliniken. So gut wie zu Hause ist er nirgendwo, stimmt's?« Als sie den Becher hinstellte, erhaschte Heather einen Blick auf ihren Unterarm. Sie sah ihn nur für eine Sekunde, aber eine Stelle war übersät mit Narben, die auf der sommersprossigen Haut weiß hervorstachen. Narben, deren Form ein Herz ergaben.

Heather zwang sich zu lächeln, obwohl sich ihr der Magen umdrehte. »Da haben Sie völlig recht. Woher kennen Sie Pam überhaupt?«

»Wir haben uns kennengelernt, als ich ein junges Mädchen war, sind gemeinsam durch Europa gereist und haben all das ausprobiert, was man nicht ausprobieren sollte.« Sie grinste kurz, und mindestens ein verfaulter Zahn offenbarte sich. »Sie war älter als ich, also habe ich mich ein bisschen an sie gehalten. Irgendwann sind wir in dieser Kommune in Lancashire gelandet. Zuerst hat sie es toll gefunden.«

»Was? Die Kommune?«

»Ja. Die viele Natur, sie war begeistert davon. Pam war ein echter, überzeugter Hippie, verstehen Sie?« Anna lächelte, obwohl ihr Lächeln inzwischen gequält wirkte. »Ich war vor allem wegen der Drogen da. Dort gab es gutes Gras zu rauchen.«

»Fiddler's Mill«, sagte Heather vorsichtig, als ahnte sie, dass der Name Anna durcheinanderbringen würde, doch sie zeigte keine besondere Reaktion. »Pam hat den Ort erwähnt und gemeint, dass Sie dort eine schwere Zeit durchgemacht hätten.«

Die unausgesprochene Frage hing einen Moment lang im Raum. Anna hob wieder die Arme, als wollte sie sie um sich schlingen, doch ihre Hände wanderten stattdessen auf den Bauch.

»Da gab es einige schlechte Menschen. Gute Drogen, schlechte Menschen. Witzig, wie das zusammen funktioniert, oder? Ich … ich habe dort Spaß gehabt. Die Gegend da oben im Norden ist seltsam. Ich bin in einer Sozialwohnung groß geworden. Das einzige Grün, das ich zu Gesicht bekommen habe, waren die kleinen, kahl werdenden Grasstellen bei den Schaukeln. Aber dort … dort war so viel Natur. Man ging hinaus, stand mitten im

Wald und kam sich vor wie in einer anderen Zeit. Wie vor hundert Jahren oder dreihundert Jahren. Vielleicht sogar noch früher, als noch keine Menschen auf der Erde lebten, verstehen Sie? So war es dort. Ganz ruhig, ganz einsam.« Sie zuckte mit den Achseln. »Ich habe mich dort einsam gefühlt und etwas dagegen gemacht. Drogen können da helfen – man fühlt sich nicht mehr einsam.«

»Viel freie Liebe?«

Anna lächelte matt, obwohl in ihren Augen ein Ausdruck war, der Heather beunruhigte. Heather blickte sich um. Eine korpulente Schwester betrat den Raum, die erste Person überhaupt in einer Uniform. Die Frau blieb an einem Tisch stehen und sammelte einen leeren Becher ein.

»Ich bin mir nicht sicher, ob frei die richtige Bezeichnung ist. Sie kam mich auf jeden Fall verdammt teuer zu stehen. Aber ja.«

»Anna, haben Sie in der Zeit, in der Sie dort gelebt haben, eine Frau namens Colleen gekannt?«

Heather zog eine alte Fotografie aus ihrer Umhängetasche und legte sie auf den Tisch. Das Foto zeigte ihre Mutter auf einer Geburtstagsfeier neben einem Kuchen mit Kerzen, die nicht angezündet waren. Heather vermutete, dass sie zu dem damaligen Zeitpunkt Ende zwanzig war. Sie sah, wie auf allen Aufnahmen, leicht angespannt aus. Ihre Wangen waren gerötet.

»Colleen?« Anna schielte auf das Foto.

»Ja. Sie könnte zur gleichen Zeit wie Sie in Fiddler's Mill gewesen sein. Erkennen Sie sie?«

»Warum? Warum fragen Sie mich das?« Anna blickte verwirrt und berührte das Foto mit den Fingern, zog sie aber augenblicklich wieder zurück, als hätte sie sich daran verbrannt. »Ich habe gedacht, Sie sind eine Freundin von Pam?«

»Ach, reine Neugierde. Es hat sich herausgestellt, dass ich jemanden kenne, der auch dort gewesen ist. Ein merkwürdiger

Zufall, oder?« Heather lächelte und suchte in Annas Gesicht nach einem Anzeichen dafür, dass sie Colleen erkannte, doch da war nur ein irritierter Blick.

»In Fiddler's Mill gab es viele junge Frauen«, sagte Anna schließlich. »Und viele Drogen. Ich weiß nicht. Ehrlich gesagt, ist es ein Wunder, dass ich mich an Pamela erinnere.« Als Anna sich von dem Foto abwandte, glaubte Heather jedoch einen anderen Ausdruck in ihren Augen zu entdecken. Und in ihren Mundwinkeln. Schuld.

Heather griff nach dem Foto und steckte es zurück in ihre Tasche.

»Sind da noch andere Dinge vor sich gegangen, Anna? Seltsame Dinge, meine ich.« Sie überlegte kurz, ob sie nach den Narben auf ihrem Arm fragen sollte, aber Anna hatte ihren Kopf gehoben und sah zur Zimmerdecke, die Augen zusammengekniffen, als betrachtete sie einen leuchtenden Himmel an einem herrlichen Sommertag.

»Sie haben einen manchmal so grob angefasst, dass man Blutergüsse bekam. Ich bin morgens aufgewacht und hatte überall diese dunklen Flecken auf den Armen, verstehen Sie? Zuerst dachte ich, es sei Dreck, aber es ließ sich nicht abwaschen.«

»Wer? Wer hat sie angefasst?«

»Sie haben gesagt, dass alles in die Erde zurückkehren müsste. Das haben sie immer gesagt – die Erde sei hungrig und durstig, und wir müssten dafür sorgen, dass es der Erde wieder besser geht. Ich glaube, sie haben dort …« Ihr Kinn und ihre Unterlippe zitterten, als würde sie gleich anfangen zu weinen. »Ich glaube, sie haben sie dort hingebracht.« Sie sagte die letzten Worte des Satzes in einem Flüsterton.

»Wen, Anna?«

»Mein Baby.« Sie senkte den Kopf und sah Heather an. Ihre

Augen füllten sich augenblicklich mit Tränen. »Mein kleines Mädchen. Sie haben sie mir *weggenommen.*«

»Sie waren schwanger in Fiddler's Mill und haben dort ein Kind zur Welt gebracht?«

»Er hat *sie mir weggenommen.*« Anna hatte die Stimme erhoben, sie klang schrill und zittrig. Heather spürte eher, als dass sie sah, wie die anderen Menschen im Raum sich zu ihnen wandten. »Ich habe sie im Wald zur Welt gebracht, im Schlamm, und sie haben sie mir weggerissen, noch als mein Blut an ihr klebte.«

»Anna, schon in Ordnung, Sie müssen nicht darüber reden ...«

Es war zu spät. Anna sprang auf, und der Stuhl stürzte um. »Sie haben sie mir gestohlen!«, schrie sie. »Sie haben mir mein Baby gestohlen, und keiner will mir glauben!«

Die Krankenschwester trat an den Tisch. Ihre Bewegungen waren so schnell und ruhig, dass Heather fast den Eindruck hatte, sie sei aus dem Nichts aufgetaucht.

»Anna, meine Liebe, es ist alles okay. Vielleicht sollten Sie jetzt besser wieder zurück in Ihr Zimmer gehen, hm?« Heather stellte überrascht fest, dass die Schwester einen amerikanischen Akzent hatte – was die Situation nur noch surrealer machte, und sie blickte in die Ecken der Zimmerdecke, auf der Suche nach Kameras. Die Schwester konnte Anna nicht beruhigen. Sie taumelte weg vom Tisch, Tränen rannen ihr über das Gesicht.

»Wohin ist sie verschwunden? Warum glauben Sie mir nicht?«

Dr. Parvez erschien im Eingang des Gemeinschaftsraums. Die Schwester nickte, woraufhin er sanft nach Annas Arm griff und sie wegführte.

»Kommen Sie, Anna, ich bringe Sie auf Ihr Zimmer, ja?«

Schlurfend verließ die Frau mit gesenktem Kopf den Raum, das Haar fiel ihr ins Gesicht. Noch immer murmelte sie, dass man ihr ihr Baby weggenommen hatte und dass ihr niemand glaubte. Bestürzt beobachtete Heather die Szene. Die Schwester wandte sich zu ihr um, die zusammengepressten Lippen drückten ihr Missfallen aus.

»Warum haben Sie mit ihr über dieses Thema gesprochen? Jetzt wird sie für den Rest des Tages in dieser Verfassung sein.«

»Das habe ich nicht gewusst«, antwortete Heather nicht ganz ehrlich. »Stimmt das? Also, dass man ihr das Baby weggenommen hat? Das klingt nach einer ziemlich abenteuerlichen Geschichte.«

Die Schwester verdrehte theatralisch die Augen, doch die Feindseligkeit in ihren Augen schien etwas zu verschwinden. »Meine Liebe, Anna geht es nicht gut, überhaupt nicht gut. Sie hat Kinder verloren, das stimmt, aber nicht, weil irgendein böser Mann sie ihr weggenommen hat.« Die Frau senkte den Blick und die Stimme. »Zwei Babys hat sie zur Welt gebracht, aber tot. Das war sehr schlimm für sie. Das wäre für jeden schlimm gewesen, aber für Anna …« Sie zog eine rundliche Schulter hoch. »Die Krankheit macht es nur noch schlimmer. Sie kann den Kummer nicht verarbeiten, während ihr Geist ihn noch verstärkt. Hören Sie«, sagte die Schwester, griff nach dem halb leeren Becher Tee, den sie kritisch beäugte, »Sie gehen jetzt am besten. Dr. Parvez wird versuchen, Anna zu beruhigen. Sie werden mit ihr heute nicht mehr sprechen können. Sollten Sie Anna noch einmal besuchen kommen, dann tun Sie mir einen Gefallen und wählen sich ein besseres Gesprächsthema, okay? Reden Sie übers Essen, übers Wetter, über die Lokalnachrichten. Ihr Engländer liebt doch das Wetter.«

Heather stimmte ihr zu und ging. Auf dem Kiesweg drehte sie sich noch einmal um zu dem hoch aufragenden, großen Gebäude. Sie blickte zu den Fenstern und fragte sich, ob Anna sie beobachtete oder ob sie bereits ein Beruhigungsmittel bekommen hatte, vor sich hindämmerte und von einem Kind träumte, das sie im Wald zur Welt gebracht hatte. Das Sonnenlicht reflektierte in den Fenstern. Selbst wenn jemand hinausblickte, konnte Heather es nicht sehen.

Der nächste Tag war freundlich und bitterkalt, ein blitzblauer Himmel ließ die Kälte des Universums herein. Heather trat aus der eisigen Luft in ein belebtes Café in der Innenstadt von London. Das leise Geschnatter von Büroangestellten, die ihre Paninis mampften, und eine wohlige Wärme hüllten sie augenblicklich ein.

»Hallo Diane. Wie geht's dir?«

Die ältere Frau brauchte einen Moment, um von ihrem Milchkaffee aufzublicken. Sie sah nicht viel anders aus als bei ihrer letzten Begegnung – die Frisur war etwas raffinierter, die Kleider etwas schlichter.

»Heather, setz dich doch. Deine Mutter ist gestorben, wie ich gehört habe.« Diane drehte sich um und gab dem Barista in der Nähe ein umständliches Zeichen. Er nickte und begann, zwei frische Kaffees zuzubereiten. »Wie kommst du klar?«

»So wie erwartet, eigentlich. Danke, dass du dich mit mir triffst. Ich weiß das zu schätzen, angesichts der Umstände, unter denen ich *The Post* habe verlassen müssen …«

Diane winkte ab. Beide verstummten, als ihre Kaffees gebracht wurden.

»Hör mal, Diane, ich hab da eine Story an der Angel.« Heather blickte auf ihre Hände. »Ich glaube, ein Riesending.«

Diana zog eine perfekt geformte Augenbraue hoch. »Und was ist es? Willst du sie mir geben?«

»Ja. Äh, nein.« Heather grinste. Es tat gut, Diane wiederzusehen. Ihre sachliche Art schien alles normaler erscheinen zu lassen als noch vor zehn Minuten. »Ich möchte, dass du sie irgendwann veröffentlichst, aber ich brauche noch Zeit. Es geht um den Roten Wolf.«

»Heather, momentan sind die Zeitungen voll mit Geschichten vom Roten Wolf. Gibt deine Geschichte wirklich etwas Neues her?«

»Wenn ich dir sage, dass ich persönlich mit Michael Reave gesprochen habe, wäre das was?«

Der überraschte Ausdruck, der über das Gesicht ihrer früheren Chefin huschte, war eine Genugtuung für Heather.

»Du hast meine volle Aufmerksamkeit. Wie ist es dazu gekommen?«

Heather ließ noch mehr Zucker in ihren Kaffee rieseln. »Erst einmal musst du mir versprechen, dass du mit der Veröffentlichung warten wirst, okay? Ich darf die Ermittlungen nicht behindern oder mein derzeitiges … Arrangement durcheinanderbringen. Also muss die Story warten, bis ich alles zusammenhabe. Und ich will sie schreiben. In Ordnung? Das ist *mein* Artikel, Diane. Mehr als alles andere, was ich je zuvor geschrieben habe, okay?«

Diane zog die Augenbrauen hoch. »Kannst du mir verraten, worum es hier eigentlich geht?«

Nachdem Heather an ihrem viel zu süßen Kaffee genippt hatte, um sich zu sammeln, begann sie zu erzählen. Von den Briefen. Von der offensichtlich engen Beziehung ihrer Mutter zu einem Serienmörder. Und von den Informationen, die sie bisher zu den aktuellen Morden zusammengetragen hatte: dass Fiona Graham direkt aus ihrem Schlafzimmer entführt worden war, dass die Polizei in der Schule, wo sie als Lehrerin gearbeitet hatte, ihre persönlichen Gegenstände durchgegangen war, und dass Herzen beziehungsweise Herzsymbole offensichtlich eine zentrale Bedeutung bei den Morden spielten. Sie schilderte Diane ihren persönlichen Eindruck von Reave und bemerkte den zunehmend gierigen Blick ihrer früheren Chefin – ein Blick, den Heather immer dann bei ihr gesehen hatte, wenn sie eine große Story am Haken hatte. Sie erwähnte weder die im Haus gefundene Nachricht noch ihre eigenen schmerzlichen Vermutungen, was die Rolle ihrer Mutter in der ganzen Geschichte betraf. In der Version, die sie Diane erzählte, waren die Briefe lediglich die Eintrittskarte, mit der sie Zugang zu einem Mörder bekommen hatte. Heather erwähnte nicht Anna Hobsons Behauptungen, dass Babys gestohlen worden seien – sie wollte ihr Glück nicht überstrapazieren.

»Ich könnte mir eine ganze Serie von Artikeln vorstellen«, sagte sie mit leiser Stimme. »Über Reave, und wenn die Polizei diesen neuen Mistkerl gefasst hat, auch über ihn. Aus meiner speziellen Perspektive. Verstehst du? Er hat noch mit niemandem so ausführlich gesprochen wie mit mir.«

»Abgesehen von deiner Mutter«, warf Diane ein. Heather zuckte zusammen, aber ihre frühere Chefin sprach weiter. »Du hast recht. Das ist etwas Neues.«

»Du musst mir versprechen, dass ich die Geschichte schreiben darf. Ich werde mich wieder bei dir melden, wenn ich alles zusammenhabe, was ich brauche.«

»Heather, die Umstände, unter denen du gehen musstest … Na ja, da bleibt mir nicht viel Spielraum. Es gibt Kollegen, die alles andere als begeistert wären, wenn eine Geschichte von dir in unserer Zeitung erscheinen würde.«

»Ist das wirklich wichtig? Oder meinst du, dass ich in den vergangenen Monaten verlernt habe zu schreiben? Komm schon, Diane.«

»Ich sag dir was, weil ich dich mag. Schick mir ein paar Seiten!« Diane nippte an dem Schaum ihres Kaffees. »Damit ich eine Vorstellung von dem bekomme, was du vorhast. Das würde es mir erleichtern, die Geschichte unterzubringen.«

Heather seufzte und lehnte sich in ihren Stuhl zurück. Das war riskant. Und das war ihr klar. Aber allein Diane zu sehen hatte schon viele Erinnerungen zurückgebracht. Erinnerungen daran, wie sehr sie ihren alten Job gemocht hatte. Wie ungeheuer wichtig er ihr einmal gewesen war.

»In Ordnung. Ich werde dir etwas schicken.«

»Abgemacht«, erwiderte Diane, und eines ihrer seltenen Lächeln tauchte auf wie Sonnenlicht, das sich an einem Wintertag seinen Weg durch die Wolken bahnte. »Aber du bewegst dich da auf gefährlichem Terrain, Heather. Sei vorsichtig. Pass auf dich auf.«

25. KAPITEL

»Es gibt da ein Problem mit Ihrem heutigen Besuch.«

Heather umfasste den warmen Styroporbecher und blickte in Ben Parkers Gesicht, um herauszufinden, was das bedeuten konnte. Sein Ton heute war wieder absolut sachlich, nichts darin deutete auf das nette Mittagessen hin, das sie gehabt hatten. Aber als sie den Flur entlanggingen, warf er ihr ein kurzes, gequältes Lächeln zu.

»Ach ja?«

»Ein Vorfall mit einem anderen Insassen.« Parker bemerkte ihren Blick und schüttelte leicht den Kopf. »Nichts Ernstes, aber durch einen kleinen Fehler in der Kommunikation wurde Michael Reaves Zeitplan durcheinandergebracht. Jetzt ist er für eine Stunde auf dem Hof, wo er doch eigentlich mit Ihnen plaudern sollte.«

»Und Sie können ihn nicht einfach herholen?«

»Das könnte ich schon«, räumte Parker ein. »Aber die Wächter sind nicht scharf darauf. Wenn es etwas gibt, worüber Reave sich gern beschwert, dann sind das seine Zeiten auf dem Hof, beziehungsweise dass sie unzureichend sind. Die Wächter wollen kein weiteres Gemecker provozieren. Also müssen Sie etwas warten. Soll ich Ihnen noch einen Tee bringen?«

Heather blickte auf die braune Flüssigkeit in dem Becher, sie roch wie aufgewärmt. »Nein, danke. Hören Sie, kann ich ihn nicht auf dem Hof treffen?«

Sie hatten die Tür zu dem kleinen Verhörraum erreicht. Parker blieb stehen und rieb sich den Nacken mit einer Hand.

»Das ist strengstens untersagt, Heather …«

»Aber es ist doch dringend, oder? Und die Wächter sind ja auch da. Außerdem könnte er an der frischen Luft zugänglicher sein. Ich denke, es ist einen Versuch wert.«

Parker seufzte. Er sah müde aus und hatte dunkle Ringe unter den Augen.

Er verdrehte die Augen, als er ihren Blick erwiderte, und ein kleines Lächeln umspielte seine Lippen. »Ich werde mal sehen, was ich tun kann.«

Fünf Minuten später ging Heather noch mehr anonyme Flure entlang, angeführt von zwei stämmigen Männern in Uniform. Parker bildete die Nachhut. Sie passierten schließlich eine Reihe von Toren, Schlösser klickten und Alarmsignale schrillten, bis sie auf einen trostlosen, rechteckigen Hof traten. Der Boden war eine Mischung aus Kies und Erde. Die teilweise abgeschlagenen grauen Steinmauern wiesen hier und da Graffitis auf – und auf eine Seite der Tür hatte jemand sorgfältig den Spruch »SCHEIß SCHWEINE« eingeritzt. In der Mitte des schäbigen Hofs standen mehrere große Blumenkübel aus Holz, bepflanzt mit irgendwelchen nichtssagenden grünen Sträuchern. Zu beiden Seiten der Kübel standen graue, hohe Metallaschenbecher, aus denen massenhaft Zigarettenkippen hervorquollen. Der starke Geruch von kaltem Zigarettenrauch und kalter Asche lag in der Luft, aber ein Stück des leuchtend blauen Himmels war über dem Hof zu sehen, stellte Heather erfreut fest.

»Heather. Sie sind ein wohltuender Anblick für meine wunden Augen.«

Michael Reave stand vor einer der Mauern. Er trug einen dunkelblauen, langärmeligen Pullover und eine schwarze Trainingshose. Seine Hände waren auf den Rücken gefesselt, doch er lächelte, als er auf sie zukam. Er wirkte unter freiem Himmel, im natürlichen Tageslicht, noch mal größer und vitaler. Im Gegensatz zu Ben Parker sah er überhaupt nicht müde aus, sondern wach und gelassen, sogar jünger als vorher. Heather spürte ein Gefühl des Unbehagens in ihr aufsteigen. Er war zwar eingesperrt und unter ständiger Beobachtung, und dennoch war er immer noch ein großer, kräftig gebauter Mann, und sie war sich sicher, dass er, wenn er wollte, ihr hier – und überall anders – Schaden zufügen konnte.

»Verbringen Sie hier Ihre Pausen? Und machen Sie hier auch Sport?«

Reave blickte sich um, als würde er den Hof zum ersten Mal sehen. Er zuckte mit den Achseln. »Ja, hier und anderswo. Keine Decke über dem Kopf zu haben, das ist schon was. Und heute scheint sogar noch die Sonne.« Er lächelte, und sie stellte fest, dass sie ihn bisher noch nicht so glücklich gesehen hatte. »*Und* ich habe auch noch Gesellschaft, ausnahmsweise einmal.«

Heather ging auf ihn zu, achtete aber darauf, dass sie ihm nicht zu nahe kam. Parker stand links neben ihr, die beiden kräftigen Wächter direkt hinter ihr. »Ich habe mich gefragt, Michael, ob Sie mir vielleicht mehr über meine Mutter erzählen können. Wie sie war, als junge Frau. Jetzt, wo sie tot ist, habe ich das Gefühl, …« Sie senkte absichtlich den Blick zu Boden und sah dann wieder zu ihm auf, geblendet von der Sonne. »Ich weiß nicht, ich habe das Gefühl, als sei mir viel entgangen, verstehen Sie?«

Er nickte langsam, und seine Miene wurde etwas weicher. Eine Weile schwiegen alle. Aus dem Gebäudeinneren drang das surrende Geräusch von Türen, die auf- und wieder zugesperrt wurden.

»Colleen«, sagte Reave schließlich, »war ein freundlicher Mensch. Sie hatte ein weiches Herz und war gebildet. In meinen Augen zumindest. Ich hörte ihr gerne zu, wenn sie Geschichten erzählte und davon sprach, was sie ihrer Meinung nach bedeuteten.« Er hielt inne, und sein Blick wanderte zu dem Blumenkübel, obwohl Heather nicht glaubte, dass er ihn wahrnahm. »Ihr war es egal, dass ich keine nennenswerte Schulbildung hatte. Sie hat mich nicht danach beurteilt, sondern einfach ihr Wissen mit mir geteilt. So war Ihre Mutter.«

Heather verschränkte die Arme vor der Brust und versuchte, ein neutrales Gesicht zu machen. Das Bild ihrer Mutter – als einen verzeihenden, herzlichen, freundlichen Menschen – war schwer mit der Frau in Einklang zu bringen, mit der sie sich in ihrer Jugend so bitterlich gestritten hatte. Die Erinnerungen an Colleen schienen Reave schienen innerlich zu öffnen, und er machte einen Schritt auf Heather zu. Sie spürte, wie ein kalter Schauer über ihren Rücken lief, während dic Wächter näher kamen, offensichtlich beunruhigt.

»Kennen Sie die Geschichte von Dornröschen?«

»Noch eins von Grimms Märchen?«

»Ja, aber ich denke, dass Sie eher die Disney-Variante kennen, in der ständig gesungen wird und alle Tiere im Wald nett sind.« Er lächelte, aber dieses Mal ohne Gefühl darin.

»Das ist doch die Geschichte mit den drei bunten Feen«, sagte Heather. »Flora, Fauna und Sonnenschein.« Ihre Wangen wurden rot, merkte sie überrascht. Es war surreal und auch ein bisschen befremdlich, Figuren aus einem Zeichentrickfilm auf einem Gefängnishof zu erwähnen. »Sie segnen die Prinzessin bei ihrer Taufe.«

Reave wirkte jetzt amüsiert. »Das stimmt. Aber in der ursprünglichen Geschichte waren es weise Frauen oder Hexen, insgesamt dreizehn. Der König hatte aber nur zwölf goldene Teller – und da Hexen kleinlich sind, vermute ich – beschloss er, eine nicht einzuladen. Als die dreizehnte weise Frau am Tag der Taufe eintraf und abgewiesen wurde, bekam sie einen Wutanfall und sprach einen Fluch aus. Die Prinzessin sollte sich an ihrem fünfzehnten Geburtstag den Finger an einer Spindel stechen und sterben.«

»Ich erinnere mich«, sagte Heather.

»Doch die zwölfte Hexe hatte noch nicht die Gelegenheit gehabt, ihr Geschenk zu überreichen. Auch wenn sie das Todesurteil nicht aufheben konnte …«, Reave hielt kurz inne, sein Blick plötzlich ins Leere gerichtet. »Sie konnte den Tod der Prinzessin nicht verhindern, aber sie konnte den Fluch abmildern.«

»In einen hundertjährigen Schlaf«, warf Heather ein.

Reave nickte. »Ihre Mutter war wie diese gute Hexe. Sie milderte Dinge ab und nahm etwas vom Schmerz aus dieser Welt. Sie war wie ein winziges Licht in einem dunklen Wald.«

»Und wie lange war sie in Fiddler's Mill?«

»Das weiß ich nicht genau.« Reave wandte sich leicht ab, um Heathers Blick auszuweichen. »Ich habe sie ja nicht ständig im Auge behalten.«

»Aber Sie standen sich nahe, oder?«

»Wir waren *Freunde.*« Heather bekam eine Gänsehaut angesichts des Tons in seiner Stimme. »Sie ist – sie war – meine älteste Freundin. Und der einzige Mensch, der noch an mich dachte, selbst zwanzig Jahre nach Fiddler's Mill. Sie war eine gute Seele. Zu gut, um mich im Gefängnis verrotten zu lassen. Sie dachte auch noch da an mich. All die Briefe, die sie mir geschrieben hat, das geschah aus reiner Nächstenliebe – ich habe sie nie darum gebeten.«

»Haben Sie eine Frau namens Anna Hobson gekannt, als sie in Fiddler's Mill gelebt haben, Michael?«

»Anna Hobson? Sollte ich sie kennen?«

»Sie war jung und kam mit Drogen in Berührung, als sie in der Kommune lebte. Anna behauptet, dass sie dort schwanger war und dass man ihr das Baby kurz nach der Geburt weggenommen hat. Gegen ihren Willen.«

Michael Reave kicherte in sich hinein. »Ich habe nie von ihr gehört. Wundert mich nicht, dass die Leute seltsame Geschichten über diesen Ort erfinden. Was glauben Sie, Heather? Klingt das für Sie wahrscheinlich?«

»Ich weiß es nicht«, antwortete Heather. Sie konnte den Sarkasmus in ihrer Stimme nicht verhindern. »Vieles von dem, was ich für verdammt unwahrscheinlich gehalten habe, scheint wahr zu sein.«

Er nickte und gab ihr in dem Punkt recht. Heather beschloss, eine andere Herangehensweise auszuprobieren.

»Hat sie – hat meine Mutter Sie für unschuldig gehalten? Für ein Opfer großer Ungerechtigkeit? Hat sie Ihnen deshalb weiterhin geschrieben?«

»Sie glaubte, dass ich ein guter Mensch sei. Wusste es, meine ich. Colleen war die einzige Person, die mich je wertgeschätzt hat … In meinem ganzen Leben. Wissen Sie, wie das ist?«

Am Himmel schrie eine Möwe. Heather presste die Lippen zusammen und schluckte ihre unmittelbare Antwort hinunter, die viele Kraftausdrücke beinhaltet und hauptsächlich die Ungerechtigkeit der Loyalität ihrer Mutter betroffen hätte. Colleen Evans hatte Michael Reave offenbar für einen *guten* Menschen gehalten. Sie hatte ihm während seiner Jahre im Gefängnis unbeirrt beigestanden. Colleen Evans hatte aber auch zugesehen, wie ihre sechzehnjährige Tochter das Haus verlassen hatte und nie wieder zurückgekommen war. Sie hatte ihre Beziehung zu ihrem einzigen Kind zu etwas Kaltem und Schwachem verkümmern lassen. Aber es war ihr nie zu viel Mühe gewesen, einen Stift zur Hand zu nehmen und ihrem alten Freund, dem Roten Wolf, zu schreiben.

»Michael«, sagte sie leise. »Haben Sie eine Ahnung, wer diese Frauen im Moment umbringt? Kennen Sie denjenigen, der ein so großer Bewunderer Ihrer Arbeit ist? Irgendeine Idee?«

Reave zuckte mit den Achseln und schüttelte den Kopf, ein leises Lächeln umspielte seine Lippen, als hätte sie gerade einen besonders armseligen Witz gemacht. Heather trat auf ihn zu und ignorierte ihre innere Anspannung.

»Wonach haben Sie Ihre Opfer ausgesucht? Das könnten Sie mir doch wenigstens verraten. War es reiner Zufall? Oder haben Sie nach etwas Besonderem gesucht? Der Kerl, der diese Verbrechen gerade begeht – weiß er, wonach Sie gesucht haben?«

»Ich habe Ihrer Mutter einmal erzählt, dass ich vor vielen Jahren für schuldig befunden und verurteilt wurde«, antwortete Reave. Seine Stimme war leise, gefährlich. »Lange bevor irgendwelche Frauen gestorben sind. Lange bevor ich den Ort verlassen habe, an dem ich groß geworden bin. Ich war dazu bestimmt, schuldig zu sein. Aufgrund meiner Familie, aufgrund dessen, was sie mir angetan haben. Selbst *er* …« Reave verstummte kurz, ein undurchdringlicher Ausdruck huschte über sein Gesicht, wie ein Sommergewitter. Heather öffnete den Mund, um zu fragen, wen Reave mit »er« meinte, doch Reave fuhr fort. »Ich wurde beurteilt aufgrund dessen, was sie mir angetan und aus mir gemacht haben, und man wird sie nie dafür zur Rechenschaft ziehen.«

»Wer? Wer sind sie?«

Er zuckte mit den Achseln, als sei das egal, und deutete auf die schmutzigen Mauern. »Ich bin mein ganzes Leben lang gefangen gewesen. Das habe ich Colleen einmal erzählt, und sie hat versucht, mir da rauszuhelfen, denke ich. Sie war diejenige, die mir den Himmel gezeigt hat. Aber wo bin ich gelandet? Hier. Jetzt sitze ich wieder fest, und das sogar für immer. Es ist nicht meine Schuld, dass ich so bin, wie ich bin. Und hören Sie …« Er wandte sich zu Heather, sein Gesicht ernst. »Ich verstehe, dass Sie mehr über Ihre Mutter erfahren wollen, aber ich bin nicht dumm. Wenn Sie zu viele Fragen stellen, die andere Dinge betreffen, geraten Sie in Schwierigkeiten, und das möchte ich nicht.«

»Was …?« Heather dachte an das in den Terrakottatopf eingeritzte Herz, und daran, dass sie sich beobachtet fühlte. Was genau wusste Reave? »Michael, was wissen Sie? Bin ich in Gefahr?«

Er schüttelte den Kopf, ohne sie anzusehen.

»Fahren Sie nicht dorthin. Es gibt da nichts für Sie zu sehen. Stochern Sie nicht in Sachen herum, die Sie nichts angehen.«

Ben Parker berührte ihren Arm, um anzudeuten, dass das heutige Gespräch vorbei war. Auf dem Weg zurück zum Eingang des Gefängnisses dachte Heather über das nach, was Michael zum Schluss gesagt hatte. Seine Worte hatten nur dazu geführt, dass sie noch mehr Fragen hatte als vorher.

»Was ist mit seiner Familie? Gibt es da noch jemanden?«

Parker schüttelte den Kopf. Nach diesem Gespräch, bei dem sie wieder keine Antworten erhalten hatten, wirkte er wieder zerfahren, als wollte er unbedingt woanders sein.

»Alle tot. Wie ich schon mal gesagt habe, verschwand seine Mutter, als er noch ein Kind war. Und selbst wenn sie noch leben würde, wäre sie mittlerweile sehr alt und würde nicht in unser Profil passen. Es hat noch einen Vater und eine ältere Schwester gegeben. Sie waren beide dem Sozialdienst bekannt – Verdacht auf sexuellen Missbrauch in der Familie.«

»Oh Gott.«

»Aber auch sie sind beide mittlerweile tot. Es gibt noch entfernte Verwandte, aber nichts, was irgendwohin führt.«

Als Heather allein an einer Bushaltestelle stand, unter dem kalten blauen Himmel, dachte sie immer noch über ihre Mutter und die Rätsel nach, die sie hinterlassen hatte. Es war absolut klar, dass Colleen Evans enorm wichtig gewesen war für Reave, sie hatte etwas für ihn dargestellt, das Heather sich kaum vorstellen konnte. Und sie musste begreifen, dass ihre Mutter mindestens eine ebenso enge Bindung zu Reave gehabt haben musste. Doch nichts von dem passte zu der strengen und unnachgiebigen Frau, mit der Heather groß geworden war. Da musste es noch etwas geben. Eine andere Verbindung.

Als der Bus schließlich vor ihr hielt, stieg Heather gedankenverloren ein. Sie fand einen Platz weiter hinten, nahm ihren Laptop heraus und begann zu schreiben.

26. KAPITEL

Früher

In den frühen Morgenstunden war der Wald lichtdurchflutet und voller Vogelgezwitscher. Das Murmeln seiner Gräber war dadurch zwar kaum zu hören, aber Michael ging sie trotzdem gern besuchen, um sie seine Wolfsgestalt spüren zu lassen – sie sollten wissen, dass er da war. Das war wichtig, ganz gleich, wie weit weg er in jenen Tagen auch reiste. An diesem Morgen war der Waldboden übersät mit Glockenblumen, und der Dunst, der die Landschaft überzog, erschien fast violett. Michael dachte gerade darüber nach, ob er ein paar Glockenblumen für seinen nächsten Ausflug pflücken sollte – er hatte sich angewöhnt, seinen Frauen ein paar Blüten in die Münder zu stecken, damit ein kleiner Teil von Fiddler's Wood mit ihnen zusammen verweste – als er eine sanfte Stimme hörte. »Ist da jemand?«, rief diese.

Er lehnte seine Schaufel gegen einen Baum und bewegte sich zu dem Geräusch hin.

»Hallo?«

Er sah sie, lange bevor sie ihn sah. Eine junge Frau, nur wenige Meter von ihm entfernt. Sie trug eine enge blaue Jeans, grüne, schlammbespritzte Gummistiefel und eine durchsichtige, um ihre Arme flatternde weiße Bluse. Das hellblonde Haar fiel in sanften Wellen auf die Schultern. Ihr Gesicht war blass und wirkte etwas verkniffen. Zwei rote, hektische Flecken überzogen ihre Wangen, und sie hielt ein zerfleddert aussehendes Taschenbuch im Arm. Als er zwischen den Bäumen hervortrat, erschrak sie, dass es fast auf den Boden fiel.

»Oh«, lachte sie, und ihre Wangen röteten sich noch mehr. »Habe ich doch richtig gehört. Hier spaziert noch jemand herum. Tut mir leid.«

»Bist du von der Kommune?« Michael räusperte sich. Ihm war nicht nach einer Unterhaltung zumute. Nicht mit Schlamm an den Händen, nicht mit den Gräbern in unmittelbarer Nähe. Aber das Mädchen hatte gleich vom ersten Moment etwas – etwas, das ihn reizte.

»Ja.« Sie drückte das Buch an sich. »Du nicht?«

»Hast du dich verlaufen?«

Sie zuckte mit den Achseln und wandte den Blick ab. »Ich wollte mir den Wald ansehen und habe nicht damit gerechnet, dass so früh noch jemand anderes hier ist, weil …«

Als sie verstummte, nickte Michael. Die anderen jungen Leute aus der Kommune würden nie um diese Uhrzeit durch die Gegend streifen. Sie feierte die Nächte durch, tranken, rauchten Gras, redeten, lachten und schliefen bis Mittag in ihren stinkenden Schlafsäcken. Oder grunzten zusammen wie Tiere. Michael hatte sie selbst gehört, wenn er in seinem Zimmer im Haus war oder im Wald.

»Ich kann dich zurückbringen.« Es war klar, dass sie eigentlich noch nicht zur Kommune zurückkehren wollte, denn sie war ja extra hergekommen, um hier ein bisschen rumzulaufen. Trotzdem nahm sie sein Angebot bereitwillig an und nickte einmal, und ihr Haar wippte. »Was liest du da?«

Sie blickte auf das Buch in ihrer Hand, als würde sie es zum ersten Mal sehen. »Oh, das ist mein altes Grimms Märchenbuch.« Sie hielt es hoch, um es ihm zu zeigen. Der braune Einband war übersät mit weißen Knickfalten. Mittig darauf war ein schlichter Holzschnitt abgebildet, der einen riesigen schwarzen

Wolf darstellte, das Maul weit geöffnet, voller weißer Zähne. Die Pfoten waren von Efeu umrankt, der Himmel über ihm war weiß. Michaels Herz begann beim Anblick des Bilds schneller zu schlagen. Wer war diese Frau, die das, was er war, in ihrer Hand hielt?

»Das scheinen mir aber keine Geschichten für Kinder zu sein«, sagte er unsicher.

»Das sind sie auch nicht. Also, nicht wirklich. Oder nicht so, wie wir uns Kindergeschichten vorstellen.« Das Mädchen zuckte mit den Achseln und lächelte leicht. »Diese Märchen sind sehr alt und wurden von Generation zu Generation weitererzählt. Sie basieren auf mündlicher Überlieferung. Aber ich liebe sie«, fügte sie hinzu, und in ihrer Stimme schwang plötzlich sehr viel Gefühl mit. »Sie sind einfach so *ehrlich*, verstehst du? Es geht immer um die Gefahren, die auf einen in der Welt lauern können, um Gut und Böse, und darum, das Richtige zu tun …« Sie verstummte. »Ich dachte, es wäre vielleicht schön, sie hier draußen zu lesen, in der freien Natur. Dadurch würden sie vielleicht … vielleicht noch realer erscheinen.« Ihre Wangen röteten sich noch mehr, sie war offensichtlich verlegen. »Wie auch immer.«

Michael und das Mädchen waren am Waldrand angekommen, die Kommune tauchte vor ihnen auf. Sie war noch nicht groß, aber die Bewohner begeisterungsfähig, wie es der Mann gerne ausdrückte. Michael konnte ihn von dort aus sehen. Er stand neben einer Gruppe, von der die meisten auf dem Boden saßen, und er sah so viel älter aus zwischen all den jungen Leuten. Ein Feuer brannte, und der Duft von Kaffee wehte herüber. Die meisten Männer und Frauen wirkten noch ziemlich verschlafen. Die beiden Bickerstaff-Schwestern hingegen machten einen sehr munteren Eindruck. Sie standen neben dem Mann und hatten sich vor kurzem ihr langes blondes Haar abschneiden lassen. Der Mann nannte sie seine »Hitchcock-Mädels«. Michael hatte nur eine vage Vorstellung davon, was er damit meinte, denn bei seinem einzigen Kinobesuch war er in Panik geraten, als die Lichter ausgegangen waren. Er hatte fluchtartig den Raum verlassen müssen – der Schrank war in jenem Moment wieder greifbar nahe gewesen.

»Er ist ein guter Mensch, oder?«, fragte die Frau und klang unsicher. Michael nickte nur. »Sie hören ihm gern zu, wenn er über die Erde hier spricht. Darüber, wie wichtig das Land ist, und dass man sich vom domestizierten Leben und dem Hamsterrad befreien muss. Manches von dem, was er sagt, finde ich …«

Sie verstummte wieder, und Michael fragte sich, ob sie je einen Gedanken vollendete. Sie hatten sich inzwischen der Gruppe genähert, und sein Blick wanderte zu einem Paar am Rand des Kreises. Die Hand des Mannes steckte unter dem Pulli der Frau, die gähnte und ihm keine besondere Beachtung schenkte. Plötzlich bemerkte er, dass auch das Mädchen zu dem Paar hinsah. Als sie zu ihm aufblickte, entdeckte er etwas in ihrem Blick – Angst, Aufregung. Ihr langer weißer Nacken schien im Morgenlicht zu leuchten, und er spürte unvermittelt Gefühle für sie in sich aufsteigen. Sie reichten von Lust bis hin zu dem Bedürfnis, sie zu beschützen, alles auf einmal. *Sie ist der Hase, der sich hinlegt, um gefressen zu werden*, dachte er, plötzlich verwirrt.

»Ich sollte zurückgehen«, sagte sie skeptisch. »Heute bin ich an der Reihe, die Frühstückspfannen zu spülen.«

»Wie heißt du?«, fragte er, und seine Stimme schien von weither zu kommen.

»Colleen«, antwortete sie.

27. KAPITEL

Genau in dem Moment, als Heather ihre Notizen der vergangenen Tage zu Ende getippt hatte, klingelte es. Sie stand auf und schlich in den Flur, ihr Blick auf das satinierte Glas des Sichtfensters in der Tür gerichtet. Auf der anderen Seite stand jemand, und sie war sich ziemlich sicher, dass es nicht Lillian war. Halb amüsiert, halb besorgt griff sie nach einem schweren Holzgegenstand auf dem Beistelltisch und hielt ihn in der Hand, während sie durch den Spion lugte. Die Gestalt bewegte sich. Sie erkannte strubbeliges sandfarbenes Haar und einen aufgeknöpften Kragen.

»Detective Parker?«

Sie öffnete die Tür und blickte in sein gequältes Gesicht, als hätte er beinahe gehofft, dass sie nicht zu Hause war. Schüchtern lächelnd hielt er eine Weinflasche hoch.

»Ich weiß. Das verstößt eigentlich gegen alle Vorschriften. Aber es war ein harter Tag und …« Er zuckte mit den Achseln. »Wenn ich Ihnen sage, dass ich die Adresse Ihrer Mutter eben erst rausgesucht habe, lassen Sie mich dann rein und werfen mich erst später wieder raus?«

»Kommen Sie rein.« Heather trat zur Seite und legte den Holzgegenstand wieder zurück auf den Beistelltisch. »Sie haben verdammtes Glück, denn ich habe mir vor zwanzig Minuten Essen beim Chinesen bestellt, und davon werden normalerweise sechs Leute satt. Können Sie so viel verdrücken wie drei?«

»Ich sehe es als eine Ehre und Herausforderung an.«

Als sie später das Essen vom Chinesen fast vollständig verputzt und die zweite Flasche Wein geöffnet hatten, war ihre Unterhaltung zwangsläufig wieder bei dem Nachahmungstäter des Roten Wolfs angelangt. Parker legte die Essstäbchen zurück in die Plastikschachtel.

»Heather, wir haben wieder eine Leiche gefunden. Ich habe es dir nicht erzählt, aber …« Er zuckte mit den Achseln. »Die Situation eskaliert. Die ursprünglichen Morde haben über einen Zeitraum von mehreren Jahren stattgefunden, aber der Mistkerl jetzt? Vier Frauen in welcher Zeit? Kaum mehr als einem Monat? Die Chefs geraten ganz schön ins Schwitzen.«

Heather rutschte auf ihrem Platz hin und her und blinzelte. Sie saßen beide auf dem Sofa und hatten den Couchtisch herangezogen, um das Essen darauf abzustellen. Ihr gefüllter Magen machte sie schläfrig, und sie hätte diesem Gefühl nur zu gern nachgegeben, aber Parker war leicht angetrunken und plötzlich redselig.

»War es … wie bei Elizabeth Bunyon? Und Fiona Graham?«

Parker schwieg eine Weile, und sie empfand Mitgefühl für ihn, als sie seine bekümmerte Miene sah. Schließlich nickte er. »Ihre Herzen fehlen. In ihren Mündern stecken Blumen. Graham wurde vor Sonnenaufgang von einem Spaziergänger gefunden, der seinen Hund ausführte. Als wir dort ankamen, überzog den Boden noch immer Raureif und sie sah dadurch aus … wie aus Eis gemacht. Ihr Blut war noch ganz frisch auf dem Gras.« Er schüttelte sich. »Sie war ein Junkie und hieß Abi. Die junge Frau darauf zu reduzieren ist schrecklich, oder? Aber genau das passiert. Opfer werden in einer Zeile zusammengefasst, während wir uns überschlagen, herauszufinden, wer *er* ist. Abi wurde hier aufgeschlitzt«, er fuhr sich mit der Hand über den Bauch, »und in zwei Hälften geteilt. In ihrer Brust war ein Loch. Darin befand sich Erde, aber er hatte auch noch andere Sachen hineingestopft. Die Fotos sind kaum zu ertragen.«

Heather schauderte und dachte an den Terrakottatopf neben der Haustür ihrer Mutter. Sie hätte ihn gerne gefragt, ob die Polizei etwas Herzförmiges in der Nähe der Leiche gefunden hatte, aber damit hätte sie ihre eigenen Gedankengänge verraten.

»Oh Gott, das tut mir leid, Ben. Ich kann mir kaum vorstellen, wie es sein muss, so etwas zu sehen und dann mit der Arbeit fortzufahren. Hast du schon etwas über Fiona herausgefunden? Also, ich meine, irgendwelche Spuren?«

Sie erwartete, dass er abblocken würde, weil er dann zu viele Informationen preisgab. Doch er zuckte hingegen nur mit den Achseln und nippte an seinem Wein.

»Noch nichts Brauchbares. Wer immer der Mistkerl ist, er achtet darauf, keine Spuren von sich selbst zu hinterlassen. Aber der andere Kram – die Blumen, die Insekten … Damals, bei den ursprünglichen Morden, war die forensische Entomologie noch nicht so weit entwickelt. Ich hoffe, dass wir da Ergebnisse bekommen werden. Vielleicht irgendeinen Hinweis darauf, wo er möglicherweise herkommt …« Er verstummte und sagte dann mit ausdruckloser Stimme: »Eigentlich sollte ich dir hiervon nichts erzählen.«

»He, das ist besser, als alles in sich hineinzufressen.« Heather beugte sich vor und begann das leere Plastikgeschirr zusammenzuräumen. Sie trugen es gemeinsam in die Küche und warfen es in den Mülleimer.

»Trotzdem«, sagte er und lehnte sich an die Theke. Er hatte sein Jackett ausgezogen und die Ärmel seines Hemds bis zu den Ellenbogen hochgekrempelt. Eine dünne weiße Narbe auf dem Unterarm war zum Vorschein gekommen. »Das ist das Letzte, was du gerade brauchst.«

Heather zuckte mit den Achseln. Sie fragte sich, was Ben wohl denken würde, wenn er wüsste, warum sie ihren Job überhaupt erst verloren hatte – oder wenn er wüsste, dass sie einmal eine

Journalistin gewesen war. Dann wäre er nicht hier und würde mit ihr gemütlich auf dem Sofa sitzen, das stand fest.

»Was sagt dein Bauchgefühl?«, fragte sie plötzlich. »Du hast Serienmörder analysiert, du hast schon mit Michael Reave gesprochen. Du hast zu allen Unterlagen, Akten und Fotos Zugang gehabt. Wenn du jetzt eine Vermutung anstellen müsstest, wie würde die lauten?«

Parker grinste etwas schief. »Ich arbeite nicht als Profiler beim FBI, Heather.«

Sie trat neben ihn und lehnte sich ebenfalls an die Theke, so dass sie zu ihm aufsehen musste. Seine Wangen und seine Stirn waren leicht gerötet, was einen netten Kontrast zu seinen haselnussbraunen Augen bildete – in dem Licht sahen sie fast grün aus.

»Komm schon. Du hast doch bestimmt schon darüber nachgedacht, oder?«

Der Wind draußen nahm zu und wirbelte trockenes Herbstlaub gegen die Fenster. Parker räusperte sich.

»Na ja, wahrscheinlich weiß, männlich, zwischen dreißig und vierzig. Hat einen Job, der es ihm ermöglicht herumzufahren, lebt wohl allein. Sollte er verheiratet sein, wird seine Frau nichts davon wissen. Und er wird, ähnlich wie Reave, aus schwierigen Familienverhältnissen stammen. Höchstwahrscheinlich haben die Eltern ihn misshandelt oder waren nie für ihn da. Nicht jeder, der als Kind missbraucht wurde, entwickelt sich zu einem Serienmörder, aber fast alle Serienmörder haben Missbrauch erfahren.«

»So wie nicht alle Mistkerle Tory wählen, aber alle Tories Mistkerle sind?«

Das brachte ihn zum Lachen. »Ich dachte, Politik sei mindestens bis zum dritten Date tabu.«

»Na ja, du bist ja schon bei mir zu Hause, also …« In dem

Moment erinnerte sie sich an den eingeschlossenen Vogel, an die Nachricht im Arzneischrank und an den Duft ihrer Mutter. Unangenehme Erinnerungen, die nicht hilfreich waren. Heather wollte plötzlich, dass Parker bei ihr blieb – das Haus kam ihr sicherer und nicht so trostlos vor, wenn er da war. Den Mörder zu fangen erschien ihr wie eine wilde Phantasie. Wie etwas, das sie benutzt hatte, um sich abzulenken. Selbst ihre Mutter zu verstehen kam ihr unmöglich war. Und sie hatte es satt, traurig zu sein. Eine Weile etwas anderes zu fühlen, wäre schön, dachte sie. »Ich würde sagen, das zählt eigentlich schon als viertes oder fünftes Date.«

Sie sah ihm, als sie das sagte, in die Augen und hoffte, dass er den Wink verstand. Parker wandte den Blick ab, lächelnd, aber er bewegte sich nicht von ihr weg.

»Ähm. Ich glaube, dass der Mörder seine Opfer sehr sorgfältig aussucht. Vielleicht sogar schon lange vor der Tat, denn er weiß, wie er sie unbemerkt entführen kann. Es muss eine Verbindung zwischen ihnen bestehen, aber ich erkenne sie nicht, verdammt nochmal. Die Frauen sind alle in einem Alter, vierunddreißig, fünfunddreißig.«

»Ungefähr so alt wie ich«, stellte Heather stirnrunzelnd fest.

»Wir haben das Foto, das du uns gegeben hast, Fiona Grahams Eltern gezeigt.«

»Oh.« Heather rieb sich die Stirn und versuchte, sich nicht Fiona Grahams tieftraurige Mutter vorzustellen, die weinend ein Bild ihrer Tochter betrachtete, das sie noch nie zuvor gesehen hatte. »Sie müssen am Boden zerstört sein.«

»Es war nicht angenehm. Das Einzige, was sie im Augenblick wollen, ist trauern, aber …« Er hielt inne, und Heather hatte den Eindruck, als würde er ihr wieder mehr erzählen, als er durfte. »Sie haben das kleine Mädchen als ihre Tochter identifiziert und konnten sich auch an den Anlass erinnern, bei dem das Bild entstanden ist. Fiona hatte an einem Naturschutzprogramm für Kinder teilgenommen, das sich Young Nature Walkers Prize nannte oder so ähnlich, und im Rahmen einer Feier wurden dazu Urkunden übergeben. Deshalb waren sie dort.«

»Aha. Daran kann ich mich überhaupt nicht mehr erinnern.«

»Soweit wir wissen, haben sie weder mit deiner Mutter noch mit deinem Vater gesprochen. Offensichtlich besteht keine Verbindung zwischen ihnen.«

Heather schüttelte den Kopf. »Aber ist das nicht merkwürdig? Was für ein Riesenzufall, dass sie auf einer Feier waren und mit der Frau zusammen Kuchen gegessen haben, die den Mann gekannt hat, der …« Sie presste die Augen zu. All die Fakten darzulegen bereiteten ihr Kopfschmerzen. »Der den Mörder dazu *inspiriert* hat, ihre Tochter umzubringen.«

»Die Frau, die jahrzehntelang Michael Reave geschrieben hat«, korrigierte er sie. Heather schauderte trotz der Wärme in der Küche. »Ja, wir halten das auch für einen seltsamen Zufall. Deshalb schauen wir uns sowohl die Briefe noch einmal an, die du uns gegeben hast, als auch die Briefe, die Reave von deiner Mutter erhalten hat, um zu prüfen, ob wir vielleicht doch mehr Verbindungen zwischen deiner Mutter und den Opfern herstellen können.«

»Was willst du damit sagen?«

»Tut mir leid, dass ich dich danach frage, aber … wie war dein Verhältnis zu deiner Mutter?«

Heather lehnte sich zurück und musste fast ein Lachen unterdrücken. »Hältst du das für eine faire Frage in der jetzigen Situation?«

»Entschuldigung, wirklich, aber ich habe all diese Fälle zu bearbeiten … Heute musste ich wieder mit einem Vater über seine Tochter sprechen und ihn bitten, ihre persönlichen Gegenstände zu identifizieren. Nur waren da überall Blutflecken drauf …«

Seine Stimme überschlug sich, und Heather spürte plötzlich ein Verlangen nach ihm in sich auflodern. »Der Mörder wird wieder zuschlagen, und wahrscheinlich sehr bald. Wir müssen ihm zuvorkommen.«

»Du hast recht.« Sie blickte auf die Küchenfliesen. »Ich bin mit sechzehn von zu Hause weggegangen, kurz nachdem mein Vater gestorben war. Danach habe ich kaum mehr mit meiner Mutter gesprochen – nur ab und zu ein unbehagliches Gespräch am Telefon, wenn ein Verwandter gestorben war, mehr nicht. Wir haben uns nicht nahegestanden. Sie hat mir zu Weihnachten eine Karte geschickt.« Auf einmal hatte Heather Schwierigkeiten, darüber zu sprechen, als wäre ihre Kehle mit Federn zugestopft. »Oh Gott, wir hatten ein völlig verkorkstes Verhältnis, wenn du die Wahrheit wissen willst.«

»Hältst du es für möglich, dass sie die Opfer ausgewählt hat?«

Heather sagte ziemlich lange nichts. Ihre Ohren rauschten, und sie verspürte einen fürchterlichen Druck hinter den Augen. *Ich weiß, was du bist, und ich denke, du weißt es auch.* Sie konnte sich ihre Mutter vorstellen, über einen Terrakottatopf gebeugt, ein Messer in der Hand, das Gesicht verzerrt von einer fremdartigen Emotion.

»Heather?«

»Ich weiß nicht, was ich darauf antworten soll, Ben. Natürlich denke ich nicht, dass sie diese Frauen ausgesucht hat. Ich kann nicht glauben, dass meine Mutter überhaupt etwas damit zu tun gehabt hat. Aber was, wenn meine Familie doch das Verbindungsglied *ist*? Meine Mutter?« Sie biss sich auf die Lippe. »Ich will das nicht denken, aber dieses Foto und der Selbstmord meiner Mutter …«

Er wandte sich zu ihr, sein Blick besorgt. »Wenn es eine Verbindung gibt, dann werden wir sie finden, Heather.«

»Ich weiß, du hast recht. Ich bin einfach …« Sie steckte sich eine Haarsträhne hinter das Ohr und dachte angestrengt nach. *Was, wenn dies eine Story für die Zeitung wäre? Welche Fragen würde sie dann stellen?* »Okay, was noch? Was gibt es sonst noch, wovon wir bei diesem neuen Killer ausgehen können?«

»Er bringt die Frauen irgendwohin, um sie zu töten. Er tötet sie nicht in ihrer Wohnung, auch nicht in der Öffentlichkeit. Er mag es, Kontrolle zu haben. Ich … ich glaube nicht, dass er sie in einem Rausch tötet. Hier geht es um Macht. Um Macht, die er über sie ausübt. Deshalb auch die Inszenierung der Leichen.«

Heather nickte.

»Das habe ich mir auch schon gedacht«, sagte sie geistesabwesend. »Er kümmert sich um die Leichen. Er kümmert sich um die Frauen, über ihren Tod hinaus.«

Parker sah sie eindringlich an. »Den Begriff kümmern würde ich in dem Zusammenhang nicht unbedingt verwenden.«

»Nein, aber …« Heather tippte mit den Fingern auf die Marmorplatte. »Kümmert er sich so sehr um ihre Inszenierung, weil er will, dass seine Morde so aussehen sollen wie des ursprünglichen Roten Wolfs? Oder weil er das Bedürfnis hat, dass sie so aussehen?«

»Das ist die große Frage, nicht wahr?« Parker seufzte. »Kennt er Reave, oder ist er nur ein begeisterter Anhänger?« »Ja. Tut mir leid, dass meine Gespräche mit Reave nicht viel gebracht haben.«

»Doch, haben sie.« Parker sah sie an. »Wir sehen vielleicht noch nicht, was es ist, aber ich bin mir sicher …«

Sie hörten ein Geräusch im Garten, und ihre Köpfe schnellten zum Fenster. Es war dunkel draußen. Sie blicken auf ihr Spiegelbild in der Scheibe und nahmen plötzlich eine Bewegung wahr, dass sie zusammenschreckten.

»War das ein Fuchs?«

Heather lachte nervös, und ihr Herz raste plötzlich. »Vielleicht ein Hund?« Ihr Stimme klang wohl beunruhigt, denn Parker legte eine Hand auf ihren Rücken.

»Alles in Ordnung mit dir? Du siehst aus, als hättest du gerade einen Geist gesehen.«

»Ja, ich …« Sie holte Luft. Es war ihr peinlich, dass sie so schreckhaft war. »Oh Gott, ich stehe momentan neben mir. Tut mir leid, meine Gesellschaft muss schrecklich sein.«

»Ehrlich gesagt, ganz im Gegenteil. Ich finde deine Gesellschaft ziemlich toll.«

Wieder erfasste sie dieser Wunsch, dass er dableiben sollte. Er beugte sich zu ihr, als hätte er ihre Gedanken gelesen, in seinem Gesicht ein unsicherer Ausdruck, vermischt mit etwas anderem. Spontan griff Heather nach seinem Hemd, zog ihn zu sich heran und küsste ihn.

Eine Sekunde blieb er bewegungslos – Heather konnte fast hören, wie er sein eigenes Urteilsvermögen in Frage stellte – dann schlang er die Arme um sie, seine Lippen fest auf ihre gepresst. Er schmeckte nach Wein und nach etwas anderem, das sie nicht genau bestimmen konnte. Seine Hände, die über ihre Bluse wanderten, fühlten sich angenehm kräftig an. Sie prallten gegen den Küchentisch, und als sie ihre Hose mit den Füßen wegstieß, ihre Hände damit beschäftigt, seinen Gürtel zu öffnen, fragte sie sich eine Sekunde lang, was ihre Mutter wohl denken würde.

Alles in allem betrachtet, Mum, halte ich das Vögeln eines Polizisten auf deinem Küchentisch für keine große Sache.

»Bist du … Ist das in Ordnung?«

Heather blickte in Bens gerötetes Gesicht und merkte, dass sie lauthals aufgelacht hatte.

»Oh Gott, ja. Hör bloß nicht auf!«

Später stolperten sie die Treppe hinauf, lachten leise und legten im Gästezimmer eine zweite, gemächlichere Runde ein. Als sie schließlich in der Dunkelheit zusammen auf dem Bett lagen, glücklich erschöpft, lauschte Heather dem langsamen, gleichmäßigen und irgendwie beruhigenden Rhythmus seiner Atmung. Es wäre so einfach, neben ihm zu liegen und zuzuhören, wie er einschlief und diese Nacht in eine angenehme Erinnerung zu verwandeln, leicht verschleiert durch zu viel Wein und zu wenig Schlaf –, doch die Bilder der Leichen, die er beschrieben hatte, und die Worte, die er benutzt hatte, um den Mörder zu skizzieren, blitzten in ihrem Kopf auf wie Leuchtreklameschilder.

»He«, sagte sie und stupste ihn mit dem Fuß an, woraufhin er ein zartes, grummelndes Geräusch von sich gab. »Ben?«

»Hm?«

»Ich hasse, das zu sagen, vor allem nachdem … Aber du kannst nicht hierbleiben. Ich muss morgen früh zur Beerdigung meiner Mutter.«

Er bewegte sich erst nicht, dann drehte er sich um. In dem Licht, das vom Flur hereinfiel, konnte sie seine festen Bauchmuskeln und die behaarte Stelle auf seiner Brust erkennen, das Haar ein Ton dunkler als das auf seinem Kopf. Plötzlich fand sie es verlockend, herauszufinden, ob sie ihn nach ihrer Äußerung doch noch dazu bringen könnte, ein bisschen länger zu bleiben. Aber die Art und Weise, wie er sich aufgesetzt hatte, machte deutlich, dass das Wort »Beerdigung« alle Chancen darauf vernichtet hatte.

»Oh. Mist. Du hast gar nichts gesagt.«

»Was gibt es da zu sagen?« Sie setzte sich ebenfalls auf, die Arme um die Knie geschlungen, während er aus dem Bett stieg und nach seiner Unterhose suchte. »Sie liegt neben der Tür. Tut mir leid, es ist nur … Ich bezweifle, dass meine Gesellschaft morgen früh angenehm sein wird. Verstehst du?«

»Ist jemand bei dir?« Er stand in der Tür und wandte sich zu ihr. Auf sein Gesicht schien genügend Licht, dass sie den ehrlich besorgten Ausdruck darin erkennen konnte. Heather schämte sich schlagartig und fühlte sich schmutzig und noch stärker zu ihm hingezogen als zuvor. Sie konnte sich mühelos vorstellen, was ihre Mutter jetzt sagen würde, wenn sie noch lebte, diesen enttäuschten, aber nicht überraschten Ton in der Stimme.

»Meine Freundin Nikki wird mitkommen und die Hälfte ihrer Familie, denke ich. Das wird schon.«

»Ich kann auch kommen. Ich …«

Sie zwang sich, ihn anzusehen, und rang sich ein Lächeln ab. »Aber trotzdem, danke. Ich meine, auch dafür, dass du heute Abend hier gewesen bist.«

Als er gegangen war, zog sich Heather ein Nachthemd über und ging zurück ins Wohnzimmer. Es war sehr spät, und ihr Körper schmerzte in unterschiedlicher Weise, aber sie schaltete trotzdem ihren Laptop ein und begann zu tippen. Die Story nahm Gestalt an.

28. KAPITEL

Der Tag der Beerdigung brach an, hell und sonnig, wohingegen das Haus noch immer kühl und voller Schatten war. Heather war bereits seit Stunden auf den Beinen. Ihr Gefühlszustand lag zwischen Erschöpfung und innerer Unruhe. Sie wusch sich immer wieder das Gesicht und trank starken schwarzen Kaffee, in dem Versuch, sich zu konzentrieren.

Sie entschied sich für eine Jeans, die, positiv ausgedrückt, noch immer eher schwarz als grau aussah, und eine einfache schwarze Bluse, legte beides aufs Bett und ging den Kleidungsstücken dann den ganzen Morgen über aus dem Weg. Immer und immer wanderte sie zum Fenster und blickte auf die Bäume im Garten. Sie rechnete fast damit, dass dort jemand stehen würde. Ihre Gedanken kehrten ständig zu der Nachricht zurück: *Ich weiß, was du bist, und ich denke, du weißt es auch.* Sie sagte sich, dass es wichtig sei, zu der Beerdigung zu gehen, weil sie einen Abschluss bildete. Eine Möglichkeit, ihre Mutter mitsamt ihren boshaften Nachrichten hinter sich zu lassen. Doch als sie an dem Fenster stand, hatte sie das Gefühl, dass ihr etwas entging, dass sie eine Nachricht übersah. Sie versuchte, auf andere Gedanken zu kommen, und schickte Diane eine Mail mit ihren Notizen, einschließlich der Anmerkung: »Das ist nur ein GROBER ENTWURF, also sei nicht zu streng mit mir.«

Als Nikki sie abholte, war sie heilfroh, dass sie das Haus verlassen konnte. Sie zwängte sich dankbar in den Fond des Wagens von Nikkis Tante. Nikkis Mutter saß auf dem Beifahrersitz und griff über die Kopfstütze hinweg nach hinten, um Heathers Hand erschreckend fest zu drücken.

»Wie geht es dir, Heather? Wie kommst du klar?«

»Alles in Ordnung, Mrs. Appiah, wirklich. Aber ich bin froh, wenn ich das hier hinter mich gebracht habe.«

Vor der Kapelle standen mehr Menschen, als Heather erwartet hatte – noch mehr Nachbarn, unter denen auch Nikkis Tante war, und einige entfernte Verwandte, die sie nur von alten Fotos kannte. Lillian war ebenfalls gekommen. Sie trug ein sehr schickes schwarzes Kostüm und einen kleinen schwarzen Hut, verziert mit schwarzer Spitze. Ihr Anblick trieb Heather die Schamesröte ins Gesicht. Eine Frau, die am Ende der Straße ihrer Mutter wohnte, hatte sich mehr Mühe mit ihrer Garderobe gegeben als die eigene Tochter.

»Komm, Hev«, sagte Nikki und griff behutsam nach ihrem Ellenbogen. »Lass uns reingehen.«

Die Trauergäste bewegten sich langsam in die kleine rote Backsteinkapelle hinein, die Köpfe gesenkt, die Augen trocken. Als sie unter dem Bogen hindurchgeschritten und die Kirchenbänke erreicht hatten, erfasste Heather Angst – an der hinteren Wand hing ein großes Holzkreuz, das den Raum beherrschte. Der warme karamellfarbene Sarg ihrer Mutter stand darunter, geschmückt von einem Blumenstrauß.

Eine Moment lang hatte sie das Gefühl, nach hinten gezogen zu werden. Fast so, als würde der Raum sie abweisen. Und dann erinnerte sie sich. Natürlich, das hier war dieselbe Kapelle, in der sie ihren Vater verabschiedet hatten. Wie hatte sie das nur vergessen können? Nur dass sie in einem seltsamen Akt verzweifelten Selbstschutzes *tatsächlich* das meiste vergessen hatte. Die Beerdigung ihres Vaters war mittlerweile nur noch eine Reihe von Bildern und Eindrücken in ihrer Erinnerung. Der Ledergeruch des Mantels, den sie an dem Tag trug. Das Geräusch des schmerzerfüllten Schluchzens ihrer Mutter. Und ihre eigene Trauer und Schuld, spitz wie eine Glasscherbe, hatte so tief in ihrer Kehle gesteckt, dass sie die gesamte Trauerfeier in einer Art betäubter Stille verbracht hatte.

Nikki sah sie so besorgt an, dass sich eine Falte zwischen ihren Augenbrauen bildete.

»Hev?«

Sie nickte schnell und zwang sich zu lächeln.

»Komm«, sagte Mrs. Appiah und schlang ihren fleischigen Arm um Heathers Taille. »Wir setzten uns zu dir.«

Nikkis Familie führte Heather zur vordersten Bank, setzte sich neben sie und teilte Taschentücher aus. Sie waren in Kirchen zu Hause, so dass der Geruch von alten Blumen und das aufragende Kreuz sie völlig unbeeindruckt ließen. Heather spürte eine derart große Welle der Dankbarkeit in sich aufsteigen, dass sie befürchtete zu weinen, noch ehe die Trauerfeier überhaupt begonnen hatte. Als die Pastorin dann aber aufstand und sich räusperte, fühlte sie sich seltsam ruhig. Sie sah sich einmal um und entdeckte Lillian, die allein in einer der hinteren Bänke saß, die Hände über der großen Handtasche gefaltet, die grauen Augen auf den Sarg gerichtet.

»Ich danke Ihnen, dass Sie heute hierhergekommen sind, um das Leben von Colleen Evans zu feiern.« Die Pastorin lächelte die Trauergemeinde an, und Heather fragte sich, was sie wohl gerade dachte – über die kleine Anzahl von Menschen, die sich eingefunden hatte, und über die Umstände des Tods ihrer Mutter. Sie hatte ein verlegenes Gespräch mit der Pastorin geführt, die viele Fragen gestellt hatte, in dem offensichtlichen Bemühen, genügend Informationen über Colleen zu sammeln, um beim Gottesdienst souverän über sie sprechen zu können. Doch Heather hatte nur wenig zu erzählen gehabt. Wenn ihre Mutter in ihrem späteren Leben Hobbys gehabt haben sollte, waren sie ihr nicht bekannt gewesen. Der größte Teil ihrer Erinnerungen umfasste eine ferne, unbehagliche Kindheit. Irgendwann hatte sie sogar den Drang verspürt, ihr von Michael Reave zu erzählen. *Meine Mutter hat sich mal mit einem Frauenmörder rumgetrieben. Können Sie das in Ihrer Rede irgendwie unterbringen? Und erwähnen Sie doch bitte auch, dass sie ihm jahrzehntelang ins Gefängnis geschrieben hat, ohne je ein Wort darüber verloren zu haben. Sie könnten aber auch darüber sprechen, dass sie früher in einer Hippie-Kommune gelebt und wahrscheinlich haufenweise Drogen genommen hat. Das wäre doch eine schöne Anekdote, oder?* Letztlich hatte sie das Gespräch abgebrochen und bemerkte jetzt, wie die Pastorin sich bemühte, das Bild eines Menschen zu entwerfen, von dem sie nichts wusste.

»Viele Jahre glücklich mit ihrem Mann, Barry, verheiratet, war Colleen auch äußerst stolz auf ihre Tochter, Heather …«

Heather räusperte sich, und Mrs. Appiah tätschelte sanft ihr Knie, weil sie glaubte, dass sie weinte.

Heather stellte fest, dass sie auf den Sarg starrte, und ihr fielen unweigerlich die Gespräche mit den Menschen in der Rechtsmedizin wieder ein, als der Leichnam ihrer Mutter geborgen und identifiziert worden war. Die Leute waren freundlich gewesen, ernst und aufmerksam, und hatten ihr erklärt, dass sie Colleen nicht sehen könnte – die Verletzungen, die man sich bei einem Sturz aus großer Höhe zuziehen würde (bei einem Sprung in die Tiefe, hatte Heather im Stillen ersetzt, *einem Sprung in die Tiefe*) seien zu gravierend. Man hatte stattdessen einen Polizisten gerufen, der ihr Colleens Handtasche gegeben hatte. Ihre abgewetzte Geldbörse, ihre Busfahrkarte und Unmengen von Hagebutten hatte darin gesteckt, als hätte sie diese auf dem Weg zu den Klippen eingesammelt. Auch der Abschiedsbrief hatte sich dort befunden.

»Die Hagebutten, sind die wichtig?«, hatte der Polizist gefragt, ein junger, ernster Mann mit großen braunen Augen. Er hatte zwei große Zuckerstücke in Heathers Tee getan, obwohl sie ihn ohne Zucker hatte haben wollen. Gegen den Schock. »Wir haben sie nicht weggeworfen, nur für den Fall, dass Sie sie behalten wollten.«

Heather hatte nicht gewusst, was sie darauf erwidern sollte und die Handtasche letztendlich einfach an sich genommen, mitsamt den Hagebutten. Draußen hatte sie den Inhalt in die Büsche geleert. Waren sie wichtig? Sie hatte keine Ahnung. Das war das Problem, das immer offenkundiger wurde: Sie wusste kaum etwas über Colleen Evans, und alles, was sie seit ihrem Tod über sie erfahren hatte, legte nahe, dass sie auch nie viel über sie wissen würde.

»Colleen hat ihre Familie geliebt, und sie war eine sehr großzügige Frau. Sehr großzügig mit ihrer Zeit …«

Ja, so großzügig, dachte Heather, und ihr Kummer verwandelte sich plötzlich in Wut. *Überaus großzügig, wirklich.*

Erschrocken sah sie, wie die Köpfe der anderen, die in der Bank saßen, zu ihr schnellten, und sie begriff, dass sie laut gesprochen hatte. Ihr Gesicht wurde dunkelrot, und sie senkte den Blick, doch ein Damm schien gebrochen zu sein. Unerwünschte Bilder und Gedanken überschlugen sich in ihrem Kopf. Sie als Teenagerin in dieser Kapelle sitzend, taub vor Schmerz und Schuld. Der bestürzte Blick ihres Vaters, als er den Vogel in ihrem Schlafzimmer entdeckt hatte. Ihre Mutter, die über den Rand der Klippe trat und ihre Entscheidung vielleicht doch noch im letzten Moment bereute und fürchterliche Angst hatte, während sie fiel und fiel, bis sie auf den Boden aufschlug, der Kopf zerschmettert, die Knochen zertrümmert … Sie dachte an Michael Reave, an seine schrecklich gleichbleibende Stimme, und an all die Frauen, deren Leben er verkürzt hatte.

Ehe sie sich versah, sprang sie auf. Die Pastorin verstummte, und alle sahen sie erwartungsvoll an. Hinter ihr räusperte sich jemand.

»Hev!«, rief Nikki in eindringlichem Flüsterton. »Es ist alles in Ordnung. Setz dich. Bitte.«

Doch es war unmöglich. Sie konnte keinen einzigen Augenblick länger bleiben, nur wenige Meter entfernt von der Kiste mit dem zerschmetterten Körper ihrer Mutter. Sie schüttelte den Kopf und schob sich an der nach ihr greifenden Mrs. Appiah und ihrer Schwester vorbei aus der Kirchenbank.

»Bitte, fahren Sie fort«, sagte sie zu der Pastorin und versuchte, ihre Stimme so normal wie möglich klingen zu lassen. »Fahren Sie fort, ich brauche bloß etwas frische Luft.«

Sie trat durch eine Seitentür der Kapelle in den kleinen Gedenkgarten. Ein großer Bereich war gepflastert, eingebettet darin kleine Kiesflächen, bepflanzt mit Sukkulenten. Auf einer niedrigen Mauer erblickte sie, sorgfältig aufgereiht, die Blumengestecke. Sie entdeckte sofort ihr eigenes Gesteck, einen Kranz aus weißen und gelben Lilien. Sie zwang sich hinzugehen und starrte so lange auf die langen, glatten Blütenblätter, bis ihr Herz nicht mehr zu schlagen schien.

Soweit ich weiß, hätte sie diesen Kranz gehasst. Heather holte tief Luft. *Vielleicht hätte sie all diese Blumen gehasst. Oh Gott, womöglich hätte ich besser Hagebutten besorgen sollen.*

Sie wartete und hörte schließlich, wie eine kleine Gruppe von Menschen »Morning Has Broken« sang, dünn und zittrig, das Lied, das sie ausgesucht hatte, um den Gottesdient zu beenden. Kurz danach öffneten sich die Türen der Kapelle, und die Pastorin führte die Menschen hinaus.

»Hev, alles in Ordnung mit dir?« Nikki kam sofort auf sie zugelaufen, während ihre Mutter und ihre Tante sich besorgt im Hintergrund hielten. Die wenigen Trauergäste traten in den Garten und blieben kurz bei der Pastorin stehen. Doch Heather bemerkte, dass sie alle zu ihr hinüberschielten.

»Tut mir leid«, antwortete Heather, und ihr Blick wanderte zu Mrs. Appiah und ihrer Schwester, um sie in ihre Entschuldigung miteinzubeziehen. »Ich habe es einfacher nicht länger ausgehalten. Ständig musste ich an Dads Beerdigung denken und daran, wie schrecklich das alles war …«

»Das ist völlig verständlich, meine Liebe«, erwiderte Mrs. Appiah und winkte ab. »Deine Mutter hat jetzt ihren Frieden gefunden. Zeit, dass auch du wieder versuchst, zur Ruhe zu kommen. Sieh doch nur diese schönen Blumen. Ich bin mir sicher, dass Colleen sehr gerührt gewesen wäre.«

Heather nickte, spazierte noch einmal brav hinüber zu den Gestecken und beschloss, jede Karte zu lesen und sich bei allen Trauergästen persönlich zu bedanken. Sie wussten ja nicht, dass das Verhältnis zwischen Mutter und Tochter angespannt gewesen war, und sie hatten sich die Zeit genommen herzukommen – das war das Mindeste, was sie tun konnte, wenn sie schon ein derartiges Spektakel veranstaltet hatte. Als sie sich zu einer Karte beugte, die an einem gelben Blumensträußchen befestigt war – die Handschrift war schrecklich – tauchte Lillian neben ihr auf, die behandschuhten Hände umfassten den Griff ihrer Handtasche.

»Eine wunderbare Trauerfeier – *so*, wie Colleen es sich gewünscht hätte.« Heather drehte sich beim Klang ihrer Stimme um. War da etwa einen Hauch von Sarkasmus? Aber Lillian sah ruhig wie immer aus. »Gibt es einen Trauerkaffee, meine Liebe?«

»Ja, im *Kings Arms*. Ich habe das hintere Zimmer gemietet. Ich weiß, normalerweise findet so etwas zu Hause statt, aber …« Sie hielt inne. In Wahrheit gab es keinen triftigen Grund dafür, dass der Trauerkaffee nicht im Haus ihrer Mutter stattfand. Doch sie hatte den Gedanken einfach nicht ertragen können, dass andere Menschen in den Kühlschrank blicken und die verstaubten Möbel beäugen würden.

»Sie schulden mir keine Erklärung, ich verstehe schon. Es nimmt einem den Druck.«

»Wir haben ein paar Kleinigkeiten zu essen vorbereitet«, erklärte Nikkis Tante, die neben Heather aufgetaucht war. »Sandwiches, kalte Platten und Würstchen im Schlafrock. Es ist für alle mehr als genug da. Ich werde dir die Reste einpacken, damit du sie mit nach Hause nehmen kannst, Heather.«

Oh Gott, bewahre mich vor alten Frauen und ihren Tupperdosen, dachte Heather, ehe sie die Neugierde bemerkte, mit der Nikkis Tante Lillian offenkundig beäugte.

»Oh, tut mir leid, Shanice, das ist Lillian. Ich vermute, ihr kennt euch, oder? Lillian ist auch, ähm, eine Nachbarin von Mum.«

»Ich glaube nicht, dass wir uns schon begegnet sind«, erwiderte Tante Shanice und streckte Lillian eine rundliche Hand entgegen. »Wo genau wohnen Sie denn?«

»In der Nähe der Schule«, antwortete Lillian, bevor sie sich wieder zu Heather wandte. »Verzeihen Sie, meine Liebe, aber ich muss los – das war wirklich eine wunderschöne Trauerfeier. Ich werde später vorbeikommen und etwas von dem Kürbiseintopf mitbringen, den ich gemacht habe.«

Und mit diesen Worten war sie weg. Shanice zog eine Augenbraue leicht hoch und marschierte zurück zu ihrer Schwester, um Bericht zu erstatten. Heather verstand dies als ein äußerst vernichtendes Urteil. Ihr Blick fiel auf einen ungewöhnlich bunten Strauß, und sie ging an das Ende der Mauer, um die Karte zu lesen. Überrascht stellte sie fest, dass sie die meisten Blumen kannte, denn sie wuchsen in der freien Natur – Veilchen, Hundsrosen, Gänseblümchen, Fingerhut. Sie waren zu einem Kranz gebunden. Sie beugte sich hinunter und berührte die Karte mit den Fingern – diese Handschrift war zumindest leserlich.

Ich weiß, was du bist, und ich denke, du weißt es auch.

Ihr drehte sich der Magen um. Die Karte war nicht unterschrieben, nur diese Worte waren darauf, nichts weiter – nicht einmal ein kleines Blumenbild wie bei den meisten anderen Karten. Sie griff nach der Karte, richtete sich auf und spürte einen galligen Geschmack in ihrer Kehle aufsteigen.

»Hev? Stimmt etwas nicht?«

Sie schüttelte den Kopf, außerstande zu antworten. Irgendwo in der Ferne bellte ein Hund. Und bellte und bellte.

Ich weiß, was du bist.

Da draußen war jemand – jemand, der alles über ihre Mutter und den Roten Wolf wusste – und er spielte mit ihr.

29. KAPITEL

Der Trauerkaffee war grauenhaft. Ein dunkles Hinterzimmer in einem Pub, Platten mit Sandwiches und Cocktailwürstchen – viel mehr Essen als nötig für die wenigen Gäste – und Gläser mit saurem Rotwein. Heather stellte fest, dass sie sich weder auf ein Gesicht konzentrieren noch einem Gesprächsfaden folgen konnte. Stattdessen wanderten ihren Gedanken immer wieder zu der Karte zurück und ihrer bitterbösen kleinen Nachricht: *Ich weiß, was du bist.*

Nikki schaute regelmäßig nach ihr, tauchte mit einem Pappteller voller Käse auf oder mit einer Coca-Cola und beteiligte sich an den Gesprächen, die allzu schmerzhaft oder unangenehm erschienen. Heather fing mehr als einmal ihren besorgten Blick auf, und sie war überrascht und gerührt von dem aufmerksamen Verhalten ihrer Freundin. Doch als ein alter Mann, ein Nachbar ihrer Mutter, an den sie sich dunkel erinnern konnte, nach ihrem Arm griff und ihn drückte, war Nikki auf der anderen Seite des Raums und schien eine leise Auseinandersetzung mit ihrer Tante zu haben.

»Sehr traurig, dass Sie Ihre Mutter auf diese Weise verloren haben, sehr traurig.« Der alte Mann drückte noch einmal ihren Arm, als wollte er seinen Worten damit Nachdruck verleihen. Er hatte große, klobige Finger und zu kurz geschnittene Fingernägel. »Wissen Sie, warum sie das gemacht hat?«

Ich weiß, was du bist. Heather schüttelte die Hand von sich ab, doch er begriff den Wink nicht. Stattdessen starrte er sie weiter an. Trockene Hautschuppen überzogen seine Wangen, und sein

Nasenrücken war voller kleiner Adern, die vor langer Zeit geplatzt waren.

»Sie meinen, ob ich weiß, warum sie sich von einer Klippe gestürzt hat?« Ihr Kiefer fühlte sich gespannt an. Sie schluckte den Rest ihres Getränks hinunter und stellte das Glas auf einen nahe gelegenen Tisch ab, fester als eigentlich nötig. »Sagen Sie, halten Sie es wirklich für passend, diese Frage bei einem Trauerkaffee zu stellen? Und dann auch noch der trauernden Tochter?«

»Na ja, ich …« Der Mann legte die Stirn in tiefe Falten. »Kein Grund, sich so aufzuregen.«

»Ach nein? Ich habe also keinen Grund, darüber verärgert zu sein, dass ich all meinen Schmerz und mein Leid ausbreiten soll, damit Sie es begutachten können? Und den Schmerz und das Leid *meiner Mutter*, nur damit Sie Ihre kranke Neugierde befriedigen können?«

»Das ist nicht …«

»Doch, das *ist* es. Gott, bin ich froh, dass ich dieses Drecksloch verlassen habe, als ich die Chance dazu hatte. Können Sie sich vorstellen, dass ich echt Mitleid mit meiner Mutter habe, weil sie hier unter all diesen Aasgeiern leben musste?« Heather hatte ihre Stimme erhoben und sah, wie Nikki herbeigeeilt kam, die Augen weit aufgerissen. »Ach, Scheiß drauf. Sie können mich mal.«

Sie trat hinaus in die frische Luft, was ihr aber nicht die erwartete Erleichterung brachte. Stattdessen fühlte sie sich gehetzt und ausgeliefert. Sie dachte kurz daran, Ben Parker anzurufen, und war sich sicher, dass sie sich besser fühlen würde, wenn sie seine Stimme hörte – warm und freundlich – sie war den Tränen nahe, doch der Gedanke, mit ihm geschlafen zu haben und ihm dann einen Tag später ins Telefon zu heulen, fand sie beschämend. Gleich in der Nähe war eine Bushaltestelle, an der gerade ein Bus vorfuhr. Ohne auf die Endstation zu achten, sprang sie hinein. Erst als sie sich setzte und etwas zu heftig auf den Sitz neben einen erschrocken aufblickenden Teenager krachte, merkte sie, dass das Glas Wein, das sie hinuntergekippt hatte, ihr zu Kopf gestiegen war. Eine Sekunde später bekam sie eine Nachricht von Nikki auf ihr Handy.

Wo bist du? Alles in Ordnung? x

Heather sah eine ganze Weile auf die Nachricht, bevor sie das Telefon wieder zurück in die Tasche steckte. Sie stieg aus dem Bus, als sie einen weiteren Pub erblickte mit einem ramponierten Schild, auf dem ein roter Löwe gemalt war. Der Laden war klein und düster, der Boden klebrig. Ein paar mickrige alte Männer standen am Tresen und nippten an ihrem Bier. Die Wirtin, eine kleine, ordinär aussehende Frau warf Heather, als sie reinkam, einen verkniffenen Blick zu, stellte ihr aber bereitwillig das bestellte Getränk hin. Heather nahm das Glas und eine Packung Chips und setzte sich an einen kleinen runden Tisch, so weit wie möglich entfernt von dem Breitbildfernseher. Das Gerät wirkte auf die Männer, die gern in Gruppen zusammenstanden und bei sinnlosen Sportgeschehen plötzlich zu johlen und zu grölen begannen, wie ein Magnet.

Der Rum war gut und dunkel. Die scharfen Ränder ihres Schocks wurden mit jedem Schluck etwas stumpfer, obwohl ihre Gedanken immer wieder zu dem seltsamen Wildblumenstrauß, der Notiz im Arzneischrank und den Federn wanderten, die ins Waschbecken gefallen waren. Ihr fiel der Vogel ein, der sich im Haus verirrt hatte und gegen die Wände auf dem Treppenabsatz geprallt war. Und die Gestalt, die sie am Rand des Grundstücks ihrer Mutter zu sehen geglaubt hatte – konnte es sein, dass Lillian sie auch bemerkt hatte? Immerhin hatte sie nach männlichen Besuchern gefragt.

Heather kippte den Rest des Rums hinunter und bestellte sich eine Cola. Ihr Magen war zu leer, um noch mehr Alkohol zu verkraften.

Vielleicht stammte die Notiz in dem Arzneischrank tatsächlich von ihrer Mutter. Und vielleicht hatte sie, bevor sie sich das Leben genommen hatte, auch dafür gesorgt, dass dieser Blumenkranz zu ihrer Beerdigung geliefert wurden. War das überhaupt möglich? Bestimmt, wenn man dem Blumenladen genug dafür bezahlte. Und wenn man einigermaßen einschätzen konnte, wie die durchschaubare Tochter die Beerdigung der Mutter ausrichtete. Und wenn man im eigenen Testament verfügt hatte, dass man eingeäschert werden wollte. Heather kannte ihre Mutter ganz offensichtlich nicht so gut, wie sie gedacht hatte – das wurde in der Tat immer deutlicher –, doch ein derartiges Verhalten wäre von solch einer Grausamkeit, die Heather ihr nicht unterstellen konnte. War ihre Mutter kaltherzig gewesen? Ganz bestimmt. Aber bösartig?

»Das ist krank.« Zwei alte Männer am Tisch nebenan starrten zu ihr herüber. Heather ignorierte sie. Die Keksdose mit den Briefen war der Dreh- und Angelpunkt, sie war eine kleine Zeitbombe voll mit unlösbaren Rätseln und schrecklichen Schatten. Heather dachte an Michael Reave und an seine vernarbten Hände. Seelenruhig hatte er ihr von Wölfen und von Frauen erzählt, die rohes Fleisch aßen.

Sie stand auf, um sich eine weitere Cola an der Theke zu holen. Auf ihrem Weg zurück zum Tisch piepte ihr Handy mit einer neuen Nachricht. Die Schlagzeile poppte auf, ehe sie den Blick abwenden konnte: DAS ERBE DES ROTEN WOLFS – SERIENKILLER INSPIRIERT NEUE MORDE.

Heather blinzelte, das Handy glitt ihr durch die Finger und fiel klirrend zu Boden.

»Alles okay, Liebes?«

»Ja, alles gut.«

Heather stürzte ihrem Telefon hinterher, hob es auf und kehrte zu ihrem Tisch zurück. Sie spürte die Blicke der anderen Gäste auf sich wie schmutzige Finger, die sich auf ihren Hinterkopf legten. Wütend starrte sie zurück, obwohl sie alles nur noch verschwommen sah, und griff nach ihrem Getränk.

Das Erbe des Roten Wolfs.

Der Artikel stammte von *The Post*, der Zeitung, für die Diane arbeitete. Heather holte tief Luft, um sich auf das Schlimmste gefasst zu machen. Dann öffnete sie den Artikel und las ihn zügig durch. Er war versehen mit Michael Reaves berühmt-berüchtigtem Verbrecherfoto und einem Bild von Fiona Graham im Kreis ihrer Schülerinnen. Der Text schilderte in kurzen Worten die bisherigen Ereignisse, fasste die alten Morde zusammen und gab Details zu den bisherigen Opfern preis … und eingestreut waren all die Informationen, die sie Diane gegeben hatte: über Michael Reaves Befragungen und ihre Eindrücke, die sie von ihm gewonnen hatte, über die fehlenden Herzen, die Blumen in den Mündern der Opfer, über die Tatsache, dass die Polizei gerade dabei war, die Geburtstagskarten zu begutachten, die Fiona Grahams Schülerinnen ihr geschrieben hatten … Alles war da. Diane hatte nicht auf die ganze Geschichte gewartet – sie hatte die saftigen Fetzen genommen, die Heather ihr gegeben hatte, und sie zu einem größeren Stück zusammengefügt. Heather konnte die Verknüpfungen genau erkennen. Diane hatte einen ganzen Absatz Wort für Wort von ihr übernommen. Und weiter unten noch einmal mehrere Zeilen. Sie hatte ihrer früheren Chefin nur einen groben Entwurf gemailt, weshalb ein großer Teil von dem, was Ben ihr erzählt hatte, noch im Originalwortlaut dastand, völlig unverändert. Heather starrte auf ihre eigenen Worte. Sie winkten ihr zu wie Rasierklingen.

»Fick dich, Diane.«

Sie konnte sich genau vorstellen, was passiert war. Diane hatte den Entwurf gelesen und ihn den anderen Redakteuren gezeigt. Alle anderen Zeitungen machten mit den Nachahmermorden auf, und die Verlockung, sie auszustechen, war einfach zu groß. Heather sah Diane vor ihrem geistigen Auge, nickend und zustimmend. *Damit können wir nicht warten.*

Heather saß da, die Finger auf die Lippen gepresst, ihr Herz schlug zu laut in ihrer Brust.

Er wird es wissen, dachte sie und starrte auf das kleine helle Display ihres Handys. *Wenn Ben das sieht, wird er sofort wissen, dass ich mit der Zeitung gesprochen habe. Er wird wissen, was ich bin.*

Sie saß eine Weile wie gelähmt da. Sollte sie Diane anrufen und verlangen, dass sie den Artikel zurückzog? Sollte sie Ben kontaktieren und versuchen, ihm die Situation zu erklären, bevor er den Artikel überhaupt sah? Oder sollte sie sich eine Flasche Rum an der Bar bestellen und sie austrinken? Schließlich war es das Klingeln ihres Handys, das sie aus der Schockstarre riss. Ben Parkers Nummer leuchtete auf.

Scheiße.

»Ben?«

»Heather …«, sagte er in einem Ton, den sie noch nicht kannte. Ihr Magen schlug einen Purzelbaum.

»Hör mal, ich kann das erklären …«

»Dann weißt du also, warum ich anrufe.« Er seufzte, was alles irgendwie nur noch schlimmer machte. Mit seiner Wut hätte sie umgehen können, doch er klang stattdessen nur müde. Und enttäuscht. »Du steckst also tatsächlich dahinter.«

»Ich habe mit einer Freundin darüber gesprochen, was passiert ist, und nicht gedacht, dass sie …«

»Du hast nicht gedacht, dass Diane Hobart, stellvertretende Chefredakteurin einer der größten Zeitungen unseres Landes eine Story über den Roten Wolf schreiben würde? Weißt du was, spar dir die Mühe. Ich bin ein Idiot.« Sie konnte hören, wie er sich bewegte, als hätte er den Telefonhörer vom einen zum anderen Ohr gewechselt. Sie sah ihn vor ihrem geistigen Auge, wie er in seinem Büro saß. Vielleicht blickte er durch die Glasscheibe auf seine Kollegen. »Ich hätte dir nichts erzählen dürfen. Eigentlich ist es mein Fehler. Ich weiß, dass du Journalistin bist, Heather.«

»Ehemalige Journalistin. Wenn du mich überprüft hast, wirst du auch das wissen.« Sie biss sich auf die Lippe, wütend auf sich selbst und auf alles andere. »Ich habe dich nicht benutzt, okay? Gestern Abend … Es war wirklich schön. Ben, ich mag dich wirklich sehr. Ehrlich. Bitte, versteh das jetzt nicht falsch. Es ist nicht so, wie du denkst.«

»Ich versteh das so, dass ich ein Idiot bin, der eine Ermittlung gefährdet hat. Und damit auch Menschenleben.« Er machte eine Pause. Als er wieder sprach, spürte sie, wie er versuchte, Abstand zu gewinnen. »Hör zu, eigentlich rufe ich nur an, um dir zu sagen, dass ich alle weiteren Besuche bei Michael Reave gestrichen habe. Ich denke, es ist für dich und die Ermittlung das Beste, wenn du dich ab jetzt von allem fernhältst. Wir werden uns melden, falls wir noch etwas brauchen.«

Heather öffnete den Mund und war sich nicht ganz sicher, was sie sagen sollte, doch sie hörte nur noch einen weiteren Seufzer und dann einen elektronischen Ton in der Leitung, als die Verbindung unterbrochen wurde.

Heather saß still da und umklammerte das auf ihrem Schoß liegende Handy. Vor ihrem geistigen Auge tauchten die Schlafzimmerwände ihrer ersten eigenen Wohnung auf, nachdem sie von zu Hause ausgezogen war – eigentlich, nachdem sie von zu Hause weggelaufen war. Die billige Tapete hatte sich an manchen Stellen gelöst, und sie hatte einen Streifen heruntergerissen, aus Neugierde, was darunter war. Die Mühe hatte sich nicht gelohnt – es war nur blaue Farbe zum Vorschein gekommen, eine Art Kornblumenblau, und die Aktion hatte ihr die Wut ihres Vermieters eingebracht. Aber was, wenn sich etwas Düsteres offenbart hätte, eine schreckliche Landschaft voller Wahrheiten? Wahrheiten, die zu grässlich waren, sie zu betrachten? Und sie wären die ganze Zeit dort gewesen, versteckt unter der Oberfläche?

Abrupt kehrte sie zur Gegenwart zurück. Ein rotgesichtiger Mann in einem Fußballtrikot beugte sich über ihren Tisch. Er hielt ein Glas Bier in der Hand und betrachtete sie mit glänzenden und zu lebendigen Augen.

»Kopf hoch, Schätzchen, vielleicht passiert's ja nie.«

»Was?«

Er zuckte mit den Achseln und blickte zu den Männern, von denen die meisten das Fußballspiel verfolgten. Der Pub hatte sich in der letzten Stunde ziemlich gefüllt.

»Machst 'n Gesicht wie sieben Tage Regenwetter. Wirst dich bestimmt besser fühlen, wenn du 'n bisschen lächelst.«

Heathers Wangen glühten plötzlich, und ihr Herz begann zu rasen. Sie stand auf, und in dem Augenblick schien noch etwas anderes in ihr hochzukochen.

»Verdammt. Wie bitte?«

Der Mann senkte den Kopf, in seinem leuchtend roten Gesicht ein lächerlich beleidigter Ausdruck.

»Kein Grund, so pampig zu werden, Schätzchen. Ich wollt ja nur …«

»Sie wollten verdammt nochmal nur WAS?«

Heather warf sich mit ihrem ganzen Gewicht gegen den Tisch, so dass der gegen die Oberschenkel des Mannes krachte und einige der leeren Gläser umkippten. Zwei davon landeten klirrend auf dem Boden, gefolgt von Gejohle aus einer Ecke des Pubs, aus der nicht zu sehen war, was gerade passierte.

»He, du blöde Schlampe!« Der Mann taumelte zurück, Reste der Cola spritzten auf seine cremefarbene Hose. Heather ging um den Tisch herum und auf ihn zu. Sie hatte das Gefühl, erfüllt zu sein von etwas Dunklem und Hellem zugleich und zu schweben. Fast wie zufällig griff sie nach einem der leeren Gläser, das stehen geblieben war, und der Gedanke, es auf seinem riesigen, dicken Schädel zu zerschlagen, schoss ihr durch den Kopf.

»Da haben Sie verdammt nochmal recht, das bin ich«, sagte sie und freute sich, wie ruhig ihre Stimme klang. Die Kumpel des Kerls starrten sie mittlerweile alle an, ein paar kamen näher und hielten die Hände hoch. »Eine verfickte blöde Schlampe, Sie kleines, widerliches Arschloch.«

Sie hob die Hand, mit der sie das Glas umklammerte, doch dann trat die kleine ranzige Wirtin zu ihr und zischte sie an, dass sie verschwinden solle.

»Aufhören! Raus hier. So etwas wollen wir hier nicht, danke schön.«

Heather glotzte die Frau an. Was immer sie überkommen hatte – ein blitzartiges, grausames, kaltes Gefühl, das sie auch an ihrem letzten Tag in der Zeitung gespürt hatte – war verflogen. Sie sah den Typ noch einmal an, der sie mit allen möglichen Schimpfwörtern bombardierte, während die Wirtin schützend vor ihm stand.

»Was ist nur mit den Männern?«, sagte sie zur Wirtin, ihre Stimme sanft. »Man kann nicht einmal in Ruhe etwas trinken, ohne dass sie einem den Spaß verderben.«

Die Frau sah sie finster an, eine Sekunde später stand Heather draußen auf einer ihr unbekannten Straße. Sie hatte den Pub an einem hellen, freundlichen Nachmittag betreten, mittlerweile war es Abend. Es war kalt und dunkel, ein unangenehmer Nieselregen hatte eingesetzt. Heather atmete die kühle Luft ein. Ihre innere Temperatur sank und das Adrenalin wurde aus ihrem

Blut gespült, zurück blieben Scham, Müdigkeit und ein leicht benommenes Gefühl.

Sie stolperte ein bisschen, als sie sich auf den Weg zur Bushaltestelle machte.

Am Gartentor vor dem Haus ihrer Mutter blieb Heather stehen, um Nikki eine letzte Nachricht zu schicken. Sie hatten sich auf ihrer Rückfahrt die ganze Zeit hin und her geschrieben. Nikkis Nachrichten hatten meist besorgt geklungen, Heathers waren allesamt entschuldigend gewesen. Heather hatte, etwas voreilig, Nikkis Mutter und Tante Shanice versprochen, sie zum Abendessen einzuladen, um sich auf diese Weise bei ihnen für ihre Freundlichkeit zu bedanken, außerdem musste sie sich wohl noch bei einigen anderen Leuten entschuldigen. Ganz in ihre Gedanken versunken, öffnete sie die Haustür. Sie schaltete das Licht in der Diele ein und erstarrte in der Bewegung, ihr Blick auf den Boden gerichtet.

Blütenblätter, die in dem trüben Licht aussahen wie Blutstropfen, lagen verstreut auf dem beigefarbenen Teppich ihrer Mutter. Sie bildeten eine Fährte durch den Flur und über die Treppe hinauf nach oben. Ein beißender Geruch lag in der Luft, ein Gestank, so penetrant wie alter Müll oder Fleisch, das zu lange in der Sonne gelegen hatte. Das Herz klopfte Heather bis zum Hals, als sie die die Stufen hinaufging und versuchte, nicht an Märchen zu denken, in denen Kinder einer Spur von Brotkrumen folgten, die in den dunkelsten Teil eines Waldes führten. Hatte Michael Reave auch eine eigene Version von dieser Geschichte parat? Bestimmt.

Die Spur führte ins Schlafzimmer ihrer Mutter, und sie entdeckte auf dem Frisiertisch einen kleinen, schrumpeligen dunklen Haufen. Einen Vogel – genau genommen, einen Star. Einen äußerst toten Star. Die kleine Brust war aufgeschlitzt. Noch mehr Blütenblätter steckten darin, wie Heather eben noch so ausmachen konnte, und schimmerten unerfreulich. Sie hatten die zartrosa Farbe von Hundsrosen, genau wie die in dem Kranz auf der Beerdigung.

30. KAPITEL

Cathy stand einen kurzen Augenblick vor dem Eingang zum Pub. Sie war völlig gelähmt vor Unschlüssigkeit. Automatisch zog sie das Handy aus der Hosentasche und blickte darauf, nur für den Fall, dass eine Nachricht eingegangen war, die sie in die eine oder andere Richtung schubsen würde. Aber nichts.

Okay, dachte sie, während eine Hand auf der Tür ruhte. *Dreh jetzt um und geh wieder nach Hause, wenn du willst, steig in den Bus und schick ihr eine Nachricht, dass du es doch nicht geschafft hast. Aber wenn du das machst, wirst du dich immer fragen, wie sie so war. Ewig. Das ist eigentlich keine Alternative, stimmt's?*

Die Tür öffnete sich. Ein Mann trat hinaus und schlug den Kragen seines Mantels gegen die Kälte hoch. Er beäugte Cathy neugierig und ging dann an ihr vorbei. Sie erhaschte einen kurzen Blick auf das Innere des Pubs. Er machte einen warmen, gemütlichen Eindruck. Und so strich sich Cathy eine Sekunde später das Haar aus dem Gesicht und trat hinein. Sie erspähte die Frau, die Jane Bailey hieß, fast augenblicklich.

Meine Mutter. Jedenfalls meine biologische Mutter.

Sie trat an den Tisch, und die Frau blickte auf. Cathy spürte, wie sich ein Lächeln auf ihrem Gesicht ausbreitete, obwohl ihr eigentlich nach Weinen zumute war.

»Hallo, ähm, ich bin Cathy. Wow. Ich kann nicht … Ich meine, das ist wirklich erstaunlich, dich kennenzulernen.«

Die Frau sah nicht erstaunt, sondern eher gequält aus, und sie erwiderte Cathys Blick auch nur für wenige Sekunden. Dann deutete sie mit der Hand auf den Stuhl ihr gegenüber. Cathy zögerte. Sollten sie sich nicht umarmen? Sollte es keine tränenreiche Begrüßung geben? Sie erinnerte sich an das, was ihr Mann, David, gesagt hatte. Nämlich dass dieses Treffen womöglich schwierig verlaufen könnte, und das in einer Weise, die nicht vorherzusagen sei, was für ihre biologische Mutter doppelt zutraf. Cathy setzte sich.

»Hier.« Auf dem Tisch stand ein zweites Glas. Die Frau griff nach der Weinflasche, die bereits gut geleert war, und goss ein. »Ist Weißwein okay? Ich vermute, dass wir beide einen Drink gebrauchen können.«

»Ja, Weißwein ist in Ordnung, danke.« Cathy nahm sich einen Augenblick lang Zeit, um Jane Bailey zu betrachten. Sie war etwas älter, als sie erwartet hatte. Älter als ihre verstorbene Mutter. Vielleicht ein paar Jahre. Sie war gut gekleidet, trug einen teuer aussehenden marineblauen Rollkragenpullover und eine weiße Jeans. An ihren Ohren leuchteten goldene Creolen. Das Haar schimmerte in einem ungleichmäßigen purpurroten Farbton – wohl ein Färbemittel aus einer Packung. »Und danke, dass Sie sich mit mir treffen. Ich verstehe, dass das nicht einfach ist, aber es bedeutet mir viel.«

»Ich will dich nicht belügen, ein Teil von mir wollte überhaupt nicht kommen. Ich habe gedacht, dass ich all das …« Jane hielt inne und nestelte an einem breiten Goldring herum, der an einem etwas knubbligen Finger steckte. »Na ja, ich habe gedacht, dass ich all das hinter mir gelassen habe. Das war ja der Sinn der Sache. Wie hast du mich überhaupt gefunden?«

»Meine Mutter ist gestorben. Also, ich meine …«

»Ich weiß schon, was du meinst. Mein Beileid.«

Cathy nickte kurz und versuchte, sich zusammenzunehmen. Der kühle Ton der Frau brachte sie aus der Fassung.

»Sie hat mir vor ihrem Tod erzählt, dass ich adoptiert wurde.

Das war, gelinde ausgedrückt, ein kleiner Schock für mich. Ich hatte nicht die geringste Ahnung.« Cathy hielt inne und trank einen Schluck Wein. »Sie hat mir ebenfalls erzählt, dass es eine private Adoption war. Also keine amtlichen Unterlagen. Das war wohl auch ein Grund dafür, dass meine Eltern es mir nie erzählt haben. Mir erschien das alles völlig verrückt. Tut es noch immer.«

»Solche Adoptionen gibt es öfter, als du denkst.« Jane Bailey hatte die Beine übereinandergeschlagen und beugte sich vor, wenngleich ihr Blick auf einen Punkt oberhalb von Cathys Kopf gerichtet war. »Insbesondere zu dieser Zeit.«

»Sie hat mir den Namen der Frau genannt, die die Adoption organisiert hat und … na ja, sie ausfindig zu machen, war ein hartes Stück Arbeit. Das ist die Kurzfassung der Geschichte. Als ich sie schließlich gefunden hatte, war sie nicht bereit, mit mir reden. Also, *überhaupt nicht bereit*. Erst als ich drohte, die Polizei einzuschalten …, und darauf bin ich nicht stolz.«

Jane Bailey setzte sich auf, die Farbe wich aus ihrem Gesicht.

»Du hast was gemacht?«

»Gar nichts! Es ist nichts passiert, ich war einfach nur verzweifelt und wollte wissen, wer du bist. Und das hat sie mir schließlich auch erzählt. Also dachte ich …«

»Hör mal, Cathy. Was willst du von mir?« Ihre Mutter stellte das Weinglas auf dem Tisch ab, und Cathy bemerkte, dass ihre Finger zitterten.

»Was ich will? Was denkst du, das ich will?« Cathy biss die Zähne zusammen und zwang sich, einen Gang herunterzuschalten. Dieses Gespräch verlief überhaupt nicht so, wie sie es erwartet hatte. »Ich möchte verstehen, *warum*. Ich will wissen, wer du bist, und warum du mich nicht gewollt hast. Ich denke, das ist wohl der Kern der Sache.«

Eine Stille trat zwischen den beiden Frauen ein, die mehr als eine Minute dauerte. Eine Nachrichtensendung flimmerte über den Bildschirm des Fernsehers, der in der Ecke hing. Meldungen in schwarzen Balken flackerten am unteren Rand auf und verschwanden wieder, bevor es möglich war, ihren Sinn zu erfassen. Im Radio lief ein Lied aus den 1980er Jahren, das Cathy bekannt vorkam. *In touch with the ground I'm on the hunt, I'm after you.*

»Cathy …« Ihre Mutter holte tief und etwas zittrig Luft. »Ich befürchte, dass ich die Antworten auf deine Fragen nicht habe. Ich war noch sehr jung bei deiner Geburt. Zu jung. Und mir … mir ging es damals nicht gut. Ich wusste selbst kaum, was ich tat. Es war eine Zeit in meinem Leben, an die ich noch nicht einmal mehr zurückdenken möchte. Geschweige denn darüber reden. Und vor allem nicht mit einer Fremden. Tut mir leid, Schätzchen, aber das bist du für mich.«

»Was ist mit meinem richtigen Vater? Bist du noch mit ihm zusammen? Kannst du mir sagen, wer er ist?«

Jane Bailey blickte auf ihre Hände, die bleichen Wangen wurden plötzlich rot.

»Nein, das kann ich dir nicht sagen. Ich weiß es nicht. Hör mal, das ist keine gute Idee, weder für dich noch für mich, okay? Ich denke, es ist das Beste, wenn …«

»Du hast Enkel! Willst du nicht mal von ihnen etwas wissen?«, fiel ihr Cathy ins Wort, während sie ihr Handy hervorkramte, um ein paar Bilder von Harry und Rosie zu zeigen – sie legte das Telefon auf den Tisch, und als Jane nicht danach griff, blätterte sie selbst die Fotos durch und hielt ihr das Handy hin. Es waren Aufnahmen von Harrys drittem Geburtstag. Sein Kuchen hatte die Form eines Lastwagens gehabt. Es waren Fotos von Rosie im Park, die Gummistiefel mit Schlamm bespritzt. Schließlich Bilder von ihnen als Babys, fast identisch aussehend mit ihren winzigen, verknautschten rosa Gesichtern. Jane sah sich die jetzt gequält an. Sie griff nach ihrem Mantel.

»Was machst du …?«

»Tut mir leid, aber ich kann das nicht. Kontaktier mich nicht noch mal.« Sie zog sich mit ruckartigen Bewegungen den Mantel über und griff nach ihrer Handtasche. »Das meine ich ernst. Trink den Wein aus, wenn du möchtest, er ist bezahlt.«

Dann war sie weg.

Nach einem kurzen Heulkrampf im Bus und dem Besuch einer Kundentoilette in einem Supermarkt, um sich das Gesicht zu waschen, ging Cathy eine Weile später die Straße entlang, die zu ihr nach Hause führte, und fühlte sich schon etwas besser. Es war nicht so gelaufen, wie sie es sich erhofft hatte. Keine tränenreiche Wiedervereinigung, keine Familienzusammenführung – nur eine ältere Frau, die das Gefühl gehabt hatte, dass eine Fremde in ihre Privatsphäre einzudringen versuchte. Doch alles Wichtige in ihrem Leben war noch da. Harry und Rosie, das gemeinsame Leben mit ihrem Mann und die Erinnerungen an ihre Eltern. Genau wie David es vor dem Gespräch betont hatte.

Ich werde darüber hinwegkommen, sagte sie sich. *Wie sich zeigt, ist Jane Bailey die Mühe nicht wert.*

Die Lampen im Wohnzimmer waren an. Sie warfen ein gelbes Licht auf den Rasen im Vorgarten und offenbarten zwei Roller – im Hellen waren sie rosa und lila, im Dunkeln grau und orange. Harry und Rosie waren in vielerlei Hinsicht wahre Engel, aber ihre Einstellung zum Aufräumen ließ zu wünschen übrig. Cathy lächelte in sich hinein und hob mit jeder Hand einen Roller auf. Statt zur Haustür zu gehen, lief sie zum Tor an der Seite, das zum Garten hinter dem Haus führte – und stets offen war, wenn jemand zu Hause war. Das Licht in der Küche war nicht an, weshalb der lange, schmale Garten in völliger Dunkelheit dalag und sie den Schuppen am Ende kaum ausmachen konnte. Sie kannte den Weg dorthin aber gut genug, um ihn auch in der Finsternis zu finden.

»Okay, ab morgen werden die beiden diese Dinger selbst wegräumen, oder ich werde sie für immer hier einschließen.« Cathy setzte die Roller ab und öffnete die Schuppentür. Ihr schlug ein derart übler Geruch entgegen, dass sie sich unwillkürlich die Nase zuhielt. »Oh Gott. Es riecht, als würde hier ein totes Tier liegen.« Sie tastete mit einer Hand nach dem Lichtschalter, doch als sie ihn betätigte, geschah nichts.

Verdammt. Das ist doch Daves Aufgabe. Die ganze Zeit sage ich ihm, dass er sich um den Schuppen kümmern soll.

Der Gedanke, die Roller in den Schuppen neben ein totes, verwesendes Tier zu stellen, war widerwärtig. Cathy rieb sich die Hände am Mantel ab und wollte gerade umdrehen und zum Haus gehen, als sie plötzlich etwas hörte – einen Atemzug, ein Schniefen von jemandem ganz in der Nähe. Ein Schauer lief ihr über den Rücken.

»Wer …?«

Etwas stürzte aus der Dunkelheit hervor und riss Cathy zu Boden. Sie schlug mit dem Hinterkopf auf dem Kiesweg auf. Der Nachthimmel leuchtete auf mit bunten Sternen, bevor eine Gestalt sich über sie beugte und alles verdunkelte. Starke, feste Hände legten sich um ihren Hals.

»Ich bin jetzt da.« Die Stimme in ihrem Ohr war sanft, fast freundlich. »Ich bin da, um dich nach Hause zu holen.« Cathy wand sich und versuchte, den Fremden abzuschütteln, doch jede Bewegung ließ einen fast unerträglichen Schmerz an ihrem Hinterkopf aufbranden. Verzweifelt drehte sie ihren Kopf von ihrem Angreifer weg und blickte zum Haus. Im oberen Stockwerk war das Licht eingeschaltet worden, und die Vorhänge wurden zurückgezogen. Sieh aus dem Fenster. *Sieh aus dem Fenster*.

»Ich *bin* zu Hause«, krächzte sie. »Das hier ist mein Zuhause …«

31. KAPITEL

Es war spät, es war kalt und es regnete.

Das Polizeirevier existierte in seiner eigenen kleinen Oase des Lichts. Heather stand auf dem Parkplatz, eingehüllt in ihren größten Mantel, die Kapuze über den Kopf gezogen gegen den anhaltenden Regen, und versuchte, sich nicht wie eine Verbrecherin vorzukommen.

Sie wusste, dass er im Revier war. Sie wusste auch, dass er logischerweise irgendwann einmal herauskommen würde, um zu seinem Auto zu gehen. Doch mit jeder Stunde, die verstrich, erschien diese Schlussfolgerung immer weniger sicher. Vielleicht musste er ja eine Nachtschicht einlegen. Oder ihnen war ein Durchbruch im Fall gelungen, und er war bereits in einem Polizeiwagen weggefahren, während sie gerade in die falsche Richtung geguckt hatte. Doch jedes Mal, wenn sie ans Aufgeben dachte und weggehen wollte, fiel ihr der gemeinsame Abend in der Küche ein. Seine Gestalt und das warme Gewicht seines Körpers in der Dunkelheit. Sie erinnerte sich, wie er ihr Wein gebracht und über ihre schlechten Witze gelacht hatte, die sie über das chinesische Essen gemacht hatte.

»Möglicherweise gibt es da nichts mehr, was ich noch retten kann«, murmelte sie zu sich selbst, die Hände tief in die Taschen vergraben. »Aber ich muss mich zumindest richtig bei ihm entschuldigen.«

Zu ihrem eigenen leichten Entsetzen erkannte sie sofort seine Silhouette, als er in der großen Eingangstür erschien. Dort blieb er kurz stehen und unterhielt sich mit einem Kollegen. Dann ging er die Treppe hinunter und schlug den Kragen seines Mantels hoch, um sich gegen die Kälte zu schützen. Er näherte sich seinem Auto, und Heather trat aus der Dunkelheit hervor.

Parker verharrte in seiner Bewegung, die Schulter sackten nach unten, ehe er seinen Blick nach hinten wandte, zum hell erleuchteten Präsidium.

»Heather, ich kann im Moment wirklich nicht mit dir reden.« Er seufzte. »Außerdem gießt es aus Eimern. Wartest du etwa schon den ganzen Abend hier?«

»Hör mal, ich will mich nur richtig bei dir entschuldigen, okay? Und vielleicht ein bisschen was erklären.« Sie zog die Kapuze ab und achtete nicht auf die großen, eisigen Regentropfen, die ihr sofort in den Nacken liefen.

»Du meinst wohl, du willst mal sehen, was du für deinen Artikel noch so aus mir rauskriegen kannst?«

Sie zuckte zusammen, ihre Schuldgefühle wurden mit jedem Wort größer.

»Das habe ich verdient, ich weiß. Hör mir nur ein paar Minuten zu, bitte. Danach kannst du mir gern sagen, dass ich mich verziehen soll, versprochen.«

Parker seufzte und zog einen Schlüssel aus seiner Jackentasche hervor. Das Auto erwachte blinkend zum Leben.

»Steig ein.«

Er sah sie kein einziges Mal an, als sie eine Sekunde später im Wagen saßen, wo es genauso unordentlich war wie beim letzten Mal. Ein zerknülltes McDonalds-Papier lag im Fußraum.

»Ich fahre dich zurück zum Haus deiner Mutter«, sagte er, sein Ton kurz angebunden. »Du hättest wirklich nicht zum Revier kommen sollen.«

»Nein, bitte nicht. Ich will da nicht hin. Können wir nicht irgendwo anders hingehen?« Heather rieb sich das Gesicht. »Natürlich bist du mir gegenüber zu gar nichts verpflichtet, aber ich kann dieses Haus im Augenblick nicht ertragen. Gibt es einen anderen Ort, wo wir hinkönnen?«

Lange sagte er kein Wort, doch während der Wagen durch den Verkehr glitt, merkte Heather langsam, dass sie nicht den Weg nach Balesford einschlugen, sondern nach Hoxton fuhren, in den Osten Londons. Sie verkniff sich bissige Kommentare über Hipster und Männer mit hochgesteckten Haaren. Schließlich hielten sie vor einem schicken neuen Wohnblock, nur wenige Meter entfernt von einem Bagel-Laden, der rund um die Uhr geöffnet hatte. Ben nahm die Hände vom Lenkrad.

»Hier wohne ich«, verkündete er und sah sie noch immer nicht an. »Wenn du willst, kannst du für zehn Minuten reinkommen und mir das sagen, was immer du denkst, was du mir sagen musst. Ich kann dir einen Tee oder einen Kaffee machen, wenn ich einen dahabe. Und dann werde ich dich nach Hause bringen. Die Angelegenheit muss damit erledigt sein, okay?«

»Das ist mehr, als ich verdiene«, sagte sie mit einem zaghaften Lächeln, das er jedoch nicht erwiderte.

Die Wohnung war winzig und genauso unaufgeräumt wie sein Auto, aber in einer Weise, die Heather sympathisch fand: Bücher lagen herum, Zeitungen stapelten sich in den Ecken, und überall standen leere Kaffeetassen herum, wie kleine Leuchttürme. Das Wohnzimmer und die offene Küche, deren Tresen vollgepackt war mit interessanten Küchengeräten, bildeten einen Raum – hier lebte ein Mann, der gerne kochte. In Heather flammte wieder Bedauern auf. *Ich hab's echt verkackt. Er ist perfekt.*

»Tee? Kaffee?«

»Was immer du dahast.«

Er streifte seinen Mantel ab und warf ihn auf das Sofa. Heather behielt ihren an. Kurz darauf reichte er ihr einen dampfenden Becher Tee, den sie dankbar entgegennahm.

»Also. Gut.« Sie nippte am Tee, obwohl er noch viel zu heiß

war. Parker lehnte sich gegen den Tresen, ohne seinen Becher anzurühren. »Ich habe keinen großen, raffinierten Plan verfolgt, okay? Ja, ich habe meine frühere Chefin kontaktiert und ihr erzählt, dass ich vielleicht eine Story hätte, die für sie interessant sein könnte. Aber ich habe ihr gesagt, dass ich die Kontrolle über die Geschichte haben möchte und sie erst dann schreibe, wenn dieser Mistkerl gefasst ist. Ich habe die Ermittlungen nie vorsätzlich gefährden wollen. Diane hat mich hintergangen und all das, was ich ihr erzählt habe, ohne meine Erlaubnis abgedruckt. Und was da neulich abends passiert ist …«

»Ich habe dich gefragt, was du beruflich machst«, warf Parker mit tonloser Stimme ein. »Du hast Autorin gesagt.«

»Was nicht gelogen ist.«

Er lachte gequält und schüttelte den Kopf. Heather fühlte, wie sie der Mut verließ.

»Na, dann ist die Sache ja in Ordnung«, erwiderte er ironisch. »Ich weiß übrigens auch, was bei deinem alten Job vorgefallen ist«, fuhr er fort, und seine haselnussbraunen Augen blickten sie ruhig an. »Ich hätte mich natürlich früher schlaumachen sollen, was deine Vorgeschichte angeht, aber ich hatte eine Menge um die Ohren.«

Sie stützte sich an einem Barhocker ab. »Dieser Vorfall bei der Zeitung … Du weißt nicht, wie sehr man mich provoziert hat.«

»Nein, ich denke nicht.«

»Ich bin mit einem Kollegen in eine Auseinandersetzung geraten.«

»Eine Auseinandersetzung bedeutet häufig, dass zwei Menschen versuchen, sich gegenseitig körperlichen Schaden zuzufügen.«

»Hast du eine Ahnung, wie sehr du manchmal nach einem Polizisten klingst?« Heather seufzte. »In der Welt des Journalismus wimmelt es noch immer von dieser Sorte Männer, die völlig schockiert darüber sind, dass Frauen sich aus der Küche hinausgewagt haben. Mein Umfeld war widerspenstig.«

Parker sagte nichts.

»Da war dieser Mann, er hieß Tristan. Wir haben gemeinsam an einer Story gearbeitet. Ein Model behauptete, dass ein Fußballspieler sie vergewaltigt habe. Tristan stürzte sich auf die Nachricht – er schimpfte, dass sie nur aufs Geld aus sei und die Karriere des Mannes ruinieren würde. Bla, bla. Er meinte, ihre Schönheit verblasse langsam, und natürlich würde sie jetzt diese Nummer abziehen. Wie sollte sie sonst noch auf die Titelblätter der Zeitungen kommen?«

»Okay.« Parker hatte seinen Tee abgestellt. Soweit Heather das sagen konnte, hatte sie ihn noch immer nicht geknackt.

»Tristan gab ständig solchen Mist von sich, normalerweise, um eine Reaktion von mir zu kriegen. Und ich Idiotin habe mich auch fast immer dazu hinreißen lassen. An dem Tag hab ich ihm gesagt, dass ich ihn Fotze nennen würde, obwohl er leider nicht die Wärme und die Tiefe hätte.«

Parker wandte den Kopf ab, doch Heather hatte das leise Lächeln, das seine Mundwinkel umspielte, noch erhaschen können.

»Tja, dann ist er zu mir, an meinen Schreibtisch, gekommen, hat sich vorgebeugt und gegrinst. Er hat den Mund geöffnet, um irgendetwas zu erwidern und … da bin ich einfach ausgerastet.«

Heather hielt inne und blickte auf ihre Tasse.

»Du musst mir das nicht erzählen«, sagte Parker.

»Ja, hm. Ich mach's trotzdem.« Heather trank einen Schluck Tee und erinnerte sich. »In diesem Job muss man viel ertragen können. Nur so überlebt man. Ich hasse den Ausdruck ›einer von den Jungs sein‹, aber das gehört dazu – so zu tun, als störe einen ihr Mist nicht. Als würde ihr Gerede an einem abperlen. Aber in dem Moment, da kochte alles in mir hoch. Die Ungerechtigkeit, dass dieser kleine Flachwichser herumstolzieren und allen Scheiß von sich geben konnte, und ich alles schlucken musste, ohne dass ihm jemand mal gesagt hätte, dass das so nicht geht. Ich … ich hab meinen Kuli gegriffen und ihm den durch die Hand in den Tisch gerammt.«

Parker räusperte sich.

»Es war ziemlich übel. Überall war Blut. Er hat wie am Spieß gebrüllt, und da habe ich ihm noch meinen heißen Kaffee ins Gesicht geschüttet.« Heather wandte sich von Ben ab. Sie wollte seinen Gesichtsausdruck nicht sehen. Die Kälte, die sich kurz vor ihrem tätlichen Angriff wie ein Schleier über sie gelegt hatte, das klare, wunderbare Gefühl, dass dieser kleine Mann nicht wichtig war und sie ihm weh tun konnte, wenn sie wollte – das *Vergnügen*, das sein Schmerz ihr bereitet hatte – all das erwähnte sie nicht. Genauso wenig erwähnte sie die Befriedigung, die sie bei seinem Geschrei empfunden hatte, oder die Freude über den Anblick seines Bluts auf ihrem Schreibtisch. Das Bild war noch immer vor ihrem geistigen Auge. »Natürlich brach die Hölle los. Am Ende wurde nur ich gefeuert. Ich hätte es ihnen richtig schwermachen können, weißt du. Institutionalisierten Sexismus in der heutigen Zeit aufs Tapet zu bringen, wäre ziemlich unangenehm geworden für die Zeitung. Also überredeten sie ihn, keine Anzeige zu erstatten, und ich ging einfach.«

Draußen jagte ein Krankenwagen mit heulenden Sirenen über die Straße, und ein blaues Licht wanderte über die regennassen Fenster.

»Hör mal, Ben, ich bin eine beschissene Person, okay? Ich bin am Arsch. Schon immer gewesen. Oh Gott.« Sie schluckte das bittere Lachen hinunter, das in ihr aufstieg. »Ja, ich wollte meine Karriere wiederhaben. Und ja, ich wollte versuchen, einen Serienmörder zu verstehen, und vielleicht auch verhindern, dass noch etwas Schreckliches passiert. Aber genauso kann ich hier stehen und sagen, ja, ich habe dich gewollt und ich habe dir nichts vorgemacht. Ich *war* froh, als du vor meiner Haustür gestanden hast, und es tut mir nicht leid, dass du in meinem Bett gelandet bist.« Sie blickte auf ihren Tee, wütend darüber, dass sie plötzlich den Tränen nahe war. »Diese Nacht mit dir war der einzige Lichtblick in einem bisher ziemlich verfickten Monat.«

»Heather«, begann Ben, machte einen Schritt auf sie zu und hielt dann in der Bewegung inne, als schien er es sich doch noch einmal anders zu überlegen. »Heather, dieser Artikel hat die komplette Ermittlung ruiniert. Es geht hier nicht um Ladendiebstahl oder Steuerhinterziehung. Hier sterben Menschen. Und ich bin hinters Licht geführt worden von einer Person, die versucht hat, an Informationen zu kommen. Die pikante Details brauchte, um ihren Zeitungsartikel aufzupeppen. Ich habe den Opfern gegenüber eine Verpflichtung, und indem ich das zugelassen habe, habe ich sie verraten.« Er hielt inne und fuhr sich mit den Händen durchs Haar. Mittlerweile war er nicht mehr wütend, sondern wirkte traurig und müde. »Es ist wieder eine Frau verschwunden, eine Mutter von zwei kleinen Kindern. Ich …« Parker schüttelte reumütig den Kopf. »Eigentlich müsste ich meine Lektion doch gelernt haben und begriffen haben, wohin es führt, wenn ich dir so etwas erzähle, oder? Die Sache ist nur die, dass ich dafür keine Zeit habe. Nicht, wenn ich diesen Bastard stoppen will.«

»Es tut mir leid, Ben.«

»Schon gut. Mir tut es auch leid.«

Er bot ihr an, sie nach Balesford zu fahren, aber sie lehnte ab. Allein den Gedanken an eine weitere absolut wortlose Autofahrt mit ihm war ihr unerträglich. Stattdessen rief sie sich ein Taxi, auf das sie vor dem Bagel-Laden wartete. Als der Wagen hielt, nannte sie dem Fahrer die Adresse ihrer Mutter, setzte sich auf den Rücksitz und starrte in die regennassen Straßen, während sie durch den abendlichen Verkehr Londons glitten. Als sie an einem Wein- und Spirituosenladen vorbeikamen, der noch immer geöffnet war, bat sie den Fahrer anzuhalten. Sie ging hinein und kam mit einer Zweiliterflasche Wodka und einer Packung Paracetamol zurück.

Wenn sie schon zurück ins Haus ihrer Mutter musste, dann auf keinen Fall nüchtern.

Heather hatte schon mehrere Gläser intus, als sie auf dem Sofa ihrer Mutter saß, die Beine angezogen, Pamela Whittakers Album auf dem Schoß. Sie war sehr müde und verspürte eine leichte Übelkeit. Ob es wegen des Alkohols oder den vorangegangenen anstrengenden Tagen war, wusste Heather nicht, aber sie empfand ein Bild beunruhigender als das andere – und sie betrachtete viele Bilder. Auch wenn Pamela ihre Zeit in Fiddler's Mill bedauerte, war sie auf jeden Fall dadurch inspiriert worden. Das Album war so vollgepackt mit Fotografien und Bildern, dass sie teilweise übereinanderlagen, zusammengepresst wie getrocknetes Laub.

Der Wald war ein häufiges Motiv, wie auch das große alte Haus und der Himmel bei Sonnenaufgang und -untergang. Von den anderen Mitgliedern der Kommune waren nur wenige Fotos vorhanden. Doch Heather betrachtete sie alle sorgfältig und suchte sämtliche Gesichter nach etwas Bekanntem ab. Mit jedem Gesicht, in dem sie nichts entdeckte, ließ ihre Anspannung nach.

Und dann blätterte sie eine Seite etwas zu schnell um. Mehrere Fotografien glitten heraus und breiteten sich fächerförmig auf ihren Beinen aus, als wollten sie unbedingt gesehen werden. Eine davon sprang ihr sofort ins Auge.

Denn da war sie, ihre Mutter. Schrecklich jung und in einen

unförmigen Wintermantel gehüllt, dessen Kragen ihr bis zum Kinn reichte, doch sie war eindeutig zu erkennen. Die Aufnahme zeigte eine Gruppe von Leuten, versammelt um ein qualmendes Feuer. Es waren noch etliche andere junge Leute zu sehen, aber Colleen war eindeutig zu erkennen – das Einzige, was Heather nicht wiedererkannte, war der unbeschwerte Ausdruck in ihrem Gesicht. Es *strahlte* förmlich das Gefühl von Freiheit aus. Und im Hintergrund, oben auf einem Hügel, lauerte das große Haus. Sie war in Fiddler's Mill gewesen. Das war nicht zu leugnen.

»Ich muss dorthin.« Der Gedanke besaß eine Endgültigkeit, die sie sowohl in Angst als auch in Aufregung versetzte. »Ich muss diesen Ort sehen.«

32. KAPITEL

Früher

Das Blut hatte seinen Ärmel in eine aufgeweichte rote Masse verwandelt.

Michael merkte, dass er immer wieder hingucken musste und seine Aufmerksamkeit dadurch so häufig von der Straße abgelenkt war, dass er schließlich an die Seite fuhr und den Transporter auf dem Schotter einer Haltebucht parkte.

Sie hatte ihn verletzt. Das Miststück hatte ihn verletzt.

Mit einem Ruck öffnete er die Wagentür und stieg aus. Die Sommernacht war lau. Er stand auf einer der kurvenreichen Landstraßen, die zurück nach Fiddler's Mill führten. Es war völlig dunkel und weit und breit keine Straßenlaterne in Sicht. Die Sterne strahlten hell, in wenigen Tagen würde Vollmond sein. Normalerweise hätte ihn ein solcher Abend erfreut – all die guten grünen Gerüche lagen in der Luft, und irgendwo in der Ferne rief eine Füchsin nach ihrem Gefährten –, doch der Schmerz in seinem Arm überlagerte alles und machte die Umgebung belanglos.

Noch einmal ging er in seinen Gedanken durch, was geschehen war, um seinen Fehler zu finden. Er war der Frau gefolgt, als sie den Pub verlassen hatte, aber in ausreichendem Abstand, so dass sie ihn nicht hatte bemerken können, zumindest nicht zuerst, da war er sich sicher. Sie hatte einen Weg entlang eines Kanals genommen, schwach beleuchtet und einsam, und war er sich sicher gewesen, diese Frau würde mit ihm kommen. Er würde ihr Herz tief in die Erde von Fiddler's Wood vergraben und den Rest mit Blumen bedecken. Doch als er sie eingeholt und einen kräftigen Arm über ihre Schulter gelegt hatte, war ihre Miene beim Umdrehen nicht starr vor Entsetzen oder Verwunderung gewesen – sie hatte auch nicht geschrien oder nach Luft geschnappt. Sie hatte verärgert gewirkt. *Wütend.*

Michael ging auf der stillen Landstraße um den Transporter herum und dachte nach.

Die Frau hatte sich gewehrt. Dabei war er doch der Barghest, der Wolf, aber sie hatte ein Teppichmesser aus ihrer Handtasche gezogen, ausgerechnet ein Teppichmesser, und war damit auf ihn losgegangen. Die Klinge hatte sein dünnes Hemd aufgeschlitzt und war in seine Haut eingedrungen. Er hatte ihr das Messer innerhalb eines Augenblicks aus der Hand geschlagen, und sie hatte ihn auch nur einmal damit verletzen können, aber … Was bedeutete es, wenn der Barghest blutete? Hatte er sich die Falsche ausgesucht? War das möglich?

In einem anderen, logischer denkenden Teil seines Verstands fragte sich Michael, ob die Menschen in letzter Zeit die Nachrichten intensiver verfolgt und bemerkt hatten, dass viele Frauen in der Gegend verschwunden waren. Vielleicht war sein jüngstes Opfer nicht das einzige weibliche Wesen, das mit einem Messer in der Handtasche herumlief.

Er war zumindest geistesgegenwärtig genug gewesen, das Teppichmesser aufzuheben und mitzunehmen.

Michael warf einen Blick auf die Straße, vergewisserte sich, dass sich keine Scheinwerfer näherten und öffnete dann die Hecktür des Transporters. Sie lag eingerollt auf der Ladefläche, die Hände und das Gesicht nur als blasse Umrisse in der Dunkelheit erkennbar. Sie hatte einen ihrer Schuhe verloren, und der Fuß ragte in seine Richtung. Ihre Strumpfhose war durch den Kampf voller Laufmaschen.

Das war alles falsch. Natürlich. Die Regeln waren absolut klar – er brachte keine Leiche nach Fiddler's Mill. Das war undenkbar. Die Tatsache, dass er bis hierher gefahren war, zeigte nur, dass der gesamte Abend ein Fehler war, dass es eine Unstimmigkeit gab. Plötzlich war er nicht mehr der Barghest, nicht mehr der Wolf, sondern bloß ein Mann mit einem Messer und einem blutigen Ärmel, der steif und klebrig wurde von seinem eigenen Blut. Aber wenn er nicht mehr der Wolf war, was war er denn dann überhaupt noch?

Michael schlug die Hecktür zu, stieg wieder ein und fuhr weiter. Sobald er in seinem Wald war, würde er wieder einen klaren Kopf bekommen, das wusste er. Wenn er über seine Gräber ging und ihre singenden Herzen spürte, würden die Dinge wieder normal erscheinen.

Doch als er Fiddler's Mill erreichte, fand er seinen Weg versperrt. Die jungen Leute hatten ihr Lager über eine der Hauptzugangsstraßen ausgedehnt. Er konnte ihre Feuer sehen und ihre Stimmen hören. Michael spürte eine Art Panik in ihm aufsteigen. Es war die Panik eines Raubtiers, das begriff, einen Fehler gemacht zu haben und in die Falle gegangen zu sein. Er konnte nicht in seinen Wald gehen und auch nicht zum Haus zurückkehren. Sein Arm blutete. Er hatte eine Leiche mitgebracht. Jetzt würde wohl alles zu Ende sein.

Michael lehnte sich über das Lenkrad, überzeugt davon, dass die Wände näher rückten. Dass er den muffigen Schrank riechen und die Hände seiner Schwester spüren konnte, die nach ihm griffen. Da tauchte ein weißes Gesicht an seinem geöffneten Fenster auf.

»Michael? Was ist los? Blutest du?«

Es war Colleen. Sie lehnte sich in die Fahrerkabine. Das blonde Haar fiel ihr ins Gesicht. Im Licht der Lagerfeuer glänzte es golden und kupferrot.

»Ich habe einen Unfall gehabt.« Die aufrichtige Sorge in ihrer Miene hatte irgendwie seine Angst verjagt. Plötzlich fiel es ihm leichter zu denken. »Ich habe Müll für ein paar Leute entsorgt. Du weißt schon, schnelles Geld für eine Drecksarbeit, die keiner machen will.« Er zwang sich zu lächeln. »Aber es waren auch Glasscherben dabei. Hab's erst gemerkt, als es schon zu spät war.« Er hielt den Arm hoch, der schrecklich aussah, und merkte, wie sie zurückschreckte. »Es ist nicht so schlimm, wie es aussieht, ehrlich.«

»Oh Gott, Michael, du solltest vielleicht besser ins Krankenhaus fahren«, erwiderte sie, doch der Ton in ihrer Stimme war skeptisch. Keiner in Fiddler's Mill war begeistert von Krankenhäusern. Die Ärzte fanden möglicherweise heraus, welche Drogen man nahm. Oder sie kontaktierten die Eltern oder die Polizei. »Steig aus, damit ich mir die Wunde einmal ansehen kann.« Sie hielt eine Taschenlampe hoch – viele der jungen Leute hatten eine dabei, wenn sie nachts in den Wald gingen.

Als er neben dem Transporter stand, beugte sich Colleen über den Arm und richtete den Lichtstrahl auf den zerrissenen Ärmel. Sie gab ein Geräusch des Mitleids von sich und zog vorsichtig an dem Stoff. Michael stöhnte vor Schmerz.

»Okay. In Ordnung. Vertraust du mir, Michael?«

»Wie bitte?«

Sie blickte ihn an und lächelte schüchtern. Er war wieder völlig hingerissen von ihrer Zartheit.

»Ich habe einen Verbandskasten in meinem Wohnwagen und könnte versuchen, ähm, die Wunde zu versorgen? Aber ich werde den Ärmel wohl abschneiden müssen, denn er klebt fest. Obwohl du dich von diesem Hemd sowieso bald hättest verabschieden müssen, denke ich. Es hat seine besten Tage hinter sich.«

In der der Nähe begann jemand auf einer Gitarre zu klimpern

und wurde von einigen anderen sofort lachend ausgebuht. Michael konnte einen Augenblick lang nicht sprechen. Colleens Hand ruhte noch immer auf seinem Arm, das viele Blut machte ihr offensichtlich nichts aus. Und im Transporter, nur wenige Meter von ihr entfernt, lag eine Frau auf einer groben Decke und starrte ins Leere. All das erschien unmöglich. Colleen lächelte aufmunternd.

Was ist sie?

»Komm, mein Wohnwagen ist nicht weit weg.«

Sie hatte ihn abseits der anderen geparkt, worüber Michael froh war. Der Innenraum war eng und unordentlich. Das Durcheinander deutete darauf hin, dass hier mindestens zwei junge Frauen wohnten, die keine geregelten Zeiten hatten. Colleen ließ Michael auf einer dünn gepolsterten Bank Platz nehmen, die an einer Wand entlang verlief. Dann zog sie einen grünen Verbandskasten aus einem der Schränke hervor. Eine Packung Pflaster fiel dabei herunter, und der Inhalt verstreute sich im Waschbecken.

»Oh, hoppla.«

Anschließend brachte sie Wasser, trockene Tücher und eine große Stoffschere herbei. Als sie Michaels Blick bemerkte, hielt sie die Schere hoch und lächelte.

»Die Schere gehört Charlie. Sie schneidert ihre Kleider selbst.«

Es entstand ein unangenehmes Schweigen, währenddessen Colleen ihm den Ärmel abschnitt und den Stoff vorsichtig von seiner klebrigen Haut löste. Danach tränkte sie eins der Tücher mit Wasser und wischte das Blut damit weg. Michael betrachtete ihren sanft gebogenen blassen Hals, über den sich eine leichte Röte ausbreitete, während sie ihn verarztete.

»Die Verletzung ist gar nicht so schlimm, wie ich gedacht habe. Die Haut ist etwas eingerissen, aber …« Sie öffnete eine kleine braune Flasche, und der üble Geruch eines antiseptischen

Mittels erfüllte den kleinen Raum. Colleen rümpfte die Nase. »Igitt. Halt still!«

Sie träufelte das Mittel auf ein Tuch und betupfte damit die Wunde, woraufhin sie mehrere Sekunden lang heftig brannte, was Michael aber kaum bemerkte. Hier drinnen, zusammen mit Colleen, waren all sein Kummer und seine Angst verschwunden. Hier drinnen war er wieder stark. Die Erkenntnis, dass er ihr die Schere wegnehmen und sie damit verletzen könnte, wenn er wollte – dass er seine Hände um ihren schlanken Hals legen und ihr das Leben aushauchen könnte – war beruhigend. Seine Gefühle für sie und sein Beschützerinstinkt wurden dadurch noch verstärkt. Sie war das einzig Gute. Sie gehörte ihm ganz allein.

»Colleen.« Sie sah ihn an, und er bemerkte, dass die Röte zu ihrem Gesicht gewandert war und ihre Wangen überzog. In dem Augenblick wusste er, dass auch sie es fühlte. »Was würde ich nur ohne dich machen?«

33. KAPITEL

»Ich muss mal ein bisschen hier raus. Hast du Lust mitzukommen?«

Nikki war offenbar erst vor kurzem nach Hause gekommen, denn ihre Einkäufe standen noch immer auf der Küchentheke. Sie hatte ihre Strumpfhose in der Diele abgestreift und ein Paar flauschige, weiche Pantoffeln angezogen, die besonders albern aussahen in Kombination mit ihrer schlichten grauen Bluse.

»Wo willst du denn hin?« Sie schob die Einkäufe zur Seite und begann den Kessel zu füllen. »Eine Tasse Tee?«

»Hast du was Stärkeres da?«

Nikki blickte demonstrativ auf ihre Armbanduhr, trat aber trotzdem zum Kühlschrank und holte eine halbe Flasche Weißwein heraus.

»Hev, du siehst aus, als wärst du die ganze Nacht auf gewesen. Was ist los?«

Heather schüttelte den Kopf, nahm das Glas Wein entgegen und trank drei köstliche, kühle Schlucke, ehe sie antwortete.

»Ich habe genug von diesem Haus, Nikki. Es, äh, es macht mich verrückt. Ich habe mir gedacht, dass ich nach Lancashire fahre und mir Fiddler's Mill ansehe. Warum nicht? Als eine Art Gedenken an meine Mutter, als eine Möglichkeit, mit all dem abzuschließen. Nenn es, wie du willst.«

Nikki trat zu Heather, ebenfalls ein Glas Wein in der Hand.

»Und was ist mit Michael Reave?«

»Vorbei. Keine Besuche mehr. Nach dem Artikel …«

»Hmm. Du hast von dem Detective also nichts mehr gehört?«,

fragte Nikki, ihre Miene geflissentlich ausdrucklos. Sie wusste alles über Heathers Nacht mit Ben Parker. Kurz vor der Beerdigung ihrer Mutter hatte sie ihr schnell alles erzählt. Und so hatte Heather ihr unweigerlich auch die schmachvollen Details vom Ende der ganzen Sache geschrieben.

»Ich kann sicher davon ausgehen, dass ich keine Chance mehr habe, in mehr als einer Hinsicht.« Heather zwang sich zu lächeln und hoffte, so den Schmerz zu verbergen, den sie bei den Worten empfand. »Ein Ausflug aufs Land ist genau das, was ich jetzt brauche. Der Trip wird nicht total grässlich werden, das verspreche ich. Das große alte Haus ist mittlerweile in ein Wellnesshotel umgewandelt worden, und es gibt ein kleines Cottage auf dem Gelände, wo man übernachten kann. Frische Luft, lange Spaziergänge und ein bisschen Gesellschaft könnte ich gut gebrauchen. Allein in diesem Haus zu hocken ist nicht gesund.« Sie dachte an die Blütenblätter auf der Treppe und das Herz auf dem Terrakottatopf. »Diane hat mich vielleicht mit ihrer Story vom Roten Wolf abgezockt, aber das bedeutet noch lange nicht, dass ich nicht doch noch meine eigene Version schreiben kann. Außerdem würde die Atmosphäre des Orts einen guten Hintergrund für die Geschichte abgeben. Und, na ja, vielleicht kann man sich auch noch eine Massage im Spa gönnen.«

Nikki schwenkte den Wein in ihrem Glas und starrte mit gerunzelter Stirn auf die kreiselnde Flüssigkeit.

»Na gut, ich bin vor allem neugierig auf diesen Ort. Pamela Whittaker meinte, er sei *böse*«, fügte Heather hinzu und lächelte, während Nikki die Augen verdrehte. »Ich will dieses erbärmliche Stück Land sehen, das meine Mutter offenbar so toll gefunden hat. Ich will den Ort kennenlernen, wo alles angefangen hat, weil ich mir sicher bin, dass … Ich bin mir sicher, dass wenn ich mehr über meine Mutter erfahren will, ich dorthin fahren und mir alles selbst anschauen muss.«

»Also Fiddler's Mill ist in Lancashire, stimmt's?«

»Ja.«

»Lancashire, wo man kürzlich die Reste einer Frauenleiche gefunden hat, eingezwängt in einen Baum.«

»Komm schon, das ist nur derselbe *Bezirk*. Der Mörder ist nicht Mitglied des Empfangskomitees.« Ein Bild der Blütenblätter und des toten Vogels tauchte vor ihrem geistigen Auge auf. Sie konnte das Blut noch immer riechen. Schuldbewusst drängte sie es beiseite.

»Hmm.« Nikki, die bisher eher an ihrem Wein genippt als ihn getrunken hatte, nahm einen ordentlichen Schluck und zuckte dann mit den Achseln. »In Ordnung. Ich habe noch ein paar Überstunden. Und außerdem habe ich gerade nichts Besseres zu tun.«

Heather hatte schon immer lange Autofahrten gemocht. Sie versetzten sie zurück in ihre frühste Kindheit, als ihr Vater noch lebte und er unvermittelt den Drang verspürte, an die Küste zu fahren. Ihre Mutter hatte ihr dann immer eine große Tüte Malzbonbons in die Hand gedrückt, damit Heather ihren Magen beruhigen konnte – sie hatte den Vorfall nicht vergessen, als ihre Tochter sich einmal während der Fahrt auf der Autobahn aus dem Fenster hatte übergeben müssen – und dann lutschte sie stundenlang Bonbons, blickte aus dem Fenster auf die vorbeiziehende grüne, braune und graue Landschaft und die klecksförmigen Ortschaften, die sie nie kennenlernen würde. Manchmal spielte ihr Vater mit ihr »Ich sehe was, was du nicht siehst« oder sie dachten sich Wortspiele aus, die auf den Nummernschildern der vorbeifahrenden Autos basierten. Heather war immer etwas enttäuscht, wenn sie ihr Ziel erreicht hatten. Die ungeteilte Aufmerksamkeit ihrer Eltern über einen so langen Zeitraum hinweg zu haben, war für sie gleichzeitig kostbar und seltsam.

Nikki schien nicht ganz so begeistert von der Autofahrt zu sein wie Heather. Sie fummelte immer wieder an ihrem Handy herum, das in einer Halterung am Armaturenbrett steckte und als Navigationsgerät diente. Die Pausen eingerechnet, sollte die Fahrt nach Lancashire etwas mehr als fünf Stunden dauern. Sie waren am späten Vormittag aufgebrochen und hatten sich durch den üblichen zähflüssigen Verkehr in London gekämpft. Mittlerweile hatten sie die Stadt hinter sich gelassen und fuhren über die M25. Stunden vergingen, während Felder, Wiesen und Bäume an ihnen vorbeizogen, der Himmel grau und undefinierbar.

Sie erreichten Lancashire, als die Sonne vom Himmel verschwand. Heather hatte auf dem Beifahrersitz gedöst, doch durch irgendwas war sie aufgewacht, als sie auf eine Landstraße abbogen. Sie setzte sich auf, blinzelte und versuchte, dieses bestimmte Geräusch zu erinnern. Eine Stimme, die ihren Namen sagte? Hatte sie das geträumt?

»Oh, gut, du bist wach«, Nikki klang angespannt. »Kannst du ein Auge auf das Navi werfen? Die Straßen hier sind echt kurvig, und der Ort liegt am Ende der Welt.«

Heather nickte und schielte auf die digitale Landkarte. Sie fuhren noch eine gute Stunde durch die Gegend, auf und ab, die Straßen gesäumt von Bäumen und niedrigen Steinmauern, bis es völlig dunkel war. Hier draußen gab es nur wenige Straßenlaternen. Heather ertappte sich mehr als einmal dabei, wie sie in die Nacht hinausstarrte, auf die pechschwarzen Felder.

»Als ich klein war«, begann sie, »habe ich mir vorgestellt, wie gruselig es sein müsste, plötzlich an einem Ort wie diesem zu sein. Gerade sitzt man noch zu Hause im Schlafanzug vor dem Fernseher, und dann, mit einem Mal, findet man sich auf einem unbekannten Feld wieder. Mitten in der Nacht. Keine Möglichkeit, zu Hause anzurufen. Keinen Schimmer, was im Wald sein könnte. Kalt und allein. Das habe ich mir oft vorgestellt.«

Müssen wir die nächste Straße links abbiegen? Nein, warte, ich hab's … Nikki deutete mit dem Kopf geradeaus. »Sieh mal. Da ist es. Da ist die Einfahrt.«

Ihre Scheinwerfer fingen ein großes weißes Schild ein – das in der Nacht hell leuchtete. In einer auffälligen grünen Schrift stand *Fiddler's Mill Spa Complex* darauf geschrieben. Darunter war eine stilisierte Eichel mit dem Schriftzug *Oak Leaf*. Heather und Nikki konnten eine lange, asphaltierte Straße hinter dem Schild ausmachen, die von dezenten Lampen beleuchtet wurde. Irgendwo in der Dunkelheit, auf einem langsam ansteigenden Hügel, lauerte das Haus von Fiddler's Mill. Heather blinzelte durch die Windschutzscheibe, weil sie glaubte, möglicherweise Lichter in den Fenstern des Hauses erkennen zu können, aber der Lichtstrahl der Autoscheinwerfer tauchte alles, was jenseits der Straße lag, in eine leere Dunkelheit.

»Unser Cottage müsste auf der linken Seite liegen«, erklärte Heather und lehnte sich zurück. »Es liegt ein Stück entfernt vom Haupthaus.«

Sie bogen nach links ab und fuhren durch noch mehr Felder. Etwa zwanzig Minuten später erreichten sie ein weiteres Schild, dezent beleuchtet von einer einzelnen Lampe, dass auf fünf Cottages hinwies, die alle einen eigenen Namen hatten: Herne, Titania, Puck, Odin und Frigg.

»Wir übernachten in Herne, so wie's aussieht.«

Sie fuhren weiter und folgten einer schmalen Landstraße, die entlang eines weiten Felds zu verlaufen schien, bis ein Haus im Licht der Scheinwerfer auftauchte. Grau, rechteckig und seltsam steif sah es aus. Heather holte die Schlüssel aus einem Schließfach neben der Eingangstür, und gemeinsam trugen sie ihr

Gepäck hinein: Koffer, eine Tüte mit Essen und Getränken. Drinnen war es gemütlich und unaufdringlich und Heather merkte, dass sie seltsam erleichtert war. Die Ausstattung des Hauses sollte offensichtlich jedem Gast gefallen – Individualität nicht erwünscht. Die Sofas waren cremefarben, die Teppiche dunkelrot und die in die Deckenbalken eingelassene Beleuchtung dezent und modern. Keine Chance, dass ihr hier ein Blatt aus dem Notizblock ihrer Mutter in die Hände fiel, sagte sie sich. Und auch keine Gefahr, dass irgendein harmloser Gegenstand ein längst vergessenes Trauma wachrief. Was auch immer sie in Balesford verfolgt hatte, konnte da bleiben.

Auf dem Tisch in der Mitte des Raums lagen als Willkommensgruß ein paar Zeitungen, zwei Weingläser, eine Flasche Wein und eine Schachtel Konfekt. Nikki ging in die kleine offene Küche und begann das Essen auszupacken, während Heather nach einem Korkenzieher suchte.

»Das ist gar nicht so schlecht«, sagte Heather, als die beiden es sich auf dem Sofa gemütlich gemacht hatten und an ihrem Wein nippten. Nikki hatte die Beine angezogen, und eine der Zeitungen lag ausgebreitet auf ihrem Schoß. »Ich könnte es hier locker vier Tage aushalten.« Sie zog ihr Handy aus der Hosentasche. Keine Nachrichten von Ben Parker, aber sie hatte auch keinen Empfang. Heather beschloss, ihm eine Nachricht zu schreiben, wenn wieder ein paar Balken auf dem Display zu sehen waren, nur um zu wissen, wie es ihm ging – gut möglich, dass sich nichts an seiner Einstellung zu ihr änderte, aber sie würde auf diese Weise zumindest ihre eigenen Schuldgefühle lindern können.

»Wie sieht dein Plan aus?«

»Hmm? Oh, viel ungesundes Zeug essen, viel schlafen.«

»Und was ist da bitte anders als sonst?«

»Ha, ha, ha.« Heather schwenkte den Wein in ihrem Glas. »Okay. Das hier ist also der Ort, an den meine Mutter abgehauen ist, als sie ein Teenager war. Gut möglich, dass ich nie verstehen werde, was sie getan hat, aber vielleicht schaffe ich es, dahin zu kommen, *sie* besser zu verstehen.« Dies war auch der Ort, an dem sie einen Mann kennengelernt hatte, mit dem sie für den Rest ihres Lebens in Verbindung geblieben war, ungeachtet dessen, was und wer er geworden war. Heather erinnerte sich daran, was Pamela Whittaker über die Erde hier gesagt hatte. Dass sie die Erinnerungen in sich aufsog und sie für sich behielt. Sie erinnerte sich an Annas Gesicht, wie es in sich zusammengefallen war, als sie an ihr verschwundenes Baby gedacht hatte. Hier hatte sich Schlimmes ereignet, und die Erde erinnerte sich, tief in ihrem Innern. Sie musste herausfinden, was es war. Was hatte sie jetzt noch zu verlieren? »Ich werde mich morgen umsehen.«

Nikki hob die Zeitung von ihrem Schoß und hielt Heather die Titelseite hin. Ein Foto war darauf zu sehen, etwas zu sehr vergrößert, so dass die Konturen des lächelnden Frauengesichts verschwommen waren. Die reißerische Schlagzeile lautete: »JÜNGSTES OPFER DES ROTEN WOLFS?«

»Was immer du sagst, Hev, wir sind in seinem Gebiet. Also sei vorsichtig beim Herumschnüffeln, ja?«

Heather hob ihr Glas. »Darauf trinke ich.«

34. KAPITEL

Früher

Colleens Wohnwagen stand etwas abseits von den Zelten und Autos. Als Michael auf ihn zufuhr, bemerkte er, dass in den Fenstern überall gelbes Licht schien – sie war heute Abend nicht allein. Er stieg aus dem Transporter, betrachtete sich schnell im Rückspiegel und strich sich ungeduldig das Haar aus der Stirn. Die Dusche in der Frühstückspension war eng und winzig gewesen, und er hatte die Seife fast völlig aufgebraucht. Seit dem Vorfall war er so vorsichtig wie nie zuvor, doch es konnte nicht schaden, noch mal alles zu überprüfen – Blutflecken hatten die Angewohnheit, dort zu landen, wo man mit dem Waschlappen nicht hinkam.

Zufrieden ging er zum Wohnwagen und öffnete die Tür zu ihrem kleinen, nach Patschuli riechenden Wohnraum. Drei Frauen blicken zu ihm auf, sichtlich erschrocken. Die erste war Colleen. Sie trug ein langes, etwas fadenscheiniges Kleid und hatte eine rosa Blume im Haar – eine Hundsrose, glaubte er. Die zweite Frau kannte er nur flüchtig. Sie lag ausgestreckt in der Ecke der Sitzbank, dort, wo er immer gern saß. Sie war hochschwanger und ihr gewölbter Bauch zeichnete sich unter einem gelben T-Shirt ab, das viel zu klein war. Sie blickte ihn durch eine Wolke von Tabakrauch hindurch an. Die dritte Frau war eine der Bickerstaff-Schwestern, welche davon, war Michael sich nicht sicher. Im Vergleich zu der schwangeren Frau wirkte sie zu lebhaft, und sie zog verschmitzt die Augenbrauen hoch.

»Sieh mal einer an, wen haben wir denn da«, sagte sie.

Michael schloss die Tür hinter sich. Für eine Sekunde war er zwischen zwei Bildern gefangen: dem des Mädchens, das er außerhalb von Eccleston auf einem Feld zurückgelassen hatte, ihr Pullover rot durchtränkt, ihr Mund voller Stiefmütterchen, und dem der drei Frauen im Wohnwagen – die junge, hübsche Colleen, die sich auf die Unterlippe biss, die unbekannte schwangere Frau, die sehr bald Mutter werden würde, und die Bickerstaff-Schwester, deren Gesicht jung und faltenlos war, aber dennoch so wissend wie das eines alten Weibs. Er hatte zumindest das Herz der Mädchens im Wald vergraben. Der Gedanke daran beruhigte ihn.

»Mike, ich habe nicht gedacht, dass du heute Abend noch zurückkommen würdest.« Colleen stand auf und kam verlegen auf ihn zu. Sie schlang die Arme um seine Taille und drückte ihn. »Wir machen einen Mädelsabend.«

»Nett.« Er hatte Schwierigkeiten zu sprechen, die Worte blieben ihm im Hals stecken. So war es immer, wenn er dem Wald ein Herz zurückgegeben hatte. Als wäre ein Teil von ihm zurück im Schrank, zurück in der Zeit, in der er keinen Ton gesagt hatte.

»Hast du die Nachrichten gesehen?« Die Bickerstaff-Schwester – ihr Name war Lizbet oder Beryl – schob ihm eine Zeitung zu, eine der Boulevardzeitungen. Die reißerische Schlagzeile lautete: »FÜNFTES MUTMASSLICHES OPFER DES ROTEN WOLFS«. Darunter war ein unscharfes Foto einer stämmigen Frau mit dichtem, lockigem Haar abgebildet. Die Aufnahme stammte von einer Hochzeit, und sie trug ein besonders unvorteilhaftes pfirsichfarbenes Brautjungfernkleid. Das hatte sie nicht angehabt, als Michael sie zuletzt gesehen hatte. Lizbets oder Beryls Mundwinkel wanderten nach unten. »Schreckliche Sache, oder? Er muss ein Monster sein. Was meinst du, Janie?«

Sie stupste die schwangere Frau an, die mehr als drei Sekunden brauchte, um zu reagieren. Wackelnd hob sie den Kopf. Sie hatte Schwierigkeiten, ihren Blick auf die Zeitung zu fokussieren. Michael sah, wie sie versuchte, die Schlagzeile zu lesen. Schließlich zuckte sie mit den Achseln, schaute weg und drückte ihre Zigarette in dem Aschenbecher aus, der vor Stummeln überquoll. *Drogen.*

»Das ist beängstigend«, sagte Colleen. »Ich wünschte, sie würden ihm nicht diesen Namen geben. Das macht es alles nur, ich weiß nicht, irgendwie glamourös.«

»Der Rote Wolf«, wiederholte die Bickerstaff-Schwester. Dann grinste sie, beugte sich zu der schwangeren Frau und strich ihr über den Bauch. »Kein großer böser Wolf in deinen Gutenachtgeschichten, Kleines?«

Das schien die Frau in dem gelben T-Shirt ein bisschen wachzurütteln. »Hast du was für mich, Beryl?«

»Beryl und Lizbet sind Krankenschwestern«, erklärte Colleen. Sie sah Michael an, als versuchte sie, ihn von etwas zu überzeugen. »Sie kümmern sich um Janie.«

»Eine natürliche Geburt«, sagte Beryl und schaute Janie liebevoll an. »Ein Kind, unter Sternen geboren. Wäre das nicht was?«

Michael zuckte mit den Achseln. Er wusste bereits, dass die Bickerstaff-Schwestern viele Frauen in der Kommune mit der Antibabypille versorgten und dass Colleen sie gewissenhaft einnahm. Er fragte nicht, welche Mittel sie sonst noch austeilten, oder warum die schwangere Janie offensichtlich Kette rauchte. Stattdessen löste er sich aus Colleens Armen und wandte sich zur Tür.

»Geh nicht!«, sagte Colleen. »Wir haben bloß …«

»Ich bin gleich wieder da, ich muss nur noch etwas frische Luft schnappen.« Ihm entging nicht der Blick, den Beryl Bickerstaff ihm zuwarf, als er hinaustrat – kalt und berechnend, wie eine Katze, die überlegte, ob sich das Jagen einer Maus lohnte.

Schon nach nur wenigen Minuten in dem verrauchten Wohnwagen schmeckte die Nachtluft süß und einladend. Dankbar lief er den Weg zurück zum Haus, auch wenn er es bedauerte, Colleen zurückgelassen zu haben. Sie mochte das große Haus nicht und weigerte sich, dort zu übernachten. Sie hatte nie genau erklärt, warum das so war – es war eine Einstellung, die Michael verwunderte. Immerhin war das Haus kein heruntergewirtschafteter Bauernhof, umgeben von trostlosen Feldern, und erst recht kein enger Schrank. Er ging den Hügel hinauf, und auf der Hälfte des Wegs kam ihm der Mann entgegen. Der Hund war nirgends zu sehen.

»Guten Abend, mein Junge.« Michael konnte sein Gesicht in der Dunkelheit nicht richtig erkennen, aber das Grinsen in seiner Stimme hören.

»Die Bickerstaff-Schwestern. Was wissen sie?«

Der Mann wandte sich ab, und das Mondlicht schien in einem silbernen Streifen auf sein Gesicht, wodurch die große Nase, die langen Ohren und der matte Glanz seines Glasauges sichtbar wurden. Er grinste noch immer.

»Sie sind nützlich«, antwortete er nur.

Michael nickte, obwohl er nicht dieser Meinung war. »Ich wünschte mir, du hättest mich nicht dazu gebracht, diese Nachricht zu hinterlassen«, sagte er nach einem Augenblick.

»Warum nicht? Warum sollten sie deinen Namen nicht kennen?«

»Der Rote Wolf.« Ihn laut auszusprechen war aufregend, aber es bereitete ihm auch einen tiefen, traurigen Schmerz, den er nicht erklären konnte. Der Name kam dem zu nahe, worüber sie nie sprachen. Sobald er ihn sagte, hatte er das Gefühl, dass alles zerplatzte, wie eine Seifenblase. »Die Zeitungen haben ihn benutzt. Und sie verstehen nicht. Nicht wirklich.«

Der Mann schnaubte. »Das ist die Last, die wir zu tragen haben. Nie verstanden zu werden.«

Eine Weile stand Michael regungslos da und schwieg. Lachen und Wortfetzen drangen aus der Ferne herüber, und das orange Licht von Lagerfeuern leuchtete auf. Doch hier auf dem Hügel war es kalt, und die Finsternis von Fiddler's Wood schien an ihm zu zerren. Er sehnte sich danach, in seinen Wald zu gehen, mit den frischen Bildern noch im Kopf, und die Herzen zu besuchen, die unter der Erde für ihn schlugen, aber der Gedanke an Colleen hielt ihn zurück.

»Was machst du hier? Mit ihnen?« Er deute auf das Lager am Fuß des Hügels und bedauerte bereits seine Frage.

Doch der Mann schien nicht besorgt zu sein. Er grinste. Seine langen Zähne wurden sichtbar, und er ähnelte gespenstisch seinem Hund.

»Das mache ich für dich, mein Junge. Für meinen kleinen Barghest. Ich habe mich doch immer um doch gekümmert, oder? Immer für dich gesorgt.«

Michael nickte. Das konnte er nicht bestreiten.

»Dann vertrau mir.«

Der Mann ging in einem leichten Laufschritt weiter den Hügel hinunter und wirkte sehr viel jünger, als er war. Michael blickte ihm hinterher und atmete den dunklen Duft des Abends ein.

35. KAPITEL

Das Wetter war freundlich und kalt an diesem Morgen und der Himmel blau. Nur ein paar wenige dünne Wolken zeigten sich im Osten. Heather und Nikki traten langsam aus dem Haus, mit einer für Stadtmenschen typischen Vorsicht, wenn sie sich plötzlich mit einer großen Stille konfrontiert sahen. Nikki hielt einen Plan in der Hand, der ebenfalls auf dem Tisch gelegen hatte und die Umgebung zeigte.

»Das Gelände ist riesig und wirklich weitläufig. Das nächste Cottage ist meilenweit entfernt.«

Der Wind war stärker geworden und fegte altes Laub über die kleine Einfahrt. Heather schniefte und nestelte am Kragen ihrer Jacke herum. Sie hatte zum ersten Mal seit einer Woche wieder durchgeschlafen, und der Strahl der heißen Dusche war so stark gewesen, dass sie schon das Gefühl einer Massage gehabt hatte. *Mir geht's hier besser*, dachte sie, und ihr Blick wanderte über das Gras und die Bäume. *Ich hätte wissen müssen, dass dieses Haus mich krank macht*. Sie sah auf den Plan, mit dem Nikki in ihre Richtung wedelte, und zog die Augenbrauen hoch.

»Leute vom Land«, sagte sie schließlich, »gehen doch unheimlich gern spazieren, oder?«

»Die gute Nachricht ist die, dass wir im Hotel frühstücken können, obwohl wir dort nicht übernachten. Was hältst du davon?«

Sie stiegen in den Wagen ein und fuhren den Weg zurück, den sie gestern Abend gekommen waren. Der Weg war ziemlich lang, stellte Heather fest – zu Fuß hätten sie mindestens eine Stunde gebraucht. Schließlich tauchte das Hauptgebäude von Fiddler's Mill auf, das fast genauso aussah wie auf den vielen Bildern und Fotografien, die Heather in der Wohnung von whytewitch gesehen hatte. Das Haus hatte moderne Fenster und eine neue Kieseinfahrt bekommen, aber das dunkelgraue Mauerwerk, dessen Farbe an einen verregneten Nachmittag erinnerte und dem Bauwerk Größe und Bedeutung verlieh, war unverändert geblieben. Auf dem weiträumigen Parkplatz standen nur eine Handvoll Fahrzeuge, und der große Haupteingang war geschlossen.

Nikki stellte das Auto ab. Sie stiegen aus, standen einen Augenblick lang da und blickten den Hügel hinab. Am Ende des Wegs, den sie hochgekommen waren, verlief ein breiter Waldstreifen quer durch die Landschaft. Er wirkte undurchdringlich aus dieser Entfernung. Heather sah weit und breit niemanden.

»Ist wohl die falsche Jahreszeit für einen Ort wie diesen«, sagte sie. »Die Leute mit genügend Geld und Verstand haben sich über den Winter ins Ausland verzogen.«

»Komm, lass uns reingehen.«

Der Empfangsbereich war großzügig und geschmackvoll gestaltet. Doch eine Reihe großer weißer Schilder, die auf die unterschiedlichen Wellnessbehandlungen in *Fiddler's Mill Spa* hinwiesen, störten das Bild. Eine junge Frau mit orangefarbenem Gesicht und gelbem Haar strahlte sie von ihrem Platz hinter dem Empfang aus an.

»Kann ich Ihnen helfen?«

»Wir würden hier gern frühstücken«, sagte Nikki. »Ist das Restaurant geöffnet?«

»Ja, natürlich.« Die junge Frau schob einen Prospekt über die Theke, auf dem eine Avocado abgebildet war, und nicht, wie Heather vielleicht gehofft hatte, Speck und Eier. »Hier ist die

Speisekarte. Das Restaurant befindet sich direkt hinter dem bogenförmigen Durchgang auf der rechten Seite. Ich wünsche Ihnen einen wunderschönen Tag.«

»Könnte ich Ihnen ein paar Fragen stellen?« Heather stützte sich mit verschränkten Armen auf die Theke.

»Selbstverständlich«, antwortete die Empfangsdame und schaltete ihr Lächeln von Zufriedener-Kunde auf Eingehende-Frage.

»Wissen Sie etwas über die Geschichte dieses Hauses? Insbesondere über die Kommune, die in den 1970er und 1980er Jahren hier auf dem Gelände gelebt hat?«

Die Frau nickte vorsichtig und zog einen weiteren Prospekt aus einer Schublade hervor. Ein Schwarz-Weiß-Foto des Hauses war darauf abgebildet. »Bitte sehr. Fiddler's Mill wurde am Ende des achtzehnten Jahrhunderts erbaut und kann auf eine interessante Geschichte zurückblicken. Die wichtigsten Ereignisse werden in diesem Prospekt beleuchtet.«

»Aha, auf eine interessante Geschichte.« Heather nickte bedächtig, ihr Blick auf die Broschüre gerichtet. »Und was ist mit den Gerüchten, dass der Rote Wolf hier einmal gelebt haben soll? Wissen Sie etwas darüber? Über Michael Reave?«

Das Lächeln verschwand. »Wie bitte?«

»Ich weiß aus zuverlässiger Quelle, dass er ab den 1970er Jahren Teil der Kommune war …«

»Davon weiß ich nichts.«

»Sind Sie sich sicher? Denn …«

»Nein, ernsthaft, das weiß ich nicht.« Die Frau beugte sich vor. »Uns wurde gesagt, dass wir die Sache mit der Kommune herunterspielen sollen, wegen der vielen Drogen und so.« Sie blickte sick kurz um, als könnte ihr Chef jeden Moment um die Ecke geschossen kommen. »Aber ich habe nie etwas über den Roten Wolf gehört. Meinen Sie das im Ernst?«

»Ist auf dem Gelände hier noch viel übrig aus dieser Zeit? Können Sie mir das sagen?«

Die Frau verzog das Gesicht und lehnte sich zurück. Als sie sich erneut umblickte, war klar, dass sie nach jemandem suchte, der sich um diese Gäste kümmerte. Heather senkte ihre Stimme. Sie konnte Nikkis Unbehagen neben sich spüren.

»Ich möchte nur ein paar Dinge aus jener Zeit in Erfahrung bringen. Wie viele Leute übernachten hier gerade im Hotel? Nicht viele, vermute ich, aber da draußen auf dem Parkplatz stehen ein paar Autos herum – glauben Sie, dass Ihre Gäste über die Geschichte dieses Hauses Bescheid wissen wollen? Also, dass der Rote Wolf sich auf diesen Feldern herumgetrieben hat, wenn er einmal gerade keine Leichen zerlegt hat? Bestimmt gibt es Menschen, die völlig aus dem Häuschen wären, wenn sie das hören würden, aber ich bezweifle, dass es dieselben Menschen sind, die hier achthundert Pfund hinblättern für etwas Ruhe und Frieden und Massagen mit heißen Steinen. Und schon gar nicht, wenn ein besonders großer Bewunderer des Roten Wolfs jetzt wieder Ärger macht.«

Die Empfangsdame holte tief Luft und kramte einen Plan hervor. Es war der gleiche Plan, den Nikki bereits hatte. Sie griff nach einem Kuli und nahm hastig einige Ergänzungen vor.

»Hören Sie, aus der Zeit von damals ist nicht viel übrig geblieben, außer dem großen Gebäude selbst, einigen Privatgrundstücken im Nordwesten des Anwesens mit ein paar alten, in sich zusammenfallenden Häusern – die meisten davon noch immer bewohnt – und einem Stück Land mit einem Wohnwagen darauf.« Sie markierte noch ein paar Stellen mehr auf dem Plan, ehe sie ihn Heather reichte, ihr Mund gespitzt. »Das weiß ich auch nur deshalb, weil ich hier war, als die neuen Straßen gebaut wurden – und dafür war die Einwilligung der noch immer auf dem Gelände lebenden Anwohner notwendig.«

»Danke.« Heather steckte den Plan in ihre Hosentasche. »Wem gehört dieses Hotel überhaupt?«

»Verflucht, können Sie das nicht googeln?« Die Rezeptionistin schüttelte leicht den Kopf und setzte ihr freundliches, kundenorientiertes Lächeln wieder auf. »Es ist Teil einer Kette von Wellness-Hotels, die im Besitz einer Privatperson und einer Umweltstiftung sind.«

»*Oak Leaf*«, erwiderte Heather und erinnerte sich an das Logo der Eichel auf dem Willkommensschild.

Nikki runzelte die Stirn. »Eine Umweltstiftung? Warum besitzt die denn einen Spa?«

»Auf diese Weise verhindert man, dass das Land bebaut wird«, antwortete Heather und trat von der Theke zurück. »Andernfalls würde es in viele kleine Parzellen aufgeteilt, verkauft und mit Einkaufszentren bebaut werden.« Sie lächelte die Empfangsdame freundlich an. »Danke, wir gehen jetzt frühstücken, versprochen.«

»Ist das zu fassen?«, rief Heather eine halbe Stunde später entrüstet. »Sie hatten nicht einmal Würstchen.«

»Doch«, entgegnete Nikki, ihr Ton sanft. »Nur eben vegane.«

»Das sind doch keine Würstchen, das sind Schläuche voller Traurigkeit und Bedauern.«

Sie ließen Nikkis Wagen auf dem Parkplatz stehen und gingen den Hügel hinunter. Laut dem markierten Plan waren einige der Privatgrundstücke nur zu Fuß oder mit einem Allradfahrzeug zu erreichen.

»Was willst du machen?«, fragte Nikki, während sie weiter den Hügel hinunterstapften.

»Ich will mich einfach nur umsehen. Ein Gefühl für die Gegend bekommen. Und es wäre toll, wenn wir ein paar der Orte ausfindig machen könnten, die Pamela Whittaker gemalt hat.« In Heathers Tasche steckten Kopien von den meisten ihrer Bilder und Fotografien – das Foto, das ihre Mutter zeigte, war das unterste. »Oder vielleicht sogar die Motive ihrer Fotos. Es wäre interessant zu wissen, wo genau diese Kommune ihre Zelte aufgeschlagen hatte.«

»Sollten wir einem dieser ›Runter-von-meinem-Land‹-Typen begegnen, werde ich es dir überlassen, dich mit ihm auseinanderzusetzen. Du warst gerade ziemlich fies zu dieser Empfangsdame.«

Heather warf Nikki einen Blick zu. »Das ist okay.«

Sie gingen schweigend weiter. Die Stille, vom Rauschen des Windes und vom leisen Vogelgezwitscher erfüllt, war so erdrückend, dass sie sich wie ein körperliches Gewicht anfühlte. Heather widerstrebte es zu sprechen, als ob sie sich damit irgendwie angreifbar machte; obwohl sie nicht wusste, für wen. Schließlich ließen sie die Straßen und gepflegten Rasenflächen hinter sich und kamen zu einem Waldstreifen, durch den ein Trampelpfad führte. Auch wenn der Morgen strahlend war, umgab die Baumgruppe eine Dunkelheit, die sich in den Stämmen und Zweigen zu sammeln schien. Nikki zögerte, als sie an den Waldrand traten.

»Bist du dir sicher, dass dies der richtige Weg ist?«

»Ja, bin ich«, antwortete Heather und zeigte auf den Plan. »Siehst du? Das ist nur ein schmaler Waldstreifen, dahinter liegt eine Lichtung und das erste der alten Häuser. Das hier ist nur ein kleiner Teil des großen Fiddler's Wood.«

Nikki drehte sich um und schaute auf den Hügel. Das Haus von Fiddler's Mill war nun ein gedrungener grauer Kasten. Auf dem Parkplatz trudelten weitere Menschen ein.

»Bringen wir's hinter uns.«

Unter den Bäumen fühlte sich der Winter seltsam nahe an. Die Luft war feucht, was auf Frost und nächtlichen Nebel hindeutete. Der Trampelpfad, dem sie folgten, war voller schlammiger Pfützen. Heather konzentrierte sich darauf, die trockeneren Stellen zu erwischen, so dass sie überrascht war, als der Himmel über ihnen wieder auftauchte. Das Gras war dicht und überwuchert, und die Aufschläge ihrer Jeans wurden schnell nass. Während sie sich den Bäumen auf der anderen Seite näherten, bemerkten sie, dass der Wald sehr viel dichter und dunkler war und der Pfad etwas zugewachsener. Umso größer war ihr Erstaunen, als sie zehn Minuten später aus dem Wald traten, auf einen gepflegten Rasen mit einem adretten, schmucken Haus in der Mitte. Etliche Bäume gruppierten sich auch um den hinteren Teil des Hauses, das aus dem gleichen dunkelgrauen Stein gebaut war wie das von Fiddler's Mill. In der Kieseinfahrt stand ein robust aussehender grüner Landrover, die Reifen voller Schlamm. Daneben parkte ein kleineres, moderneres Auto. Die Haustür öffnete sich, und eine ältere Frau trat hervor, gekleidet in einem dunkelgrünen Regenmantel, eine Reisetasche in beiden Händen. Sie erblickte Nikki und Heather, eindeutig erschrocken, und lehnte sich zurück. Die beiden hörten, wie sie mit jemandem im Haus sprach, konnten aber die Worte nicht verstehen. Dann ging die Frau zu dem kleineren gelben Wagen, stieg ein und fuhr weg – auf der anderen Seite des Grundstücks verlief eine asphaltierte Straße, die zwischen noch mehr Bäumen verschwand.

»Man hat uns entdeckt«, sagte Heather, eine eigentlich überflüssige Feststellung.

Während sie auf das Haus zugingen, tauchte ein Schatten in der Tür auf, der aber nicht vollständig ins Licht trat. Als sie die Kieseinfahrt erreichten, konnte Heather einen alten, buckligen Mann im Eingang ausmachen, der sehr viel älter schien als die Frau, die in dem gelben Auto davongefahren war. Er beobachtete sie und stützte sich auf einen Spazierstock. Die Diele war mit Linoleum ausgelegt, ein quittengelber Boden mit einem grünen Rankenmuster.

»Guten Morgen!« Heather hob die Hand zum Gruß. Der Mann reagierte darauf, indem er lediglich den Kopf leicht zur Seite neigte. Nikki beugte sich zu Heather.

»Lass uns zur Straße weitergehen. Ich glaube nicht, dass hier Fremde willkommen sind«, murmelte sie ihr ins Ohr.

»Komm schon, nur ein kurzer Plausch. Er hat die Gegend vielleicht schon in den 1970er und 1980er Jahren gekannt – auf jeden Fall sieht er alt genug dafür aus.« Sie näherten sich, der Mann war in der Tür des Hauses stehen geblieben. Während das helle Morgenlicht auf ihre Gesichter schien, bemerkte Heather, wie er plötzlich die Stirn runzelte und seine knorrigen Hände den Griff seines Spazierstocks umklammerten. Er war zweifelsohne sehr alt. Seine dünne, knittrige Haut, gesprenkelt mit Muttermalen und Leberflecken, umhüllte einen fast kahlen Kopf. Seine Nase und seine Ohren waren übermäßig groß, typisch für einen Mann in seinem Alter. Er hatte derart krumme Schultern, dass sie seinen schütteren Hinterkopf zu berühren schienen, und er trug ein Hörgerät, der beige Plastikknopf steckte ordentlich in seinem Ohr.

»Hallo«, sagte Heather noch einmal. »Wir sind den Hügel hinunterspaziert und sehen uns ein bisschen um. Das hier ist ein wunderschönes Stück Land.«

Der alte Mann reagierte eine Weile lang nicht – Heather hatte schon das merkwürdige Gefühl, dass ihr Anblick ihn vor Erstaunen hatte erstarren lassen –, doch dann schien er ruckartig zum Leben zu erwachen. Schleppend bewegte er sich aus der Tür hinaus, sein Kopf noch immer zur Seite geneigt, so dass er sie mit einem leicht blutunterlaufenen Auge anstarrte.

»Ja, das ist es, das ist es, und Sie haben sich einen herrlichen

Morgen ausgesucht, um es zu erkunden.« Seine Stimme war freundlich und hatte den angenehmen, einheimischen Akzent. »Der Wald singt geradezu, wenn die Sonne scheint.«

»Wissen Sie viel über die Gegend und über das alte Haus auf dem Hügel?«, fragte Heather lächelnd. »Ich bin an Heimatkunde interessiert und möchte immer gern etwas über den Ort erfahren, an dem ich gerade bin.«

Der Mann hielt kurz inne und blinzelte die beiden in dem hellen Sonnenlicht an. Die Art und Weise, wie er Heather betrachtete, als durchschaute er sofort ihre Lügen, ließ all ihre Befürchtungen schlagartig wieder zurückkehren. Dann trat er sichtlich mühevoll zur Seite und deutete auf die im Dunkeln liegende Diele.

»Meine Damen, da sind Sie hier genau richtig, und Linda hat zufällig einen Tee gemacht, bevor Sie gegangen ist. Wollen Sie auf eine Tasse hereinkommen?«

Heather schaute kurz hinüber zu Nikki, nahm ihr winziges Schulterzucken wahr, und wandte sich wieder dem alten Mann zu.

»Sehr gerne, vielen Dank.«

Er schlurfte zurück ins Haus, und sie folgten ihm die dunkle Diele entlang. Heather erblickte eine alte, schäbige Tapete. Mehrere gerahmte Schwarz-Weiß-Fotos hingen an den Wänden. Dann bogen sie nach rechts ab in ein großes Wohnzimmer, das mit Drucken und Gemälden geschmückt war. Eine lange Fensterreihe gab den Blick frei auf einen Rasen, der in den Wald führte.

»Das ist ein wunderschönes Haus«, stellte Nikki fest und trat an das Fenster, um hinauszusehen. »Hier lebt es sich bestimmt sehr friedlich.«

»Oh ja, oh ja. Ich bin übrigens Bert – es ist schön, heute Morgen etwas Gesellschaft zu haben. Linda, Gott segne sie, erzählt mir gerne den ganzen Putzfrauen-Tratsch, aber meistens weiß ich gar nicht, wovon sie redet.«

Die beiden stellten sich vor, und Heather erfasste ein Gefühl der Unwirklichkeit, als sie so im Zuhause eines Fremden stand, das Haus ihrer Mutter – und ihre Geister – weit weg. Das Gefühl verstärkte sich noch, als sie sich umdrehte, um auf dem nächstgelegenen Sofa Platz zu nehmen, und einen verwaisten Hundekorb in der Ecke stehen sah. Heather wandte sich wieder zu Bert um, wollte ihn nach dem Hund fragen, doch der alte Mann hatte das Wohnzimmer verlassen und trottete über den Hausflur. Stattdessen sah sie Nikki an, die auf die Bilder an den Wänden starrte.

»Ist das nicht ein Foto von Fiddler's Mill?«

Heather blickte auf das Foto, auf das Nikki mit ihrem Kinn deutete. Es war eine Aufnahme, die denen in whtyewitchs Album sehr ähnelte, nur dass die hier sehr viel älter aussah. Männer und Frauen in unterschiedlichen Dienstbotenuniformen standen in einer langen Reihe auf dem Kiesweg, daneben, etwas verlegen, eine Handvoll Menschen in altmodischen Kleidern. Nach der Mode und einem äußerst altertümlichen Auto zu urteilen, das ins Foto ragte, vermutete Heather, dass es aus den 1920er oder 1930er Jahren stammte.

»Bevor die Ungewaschenen hier einfielen«, murmelte Heather. Einen Augenblick später tauchte Bert wieder auf, ein Tablett mit einer Teekanne und Tassen in den Händen. Nikki sprang auf und half ihm, es auf dem Couchtisch abzustellen. Nachdem der Tee eingegossen war und sie ihre kalten Finger an den Tassen wärmten, beugte Bert sich vor, seine Stimme plötzlich viel klarer.

»Was möchten Sie denn gern wissen?«

Heather nippte an ihrem Tee und zuckte mit den Achseln. »Hier gab es doch in den 1970er Jahren mal eine Kommune, nicht wahr? Haben Sie da schon hier gelebt?«

Der alte Mann nickte bedächtig, sah die beiden dabei aber nicht an, so als würde er sich selbst etwas bestätigen.

»O ja, das habe ich. Das war ein sehr lebhaftes Trüppchen, sehr lebhaft. Ich erinnere mich an die Zeit, als es so richtig rundging, da waren sie alle sehr *ausgelassen.*« Er lächelte wieder und offenbarte seine langen Zähne.

»Wissen Sie, wer damals in dem großen Haus von Fiddler's Mill gelebt hat?« Nikki lächelte, um die Unverblümtheit ihrer Frage abzuschwächen. »Es ist einfach interessant, sich mit der die Geschichte eines Ortes zu befassen, während man sich dort aufhält.«

»Ach, Sie sind im großen Haus?«, sagte Bert, und Heather hatte das seltsame Gefühl, dass er wusste, dass er belogen wurde. Trotzdem nickte sie. Er rieb den Daumen über den Henkel seiner Teetasse. Hin und her, hin und her. »Ich kann mich nicht mehr so recht erinnern. Über viele Generationen hinweg gehörte es ein und derselben Familie, aber sie schrumpfte im Laufe der Jahre, wie das mit großen Familien manchmal so ist.« Mit der anderen Hand umklammerte er krampfartig sein Knie, und etwas an dieser Bewegung ließ Heather schaudern. Es erinnerte sie an eine Krabbe, die sich seitwärts über ein ödes Stück Strand kämpfte. »Es gab eine Menge Klatsch und Tratsch über die Familie, das meiste davon war ziemlich boshaft.« In seinem Gesicht flackerte ein Grinsen auf, dann war es verschwunden. »Irgendwann wurde das Haus an diese Gesellschaft verkauft, der es auch heute noch gehört. Ich bin mir sicher, die Familie war froh, das Anwesen los zu sein. So etwas zu unterhalten ist nicht einfach.«

»Woran können Sie sich bei der Kommune noch erinnern?«

Er schniefte, nickte und lehnte sich in seinen Sessel zurück. »An viel Lärm. Sie haben viel Lärm gemacht. Und sie haben seltsame Dinge im Wald getrieben. Manches davon hätte meinem

Vater die Haare zu Berge stehen lassen, aber wir leben nun einmal in einer anderen Zeit, nicht wahr? Einer ganz anderen.« Er sah zum Fenster hinaus, das Sonnenlicht schien auf seinen kahlen Schädel. »Ich will gar nicht so tun, als hätte ich viel von dem verstanden, was sie da gemacht haben, aber ich habe ihnen geholfen, wo ich konnte. Manchmal habe ich ihnen Lebensmittel gebracht und ihnen erklärt, welche Pilze sie gefahrlos essen konnten.« Er lächelte. »Obwohl manche von ihnen eher an den nicht so gefahrlosen Sorten interessiert waren, wenn Sie verstehen, was ich meine.«

Er stellte die Teetasse ab, und Heather bemerkte zum ersten Mal die dunklen rötlich braunen Kränze unter seinen Fingernägeln, als hätte er in der Erde gewühlt.

»Haben Sie sie gut gekannt?«, fragte Heather. »Also, die jungen Leute, meine ich. Meine Mutter kennt eine Frau namens Pamela, die eine Zeitlang hier gelebt hat – vielleicht sind Sie ihr begegnet?« Die Sonne verschwand hinter ein paar Wolken, und das Wohnzimmer verdunkelte sich. Irgendwas daran bereitete Heather Unbehagen. Der Rasen vor dem Fenster wirkte plötzlich trostlos, und der Wald, der sich daran anschloss, sah gruselig aus. »Viele der jungen Leute waren hier, um von ihren Eltern wegzukommen und ein interessanteres, freieres Leben zu führen. Sie wollten das Land kennenlernen, näher an der Wildnis leben, aber den meisten gefiel es dann doch nicht mehr so gut, als der Winter kam und es kalt wurde. Sie fingen an, die Zentralheizung ihrer Eltern zu vermissen.« Bert lächelte erneut, und unzählige kleine Fältchen erschienen um seine Augen. »Einige jedoch waren wirklich engagiert. Sie liebten dieses Stück Erde hier wirklich und fühlten eine tiefe Verbundenheit. Aber an einzelne Namen kann ich mich leider nicht mehr erinnern.« Er tippte gegen seinen Kopf. »Alles nicht mehr so frisch wie früher, leider Gottes.«

»Hört sich so an, als hätten Sie viel Zeit dort verbracht«, meinte Nikki.

»Ich habe ihnen nur geholfen, das ist alles. Ich kann nicht behaupten, dass ich verstanden hätte, worum es ihnen ging«, sagte Bert, und die ganze Entschlossenheit, die bisher in seiner Stimme gelegen hatte, war verschwunden. Plötzlich hatte Heather ein schlechtes Gewissen, und sie sah Bert, wie er war: ein sehr alter Mann, der allein in einem abgelegenen Haus lebte.

»Können Sie uns sonst noch etwas über diese Gegend erzählen?«

Sein Gesicht leuchtete auf. »Oh ja, das hier ist ein geschichtsträchtiger Ort.« Er stand auf, ragte fast bedrohlich über ihnen auf, und Heather erkennte, dass er einmal sehr groß gewesen sein musste, bevor sein Rücken sich gekrümmt hatte. Er schlurfte zu einem Schrank, zog ein paar Unterlagen heraus und kehrte zum Couchtisch zurück. Anders als die Hochglanzbroschüren des Hotels waren dies Schwarz-Weiß-Prospekte auf billigem Papier.

»Eine Schlacht im Bürgerkrieg, ungefähr eine Meile von hier entfernt.« Bert nahm eine der Broschüren zur Hand und reichte sie Heather. Auf der Vorderseite war die Zeichnung eines sogenannten Rundkopf-Soldaten, eines Anhängers des Parlaments. Sie war offensichtlich aus einem Geschichtsbuch kopiert worden. »Wie es scheint, eine äußerst blutige Schlacht. Natürlich ist davon nichts mehr zu sehen, aber Sie können sich den Schauplatz anschauen und die Atmosphäre in sich aufnehmen. Der Sage nach soll es dort spuken.«

»Spuken?«, fragte Nikki.

Bert lächelte, als würde ihn die Absurdität der Geschichte amüsieren. »Gehen Sie in einer mondlosen Nacht dorthin, und Sie werden die Geräusche der Schlacht hören. Hier gibt es viele solcher Legenden. Die weiße Frau, die auf den abgelegenen Straßen herumgeistert, und der Barghest, der über die Felder und Wege schleicht und alle einsamen Orte heimsucht.«

»Barghest?« Heather trank einen Schluck von ihrem Tee, der unangenehm nach Gras schmeckte. »Was ist das?«

»So nennt man einen Geisterhund«, antwortete Bert. »Hier im Norden kursieren die unterschiedlichsten Legenden dazu. Sie heißen Black Shuck, Gyrtrash oder Padfoot. Dämonische Hunde. Ein populärer Bestandteil der britischen Folklore. Glühende Augen und sabbernde Lefzen.« Er kicherte in sich hinein.

Heather spürte erneut Unbehagen in sich aufsteigen und dachte an den Abschiedsbrief ihrer Mutter: *Monster im Wald*. Der alte Mann wühlte wieder in den Broschüren herum, offenbar auf der Suche nach etwas Bestimmtem. Trotz des Tees fror Heather, und sie stellte fest, dass sie Bert nicht mochte. Dass sie ihn überhaupt nicht mochte, obwohl sie nicht sagen konnte, warum. Er nickte, als er das entdeckte, wonach er gesucht hatte, und reichte Nikki ein Foto. Darauf war ein dichter Wald im Frühling zu sehen, erleuchtet vom goldenen Morgenlicht, und der Boden übersät mit Glockenblumen.

»Das ist wunderschön«, sagte Nikki und Bert nickte ernst.

»Dieser Wald – Fiddler's Wood, durch den Sie ein kleines Stück gelaufen sind auf dem Weg zu meinem Haus – ist ein Urwald. Haben Sie das gewusst?«

»Sind nicht alle Wälder ziemlich alt?«, warf Heather ein.

»Oh nein«, antwortete Bert und lehnte sich in seinen Sessel zurück, die Hände auf die Beine gestützt, so dass seine Ellenbogen nach außen zeigten, als wollte er Nikki und Heather gleich eine schmerzhafte Rechnung für eine Autoreparatur vorlegen. Er sog Luft durch seine gelben Zähne ein und schüttelte den Kopf. »Oh nein. Bäume sind gepflanzt und ganze Wälder angelegt worden. Aber Urwälder gibt es schon seit langer Zeit. Sehr viel länger, als manche von uns hier gewesen sind.« Bert warf Nikki einen kurzen Blick zu und Heather versteifte sich, aber er führte seine Äußerung nicht näher aus. »Urwälder sind Wälder, die schon vor 1600 existiert haben. Wenn es sie vor diesem Zeitpunkt gegeben hat, wurden sie sehr wahrscheinlich nicht gepflanzt – sondern sind hier natürlich gewachsen. Sie sind damit schon immer ein Teil dieser Landschaft.« Er beugte sich vor und tippte mit einem etwas zu langen Fingernagel auf das Foto. »Glockenblumen sind oft ein Zeichen dafür, dass ein Wald ein Urwald ist. So wie auch Buschwindröschen und Primeln. Diese Blumen gibt es alle noch hier in Fiddler's Wood«, sagte er mit offensichtlichem Stolz, und Heather kämpfte den Drang nieder, ihn zu fragen, ob er den Wald vielleicht in seiner Jugend angepflanzt hatte – immerhin sah er alt genug dafür aus.

»Wo wurde dieses Foto gemacht? Hier in der Nähe?«

Nikki hatte eine andere Aufnahme zur Hand genommen, die einen frostig aussehenden Strand, einen blassgrauen Himmel und einen mit Schaumkronen getupften stählernen Streifen Meer zeigte. Der Szene strahlte wilde Romantik aus, und ein seltsames Gebäude befand sich seitlich am Rand. Heather griff nach dem Foto, um es näher zu betrachten.

»Ach, das«, sagte Bert und zog seine Augenbrauen hoch. »Ja, das wurde hier in der Nähe gemacht. Sie müssen durch Fiddler's Wood gehen und dann noch ein Stück weiter bis zum Meer.«

»Und was ist das?«, fragte Heather und tippte auf das Gebäude. Es war ein hohes Bauwerk aus warmem bräunlichem Stein mit ein paar schmalen Bleiglasfenstern. Es stand allein da, ein Turm auf einer Landzunge.

»Es wird Fiddler's Folly genannt. Die Familie, der das große Haus gehörte, hat es errichten lassen. Viele Gerüchte ranken sich darum, warum und wofür es gebaut wurde.« Er grinste und sah die beiden mit schiefgelegtem Kopf an. »Aber niemand weiß es. Also, nicht wirklich. Inzwischen ist es verlassen.«

Als sie ihren Tee ausgetrunken hatten, brachte Bert sie zur Haustür. Die Sonne war verschwunden und durch eine dicke dunkle Wolkendecke ersetzt worden, die nach Regen aussah.

Der alte Mann blickte zum Himmel und lächelte leicht. »Tja, scheint, als hätte die Sonne sich von Ihnen verabschiedet.« Er drehte sich um und sah Heather an. »Passen Sie auf sich auf, ja?«

36. KAPITEL

Sie schafften es durch das erste Stück Wald, ehe ein heftiger, prasselnder Regen einsetzte, der vermuten ließ, dass er für den Rest des Tages nicht mehr aufhören würde. Die Regenschirme aufgespannt, beschlossen sie, eine Abkürzung zu nehmen, liefen durch eine weitere, etwas lichtere Gruppe von Bäumen, und stießen auf einem uralt aussehenden Wohnwagen. Er war einmal weiß gewesen und hatte einen rot-braunen Seitenstreifen gehabt, doch mittlerweile überzogen ihn Rostflecken und eine dicke Schicht aus Laub und kleinen Zweigen. Irgendwann hatte jemand versucht, den Schrotthaufen mit Maschendraht einzuzäunen, aber der größte Teil davon war umgefallen, und dichtes Gestrüpp wuchs um die Reifen herum.

»He, der muss noch von der Kommune stammen. Willst du einen Blick hineinwerfen?«

Nikki verzog das Gesicht. Es regnete immer heftiger, und der Boden unter ihren Stiefeln verwandelte sich schnell in Matsch. »Können wir nicht später wiederkommen? Wir sollten gehen und das Auto holen.«

»Geh du. Ich komme gleich nach.«

»Bist du dir sicher?«

Heather nickte. »Geh nur. Ich möchte mich nur kurz umsehen. Und dann mache ich mich auch auf den Weg zurück zum Cottage. Ich denke, mit unserer Erkundungstour ist für heute Schluss.«

Als Nikki in Richtung Lichtung losgestapft war, bahnte sich Heather einen Weg durch das dichte Gestrüpp, bis sie die klapprig aussehende Tür des Wohnwagens erreichte. Sie ließ sich mühelos mit einem festen Tritt öffnen. Heather klappte ihren Regenschirm zu und trat ein.

Es war dunkel, das einzige Licht fiel durch eine Reihe kleiner, schmutziger Fenster, und es roch stark nach feuchter, muffiger Kleidung. Heather zog ihr Handy hervor, schaltete die Taschenlampenfunktion ein und drehte sich langsam um die eigene Achse, um den Raum zu erfassen. Es gab eine Art Wohnzimmer, Sitze mit Polstern, die in Betten verwandeln werden konnten, einen herunterklappbaren Tisch und Hängeschränke. Weiter hinten war ein winziges Spülbecken, und an den Wänden waren noch mehr Hängeschränke angebracht. Eine geschlossene Tür am Ende des Wohnwagens führte zu einem weiteren Raum. Die Einrichtung ließ darauf schließen, dass der Wohnwagen bestimmt älter als vierzig Jahre war – orange-braune Tapete mit üppigem Blumenmuster, Anti-Atomwaffen-Aufkleber an den Schranktüren, ein paar Schlumpfaufkleber am Kühlschrank, die blauen Gesichter voller Stockflecken. Interessanterweise fand Heather Anzeichen dafür, dass die Besitzer eine Art alternativen Lebensstil gepflegt hatten. Sie entdeckte etwas, das nur eine sehr alte Bong sein konnte, umgestülpt im Waschbecken und ein Uraltposter an der Wand mit den Tierkreiszeichen, den verschiedenen Mondphasen und anderen Esoterikratschlägen.

Heather begann, den Wohnwagen zu inspizieren. Der Gestank zog langsam ihre Kehle hinunter. Der Regen hatte zugenommen und trommelte tosend auf das Dach. Sie öffnete einen der kleinen Schränke mit ihrer freien Hand und verzog das Gesicht beim Anblick der dicken Spinnweben. Im Schrank darüber stieß sie auf viele kleine braune Glasflaschen mit weißen Verschlüssen. Sie richtete das Licht des Handys darauf, um die Etiketten zu entziffern, doch sie waren über die vielen Jahre unleserlich geworden. Weiter hinten im Schrank entdeckte sie verschiedene Nadeln, altmodisch aussehende klobige Dinge, mehrere Packungen, die nach Kondomen und alten Pflastern aussahen.

»Sieht aus, als wären hier vor Jahren einmal Jugendliche gewesen und hätten all diesen Kram gehabt.« Sie hielt inne und überlegte es sich anders. »Aber womöglich sind Jugendliche gar nicht so dumm.«

Sie ging weiter durch den Wohnwagen bis zu der kleinen Küchentheke neben dem Spülbecken. Dort lag ein fleckiges Schneidebrett aus Holz, die Oberfläche voller tiefer, kreuz und quer verlaufender Schnitte. Daneben stand auf dem Boden eine große Teekiste, verziert mit Pentagrammen und Runen, die früher wohl einmal silbern gewesen waren. Heathers Mund umspielte ein Lächeln, als sie sich die Hippies vorstellte, die einmal in diesem kleinen, engen Raum gelebt hatten. Sie beugte sich hinunter, um den Deckel zu öffnen. Die Kiste war leer, stellte sie enttäuscht fest, doch als sie den Deckel wieder zuklappen wollte, entdeckte sie einen winzigen weißen Schnipsel, der an einer Ecke am Boden herausragte. Sie bekam ihn mit ihren Fingernägeln zu fassen, zog daran, und ein Zwischenboden klappte auf. Eine kleine Aussparung kam zum Vorschein, gefüllt mit altem Zigarettenpapier und Alufolienresten. Unter den alten Drogenutensilien lagen zwei Polaroids. Ihre vertrauten weißen Ränder versetzten Heather einen unerwarteten nostalgischen Stich. Sie fischte die Fotos heraus und trat zum nächstgelegenen Fenster, um sie im schwachen natürlichen Licht zu betrachten.

Auf beiden waren Babys zu sehen, beide sehr klein, die Gesichter noch immer rot und zerknautscht. Das eine lag auf einer gelben Decke in einem zu großen weißen Strampler – dessen Füße es noch nicht ausfüllte – das andere in den Armen einer Frau. Ihr Kopf war nicht auf dem Foto, er war oberhalb des Kinns durch den Bildrand abgeschnitten. Das Kind war in eine gestrickte blau-rosa Decke gehüllt und blickte irritiert in die Kamera, der typische Gesichtsausdruck aller Säuglinge. Sie erkannte einen zarten roten Flaum auf seiner Kopfhaut.

Heather stand ganz still. Daran war nichts besonders Unheimliches, sagte sie sich. Die Menschen liebten es, Fotos von kleinen Kindern zu machen. Nach ihrem Facebook-Feed zu urteilen, war es ein Zeitvertreib, der nie an Beliebtheit verlieren würde. Doch ihre Gedanken kehrten immer wieder zu Anna zurück, die bei ihrem Besuch im Sanatorium eine Hand auf den Bauch gelegt und gesagt hatte: »Sie haben mir mein Baby weggenommen.« Und je länger Heather das Foto betrachtete, umso seltsamer kam es ihr vor, dass der Kopf der Frau fehlte – hätte der Fotograf nur einen Schritt nach hinten gemacht, hätte er mit Leichtigkeit sowohl Mutter und Kind aufs Bild gekriegt.

Und warum waren diese Fotos noch immer hier? Versteckt in einer Kiste?

Sie drehte die Polaroids um. Auf beiden Rückseiten war ein winziges Herz gemalt worden, mit einem roten Filzstift.

Heather taumelte zurück, und ihr Stiefel trat in etwas Weiches, Nachgiebiges. Sie hob den Fuß an und stieß ein kehliges Geräusch aus. Auf dem Boden lag ein toter Vogel, ein ziemlich großes Exemplar. Maden schlängelten sich durch das Federkleid. Ein kleines, sich windendes Volk.

Reiner Zufall, beruhigte Heather sich selbst, während sie die Fotos in die Tasche steckte. *Reiner Zufall, reiner Zufall.*

In dem Moment erklang ein lautes, polterndes Geräusch aus dem Raum am Ende des Wohnwagens. Etwas warf sich gegen die Tür. Heather drehte sich um und lief los, sprang über den toten Vogel und stürmte aus der Tür hinaus in den Regen. Sie rannte weiter durch das Gras hin zu den Bäumen. Hinter ihr schlug die Wohnwagentür krachend auf, aber sie blickte sich nicht um. Innerhalb von Sekunden war sie tiefer im Wald, das Geräusch ihres eigenen Atems zu laut. Selbst als sie sich zu beruhigen versuchte und sich versicherte, dass sie in Ordnung war – *das war nur ein Fuchs, ein Fuchs, der dort seinen Bau hatte, mehr nicht* – wurde sie das Gefühl nicht los, dass ihr jemand hinterherlief.

Durch den unwegsamen Boden verunsichert, blieb sie taumelnd stehen, lehnte sich gegen einen Baumstamm und zwang sich, den Atem anzuhalten und zu horchen.

Regen prasselte durch die Bäume auf den Boden und schuf eine Geräuschkulisse, die alles andere verschluckte.

»Mist.« Heather holte langsam Luft. Sie konnte aus der Richtung, wo der Wohnwagen stand, etwas hören – es klang, als würde jemand auf Zweige treten. In der Nähe schrie ein Vogel auf, und sie zuckte zusammen.

Vielleicht doch kein Fuchs. Sie starrte in die Richtung, aus der die Geräusche kamen, obwohl sie in der Finsternis niemanden sehen konnte. *Vielleicht ein Landstreicher. Oder jemand, der in den Wohnwagen geflüchtet ist, um sich vor dem Regen zu schützen.*

Heather horchte derart angespannt, dass ihr Rücken zu schmerzen begann, doch zwischen den Bäumen tauchte nichts auf. Wie aufs Stichwort wurde der Regen stärker. Sie hoffte, dass das prasselnde Geräusch ihre Schritte übertönen würde, und so machte sie sich auf den Weg durch den Wald zum Cottage.

Als Heather ankam, fand sie Nikki emsig beschäftigt mit einem Handfeger und einer Schaufel vor.

»Wir sind noch nicht einmal einen ganzen Tag hier, da kannst du doch noch nichts zum Saubermachen gefunden haben«, sagte sie und zog die Stiefel aus. Ihr übermäßig lockerer Tonfall ließ sie zusammenzucken. Sie hatte das Gefühl, vom Wohnwagen und ihrer panikartigen Flucht beschmutzt zu sein. Als hätte sie diese faulige, verdorbene Atmosphäre an diesen behaglichen Ort mitgebracht. Ihr war nach duschen zumute.

»Oh. Na ja.« Nikki verharrte in ihrer Bewegung und musterte den Boden vor der Küchenzeile. »Wir haben wohl ein Fenster aufgelassen. Hier war ein Vogel drin. Überall Federn.«

»Wie bitte?«

»Schon gut, ich habe die meisten eingesammelt, denke ich.« Nikki kippte die Schaufel in den Mülleimer aus, und Heather sah einen kleinen Haufen weicher brauner Federn in der Mülltüte verschwinden. »Der Vogel muss eine Runde im Haus gedreht haben und dann wieder hinausgeflogen sein, der kleine Scheißer … Hev, alles in Ordnung mit dir? Du siehst aus, als müsstest du dich gleich übergeben.«

Heather zog den Mantel aus und wandte sich dabei von Nikki ab, damit sie ihr Gesicht nicht sah. *Was ist mir bis hierher gefolgt? Und wie hat es das gemacht?*

»Hast du in allen Zimmern nachgeschaut? Ich meine, nach dem Vogel?«

»Ja, keine Spur. Bist du dir sicher, dass es dir gut geht?«

»Ja, alles bestens«, antwortete Heather und trat zu Nikki an die Küchentheke. Sie griff nach einer Flasche Wein, die darauf stand, und goss sich ein Glas ein. *Wahrscheinlich ist es gar nichts*, sagte sie sich, obwohl die Übelkeit in ihrem Magen nur noch schlimmer zu werden schien. *Wenn du es ihr erzählst, wirst du sie nur grundlos verängstigen.* »Aber ich bin ein bisschen müde. Wie wär's, wenn wir heute einfach Pause machen und uns ein bisschen ausruhen? Ich möchte ein Glas Wein trinken und ein heißes Bad nehmen.« Sie zog ihr Handy aus der Hosentasche und blickte auf das Display. Immer noch keine Nachrichten von Ben. Die Vorstellung, ihn anzurufen und sich darüber zu beschweren, dass jemand Federn in ihrem Cottage hinterlassen hatte, ließ sie nur noch bedrückter werden.

»Klar doch.« Nikki lächelte, obwohl Heather die kleine Falte zwischen ihren Augenbrauen bemerkte, die darauf hindeutete, dass sie sich Sorgen machte. »Außerdem regnet es sowieso gerade viel zu sehr, um noch einmal spazieren zu gehen. Wir machen morgen weiter.«

37. KAPITEL

Früher

Knochen, weiß auf schwarzer Erde.

Michael kniete nieder. Neugierig schob er den Schlamm und die Erdklumpen beiseite, bis eine Gestalt auftauchte: leere Augenhöhlen, lange, spitze Schnauze mit scharfen Zähnen. Der Schädel eines Fuchses, da war er sich ziemlich sicher, und er lag schon eine ganze Weile dort. Auf jeden Fall lange genug, dass das gesamte Muskelfleisch und das Fell sich unter dem Waldboden aufgelöst hatten, und der Schädel heute Morgen wieder zum Vorschein gekommen war. Sauber und irgendwie wach und perfekt in seine Hände passte.

In seinem Stück von Fiddler's Wood steckten überall Knochen, und er wusste von den meisten, wo sie lagen. Aber von den Frauen brachte er nur die Herzen mit und vergrub sie im Schlamm – das war die Regel. Dieser Schädel fühlte sich an wie eine Botschaft, aber er konnte nicht sagen, welcher Art sie war. Eine Warnung? Ein Geschenk? Versuchte der Wald, mit ihm zu sprechen?

Er hatte den Schädel gerade in die dunkle Erde zurückgelegt und ihn so ausgerichtet, dass die Augen nach oben blickten, zu den Bäumen, als ein fremdes Geräusch ihn stutzig machte und er sich aufrichtete. Es dauerte einen Augenblick, bis er das Geräusch einordnen konnte – ein Baby, das noch nicht schrie, aber auf diese erbärmliche Weise wimmerte, wie Babys es tun, wenn etwas nicht nach ihrem Geschmack war.

»Hallo?«

Er stand auf, trat von dem Schädel weg, und wischte sich die Hände an der Hose ab. Es war warm, und Schwärme von Stechmücken schwirrten in der Luft herum. Je näher er dem Geräusch des Babys kam, umso deutlicher nahm er andere vertrautere Laute wahr: da war neben Colleen, die mit einer höheren Stimme als üblich, versuchte, das Kind zu beruhigen, noch die Stimme einer anderen Person, die zu ihr sprach. Kurz nachdem er Colleens Stimme erkannt hatte, erblickte er sie auf einem Waldweg, den sie zusammen mit einer der Bickerstaff-Schwestern entlangging. Sie trug eine kurzärmelige Bluse mit winzigen lila Blumen. Das Baby war in eine gelbe Decke gehüllt. Sie hielt es in ihren Armen und von Zeit zu Zeit wiegte sie es, um es zu besänftigen, doch das Wimmern näherte sich immer mehr einem Schreien.

»Babysitten, was?«

Die beiden Frauen sahen beim Klang seiner Stimme auf. Keine der beiden hatte ihn kommen hören.

»Oh Mike.« Colleen lächelte. Ein paar Strähnen ihres blonden Haars klebten an der schweißbedeckten, hohen Stirn. »Eileen braucht eine Verschnaufpause. Wir vermuten, die Kleine hier«, sagte sie und streichelte kurz die Wange des Babys, »kriegt Zähne. Manchmal beruhigen sie sich bei einem Spaziergang.«

»Ein Schuss Brandy in die Milch funktioniert auch«, sagte die Bickerstaff-Frau. »Das hat unsere Mutter auch immer gemacht.«

Colleen sah leicht entsetzt aus. »In der Kommune sind alle ein bisschen nervös, also dachte ich mir, dass wir am besten dort spazieren gehen, wo es still ist«, erklärte sie und schmunzelte plötzlich. »Das ist das zweite Frühlingsbaby!«

Michael hatte die Frauen inzwischen erreicht und warf einen Blick auf die Kleine. Colleen, erfreut darüber, dass er Interesse zeigte, zog die Decke etwas zurück, damit er sie besser sehen konnte. Das zarte Gesicht war rosa gesprenkelt, und rote Löckchen wuchsen auf ihrem Kopf.

»Zwei Babys, und noch eins ist unterwegs.« Er sah zu der Bickerstaff-Schwester. Es war Lizbet. »Bist du dir sicher, dass diese Antibabypillen keine Mogelpackung sind?«

Lizbet starrte ihn an, unverhohlen finster. »Wir können doch nichts dafür, wenn die Mädchen vergessen, sie zu nehmen, oder? Du solltest dankbar sein, dass du dir keine Gedanken darüber machen musst, Michael. Weiß Gott, wo wir wären, wenn Männer für das, was sie in ihren Hosen herumtragen, Verantwortung übernehmen müssten, die dreckigen Bestien.«

Dreckig. Bestie.

Michael schluckte schwer. Sein Verhalten musste sich verändert haben, denn er bemerkte den verängstigten Ausdruck, der über Colleens Gesicht huschte.

»Sie hat nur einen Scherz gemacht, Mike, mehr nicht.«

Er könnte es tun. Er könnte die Hand ausstrecken und Lizbet das Genick brechen, als wäre ihr Hals ein Zweig. Es würde nur wenige Augenblicke dauern. Seine Mutter, die ihn dreckiges Monster genannt hatte, war ebenfalls innerhalb weniger Sekunden gestorben und dann im Eishaus verwest. Ihr teigiger Körper hatte sich in eine braune Masse verwandelt. Doch Lizbet lächelte ihn an, in ihren Augen ein Wissen, das sie nicht haben sollte, und der Augenblick war vorbei.

»Geht mit der Kleinen zum Bach«, sagte er schließlich, ohne eine der beiden Frauen anzusehen. »Das Geräusch des Wassers ist beruhigend. Vielleicht hilft ihr das.«

38. KAPITEL

Der Landstrich war wunderschön, das musste Heather zugeben. Sanfte Hügel in der Ferne, hier und da dunkle Baumgruppen, dazwischen offene Felder, die mit ihren langen, sich im Wind wiegenden Gräsern lebendig erschienen. Im Sommer musste es hier herrlich sein, vermutete sie – jetzt, am Ende des Jahres, wirkte die Landschaft angenehm karg mit den roten und goldenen Blättern, die von den Bäumen heruntergefallen waren und ihr bis zu den Knöcheln reichten. Und da war diese Stille. Wenn die Rufe der Vögel nicht gewesen wären, hätte sie vielleicht sogar verdrängen können, dass sie sich verfolgt fühlte – sie schien die Geister und die Schrecken des Hauses ihrer Mutter nicht hinter sich gelassen, sondern alle mitgebracht zu haben.

Aber immerhin komme ich der Sache näher. Ihr fiel es leichter, ihre Sorgen beiseitezuschieben, wenn die Wahrheit über ihre Mutter – und über den Roten Wolf – zum Greifen nahe schien.

»Was ist das hier?«

Sie hatten einen dieser kleinen Feldwege erreicht, und an der Abzweigung, halb versteckt in einem Busch, stand eine seltsame Figur aus gebogenem Metall. Heather und Nikki traten näher, um sie genauer zu betrachten.

»Ich habe nicht erwartet, so etwas hier zu sehen. Auf der Peckham Road begegnet einem andauernd so ein Zeug, aber hier?«

Die Figur aus kunstvoll gedrehtem silber- und kupferfarbenem Metall war ungefähr einen Meter fünfzig hoch. Sie stand mit ausgestreckten Händen da, die Finger gebogen wie geschmolzene Messer.

»Guck, da steht was«, sagte Nikki und berührte die linke Handfläche der Figur: dort hing ein kleines Schild aus Metall, in das fein säuberliche Buchstaben geprägt waren. Sie las die Beschriftung laut vor. »*The Shifting Man*, ein Werk von Harry Bozen-Smith. Auftragsarbeiten werden gern angenommen. Folgen Sie den Zeichen zu meinem Atelier.«

Heather richtete sich auf und blickte den Weg hinunter. Er war schmaler und mit kahlen Bäumen gesäumt, aber sie konnte bereits das nächste »Zeichen« erkennen – eine weitere Figur aus Metall, dieses Mal mit erhobenen Armen und gebeugtem Körper, wie eine Ballerina, die sich streckte.

»Komm, das schauen wir uns mal an.«

Sie liefen den schmalen Weg entlang und entdeckten drei weitere Metallfiguren, bevor sie an der nächsten Abzweigung auf einen noch schmaleren Weg stießen. Dieser führte geradewegs in ein Feld hinein, mitten darauf ein Wohnwagen und ein Schuppen, das Gras bis dorthin zu einem ordentlichen Pfad gekürzt. Der Türen des Schuppens standen sperrangelweit offen und gaben den Blick frei auf Maschinen und Werkzeuge, halb fertiggestellte Figuren und ein äußerst betagt aussehendes Auto, das in seine Einzelteile zerlegt war. Auch der Wohnwagen war ein älteres Modell, aber blitzblank sauber, ein ordentliches Schild an der Seite: »Harry Bozen-Smith, Künstler«.

»Hallo?«, rief Heather, woraufhin nur einen Augenblick später ein Mann aus dem Schuppen auftauchte. Er trug eine mit Öl und Farbe verschmierte Latzhose und ein schwarzes T-Shirt. Während er sich die Hände an einem Lappen abwischte und ins Tageslicht trat, warf Heather Nikki einen Blick zu und bemerkte ihre hochgezogene Augenbraue.

Harry Bozen-Smith war unverschämt gutaussehend. Er hatte zerzaustes dunkles Haar, einen gepflegten Bart und große braune Augen, gerahmt von dichten, ausdrucksvollen Augenbrauen. Als er den Lappen in einen Eimer warf, zeichneten sich Muskeln auf seinen Armen ab, aber nicht übertrieben. Als er sie beide erblickte, lächelte er sie an – eine Art verträumtes Disney-Prinz-Lächeln.

»Heilige Scheiße«, murmelte Nikki.

»Sind wir hier in einer Jeanswerbung?«, murmelte Heather zurück.

»Hallo!«, er ging auf sie zu. Er trug abgewetzte Dr. Martens-Stiefel und hatte ein Tattoo auf dem Bizeps, das unter dem T-Shirt fast nicht zu sehen war. »Kann ich helfen? Sind Sie gekommen, um etwas zu kaufen? Sie würden mir damit eine Riesenfreude machen.«

»Wir haben Ihre Figur an der Kreuzung gesehen«, sagte Heather. »Sie sind Harry, nicht wahr?«

Der Mann nickte. »Hierher verirren sich nicht sehr viele Menschen zu dieser Jahreszeit.«

»Arbeiten Sie hier draußen alleine?«

Harry Bozen-Smith zuckte mit den Achseln. »Im Moment lebe ich tatsächlich hier. Wollen Sie meine Arbeiten sehen?«

Nikki nickte und trat vor, um ihm zu folgen, während Heather gegen ein mulmiges Gefühl ankämpfte – sie war schon bei genug Abschlussausstellungen an Kunstschulen gewesen, um sich davor zu fürchten. Doch als Harry sie hinter den Wohnwagen führte, war sie angenehm überrascht. Unter einem kleinen Vordach stand eine Reihe von Figuren und Gestalten, alle hergestellt aus Schrott und anderen, nicht identifizierbaren Metallteilen. Ihr Blick wanderte über einen großen Kupferhasen, die Augen aus leuchtenden Fahrradlichtern, zu einer Schar von Fledermäusen, deren dichte Formation durch Draht zusammengehalten wurde. Das auffälligste Stück war ein zähnefletschender Wolf aus Silber und schwarzem Metall. Heather beugte sich vor, um ihn genauer zu betrachten und sah sich selbst auf seinem glänzenden Bauch.

Ich weiß, was du bist, und ich denke, du weißt es auch. Sie schaute eilig weg.

Nikki ging in die Hocke, um eine Krähe genauer in Augenschein zu nehmen – das schwarze Metall war mit Öl behandelt worden, so dass die Federn selbst unter dem dunklen Vordach regenbogenartig schimmerten.

»Das ist unglaublich«, sagte sie. »Woher kommt Ihre Inspiration? Aus der Landschaft?«

Harry strahlte, die Hände in den Hosentaschen. »Ja. Dieser Ort …«, antwortete er und blickte über das Feld. »Dieser Ort ist voller Rätsel.«

»Ehrlich gesagt, versuchen wir gerade mehr darüber herauszufinden«, erklärte Heather. »Kennen Sie sich in der Geschichte von Fiddler's Mill aus?« Sie schob eine Haarsträhne hinters Ohr. Der Wind war stärker geworden, und auf dem Vordach war das dumpfe Geräusch von ersten Regentropfen zu hören. »Wir haben gestern einen Mann getroffen. Er meinte, hier gäbe es ein Feld, wo es spukt.«

»Stimmt, das gibt's. Ich bin dort gewesen. Geister habe ich keine gesehen …« Heather sah ihn an, doch sie konnte nicht erkennen, ob er gerade einen Scherz machte. »Aber ich habe starke Energien gespürt. Sehr starke.«

»In der Nähe des großen Hauses in Fiddler's Mill hat einmal eine Hippie-Kommune gelebt. Haben Sie davon gehört?«

Harry straffte die Schultern. Heather wunderte sich in dem Augenblick zum ersten Mal über seine nackten Arme – das Wetter war kaum warm genug dafür.

»Diese Kommune ist berühmt-berüchtigt«, antwortete er und grinste. »Ich bin in einem kleinen Dorf in der Nähe aufgewachsen. Als ich klein war, hat meine Mum immer mit den Nachbarn darüber geredet. Es gab so viele Skandale, dass es ausreichend Gesprächsstoff für Jahrzehnte gab.«

Nikki erwiderte sein Lächeln. »Skandale? Welche denn?«

»Ach, Sie wissen schon.« Harry zuckte mit den Achseln. »Für Leute aus London bestimmt nichts Besonderes, aber hier schon. Drogen, Alkohol und Frauen mit einem lockeren Lebenswandel. Die Geschichten meiner Oma über Fiddler's Mill mochte ich immer viel lieber – sie handelten von Geistern, Feen und Hexen. Ich habe immer …«

Der Wind verschluckte den Rest seiner Worte. Harry und Nikki machten einen Schritt weiter unter das Vordach.

»Entschuldigung, was?« Heather nickte ihn aufmunternd an. »Für lokale Folklore und Sagen interessiere ich mich sehr.«

Harry sah jetzt leicht verlegen aus und rieb sich den Nacken. »Ach, na ja. Sie hat erzählt, dass eine Frau im Wald herumspuken würde, eine Frau in einem roten Mantel. Sie hat ihr Leben darauf geschworen. Sie wissen, warum der Ort hier Fiddler's Mill heißt, oder?«

»Nein?« Heather schlang die Arme um sich und blickte über die Wiese auf den dunklen Wald, der gleich dahinter anfing und auf sie und Nikki wartete.

»Na ja«, begann Harry. »Es hat einmal eine Mühle gegeben, vor langer Zeit, sie war nach dem Wald benannt worden. Und der Wald soll einmal einem Fiedler gehört haben, also einem Mann mit einer magischen Geige. Wenn er ins Dorf kam und darauf spielte, waren die Kinder von seiner Musik so gefesselt, dass sie alles taten, was er wollte. Er nahm sie mit in den Wald, in sein Versteck, und sie kehrten nie wieder zurück.«

»Wie bitte?« Heather beachtete Nikkis überraschten Blick nicht. »Wovon reden Sie da?«

»Von dem Wald«, antwortete Harry freundlich. »Die Dorfbewohner wurden wütend, und als der Fiedler wieder auftauchte, um noch mehr Kinder zu holen, verfolgten sie ihn in den Wald, aber verloren dort seine Spur. Weder er noch die Kinder kehrten je zurück.« Er zuckte mit den Achseln. »Das ist eine gruselige Geschichte, aber als Kind liebt man so was, stimmt's? Ich habe meine Oma immer wieder gebeten, sie mir zu erzählen.«

»Das ist faszinierend«, sagte Nikki ernst. »Klingt wie eine lokale Variante des Rattenfängers. Harry, ich unterrichte Englisch an einem College. Meine Schüler würden eine alte Legende wie diese bestimmt spannend finden. Ich würde gern darüber arbeiten, wenn Sie nichts dagegen haben?«

»Äh, sicher, gerne, kein Problem.« Er sah jetzt amüsiert aus. »Hier, meine Karte.« Er kramte eine leicht zerknitterte Visitenkarte aus seiner Latzhose und gab sie Nikki. »Rufen Sie mich an. Falls Sie noch mehr alte Geschichten hören möchten«, fügte er grinsend hinzu. »Oder falls Sie eine Riesenkrähe kaufen wollen.«

Als sie kurze Zeit später auf dem sich schlängelnden Pfad zurückliefen, stieß Heather ihre Freundin mit dem Ellenbogen in die Seite.

»Sehr geschickt«, sagte sie. »Du warst schon immer eine Aufreißerin, Nikki Appiah.«

»Ach, halt die Klappe!« Aber Nikki lachte, als sie das sagte, und ihre Augen leuchteten. Einen Moment lang verspürte Heather echte Zufriedenheit – ihre Freundin zu necken, so wie früher auf dem Schulhof, fühlte sich gut an. Doch als der Regen wieder zunahm, musste sie beim prasselnden Geräusch der Tropfen auf den Regenschirmen unwillkürlich an den alten Wohnwagen denken. Und an die kleinen Gesichter der Kinder auf den Fotos. Und jegliches Gefühl von Wärme und Sicherheit schien mit dem Regen in die Erde gespült zu werden.

Später klarte es auf, die Sonne kam raus und sie verbrachten den Rest des Nachmittags damit, durch die Natur zu streifen, hier und da Fotos zu machen und sich auf niedrige Steinmauern zu setzen. Gelegentlich holte Heather ihre Mappe mit den Bildern von Pamela Whittaker hervor, um ihre Motive mit der realen Landschaft abzugleichen, aber sie war sich nie ganz sicher, ob sie wirklich übereinstimmten. Allmählich wurde ihr klar, dass sie versuchte, den Ort zu erfassen wie eine Ansicht auf Google Street View. Als könnte er wie ein Schmetterling aufgespießt an eine Wandtafel angebracht werden, um ihn besser zu begutachten. Doch Fiddler's Mill und seine Umgebung änderten sich ständig. Die Jahreszeiten, die Tierwelt und das Wetter beeinflussten die Landschaft, und so war sie immer im Wandel. Dieser Ort blieb unergründlich – außer vielleicht, man lebte eine Zeitlang unter seinem freien Himmel, so wie die Kommune damals. Heather versuchte, sich ihre Mutter hier vorzustellen, wie sie zusammen mit ein paar wasserscheuen langhaarigen Typen hier lebte, doch es war schwierig. Genauso schwierig, wie es für sie war, sich ihre Mutter überhaupt glücklich vorzustellen.

Wo immer Heathers vager Impuls sie hinführte, Nikki blieb an ihrer Seite und folgte ihr widerspruchlos, aber Heather bemerkte, dass ihre Freundin viel Zeit damit verbrachte, auf ihr Handy zu gucken. Sobald es einen Ton von sich gab, flogen ihre Finger über das Display. Irgendwann gab Heather ihrer Neugierde nach und schielte über Nikkis Schulter. Sie sah genug, um zu wissen, dass ihre Freundin und Harry, der Künstler, bereits fleißig hin und her schrieben. Lächelnd blickte Heather weg. Sie musste unwillkürlich an Ben Parker und sein zerzaustes sandfarbenes Haar denken – aber dass er auf ihre Nachricht antworten würde, war natürlich so gut wie aussichtlos, und das konnte sie auch kaum verwundern.

Als das Licht am Himmel zu schwinden begann, gaben sie

sich geschlagen und gingen mit wunden Füßen und leeren Mägen den Weg zurück zum Cottage. Dort angekommen, fing Nikki sofort an, ein Chili zu kochen. Sie legte sich erst alle Zutaten ordentlich zurecht, dann briet sie das Hackfleisch in einer Pfanne an.

»Also«, sagte Heather, stützte sich auf die Küchentheke und versuchte, nicht aus dem Fenster in die Dunkelheit zu blicken. »Wie kommst du voran? Ich meine, mit Harry, dem Künstler.«

Nikki schnitt weiter die Zwiebeln klein. »Was soll das heißen, ›wie kommst du voran‹?«

Heather schnaubte. »Bitte, Nikki, tu mir einen Gefallen – Ich bin Enthüllungsjournalistin, schon vergessen?«

»Ach, so nennst du das?« Nikki warf ihr einen reumütigen Blick zu, ehe sie die Zwiebeln mit der Schneide des Messers in die Pfanne schob. »Ich weiß nicht, ich denke darüber nach, ihm einen Auftrag zu erteilen.«

»Oh, *so* nennst du das?«

Nikki warf ein Küchentuch nach ihr.

»Wir sind ja nur noch ein paar Tage hier, stimmt's? Aber«, sie zuckte mit den Achseln, und Heather wusste, dass sie sie an der Angel hatte, »wir haben darüber gesprochen, uns vielleicht morgen zu treffen. Auf einen Drink. Er kennt einen Pub, nicht weit von hier, der echt guten Fisch auf der Speisekarte hat.« Sie sah verlegen aus, als ihr Blick den von Heather traf. »Aber selbstverständlich mache ich das nicht, wenn es dir lieber ist, dass ich hierbleibe.«

Heather verdrehte die Augen. »Wie käme ich dazu, wahrer Liebe im Weg zu stehen? Außerdem, diese Muskeln.« Als Nikki den Mund öffnete, um zu protestieren, schüttelte Heather den Kopf. »Nein, ehrlich, mach das. Ich bin froh, dass du vielleicht sogar wirklich etwas Spaß hast auf dieser kleinen Spritztour, anstatt den ganzen Tag mit mir durch den Matsch zu latschen.«

»Ach, ist doch keine große Sache …« Nikki seufzte. »Aber ich mache mir Sorgen um dich, Hev. Glaubst du wirklich, dass du überhaupt allein bleiben solltest? Nach dem, was alles passiert ist?«

»Oh Gott, fang nicht damit an. Mir geht's gut.« Sie dachte an den toten Vogel auf dem Frisiertisch ihrer Mutter und an die wie Blutstropfen aussehenden Blütenblätter, die zur Treppe geführt hatten und weiter nach oben. Sie zwang sich zu lächeln. »Ehrlich. Mir tut es gut, raus zu sein. Vielleicht hatte meine Mutter recht, was diesen Ort anging. Es ist friedlich hier.«

»Wie du meinst.« Nikki ging zum Schrank und holte eine Dose gehackte Tomaten heraus. »Haben wir noch eine Flasche Rotwein da? Der passt besser zu Chili als Weißwein.«

»Ich glaube, in meinen Koffer ist noch eine Flasche.«

In ihrem Zimmer war es bereits dunkel. Heather knipste das Licht an und wühlte im Koffer auf der Suche nach der Flasche, die sich unter ihren bereits getragenen Socken und T-Shirts versteckte. Ihre Finger umfassten gerade den Flaschenhals, als sie einen dunklen Umriss auf ihrem Kopfkissen wahrnahm. Sie ließ den Wein los und richtete sich auf, ihr Herz setzte einen Schlag aus.

Obwohl die Größe und die Kontur überhaupt nicht denen eines toten Vogels entsprachen, war sie einen schrecklichen Augenblick lang davon überzeugt, einen zu sehen, selbst als ihre Augen erkannten, was tatsächlich dort lag – ein altes Polaroidfoto, das den beiden Exemplaren sehr ähnelte, die sie in dem verlassenen Wohnwagen gefunden hatte. Das Foto zeigte eine klassische Liebespaarszene – ein Mann und eine Frau, die an einem Strand saßen, im Hintergrund ein glänzender blauer Streifen Meer, der Arm des Mannes besitzergreifend um die schmalen Schultern der Frau gelegt. Sie trugen beide Mäntel und Mützen, ihre Wangen waren rosarot vor Kälte. Die Frau hatte ihr Gesicht verschämt nach innen gewandt und schmiegte sich an die breite Brust des Mannes, während ihre linke Hand zwischen seinen Knien steckte. Sie sah sehr jung aus und grinste mit leuchtenden Augen in die Kamera. Die beiden Personen auf dem Bild waren zweifelsohne ein Paar, das Motiv in seiner Einfachheit fast charmant – ein Strand und ein äußerst verliebtes Pärchen, das Spaß miteinander hatte.

Nur dass der Mann ein berüchtigter Serienmörder war, und die Frau ihre Mutter.

Heather riss das Foto vom Kissen. Ihr Atem kam stoßweise, so dass sie wie ein laut pfeifender Kessel klang. Sie wedelte mit der Aufnahme und presste die Finger auf die glänzende Oberfläche in der verzweifelten und merkwürdigen Hoffnung, dass sich so zeigen würde, dass es eine Fälschung war – ein digital bearbeitetes Bild, ausgedruckt auf Hochglanzpapier. Aber sie hatte genug Fotos im Archiv der Zeitung in den Händen gehalten, um zu wissen, dass es echt war. Eine echte Fotografie von Michael Reave und Colleen Evans, in inniger Umarmung. Ihre Mutter trug sogar denselben dicken Wintermantel wie auf Pamelas Foto.

Sie drehte das Polaroidfoto um. Auf der Rückseite entdeckte sie zwei hingekritzelte Notizen in unterschiedlichen Handschriften und Farben. Der Wortlaut der ersten Notiz, geschrieben mit einem schwarzen Kuli, war:

Frische Luft! 27. März 1983

Die zweite, in roter Tinte und einem vertrauten, blockartigen Schriftzug verfasst, lautete:

Ich weiß, was du bist, und ich denke, du weißt es auch.

Mehrere Minuten verstrichen, in denen Heather unfähig war, irgendetwas zu machen. Sie stand da, umklammerte das Foto und konnte nicht aufhören, auf das Datum zu starren.

27. März 1983. Heathers Geburtstag war im Oktober desselben Jahres.

Nein.

Wenn das Datum richtig war, musste ihre Mutter bereits schwanger gewesen sein, als die Aufnahme gemacht wurde. Seit vielleicht sechs oder sieben Wochen.

Nein.

Widerstrebend drehte sie das Foto wieder um und betrachtete noch einmal diese mädchenhafte Erscheinung ihrer Mutter, die sie noch nie zuvor gesehen hatte. Der große Mantel, der ihren Schoß verhüllte, machte es unmöglich, etwas zu erkennen. Allerdings gab es Frauen, deren Schwangerschaft erst zum Ende hin deutlich sichtbar wurde, insbesondere beim ersten Kind. Und hatten ihre Eltern nicht erst geheiratet, als sie schon ein kleines Kind war? Warum hatte sie das nie hinterfragt? Sie hatten ihr immer erzählt, dass sie sich seit der Schule gekannt hatten und zusammengekommen waren, als Colleen neunzehn war. Aber das musste eine Lüge gewesen sein. Ein Bild ihres Vaters tauchte vor ihrem inneren Auge auf. Sein rundes Gesicht, das leicht errötete, das erdbeerblonde Haar, das an den Schläfen richtiggehend rot war, so wie auch sein Bart, wenn er sich einen wachsen ließ.

Ich sehe ihm überhaupt nicht ähnlich. Das habe ich nie getan.

»Nein.«

Erst als sie hörte, wie Nikki aus dem Wohnzimmer rief, stellte sie fest, dass sie laut zu sich selbst gesprochen hatte.

»Hev? Kommst du irgendwann noch mal mit der Flasche runter?«

Widerwillig wanderten ihre Augen zurück zu dem Bild von Michael Reave. Er war jung, sein Gesicht noch ohne die Falten, die sich über die Jahre hinweg im Gefängnis eingegraben hatten. Sie bemerkte unwillkürlich sein dunkles Haar, die ungewöhnlich geformten Wangenknochen und die gerade Nase.

»Hev?«

Nikkis Stimme klang näher, als stünde sie in dem kleinen Flur, der zum Schlafzimmer führte.

»Komme! Tut mir leid, bin nur abgelenkt worden.«

Sie sah sich in dem Zimmer um. Sonst schien alles unverändert zu sein. Das Fenster war verschlossen, so wie sie es hinterlassen hatte, der kleine Frisiertisch mit dem üblichen Zeug zugemüllt, den sie abends aus ihren Hosentaschen gekramt hatte – Quittungen, Wechselgeld, Bonbonpapier. Alles normal, bis auf …

Sie drehte sich zum Bett, ein kalter Schauer lief ihr über den Rücken. Das Bett war gemacht, die Decke sorgfältig geglättet und bis zum Kissen hochgezogen, das wiederum frisch aufgeschüttelt worden war und ordentlich dalag. Heather machte ihr Bett immer nur vorm Schlafengehen, eine eher kurze Angelegenheit, die daraus bestand, das Betttuch wieder gerade zu ziehen oder ein Kissen vom Boden aufzuheben. Wer immer das Foto dagelassen hatte, hatte auch ihr Bett gemacht.

Eine schreckliche und lähmende Sekunde lang glaubte sie, gleich loszulachen. Dann hörte sie, wie Nikki zurück in die Küche ging, und der Drang war vorbei. Sie steckte das Foto in ihre Hosentasche, griff nach der Flasche Wein und schloss die Tür fest hinter sich.

39. KAPITEL

Früher

Er erinnerte sich immer so deutlich daran, wo sie waren, dass er oft das Gefühl hatte, sie beinahe sehen zu können. Die Frauen saßen am Flussufer, die Füße im Wasser, oder oben in den Bäumen, ihre Seelen in den Blättern verteilt, nachdem die Wurzeln sie aufgenommen und hinauftransportiert hatten. Er konnte sie beinahe seufzen hören, wenn er durch den Wald ging, das sanfte Klopfen ihrer Herzen stets präsent. Ihre Leichen waren weit weg, sorgfältig und genau hergerichtet an fernen grünen Orten. Doch eigentlich waren sie hier, bei ihm, in Fiddler's Wood. Sie alle trugen einen roten Mantel.

An dem Tag, als er Colleen verlor, regnete es, und obwohl es nicht später als sechs Uhr abends war, brach die Dunkelheit bereits herein. Michael bewegte sich zufrieden durch die Abenddämmerung, lauschte den Gräbern und den auf die Erde und die Blätter prasselnden Regentropfen, als er einen plötzlichen, durchdringenden Schrei hörte. Er blieb stehen und rührte sich nicht, die Haare auf seinen Armen stellten sich auf. Geschrei empfand er nicht als etwas Schreckliches – wie auch? – mittlerweile hatte er sich an die Geräusche gewöhnt, die von der Kommune kamen, doch dieses Geräusch gehörte nicht dazu. Es war ein Geräusch, das nicht hätte sein dürfen. Nach ein paar Sekunden erklang ein weiterer Schrei, irgendwie noch verzweifelter, und verstummte abrupt.

Er verließ den Wald, trat hinaus in den strömenden Regen,

vor dem ihn die Bäume geschützt hatten, und lief hinüber zum großen Haus. Auf dem Weg dorthin sah er zwei Gestalten den Hügel hinuntereilen, und er hielt auf sie zu. Es waren die Bickerstaff-Schwestern, die seltsamerweise fast so aussahen wie an dem Tag, als er sie kennengelernt hatte. Sie gingen dicht nebeneinanderher, so dass ihre Köpfe und ihre Körper sich seitlich berührten. Jetzt hielt jedoch die eine der beiden ein Tuch über ihre Köpfe, und die andere drückte ein kleines Bündel an ihre Brust. Als die Schwestern ihn erkannten, presste die eine die winzige Gestalt noch fester an sich, so dass er nichts von dem Bündel sehen konnte. Eine der beiden – Lizbet, glaubte er – blickte in seine Richtung, ihre Augen kalt und grau, aber sie blieb stumm. Der Regen nahm zu, und Michael bemerkte ein wässrig-rotes Rinnsal zwischen ihren Füßen, das weggespült wurde. Es war Blut.

»Was ist los?«

Sie rückten enger zusammen. Die Umrisse der Felder und Hecken verschwammen im Regen, wodurch sie trübe und unscharf wirkten.

»Er wollte es sehen«, sagte Beryl, als würde das irgendetwas erklären. »Als es zur Welt kam.«

»Was ist es?«

Michael machte einen Schritt nach vorne, um einen Blick auf das Bündel zu erhaschen, doch die beiden Schwestern tauschten einen angewiderten Blick aus, als stünde ein schmutziges Kind vor ihnen.

»Du wirst es noch früh genug zu Gesicht bekommen«, sagte Lizbet.

»Wer hat da geschrien?«

»Anna fühlt sich nicht wohl. Geh rauf und sieh nach, wenn du dir solche Sorgen machst.«

»Wo ist Colleen?«

Auf den Gesichtern der beiden Frauen erschien das gleiche

eisige Lächeln. »Sie ist eine Gute, nicht wahr? Zu gut für jemanden wie dich.«

»Ich weiß nicht, was du meinst.«

»Du hast ja wohl nicht geglaubt, dass du sie behalten könntest, oder, Michael?« Beryls Gesicht war trotz des Tuchs nass und glänzte ungesund. »Was bist du nur für ein Trottel.«

Mit diesen Worten eilten sie den Berg weiter hinunter zurück zur Kommune und zogen dabei eine Spur wässrigen Bluts hinter sich her. Michael blickte hinauf zum großen Haus. Die Lampen brannten im Wohnzimmer und warfen ein eckiges grellgelbes Licht auf die Kieseinfahrt. Das Haus hatte immer wie ein Hafen gewirkt, wie ein Ort, an dem er vollständig existieren konnte. Er hatte die ganze Nacht bei eingeschaltetem Licht schlafen dürfen. Er hatte schweigend zu Abend essen dürfen, ohne sich erklären zu müssen. Er hatte Blut von seinen Händen und Kleidern waschen dürfen, immer und immer wieder. Trotzdem fühlte es sich heute Abend nicht sicher an. Heute Abend betrachtete er es und sah, was Colleen sah – einen leeren Ort, der ein Monster beherbergte, vielleicht sogar mehrere. Plötzlich wusste er, dass, wenn er dorthin zurückkehrte, wenn er ginge und die Tür öffnete, seine Schwester auf ihn warten würde mit ihrem freundlichen Lächeln und ihrem roten Mantel. Sie war überhaupt nicht tot – keines der im Wald vergrabenen Herzen war ihres, nicht wirklich, und sie konnte sich ihn immer noch schnappen, wenn sie wollte.

Er drehte sich um und rannte den Hügel wieder hinunter. Die Bickerstaff-Schwestern waren bereits außer Sichtweite, verschwunden zwischen den Zelten, Autos und Transportern der Kommune. Doch er suchte nicht nach ihnen. Trotz des Regens saßen ein paar Leute herum. Er erblickte blasse, verunsicherte Gesichter, einige zugedröhnt mit Drogen und Alkohol, andere hellwach, die immer wieder zu dem großen Haus hinüberblickten, aus dem die Schreie gekommen waren. Ein- oder zweimal glaubte er, den großen schwarzen Hund herumlaufen zu sehen, eine Gestalt, die in den Lücken zwischen den Wohnwagen auftauchte.

Colleen hatte ihren Wohnwagen ganz am äußersten Rand des Lagers abgestellt, aber er wusste bereits, was er vorfinden würde, bevor er dort ankam. Er rutschte mit den Schuhen über den matschigen Boden, als er stehen blieb, einen fauligen Geschmack im Mund. Die schreiend rote Landschaft zitterte und bebte, ließ die Felder und Wälder unwirklich und traumhaft erscheinen. Der Wohnwagen war weg, zusammen mit dem kleinen Zelt, das davorgestanden und in dem sie gern übernachtet hatte. Stattdessen blickte er auf gelbes, abgestorbenes Gras und mehrere feuchte Zigarettenstummel.

Colleen war weg.

40. KAPITEL

In dieser Nacht ging Heather nicht ins Bett. Als Nikki und sie in ihre jeweiligen Zimmer gegangen waren, wartete sie eine halbe Stunde oder so, bis ihre Freundin eingeschlafen sein würde. Dann schlich sie über den Flur zurück ins Wohnzimmer, wo sie den Rest der Nacht auf der Couch saß, die Beine angezogen, das Handy im Schoß. Sie horchte, und sie blickte auf Ben Parkers Nummer im Display. Immer noch kein Netz, aber sie könnte das Festnetztelefon des Cottages benutzen, um ihn anzurufen. Ganz einfach. Er würde den Anruf entgegennehmen, trotz der späten Stunde, da war sie sich fast sicher.

Doch stattdessen blieb sie wach, eine kleine Lampe neben sich eingeschaltet, ein Messer aus der Küche in Reichweite auf dem Sofa. Sie lauschte und hielt Wache, ihr Körper brummte vor Spannung, wie ein Stromkabel. Jemand hier wusste, wer sie war. Jemand hier spielte mit ihr. Warum? Was wollte man von ihr?

Beobachtete der neue Rote Wolf sie?

Als Nikki am nächsten Morgen aufstand, hatte Heather bereits eine Kanne Kaffee gekocht und das Messer weggelegt. Bei Tageslicht wirkte die klare grüne Landschaft gar nicht so bedrohlich, und all die Schrecken der vorangegangenen Nacht – *wessen Tochter bin ich eigentlich* – schienen lächerlich.

»Du bist aber früh wach«, bemerkte Nikki, gähnte ausgiebig und griff nach der angebotenen Tasse Kaffee mit beiden Händen.

Heather setzte ein Lächeln auf, obwohl es sich schwach und falsch auf ihrem Gesicht anfühlte.

»Nicht wirklich. Mein Kopf bringt mich um.«

Nikki setzte sich auf einen der Barhocker an der Küchentheke, ihre Mundwinkel mitfühlend nach unten gezogen. »Migräne?«

Heather nickte, nippte an ihrer Tasse und versuchte das schlechte Gewissen zu verdrängen, das in ihr aufstieg.

»So ein Mist. Willst du vielleicht zu einem Arzt gehen?«

»Nein, aber ich glaube, ich werde mich heute einfach nur ausruhen. Vielleicht kannst du dein Date mit Harry ja ein bisschen vorverlegen? Den Tag mit ihm verbringen.«

»Aber …«

»Mach dir keine Sorgen um mich, ehrlich. Es ist ja wohl kaum fair, dich hierhin zu schleifen und dich dann auch noch zu einem Tag Langeweile zu verdonnern, nur weil ich Migräne habe, oder? Teste doch einfach mal, guck mal, was er sagt.«

»Wenn du dir sicher bist.«

Als Nikki mit ihrem Wagen verschwunden war, ging Heather in ihr Zimmer, zog sich an und stand einen Augenblick mit dem Polaroid in den Händen da. Jemand wollte sie fertigmachen. Jemand war ihr aus London gefolgt. Jemand, der mehr über die Geschichte ihrer Mutter wusste als sie. Sie fand es trotz alledem schwer zu glauben, dass die Person, die hinter dem Foto steckte, der Rote Wolf war – er war viel zu sehr damit beschäftigt gewesen, in Lancashire Frauen zu zerstückeln, als dass er im Haus ihrer Mutter hätte Notizen für sie hinterlegen können. Aber sie war sich bewusst, dass diese Annahme, so rational sie auch war, dennoch eine gefährliche war. Die konkreteste Verbindung zu dieser Person, wer immer sie auch war, war das Foto, das auf ihrem Kissen hinterlassen worden war. Zeit zu sehen, was sie darüber herausfinden konnte.

Heather trat hinaus in einen wieder grauen und dermaßen kühlen Tag, dass es ihr den Atem verschlug. Da Nikki den Wagen genommen hatte, würde sie heute überall zu Fuß hingehen müssen. Als sie dann aber über die Felder zu stapfen begann, war sie fast froh darüber – die frische, kühle Luft vertrieb die Müdigkeit und Abgeschlagenheit nach ihrer schlaflosen Nacht, und sie fühlte sich zunehmend stärker und konzentrierter.

Vielleicht war es auch mehr als nur ein Gefühl. Auf der Hälfte des Wegs, der den Hügel hinaufführte zu dem imposanten Haus von Fiddler's Mill, wurde ihr klar, wo sie das seltsame Gebäude im Hintergrund des Fotos schon einmal gesehen hatte. Auf einem Couchtisch. Der alte Mann namens Bert hatte erzählt, dass es Fiddler's Folly war, ein Gebäude, das der Familie gehörte, die einmal in dem alten Haus gelebt hatte – und wie alle Torheiten hatte es weder einen offensichtlichen Nutzen noch diente es einem Zweck. Das Foto war also dort gemacht worden, an der Küste.

Sie blieb auf dem Weg stehen, ohne auf den kalten, böigen Wind zu achten, und kramte den Plan aus ihrer Manteltasche hervor, der eindeutig für Touristen gemacht worden war. Er umfasste das unmittelbare Gebiet, die nahe gelegenen landschaftlichen Attraktionen und reichte noch gerade so bis zur Küste. Heather suchte nach Fiddler's Folly, ihre Augen zusammengekniffen, aber sie konnte es nicht entdecken. Entweder hatte es einen anderen Namen bekommen oder war einfach nicht eingezeichnet worden. Mit gerunzelter Stirn faltete sie den Plan zusammen und ging weiter den Hügel hinauf. Sie brauchte eine stabile Internetverbindung.

»Oh. Kann ich Ihnen helfen?«

Die Frau mit dem orangefarbenen Gesicht und dem gelben Haar machte ein gequältes Gesicht, als sie Heather im Foyer erblickte, wie sie mit den Schuhen auf dem Marmorboden aufstampfte, um das Wasser davon abzuschütteln. Heather setzte ihr gewinnendstes Lächeln auf.

»Hallo, ja. Ich wollte Sie fragen, ob ich Ihr WLAN benutzen dürfte?«

Die Frau runzelte theatralisch die Stirn und schien auf einem Blatt Papier nachzusehen.

»Sind Sie hier Gast?«

»Sie wissen, dass ich das nicht bin.« Heather lehnte sich auf die Theke, überlegte es sich dann aber noch einmal anders. »Tut mir leid, ich will Sie nicht nerven. Haben Sie hier nicht ein Café oder so? Ich kann dort einen Kaffee, ein Sandwich bestellen, was immer sie wollen. Unser Cottage liegt offensichtlich in einem Funkloch, und ich muss dringend etwas für die Arbeit abschicken. Abgabefristen, Sie wissen ja, wie das ist.«

Die Frau kniff misstrauisch die Augen zusammen. »Und woher soll ich wissen, dass Sie nicht gleich loslegen werden, unseren Gästen Geschichten über Morde, Drogen und was Ihnen sonst noch so einfällt, zu erzählen?«

Heather hob die Hände. »Daran bin ich nicht interessierte, versprochen. Sie waren bisher wirklich sehr hilfsbereit – ich werde Sie persönlich in meiner auf Tripadvisor-Bewertung erwähnen.« Sie blickte auf das Namensschild an der Bluse der Frau. »Melanie.«

»In Ordnung.« Melanie wandte sich wieder ihrem Computer zu. »Das Café ist auf der rechten Seite. Sie bekommen das WLAN-Passwort, wenn Sie etwas kaufen. Es steht auf der Quittung. Also *werden* Sie etwas verzehren müssen.«

Wenige Minuten später saß Heather an einem kleinen Tisch, eine Tasse Kaffee und einen Teller mit Toast und Avocadocreme vor sich, ihr Laptop aufgeklappt, der Browser geöffnet. Sie fand Fiddler's Folly sehr schnell auf Google Maps, wenngleich es mittlerweile *The Heron Look* hieß und derselben Umweltstiftung gehörte, die auch Anteile vom Haus in Fiddler's Mill besaß. Das war interessant, aber soweit Heather feststellen konnte, schien das Gebäude noch immer leer zu stehen. Sie konnte keine Informationen darüber finden, ob es inzwischen als Hotel, Lagerhaus oder als eine Art Zentrale von der Stiftung genutzt wurde. Sie forschte weiter und entdeckte verschiedene Hinweise auf die »Gerüchte«, die der alte Bert erwähnt hatte, aber sie waren alle vage. Die Familie, die Fiddler's Folly gebaut hatte, war immer kleiner geworden und verstorben, doch Heather erhielt den Eindruck, als hätten die Einheimischen kein herzliches Verhältnis zu ihnen gehabt.

Schließlich gab sie ihre Recherche zu Fiddler's Folly auf – zumindest wusste sie jetzt, wo das Foto von ihrer Mutter und Michael Reave gemacht worden war – und begann, Polaroidwebseiten durchzugehen. Dabei stellte sie fest, dass das ungefähre Herstellungsdatum eines Polaroidfilms herauszufinden war, unter Umständen sogar das Datum, an dem ein Bild gemacht worden war. Eine lange Reihe von Zahlen auf der Rückseite, sehr verblasst und fast nicht mehr lesbar, offenbarte, dass der Polaroidfilm im April 1982 hergestellt worden war, was zeitlich zu dem mit schwarzem Kuli gekritzelten Datum passte. Laut der Webseite war ein Sofortbildfilm damals sehr teuer, und viele Familien sparten sich deshalb die Schnappschüsse für wichtige Anlässe auf. Sie stellte sich vor, wie jemand – möglicherweise Michael Reave – den Film kaufte, vielleicht mit einem breiten Lächeln im Gesicht angesichts der »besonderen« Augenblicke, die er damit festhalten würde.

Sie betrachtete das Foto, das neben ihr auf dem Tisch lag. Aufnahmen dieser Art musste es Tausende geben, schlussfolgerte sie – Schnappschüsse von Liebespaaren an Stränden, eng umschlungen. Aber nur wenige umgab eine derart dunkle Geschichte wie die beiden, mutmaßte Heather.

Sie zog die Fotos der Babys, die sie in dem Wohnwagen gefunden hatte, aus ihrer Handtasche. Aus Gründen, die sie nicht genau erklären konnte, legte sie die Bilder mit dem Gesicht nach unten auf ihren Schoß. Es dauerte nicht lange, bis sie herausgefunden hatte, dass sie sehr wahrscheinlich vom selben Polaroidfilm stammten wie das Foto von ihrer Mutter und Michael Reave – der Film war laut den Codes auf der Rückseite am selben Tag und im selben Jahr produziert worden. Die Codes verrieten sogar, in welcher Schicht.

Ihr fiel das Foto ein, das sie Ben Parker gegeben hatte. Das Foto von der Feier und dem rothaarigen Mädchen, das später einmal Sportlehrerin werden würde. Parker hatte ihr erzählt, dass Fiona dort für die Teilnahme an einem Naturschutzprogramm eine Urkunde erhalten hatte – spontan gab sie »Young Nature Walkers Prize« in die Suchmaschine ein. Das Programm gab es seit circa zwanzig Jahren nicht mehr, aber einige wenige Informationen waren noch im Internet zu finden, zusammengefügt auf einer Wikipedia-Seite. Die Kinder hatten verschiedene Aufgaben absolvieren müssen, um ihre Urkunden zu erhalten, unter anderem wandern, Blumen pressen und Strohpüppchen basteln. Das Programm war von *Oak Leaf* unterstützt worden, derselben Umweltstiftung, der auch das Wellness-Hotel gehörte, in dessen Café sie gerade saß.

»Noch mehr verdammte Zufälle.«

Nur konnte das nicht möglich sein. Heather lehnte sich in den Stuhl zurück und ließ das Essen unberührt. Was bedeutete das? Bedeutete es überhaupt etwas? Ihr Blick wanderte unweigerlich zu dem Foto ihrer Mutter am Strand zurück. Hatte sie möglicherweise auch eine Beziehung mit Michael Reave gehabt – ihr drehte sich bei dem Gedanken der Magen um – während sie mit ihrem Vater zusammen gewesen war? Das könnte bedeuten, dass der Mann, der sie großgezogen hatte, auch wirklich ihr Vater *war*. Aber sie konnte sich nicht daran erinnern, dass er ihr gegenüber jemals eine Kommune im Norden erwähnt hatte, und die Vorstellung, dass ihre Mutter zwei Männer gegeneinander ausgespielt hatte, fühlte sich falsch an … Andererseits hatte sich vieles von dem, was sie über ihre Mutter zu wissen geglaubt hatte, als eine Lüge herausgestellt.

Die andere Möglichkeit hingegen war zu grauenhaft, um sie in Betracht zu ziehen.

»Noch mehr Lokalforschung, Heather?«

Sie zuckte zusammen. Bert war neben ihr aufgetaucht. Außerhalb seines Hauses und im hellen Licht des Cafés wirkte er noch verwelkter. Er starrte sie mit seinem zur Seite geneigten Kopf in genau der gleichen Weise an wie bei ihrer ersten Begegnung.

»Oh, hallo Bert. Ach, wissen Sie, ich mache nur schon mal ein paar Sachen für die Arbeit fertig, während ich hier bin.«

Er zog eine Augenbraue hoch, und genau in dem Augenblick, in dem Heather versuchte, das Polaroid unauffällig in ihrer Tasche verschwinden zu lassen, erblickte er das Foto.

»Ist das vom Strand? Darf ich das mal sehen?«

Heather erstarrte. Ein langer, verlegener Augenblick trat ein, in dem ihr kein triftiger Grund einfiel, ihm das Foto nicht zu geben. Sie reichte es ihm und spürte, wie ihr Gesicht rot wurde. Sie war sich sicher, dass er Michael Reave erkennen würde. Immerhin hatte er eins der bekanntesten Polizeifotos in der Kriminalgeschichte Großbritanniens, und es war eindeutig dieselbe Person, bis hin zu der aufblitzenden kleinen weißen Haarsträhne an der Schläfe. Und dann würde er bestimmt fragen, was sie in aller Welt mit einem solchen Foto machte … Doch stattdessen starrte er nur darauf, die Miene völlig unbewegt. Schließlich nickte er.

»Ja. Wie interessant. Fiddler's Folly war damals in einem baufälligen Zustand«, sagte er. »Irgendwann wurde es aufwendig instandgesetzt, und ich freue mich sagen zu können, dass es mittlerweile kein Schandfleck mehr ist.«

»Wissen Sie, wann das war? Ich meine, die Instandsetzung?«

»Oh, das müsste Mitte der 1980er Jahre gewesen sein. Ja, das kommt hin.« Er lächelte, und seine trockenen Lippen spannten sich über seine langen Zähne. »Der Bau wurde wieder bewohnbar gemacht«, fügte er hinzu und schien auf die Rückseite des Fotos blicken zu wollen, doch stattdessen gab er es ihr höflich zurück. »Sie entdecken wohl gerade, dass Sie hier eine Vorgeschichte haben, was?«

Heather sah ihn scharf an. »Wie kommen Sie darauf?«

Er zuckte mit den Achseln, eine einseitige Bewegung durch seinen schiefen Rücken. »Sie haben doch gesagt, dass die Freundin Ihrer Mutter irgendwann einmal hier war. Ist sie das nicht? Auf dem Foto?«

»Oh. Oh ja, das stimmt. Pamela«, antwortete Heather lächelnd. »Um ehrlich zu sein, Bert, ich schaue mir einfach nur gern alte Fotos an.«

Er neigte den Kopf zur Seite, eine Bewegung, die nicht völlig einem Nicken entsprach.

»Ach so. Na, dann will ich Sie dabei nicht weiter stören.«

Als er mehrere Meter weggeschlurft war, wandte sich Heather in seine Richtung und blickte ihm hinterher. Er wirkte nicht wie ein typischer Gast in einer Wellnesseinrichtung, und sie konnte sich nicht vorstellen, warum er sich an einem regnerischen Tag den Hügel hinaufgeschleppt hatte. Doch als er den Empfang erreichte, beobachtete sie, wie die blonde Frau hinter der Theke hervortrat, um ihn zu begrüßen. Die beiden plauderten einige Minuten miteinander. Vielleicht war die Empfangsdame eine Verwandte, schlussfolgerte Heather – eine Enkelin oder eine Nichte.

Sie blieb noch mehrere Stunden in dem Café sitzen und tauchte tiefer in die Foren über Gegenkultur, Drogenkonsum und die Geschichte von Fiddler's Mill ein, ohne aber etwas zu finden, was einen Hinweis darauf gab, wer sich möglicherweise mit ihr anlegen wollte. Schließlich packte sie ihre Sachen zusammen und ging. Das Wetter hatte sich aufgehellt, die grauen Wolken am Himmel rissen auf und gaben hier und da einen herrlichen Blick frei auf ein sanftes, traumhaftes Blau. Sie lief los, ohne eine genaue Vorstellung zu haben, wohin sie gehen sollte. Zumindest war Nikki nicht im Cottage, sondern bei Harry, in Sicherheit. Wahrscheinlich waren sie mittlerweile in einem idyllischen Pub eingekehrt, ließen es sich bei Bier und Käse gut gehen und sprachen über alte Geistergeschichten. Dieser Gedanke war beruhigend, und sie hielt sich daran fest. Das war auf jeden Fall besser, als sich den Kopf darüber zu zerbrechen, was sie möglicherweise erwartete, wenn sie zurückkehrte – eine weitere Notiz, ein toter Vogel. Oder etwas noch Schlimmeres.

Heather war so tief in ihre Gedanken versunken, dass sie ein paar Sekunden brauchte, bis sie merkte, dass ihr Handy klingelte. Sie zog es heraus, in der Vermutung, dass es Nikki oder Ben war, doch stattdessen zeigte das Telefon ihr keine Nummer an. Als sie auf Annehmen drückte, erklärte ihr eine automatische Stimme, dass ein eingehender Anruf aus der Haftanstalt Belmarsh auf sie warten würde und sie in der Leitung bleiben solle, wenn sie verbunden werden wollte.

Mit einem Mal fühlte sie sich wieder so ausgeliefert. Sie sah sich um, doch sie war allein. Fiddler's Wood erstreckte sich auf der rechten Seite, und das große Haus war nur noch ein kleiner Umriss, der sich weit hinter ihr befand. Weil sie nicht genau wusste, was sie sonst hätte machen sollen, wartete sie darauf, verbunden zu werden.

»Hallo?«

Sie erkannte seine Stimme sofort. In ihr stiegen widerstreitende Gefühle auf, und sie blickte hinunter auf ihre Füße. Er klang besorgt. Machten Serienmörder sich auch Sorgen? Das war doch eine viel zu menschliche Reaktion.

»Mr. Reave? Warum rufen Sie mich an?« Sie hielt inne und schüttelte den Kopf. »Woher haben Sie überhaupt meine Telefonnummer? Ich bezweifle, dass die Polizei sie Ihnen gegeben hat.«

»Hören Sie.« Aber er sprach nicht weiter, so dass nur sein langsamer, gleichmäßiger Atem durch die Leitung drang.

»Was gibt's?« Plötzlich erfasste sie Wut und Empörung darüber, dass er sie mitten am Tag anrief und ihren Magen dazu brachte, sich vor Angst zusammenzuziehen. Am liebsten hätte sie etwas zerschlagen. Oder jemanden geschlagen. »Was wollen Sie, verdammt nochmal?«

»Wo sind Sie?« Sie hörte ein kratzendes Geräusch und stellte sich vor, wie er den Hörer von dem einen Ohr an das andere presste. »Sind Sie nicht in London?«

»Das geht Sie überhaupt nichts an, wo ich bin.«

»Ich wünschte, Sie hätten das nicht gemacht. Gott, ich wünschte, Sie hätten das nicht gemacht.«

Ihre Wut wurde daraufhin etwas weniger. Er klang mehr als besorgt, er klang verängstigt. Und was konnte einen Mörder schon ängstigen? Der Wind nahm zu und erinnerte Heather daran, dass sie allein war. *Ich könnte ihn einfach fragen*, dachte sie. *Wie gut haben Sie meine Mutter wirklich gekannt? Warum wollten Sie unbedingt mit mir sprechen?* Und *bin ich die Tochter eines Serienmörders?* Aber sie befürchtete, dass sie die Antworten bereits kannte – sie von ihm zu hören, würde sie wahr werden lassen.

»Michael, wenn Sie etwas wissen …«

»Ich habe gewusst, dass Sie die Dinge nicht auf sich beruhen lassen konnten. Ich habe gewusst, dass es ein Fehler war, Sie zu verjagen. Sie sind genau wie sie, Sie sehen alles.«

»Wie wer?« Seine Stimme war durch die schlechte Verbindung nur noch bruchstückhaft zu verstehen. »Wie *wer*? Von wem sprechen Sie?« Sie blickte auf ihr Handy, das so gut wie kein Netz mehr hatte, lediglich ein Balken war noch übrig. Ein Wunder, dass er überhaupt durchgekommen war.

»Sie wollen mir weh tun, so wie sie mir weh getan hat. Sie müssen da weg, hören Sie? Kommen Sie zurück …« Es knisterte und knackte in der Leitung. »… zurück nach Hause, es ist Erntezeit …«

»Michael?«

Sie hörte noch ein paar zusammenhanglose Worte in dem elektronischen Rauschen – vielleicht »rot« und »Strafe« –, dann brach die Verbindung endgültig ab.

41. KAPITEL

Es wurde dunkel, und niemand wusste, wo Heather war.

Es war ein seltsames Gefühl und beruhigender, als sie erwartet hätte. Sie ging auf ein Stück alten Wald zu, von dem sie relativ sicher war, dass es entlang der Rückseite des Cottages verlief – eine Abkürzung durch die Bäume, eine Chance, über alles nachzudenken. Der kräftige, satte Geruch der Erde stieg ihr in die Nase, und sie atmete tief ein, als könnte sie sich dadurch selbst reinigen. Im Wald war es egal, wer ihr Vater war, oder was ihre Mutter getan oder nicht getan hatte.

Das Knirschen des Gestrüpps unter ihren Füßen, das Rascheln umherstreifenden kleinen Getiers, das Raunen des Windes. Mit jedem Schritt fühlte sie sich besser.

Sie ging weiter, horchte auf die knackenden Geräusche ihrer Schritte und schmeckte die reine Luft auf ihrer Zunge. An einem großen Baum hielt sie an. Das Cottage müsste jetzt eigentlich in der Nähe sein – zumindest sollte sie Lichter von den Fenstern sehen können –, doch durch den Wald drang nichts dergleichen. Und eine düstere innere Stimme fragte, warum sie überhaupt dorthin zurückgehen wollte. Was würde sie im Cottage vorfinden? Noch mehr Briefe, noch mehr Federn? Reave hatte am Telefon aufgewühlt geklungen, aber sollte sie ihm vertrauen? Zweifellos versuchte jemand, ihr Angst einzujagen, aber was kümmerte Michael Reave das? Es sei denn, das, was das Polaroid nahelegte, entsprach der Wahrheit. Gedankenverloren strich sie mit den Fingern über die Rinde des Baums und spürte, dass etwas hineingeritzt war, wahrscheinlich mit einem Messer. Es dauerte eine Sekunde, bis sie erkannte, was es war.

Ein Herz.

Es war kalt, und sie war allein. Sie war nicht sicher. Sie war in Gefahr und schrecklich ungeschützt.

»Scheiße, was mache ich hier überhaupt?«

Sie kramte das Handy aus ihrer Hosentasche und erweckte es zum Leben. Das Licht des Displays blendete sie und ließ die kahlen Bäume und das Gestrüpp in einem unangenehmen künstlichen Licht erscheinen. Sie blinzelte mehrfach, erschrocken darüber, wie wenig sie sehen konnte, und hielt das Handy in die dunkle Nacht hinein. Obwohl keine Gestalten auftauchten, wurde ihr plötzlich bewusst, wie groß der Wald war, und wie winzig ihr Licht.

Da war ein krachendes Geräusch links von ihr, als ob sich etwas Schweres schnell durch das Unterholz bewegte, und Heather wich zurück und begann zu rennen, so gut es in der Dunkelheit möglich war. Das Licht ihres Handys leuchtete auf und ab und schuf unendlich viele wirre Schatten. Das Geräusch hinter ihr wurde lauter, denn das, was auch immer hinter ihr her war, kam näher. Heather hörte, wie sie panische Geräusche von sich gab. Sie war in einem Albtraum, dem ursprünglichsten Albtraum, den es gab, in dem man vor etwas Entsetzlichem weglief, aber nicht von der Stelle zu kommen schien, so als wären die Füße am Boden festgeklebt. Ihr fielen unwillkürlich Michael Reaves Geschichten ein, die er ihr erzählt hatte, und Pamela Whittakers Bilder. Der Wald ist gefährlich. Dort lauert der Wolf.

Sie stürmte einen Hang hinauf und streifte immer wieder kleine Büsche. Dornige Zweige verfingen sich in ihrer Kleidung, kratzten über ihre Haut und zogen sie zu sich heran, als hätte der Wald sich gegen sie verschworen. Schließlich kam sie oben auf dem Hügel an, auf dem sie hoffte herauszufinden, wo sie war, doch sie stolperte und fiel auf die Knie. Ein Geruch stieg ihr in die Nase, eine Mischung aus kräftiger dunkler Erde, und dann noch etwas anderem, das älter und merkwürdiger erschien. Sie rappelte sich hoch und hörte ein neues Geräusch in der Nähe – keuchend, schnell und heiß.

Der Barghest. Black Shuck. Der Hund, der die einsamen Orte heimsucht.

Der Gedanke, einen Weg zu finden, war aus ihrem Kopf verschwunden, und Heather raste den kleinen Hügel wieder hinunter. Sie hielt dabei die Arme hoch, um den Schlag abzuwehren, von dem sie sicher war, dass er kommen würde. Jetzt wusste sie, dass irgendwelche Wesen hinter ihr her waren – Kreaturen auf vier Beinen, die ihre Angst riechen konnten – sie waren überall und machten Jagd auf sie. *Trink aus dem Fluss*, dachte sie aufgeregt, *trink aus dem Fluss und werde ein Wolf.*

Das Gelände senkte sich, und ehe Heather reagieren konnte, fiel sie der Länge nach auf den nassen Boden, wo es von Getier nur so wimmelte. Der Aufprall raubte ihr die Luft, sie konnte sich einen Augenblick lang nicht bewegen und lag nur da, während der Schlamm in ihre Jeans drang. Sie war mit einem Teil ihres Körpers in einem Busch gelandet, und die festen Blätter stachen durch ihren Mantel wie Glasscherben. Die Geräusche waren verstummt, doch als sie sich hochrappelte und umsah, verstärkte sich das Gefühl, beobachtet zu werden, um ein Vielfaches. Augen starrten sie aus dem Wald an.

»Was willst du?«, rief sie mit brüchiger, zittriger Stimme. »Wer bist du?«

Stille. Eine Stille, die noch tiefer war als die, die sie zuvor erlebt hatte. Kein Tier krabbelte im Dickicht herum, kein Nachtvogel schrie – selbst der Wind schien nicht mehr zu wehen. Da war etwas, das horchte. Überrascht stellte sie fest, dass sie noch immer ihr Handy in der Hand hielt. Sie musste es instinktiv an sich gedrückt haben, als sie gestürzt war. Sie hielt das Telefon hoch und drehte sich mit dem leuchtenden Display einmal um die eigene Achse. Der leere Wald starrte zurück, voller Misstrauen und Lügen.

»Ich weiß, dass du da bist«, rief sie. Eine vertraute, tröstliche Wut begann sie zu erfassen. Sie hatte Angst, sie war durchnässt, sie fror, sie war überall zerkratzt und ihr rechtes Knie schmerzte. Und das alles nur, weil jemand ein blödes Spiel mit ihr trieb. »Sag etwas, oder verpiss dich. Verstanden?«

Heather erhielt keine Antwort, aber sie erhaschte eine winzige Bewegung in ihrem Augenwinkel und wirbelte herum, um das Licht darauf zu richten. Doch was immer es auch gewesen war, es war verschwunden. Dafür zeigte sich der Weg und weiter hinten sogar die Lichtung, die zu ihrem Cottage führte.

Erleichtert lief sie los und zuckte zusammen, als sich Schnittwunden und Blutergüsse, die sie sich beim Sturz zugezogen hatte, bemerkbar machten. Das Cottage war in seinen eigenen Kokon der Stille gehüllt, und in einem der Fenster schien das Licht einer Lampe. Heather war nur noch einige Meter entfernt, als sie glaubte, die Gestalt erneut zu sehen – auf der Rückseite des Hauses, in der Nähe eines der Schlafzimmerfenster. Sie schnappte nach Luft, bereit loszuschreien, doch in der nächsten Sekunde war die Gestalt wieder verschwunden. Als wäre sie überhaupt nie da gewesen.

Heather rannte den restlichen Weg zum Haus, stürmte durch die Tür, fast sicher, dass sie die schattenhafte Gestalt in der Küche vorfinden würde, die Hände voller Blut. Aber nichts, der Raum war leer. Die Kaffeetassen vom Morgen standen noch immer auf dem Tisch, und auch die Lampe, die sie angelassen hatte, warf ihr sanftes gelbliches Licht. Fast sicher, dass dieses stille Bild häuslicher Behaglichkeit etwas zu verbergen hatte, sah sie rasch in sämtliche Zimmern nach: doch keine Notizen, keine Federn, keine Fotografien. Die Fenster und Türen waren alle verschlossen. Zurück in der Küche, goss sie sich ein Glas Wein ein und nippte daran, während sie eine Nachricht an Nikki schickte. *Hallo, wo bist du? Übernachtest du bei Harry? Bitte, sag mir Bescheid.*

Sie zögerte, dann fügte sie hinzu: *Ich glaube, mich hat heute Abend jemand im Wald verfolgt. Wenn du diese Nachricht erhältst, ruf mich bitte an.*

Heather stellte das Weinglas ab und ging in ihr Zimmer. Sie streifte den Mantel ab und verzog das Gesicht, als sie den Dreck an ihren Händen und im Gesicht sah. Auch wenn es ganz danach aussah, als würde Nikkis Verabredung mit Harry länger dauern als geplant, fühlte sie sich in dem leeren Cottage unbehaglich. Was wussten sie denn schon von Harry? Im Grunde war er ein Fremder, und sie hatte ihre Freundin mit ihm losziehen lassen. Heather dachte wieder daran, Detective Parker anzurufen, doch als sie auf ihr Handy sah, stellte sie fest, dass keine der Nachrichten an Nikki versendet worden war. Immer noch kein Netz.

»Na gut.« Sie zog ihren Pullover aus und warf ihn auf den Boden. Auch ihre Mütze war dreckig. »Ich gehe duschen und werde es dann noch mal versuchen. Noch kein Grund zu Panik.«

Die vielen neuen Blutergüsse ließen Heather zusammenzucken, und sie ging in ihr kleines Bad, um so heiß zu duschen wie möglich.

42. KAPITEL

Heather schreckte aus dem Schlaf hoch. Ihr Herz pochte. Es war mitten in der Nacht. Fest davon überzeugt, dass sie nicht schlafen könnte, hatte sie sich nach dem Duschen aufs Bett gelegt, um ihre schmerzenden Glieder auszuruhen. Trotzdem hatte sie jetzt das Gefühl, aus einem sehr tiefen Schlaf herausgerissen worden zu sein, einem Schlaf voller wilder Träume von Fiddler's Wood bei Nacht und ...

Sie hörte es wieder, das knirschende Geräusch von Schritten auf Laub, als würde sich etwas Schweres draußen bewegen. Nicht das laute, lässige Stapfen einer Person – wie zum Beispiel von Harry –, der sich auf den Weg nach Hause machte, sondern das vorsichtige Auftreten eines Menschen, der nicht gehört werden wollte.

Sie sprang augenblicklich auf und zog die letzten sauberen Kleider aus ihrem Koffer hervor. Als sie in ihre Stiefel geschlüpft war, trat sie hinaus auf den Flur und ging zur Küche. Sie hatte keine klare Vorstellung, wie spät es war oder wie lange sie geschlafen hatte, aber das Wohnzimmer war leer und alle Lichter ausgeschaltet. Nikkis Schlafzimmertür stand leicht offen, und ein kurzer Blick hinein bestätigte ihr, dass das Bett unberührt war. Heathers Magen zog sich krampfhaft zusammen.

»Herrgott, Nikki, wo bist du?«

Sie überprüfte ihr Handy, um zu sehen, ob sie ihre Nachrichten erhalten hatte. Hatte sie nicht. Der Gedanke, dass ihre Freundin bis spät in die Nacht hinein ausgegangen war, ohne ihr Bescheid zu geben, erschien ihr plötzlich lächerlich. Sie hatte Nikki in Gefahr gebracht, und jetzt war sie weg. Heather trat an die Küchenschubladen, zog das größte, schärfste Messer heraus, das sie finden konnte, spürte sein Gewicht in ihrer Hand.

So ein Scheiß.

Heather ging zur Haustür, öffnete sie und stand ein paar Sekunden still da. Sie konnte von ihrem Standpunkt aus nichts sehen, aber diese langsamen, gleichmäßigen Schritte auf der rechten Seite des Hauses hören. Der Wind wehte in ihre Richtung, so dass sogar das leise Geräusch von aneinanderreibendem Nylon zu ihr hinüberdrang.

Mit dem Messer auf Höhe ihrer Hüfte trat Heather hinaus in die Dunkelheit und bewegte sich dicht an der Wand des Hauses entlang. Als sie um Ecke gebogen war, blieb sie stehen, sicher, dass derjenige, wer immer es auch war, sie sehen würde. Doch wie sie fast augenblicklich feststellte, hatte sie Glück. Die Gestalt schien in den Wald zurückzugehen und wandte ihr den Rücken zu. Sie war groß und trug einen dick gefütterten Wintermantel, ihr Kopf steckte unter einer Kapuze. Sie war nicht mehr als ein dunkler Umriss. Während Heather die Gestalt beobachtete, drehte diese leicht den Kopf und blickte offenkundig auf die Fenster des Cottages.

Heathers Angst verschwand. Sie spürte nicht einmal mehr die Kälte. Stattdessen breitete sich eine heiße, trockene Landschaft der Wut in ihrem Innern aus, wie an dem Tag, an dem sie einem Mann einen Kugelschreiber durch die Hand gerammt hatte. Die Person, die sie seit Wochen terrorisierte und in der Dunkelheit herumschlich, auf der Suche nach einer Stelle, an der sie noch mehr Notizen und Federn hinterlassen konnte, war gerade im Begriff, sich aus dem Staub zu machen.

Ehe Heather sich versah, lief sie dem Eindringling hinterher. Nach nur wenigen Schritten hatte sie ihn erreicht, warf sich auf ihn und riss ihn zu Boden mit einer Wucht, die sie sich gar nicht zugetraut hätte.

»Wer zum Teufel bist du? Was willst du?«

Die Gestalt unter ihr wand sich und versuchte mit aller Kraft, sie abzuschütteln, doch Heather stieß ihr das Knie in den Rücken, und sie sackten erneut auf den Boden. Heather packte die geheimnisvolle Person bei der Schulter, riss sie herum, um ihr ins Gesicht zu schauen. Sie hielt ihr das Messer an die Kehle.

Lillian starrte sie wütend an, die Zähne gefletscht.

Heather blinzelte, ihr Griff um das Messer lockerte sich. Sie konnte sich keinen Reim darauf machen, denn die Person, die ihr entgegenblickte, war die Nachbarin ihrer Mutter, nur dass sie es nicht war. Ihr lang gezogenes Gesicht überzogen mehr Falten, und auf einer Wange verlief eine Narbe, die in der Finsternis weiß und erhaben aussah.

»Lillian?«

Die Frau grinste, ihr Körper erschlaffte. Sie sah plötzlich aus wie eine Irre.

»Oh Gott, schau dich nur an«, spie sie. »Genauso dämlich wie der Rest deiner erbärmlichen Familie.«

»Wie bitte?«

Lillian machte sich Heathers Überraschung zunutze, schüttelte sie ab und rappelte sich hoch. Die Kapuze fiel von ihrem Kopf herunter, und Heather stellte fest, dass das Haar der Frau einen Ton dunkler war und ihr Gesicht eine etwas andere Form hatte als das von Lillian. Ihre Nase war länger, ihre Kieferpartie schmaler. Heather stand auf, das Messer wieder auf Bauchhöhe.

»Wer bist du?«

Die Frau schüttelte angewidert den Kopf. »Meine Schwester hat mir schon gesagt, wie willensschwach und einfach du zu manipulieren bist. Du stellst lauter falsche Fragen, Heather Reave.«

»Halt die Klappe!«, schrie Heather und hielt das Messer hoch, so dass das Mondlicht die Klinge aufblitzen ließ. »Was weißt du denn schon?«

»Entscheide dich.« Die Frau grinste wieder, Speicheltropfen schimmerten feucht auf ihren Lippen. »Soll ich die Klappe halten oder alles erklären?« Ehe Heather antworten konnte, fuhr sie fort. »Aber du hast sowieso keine Zeit.«

»Wovon redest du?«

Die Frau, die nicht Lillian war, nickte in Richtung des Cottages. »Geh rein und find es heraus. Ruf nicht die Polizei an oder geh Hilfe holen – ich kann dir verraten, dass deine Freundin für einen solchen Unsinn keine Zeit mehr hat.«

»Wo zum Teufel ist Nikki?« Eine Sekunde lang verdunkelte sich Heathers Sicht gefährlich an den Rändern. Sie holte tief Luft und umklammerte den Griff des Messers derart fest, dass ihre Knöchel weiß hervortraten. »Was zum Teufel hast du gemacht?«

Die Frau machte einen Schritt nach hinten. »Immer die falschen Fragen. Du solltest dir keine Gedanken darüber machen, was *ich* gemacht habe. Ich …«

»Wo ist sie?«

»Oh, du weißt, wo sie ist. Ich habe es dir praktisch gesagt, du *dummes Ding*. Er wartet auf dich. Jetzt beeil dich, kleiner Wolf.«

Und damit rannte sie los, zurück in den Wald. Heather zuckte, ihr ganzer Körper verlangte danach, ihr hinterherzulaufen, aber …

»*Nikki.*«

Sie stürmte zurück ins Haus und wünschte sich nichts sehnlicher, als dass ihre Freundin gähnend in ihrem Schlafanzug in der Küche stand und sich über den Lärm beschwerte, aber dort war es dunkel und still.

»Nikki?«

Das Badezimmer lag vor Nikkis Schlafzimmer, und als sie daran vorbeikam, stieß sie die Tür mit dem Fuß auf. Aber nichts, nur ein leeres Bad, aus dem ihr das eigene Spiegelbild kurz entgegenstarrte, blass und wild. Sie näherte sich dem Zimmer am Ende des Flurs, das als Hauswirtschaftsraum diente, und entdeckte einige dunkle Flecken auf dem hellen cremefarbenen Teppich, die sie vorher nicht bemerkt hatte. Schmutz, dachte sie. Das war Schmutz, das musste Schmutz sein.

Nikki und sie hatten den Raum, der eine Hintertür besaß, kaum benutzt. Waschmaschine, Trockner und Regale waren darin untergebracht, auf denen Wanderer ihre dreckigen Stiefel abstellen konnten. Als Heather die Tür zu der Kammer öffnete, schlug ihr ein starker mineralischer Geruch entgegen, der Geruch einer Metzgerei im Hochsommer. Ihre Beine gaben leicht nach, und sie schaltete das Licht ein. Der Raum tauchte in einem flackernden gelben Schein auf.

Ich hab sie hierhergebracht, dachte sie. *Ich hab sie hierhergebracht und gesagt, es sei sicher. Oh Gott, ich hab sie hierhergebracht.*

Sie war wie gelähmt vor Angst und schlich zur hinteren Wand. Zwischen Waschmaschine und Hintertür lag eine Leiche. Einen Augenblick lang konnte sie vor Schock nicht einmal erkennen, ob es überhaupt Nikki war. Doch schließlich schaffte ihr Kopf, das zu verarbeiten, was ihre Augen sahen – einen Mann in Boxershorts, dessen Körper an den Stellen, die nicht blutüberströmt waren, schrecklich weiß aussah. Seine Kehle war durchgeschnitten. Es war Harry. Harry, der Künstler. Seine Hände lagen auf den Oberschenkeln, die Handflächen nach oben gerichtet, und er blickte zur Decke, so dass er aussah wie ein Märtyrer in einem Gemälde aus dem sechzehnten Jahrhundert.

»Scheiße. *Scheiße.*«

Heather lief zurück ins Wohnzimmer und griff nach dem Telefonhörer. Kein Freizeichen. Sie hob die Station an und stellte fest, dass die Leitung durchgeschnitten worden war. Sie kramte ihr Handy hervor, aber natürlich hatte sie kein Netz. Heather stürmte hinaus, Nikkis Auto war noch immer weg. Sie saß fest.

Verzweifelt rutschte sie mit dem Rücken an der Wand des Hauses hinunter. Es war mitten in der Nacht. Da draußen lief irgendwo ein Killer herum – er hatte ihre Freundin entführt und einen Mann ermordet, vielleicht sogar während sie in demselben Haus geschlafen hatte. Sie konnte die Polizei nicht verständigen. Der nächste Nachbar war eine gute Stunde zu Fuß entfernt. Wohin konnte sie gehen?

Du weißt, wo sie ist. Ich habe es dir praktisch gesagt, du dummes Ding.

Das hatte die Frau gesagt. Sie hatte gesagt, dass sie wüsste, wohin. Dass sie es ihr bereits gesagt hätte.

»Und sie hat mich ein dummes Ding genannt.« Heather dachte an das Polaroid mit dem Strand und dem leer stehenden Fiddler's Folly im Hintergrund – der Bau, der der Umweltstiftung gehörte, die auch Miteigentümerin des Anwesens war. Ein Gedanke zur Stiftung regte sich in Heathers Hinterkopf, aber sie schob ihn beiseite. Dazu war jetzt keine Zeit. Wenn sie durch den Wald gehen würde, stieße sie irgendwann auf Fiddler's Folly. Im Moment war sie Nikkis einzige Hoffnung, lebend davonzukommen. Außerdem hatte Heather das Gefühl, dass dies genau das war, worauf sie die ganze Zeit hingesteuert hatte. Diesen Wald zu durchqueren, mit dem Gedanken an Mord im Kopf – es würde wie eine Art Heimkehr sein.

Heather ging zurück ins Haus und holte das Messer. Sie zog ihren Mantel an, steckte das Messer in eine Innentasche und lief wieder hinaus in die Dunkelheit.

43. KAPITEL

Heather hörte das Meer, lange bevor sie es sehen konnte. Ein riesiges, zischendes Getöse, sowohl laut als auch leise, die Blaupause für all die anderes Geräusche – das Knirschen des trockenen Laubs unter den Füßen, ihren eigenen angestrengten Atem und den Wind in den Bäumen.

Im Wald war es dunkel gewesen, trotzdem hatte sie keine Angst gehabt. Sie hatte eher das merkwürdige Gefühl gehabt, beobachtet zu werden – nicht von Gegnern oder von diesem Monster, das sie gerade verfolgte, sondern von einer warmen, ruhigen Präsenz, die sie vorantrieb. Als sie am Ende des Walds zwischen den Bäumen hervortrat, mussten ihre Augen sich erst an das Mondlicht gewöhnen, das auf das weite Meer bis hin zum schiefergrauen Sand glitzerte, der selbst von innen heraus zu leuchten schien. Rechts erhob sich Fiddler's Folly, ein dunkler Schatten, der in den Nachthimmel ragte. Heather sah keine Lichter darin, keinen Schein in den schmalen Fenstern, doch am Fuß des Turms zeichnete sich ein Umriss ab. Das kleine, verfallene Haus hatte auf den Bildern gefehlt, die sie von diesem Strandabschnitt hier gesehen hatte, und sie vermutete, dass es aus den Fotografien sorgfältig verbannt worden war. Der gedrungene Bau, überzogen mit billigem Kieselrauputz, verschandelte die raue Romantik des Küstenstreifens und des windumwehten Turms.

Weit und breit war niemand zu sehen, und nirgends rührte sich etwas. Heather vergewisserte sich wieder, dass das Messer noch immer in ihrem Mantel steckte, ehe sie den felsigen Steilhang hinunterkletterte, der den Wald vom Strand trennte und die Kiesfläche erreichte, die zum Sand führte. Ihr Blickwinkel auf das Haus hatte sich geändert, so dass sie jetzt einen winzigen Lichtstreifen sah, der unter der Jalousie eines Fensters hervordrang.

»Bastard.«

Sie umfasste den Griff des Messers. Angst verspürte sie noch immer keine. Stattdessen flackerte wieder das Gefühl von Wut in ihr auf, das sie auch erfasst hatte, als sie ihrem Kollegen den Kugelschreiber durch die Hand gerammt hatte. Es war egal, was als Nächstes passierte, denn sie hatte *recht*. Diese Person, die sie verfolgte und der sie weh tun wollte, war ein Monster. Und ein Monster zur Strecke zu bringen, das konnte kein Verbrechen sein. Und vielleicht würde sie auch die Frau finden, die wie Lillian aussah und ihr ebenfalls wehgetan hatte. Das Gefühl war sagenhaft befreiend.

Als sie sich Fiddler's Folly und dem Haus näherte, bekam sie einen besseren Eindruck davon, wie die Gebäude angeordnet waren. Der Turm stand nicht direkt auf dem sandigen Boden – der Untergrund war wohl zu instabil, vermutete sie –, sondern auf einem künstlich errichteten Felsvorsprung, der zum Meer hinausragte. Es gab eine holprige Straße, die davon wegführte und sich irgendwo außer Sichtweite in die Dunkelheit schlängelte, und das Haus kauerte in seinem Schatten, eine seltsame Art von nachträglichem Einfall.

Sie war gerade auf die Felsplatte getreten, als der schmale Streifen unter der Jalousie verschwand. Heather blieb stehen und wartete, dass irgendwo anders im Haus ein Licht angemacht wurde. Doch selbst nach mehreren Minuten blieb alles dunkel. Angestrengt horchte sie. Vielleicht konnte sie anhand von Geräuschen ausmachen, wo die Person sich befand, oder wo Nikki sich befand, aber der Wind trug keinen Laut zu ihr hinüber. Keine Stimmen, keine Schritte, keine zuschlagenden Türen. Um sie herum herrschte gespenstische Stille. Mittlerweile hielt Heather das Messer auf Höhe ihrer Hüfte, und sie ging um das Haus herum, bis sie auf eine Hintertür stieß, zu der wenige Stufen hinaufführten. In der Dunkelheit war alles grau.

Warte. Warte, warte, warte. Sie kniff die Augen fest zusammen, um sich auf die leise Stimme der Vernunft zu konzentrieren. *Versuch's noch einmal mit deinem Handy. Du musst es noch einmal versuchen. Es könnte sein, dass man dich und Nikki umbringt, du Idiot.*

Ein halber Balken. Das könnte reichen. Aber was, wenn die Verbindung nach nur wenigen Worten abbrach? Sie schrieb Ben schnell eine Nachricht: *Fiddler's Folly. Roten Wolf gefunden. Er hat Nikki in seiner Gewalt. Hilfe.*

Sie sah nicht nach, ob die Nachricht rausgegangen war, oder versuchte, ihn anzurufen. Das Monster da drinnen würde so gewarnt werden, und das könnte Nikkis Todesurteil bedeuten. *Besser jetzt still und leise hineingehen und den Vorteil nutzen*, sagte Heather zu sich selbst.

Die Tür war unverschlossen. Heather trat in eine kleine, schäbige Küche voller dunkler Schatten. Durch ein Fenster fiel genügend Mondlicht herein, so dass sie einen mit Brandflecken und Kratzern übersäten alten Holztisch, ein Spülbecken mit schmutzigen Tellern und eine offene Packung Frühstücksflocken auf der Theke erkennen konnte. Ein altmodisches Radio stand auf einem Küchenregal, und die schimmelige Tapete löste sich an mehreren Stellen ab. Das Haus war alt und schlecht in Schuss, aber offensichtlich noch immer bewohnt.

Sie ging durch die Küche in den Flur, an dessen Ende eine Wendeltreppe nach oben führte und an deren Fuß sich links und rechts eine Tür befand. Eine davon stand offen und gab den Blick frei auf einen Raum, der als Wohn- und Schlafzimmer genutzt wurde. Sie machte ein gewaltiges eckiges Sofa aus, das mit einem

Laken überzogen war, und einen Couchtisch, vollgestellt mit Tassen. Vorsichtig bewegte sie sich hinein und entdeckte auf dem Boden überall Haufen schmutziger Wäsche. Ihr schlug das Herz bis zum Hals, als sie in jeder Ecke nachschaute. Doch das Zimmer war leer.

Vielleicht ist er weg, dachte sie plötzlich. *Hat mich kommen sehen und ist verschwunden. Möglicherweise durch die Tür, die ich nicht sehen konnte, als ich den Strand überquerte.*

Oder, mutmaßte ein dunklerer Teil ihres Verstands, *das hier ist vielleicht ein völlig harmloses Haus. Vielleicht bist du gerade in das Zuhause einer armen, einsamen Seele eingebrochen und im Begriff, ihn zu Tode zu erschrecken, weil du den Bezug zur Wirklichkeit verloren hast.*

Heather verließ das Zimmer und trat zu der verschlossenen Tür. Die Hand auf dem Türgriff, hielt sie inne, da ihr ein Bild an der Wand ins Auge fiel. Das Motiv war in der Dunkelheit schwer zu erkennen, aber etwas war da, das sie wieder das Handy aus der Hosentasche ziehen ließ, um das leuchtende Display darauf zu richten. Eine seltsame rote Landschaft überzog die Leinwand. Eine ebene, ausgedörrte Fläche mit sanften Hügeln am Horizont. Den Vordergrund nahm ein einzelner verkümmerter Baum ein, dessen Stamm derart verdreht und schwarz war, dass er fast aussah wie ein Riss in dem trockenen Boden, während die spitzen Äste an greifende Finger erinnerten. Heather schluckte und schaute weg. Das Bild machte ihr Angst.

So leise wie möglich öffnete Heather die Tür und starrte in völlige Dunkelheit. Sie drückte auf das Display ihres Handys und richtete den Lichtstrahl vor sich. Eine Betontreppe kam zum Vorschein, die in einen Keller führte, aus dem ein starker Geruch nach Salz und Bleichmittel drang.

Heather ging die Stufen hinunter und leuchtete mit ihrer behelfsmäßigen Taschenlampe in den Raum, auf den sie am Ende der Treppe stieß. Der Boden war blank und fleckig, und ein langer, massiver Tisch stand an der Seite, sehr viel neuer und gepflegter als der in der Küche, daneben ein Rollwagen voller Werkzeuge. In einer Ecke entdeckte sie eine große Plastikkiste mit zahlreichen Reinigungsmitteln und anderen Gegenständen, die sie nicht erkannte.

Glaubst du noch immer, dass du hier falsch bist, fragte ein Teil von ihr sich höhnisch.

Das Licht wanderte über den Rollwagen. Neben Skalpellen, Messern, kleinen Sägen mit winzigen gezackten Zähnen blitzten Rasierklingen, Eispickel, eine Rolle Nylonseil und weiß etikettierte Flaschen aus dunkelbraunem Glas auf. An dem Wagen klebte an der Seite eine dunkle, gallertartige Masse, aus der Haare hingen. Lange rote, leicht wellige Haare. Heather machte einen Satz nach hinten, so dass sie gegen die unterste Stufe stieß und sie zusammenzuckte.

»Scheiße. *Scheiße.*«

Ihre bisherige Zuversicht schien sie schlagartig zu verlassen. Sie knirschte mit den Zähnen, um nicht loszuschreien, und jagte die Treppe wieder hinauf in den Flur. Das Licht ihres Handys hüpfte rhythmisch mit. Eine Sekunde lang stand sie in der Küchentür und war schon fast im Begriff, aus dem Haus zu laufen, als sich im oberen Stockwerk jemand bewegte.

Das Geräusch war äußerst kurz – ein halber Schritt, das Rutschen eines Schuhs auf Teppich –, doch es genügte, um sie verharren zu lassen.

Nikki, sagte sie zu sich selbst. *Nikki könnte da oben sein.*

Heather schlich die Stufen hinauf und zuckte jedes Mal zusammen, wenn die Dielen knackten. Oben angekommen, trat sie auf einen breiten Treppenabsatz, der Teppich war eingerollt und an die Wand geschoben. Sie erfasste drei Türen, von denen eine offen stand und den Blick auf ein winziges, grässlich aussehendes

Bad freigab. Die Hand mit dem Messer in die Höhe gehalten, öffnete sie die nächstgelegene Tür. Die Jalousien in dem Zimmer waren zugezogen, so dass sie kaum etwas erkennen konnte, außer den Umrissen einiger wuchtiger Möbel. Ein Bett, vielleicht ein Schrank?

»Nikki?« Keine Antwort.

Sie hob wieder das Handy an, um damit zu leuchten. Der Lichtstrahl wanderte über einen großen Spiegel auf der anderen Seite des Zimmers, aus dem ihr das eigene Gesicht entgegenblickte. Blass und abgekämpft, das dunkle Haar wirr auf der Stirn – und dann beobachtete sie entsetzt, wie das Gesicht blinzelte und beide Hände hochhielt, um die Augen vor dem grellen Schein zu schützen.

»Was …?«

Die Gestalt stürzte sich auf sie und warf sie zu Boden. Heather schrie auf, das Messer flog aus ihrer Hand. In der nächsten Sekunde umfassten fiebrige Hände ihren Hals. Es war ein Mann, wie sie erst in dem Augenblick feststellte. Ein Mann, der ihr Gesicht hatte, ihre Statur, ihr Haar. Er schlug ihren Kopf auf die Dielen, und ihre Sicht erfüllte ein Rauschen.

»Ich bin der Wolf«, schrie der Mann. »Ich bin der Wolf.«

Heather wehrte sich und kämpfte sich frei. Sein Kopf prallte gegen Türrahmen. Einen kurzen Augenblick war er benommen, und sie nutzte die Gelegenheit, um wegzukriechen.

»Wer bist du? Wo ist Nikki?« Das Messer lag neben ihrem Fuß, und sie griff danach. Sie hatte das Handy fallen lassen, aber zu ihrer Überraschung stand er auf und knipste einen Lichtschalter in dem Schlafzimmer an, und ein greller, künstlicher Schein umhüllte die beiden. »Ich … wer *bist* du?«

Er stand regungslos da und starrte sie an. Jetzt, in dem helleren Licht, stellte sie fest, dass sie überhaupt nicht gleich waren. Natürlich nicht. Sein Kiefer war breiter, die Augenbrauen dichter und die Unterarme übersät mit Narben. Auch sein Haar war kürzer. Aber ansonsten war die Ähnlichkeit verblüffend – eigentlich bestand so gut wie kein Zweifel darin, wer er war. Einen seltsamen, schrecklichen Augenblick lang hätte Heather am liebsten losgelacht oder sich übergeben. Sie wusste nicht, was besser war.

»Warum siehst du aus wie ich?« Er klang fast bockig, wie ein verärgertes, verwirrtes Kind. Seine Hand wanderte zu seinem Kopf und berührte die Stelle, wo er gegen den Türpfosten geprallt war.

»Ich bin deine Schwester.« Heather hielt inne und stieß ein ersticktes Geräusch aus, das nach Weinen und Lachen klang. »Ich bin deine verdammte Schwester, nicht wahr? Wer ist dein Vater?«

Er blickte irritiert drein bei der Frage. Statt zu antworten, zog er ein Messer aus seiner Gesäßtasche. Schmal, tödlich aussehend und nicht sauber. Als er die Waffe hochhielt, fielen Heather noch weitere Details an ihm auf. Seine Hände waren mit Blutflecken überzogen, und sein Hemd, das dunkelblau war, wies dunklere Stellen auf.

»Hör mir zu«, sagte er. »Hör mir zu.« Er schwang das Messer in ihre Richtung. »Ich bin der Wolf. *Ich* bin der Barghest. Es kann nicht zwei von uns geben. Das ist meine Aufgabe.«

»Was ist deine Aufgabe? Was?«

Er machte einen Schritt nach vorne, und Heather hielt schützend das eigene Messer vor sich. Würde sie aufstehen und die Treppe hinuntergehen, müsste sie ihm den Rücken zukehren, und sie wusste immer noch nicht, wo Nikki war.

»Sie nach *Hause* zu bringen.« Er sagte die Worte mit einem dermaßen sehnsüchtigen, tiefen Gefühl, dass Heather irritiert dreinblickte. Tränen rollten über sein hageres Gesicht. »Sie wurden hier geboren, sie gehören dem Wald. Ich bringe sie nur nach Hause zurück. Du darfst mich nicht davon abhalten, denn das ist es, wofür ich erschaffen wurde.«

»Was meinst du damit, dass sie hier geboren wurden?« Schaudernd erinnerte sich Heather an Anna im Sanatorium. Ihre Hände hatten auf ihrem Bauch gelegen, und sie hatte nach ihrem Baby geschrien – nach dem Baby, das man ihr weggenommen hatte. »Verflucht noch mal. Meinst du die Babys, die in der Kommune geboren wurden? Sie wären jetzt in meinem Alter oder älter, und du bist …« Das Meer rauschte in der Stille. »Wie lautet dein Name?«

»Mein Name?«

»Ja, dein verdammter Name. Du bist mein Bruder, da sollte ich zumindest deinen verdammten Namen kennen.«

»Ich bin der Wolf, ich bin …«

»*Dein Name.*«

Ihre aufflackernde Wut schien ihn zu erschrecken.

»Lyle«, antwortete er mit leiser Stimme. »Ich heiße Lyle, Lyle Reave, und ich bin der Barghest, der neue Rote Wolf. Das ist es, wofür ich geschaffen wurde.«

»Hör mir zu, Lyle. Meine Freundin, Nikki, die du entführt hast, wurde nicht hier geboren. Sie kam nicht in Fiddler's Wood zur Welt, okay? Sie hat mit all dem nichts zu tun, ja? Lass mich sie von hier wegbringen. Das ist alles, was ich will. Dann lasse ich dich in Ruhe.«

»Nein«, entgegnete er sanft. »Nein, dafür ist es ein bisschen zu spät.«

»Wie meinst du das? Wo ist sie, Lyle?«

»Sie ist im Turm«, antwortete er und machte einen weiteren Schritt auf Heather zu. »Mit der anderen. Deshalb kann ich sie auch nicht gehen lassen, denn sie hat sie gesehen. Und sie hat mich gesehen. Außerdem ist der alte Wolf jetzt da.« Er schien sich zu freuen. »Aber vielleicht ist das ja alles richtig so. Wenn du meine Schwester bist, dann gehörst auch du dem Wald. Ich kann dich dort hinbringen.«

»Nein!«

Er trat auf sie zu, das Messer erhoben. Heather stürzte sich auf ihn. Sie versuchte, ihn mit aller Kraft umzuwerfen, doch er war zu stark. Stattdessen schubste er sie mit dem Rücken gegen das Geländer und stach mit dem Messer nach ihr. Heather wich ihm aus, gerade noch rechtzeitig, um einem Stich in ihre Brust zu entgehen, aber er holte sofort wieder aus. Ein Schmerz durchzuckte ihre linke Seite, und sie wusste, dass er sie verletzt hatte.

»Hör auf!« Sie schwang ihr eigenes Messer, das im Vergleich zu seiner kleinen, gefährlichen Stichwaffe entsetzlich grobschlächtig erschien, und die Klinge prallte an seinem Arm ab. »Glaubst du, Michael Reave würde wollen, dass du mich umbringst? Deine eigene Schwester?«

Aber Lyles Gesicht war verschlossen, maskenhaft. Hinter seinen Augen war nichts weiter als eine schreckliche Stumpfsinnigkeit zu erkennen, die sie an das rote Bild in der unteren Etage erinnerte. Sein Messer blitzte wieder auf, und die Klinge fuhr über ihren Bauch. Sie schrie leise auf, entsetzt von der heißen Feuchtigkeit, die ihren Pullover augenblicklich durchdrang. Die Treppe befand sich direkt hinter ihr, und sie umklammerte das Geländer, um sich abzustützen, die Finger glitschig vom eigenen Blut.

»Gut, dass du gekommen bist«, sagte er. Seine Wangen schimmerten noch immer feucht von den Tränen. »So sollte es sein. Ich bin der Wolf.«

»Oh, so eine Scheiße«, spie Heather aus. »Du bist nichts weiter als ein Mörder, ein hoffnungsloser, trauriger Versager. All die Frauen, die du umgebracht hast, sind das Zehnfache von dir wert!«

Zum ersten Mal huschte ein seltsamer Ausdruck über sein Gesicht, den Heather an die Situation erinnerte, als Michael Reave seine Beherrschung verloren hatte – *die Wahrheit*, dachte sie bitter. *Er will sie nicht hören.*

»Du bist nicht großartig oder geheimnisvoll«, fuhr sie fort und lachte, aufrichtig amüsiert. Ihr Kopf fühlte sich leicht an. »Sondern nur ein kleiner Kerl, der Frauen weh tut, weil er sich bloß auf diese Weise mächtig fühlt. Oh Gott, Loser wie dich gibt es wie Sand am Meer.«

Sein Gesicht verzerrte sich, und er stürzte sich erneut auf sie. Heather öffnete dieses Mal die Arme wie zu einer Umarmung und umfasste ihn, ohne auf den sengenden Schmerz zu achten, der sie durchzuckte, als das Messer erneut über ihren Bauch fuhr. Sie drehte sich um die eigene Achse, und als die Schwerkraft wieder auf ihrer Seite war, stieß sie Lyle mit letzter Kraft von sich weg, so dass er nach hinten fiel, in die Dunkelheit, dahin, wo die Treppe war.

Heather hörte einen Schrei und mehrere dumpfe Schläge. Dann trat Stille ein. Bewegungslos stand sie da und wartete.

Sie war später nicht in der Lage zu sagen, wie lange sie da oben gestanden hatte, aus drei Schnittwunden geblutet und in die Dunkelheit gestarrt hatte, während sie wartete, dass ihr Bruder sich die Stufen wieder hinaufzog. Wenn sie an die Situation dachte, erinnerte sie sich an das entfernte Rauschen des Meeres und an ihr Blut, das beständig auf den nackten Boden tropfte.

Schließlich brach der Bann oder was immer es war, und sie schnappte sich ihr Handy und das Messer, ehe sie, sehr langsam, die Treppe hinunterging, an deren Fuß sie einen Lichtschalter entdeckte. Sie knipste ihn an und sah Lyle zusammengesackt auf der letzten Stufe liegen. Heather biss die Zähne zusammen und drückte ihre Finger an seinen Hals – einen Augenblick lang glaubte sie, einen schwachen Puls zu spüren, doch dann schien sich das leise Pochen zu verlieren. Es war über das Klopfen in ihrem Kopf und den Schmerzen in ihrem Arm und Bauch hinweg schwer zu sagen, ob er noch lebte oder nicht.

Nikki.

Nikki war in dem Turm. Möglicherweise mit einer weiteren Frau. Möglicherweise unter der Obhut einer Person, die Lyle »den alten Wolf« genannt hatte. Heather hatte keine Ahnung, wer das sein konnte – Michael Reave wohl nicht, denn er saß noch immer eingesperrt im Gefängnis –, aber wer immer es war, würde Lyle erwarten. Lyle konnte den Turm betreten, konnte wahrscheinlich sogar zu den Frauen vordringen. Das war dort, wo er eigentlich sein sollte.

Heather zog ihm so schnell wie möglich das Hemd und die Hose aus – der Körper darunter war mager und vernarbt, kleine, runde Male auf Oberschenkeln und Bauch deuteten darauf hin, dass er einmal als Aschenbecher benutzt worden war –, und schlüpfte in sie hinein, nachdem sie sich zuvor ihrer eigenen Kleider entledigt hatte. Die Kleidungsstücke waren etwas groß, aber nicht zu sehr, und sie rollte die Ärmel des Hemds hinunter, um ihre Wunden zu verbergen. Mit dem kleinen, gefährlichen Messer, das auf der Treppe gelandet war, schnitt sie sich ungeschickt das Haar an den Seiten und im Nacken ab, wo es sich wenige Zentimeter rollte. Die dunklen, federleichten Haarbüschel landeten auf dem Gesicht und der Brust ihres Bruders.

Heather stopfte ihr Handy und das große Messer in die Taschen der Jeans und trat hinaus in die Nacht, die tödliche Stichwaffe in der Hand.

44. KAPITEL

Früher

Sie hatte sich in Sicherheit gewähnt. Hatte geglaubt, dass sie sich von allem befreit und diese dunkle Zeit hinter sich gelassen hatte.

Ja, sie hatte einen Fehler gemacht. Einen, der nicht schlimmer hätte sein können, aber Fehler passierten nun einmal. Colleen war stets eine vertrauensvolle Person gewesen, eine Optimistin, die von ihren Mitmenschen immer nur das Beste gedacht hatte. Es konnte doch nicht falsch sein zu glauben, dass die Leute ein gutes Herz hatten? Das glaubte sie noch immer. Oder zumindest meistens. Als sie um drei Uhr morgens aus ihrem Bett taumelte, weil beide Babys so laut schrien, dass der Himmel drohte einzustürzen, und sie mit beiden dasaß und sie stillte, kehrten ihre Gedanken unweigerlich zu den in Fiddler's Mill geborenen Kindern und den Frauen zurück, die über die vergangenen Jahre hinweg verschwunden waren. Ihre *angeborene Gutmütigkeit* und ihr *unermüdlicher Optimismus* hatten sie nicht retten können. Sie würde einen Preis für ihre Schwäche zahlen müssen.

Vielleicht war das der Grund, warum sie, tief im Innern, gar nicht so überrascht war, als sie eines Abends die Haustür öffnete und die beiden vor sich stehen sah. Michael, der eher fassungslos als wütend wirkte – er hatte an Gewicht verloren, seit sie ihn zuletzt gesehen hatte, seine Wangen waren eingefallen –, und der alte Mann, dessen Augen vor Triumph leuchteten. Sie hatte einen erstickten Laut von sich gegeben und die Tür zuschlagen wollen, doch Michael hatte den Fuß dazwischengeschoben und sie mühelos aufgestemmt.

»Du warst schwanger?«, hatte er gesagt, mehr nicht.

Sie hatte das Kinn gehoben und eine entschlossene Miene aufgesetzt, obwohl sie keinerlei Entschlossenheit verspürte. »Oh? War ich etwa die Einzige, die Geheimnisse hatte?«

Michael stand regungslos da. Er hatte verletzt ausgesehen, so dass sie lächerlicherweise sogar kurz Mitleid mit ihm hatte. Sie hatte ihn aufrichtig geliebt – hatte ihn für ihren wilden Jungen vom Land gehalten, hatte sich nach seinen rauen, vernarbten Händen gesehnt und nach jedem Augenblick, den sie allein im Wald miteinander verbracht hatten. Als ihre Periode dann ausblieb, erlebte sie einen zittrigen Moment der Euphorie. Dieses Baby, dachte sie, sei ein Segen, ein Kind der Liebe, das im Einklang mit der Natur aufgezogen werden würde … alles schien perfekt zu sein. Und dann hatte sie den Innenraum seines Transporters gesehen.

»Das Kind gehört nach Fiddler's Mill.« Der alte Mann schubste Michael mit dem Ellenbogen weg und trat nach vorne. »Mehr als alle anderen. Es gehört uns.«

»Komm zurück«, sagte Michael bloß. »Bitte, ich will mein Kind sehen. Ich will es kennenlernen. Ist es ein Junge oder ein Mädchen? Bitte, Colleen.«

»Ich rufe die Polizei«, erwiderte sie, und ihr Blick wanderte zur Straße. Es war später Abend, an einem Wochentag, und die kleine Sackgasse war menschenleer. Sie lebte in einem winzigen Haus zu einer Spottmiete, ein Gefallen des Besitzers des Frauenhauses. Niemand wusste, wo sie wohnte, was, wie sie zu spät feststellte, ein Fehler war. »Ich werde sie jetzt sofort rufen. Ihr könnt mich nicht einfach so bedrohen.«

»Glaubst du, dass die Polizei dich beschützen kann?«, entgegnete der alte Mann grinsend, und seine langen gelben Zähne traten zum Vorschein. »Das weißt du doch besser, denke ich. Das Kind gehört uns. Gib es uns, und denk nicht mehr daran. Ich weiß, dass du weggelaufen bist und es heimlich bekommen hast. Wer weiß überhaupt davon? Deine Eltern nicht, vermute ich.«

Colleen sah Michael an, in der Hoffnung, dass er über die offen ausgesprochene Morddrohung empört sein würde, doch sein Blick war auf den Boden gerichtet. Er hatte sich ebenfalls zur Tür hinbewegt, so dass er sie halb versperrte, bemerkte sie. Wie weit würde sie kommen, wenn sie wieder ins Haus lief? Er würde sie im Nu eingeholt haben. Sie hatte seine Schnelligkeit, seine Anmut schon immer bewundert. Jetzt wurde ihr bei dem Gedanken übel.

»Woher soll ich wissen, dass du mich danach in Ruhe lässt? Woher soll ich wissen …« Sie hielt inne und schnappte panisch nach Luft. »Dass du nicht eines Abends mit deinem *Transporter* hier aufkreuzt?«

»Ich schwöre es.« Er hob den Kopf dabei, um ihren Blick zu erwidern. »Gib uns das Kind, und wir werden verschwinden. Du wirst mich nie wiedersehen. Ich werde mich fernhalten.« Seine grünen Augen blitzten auf. »Aber ich werde dir schreiben. Und du wirst mir schreiben. Das ist alles. Ich liebe dich, Colleen. Ich will nur das haben, was mir gehört.«

»Dir gehört.« Sie lachte kurz auf, obwohl ihr Tränen über die Wangen rollten.

»Er wird dir schreiben, und du wirst ihm schreiben«, bekräftigte der alte Mann. »Auf diese Weise werden wir immer wissen, wo du bist. Hast du das verstanden? Wir müssen uns sicher sein können, dass du auf unserer Seite bist. Nur für den Fall, dass dich das Gefühl überkommt, du müsstest dich jemandem anvertrauen. Du wirst nie mit jemandem über dieses Kind sprechen. Es existiert nicht mehr für dich. Dafür werden wir uns von dir fernhalten. Das ist versprochen.« Er verzog den Mund höhnisch.

»Wieso heulst du? Du kannst doch noch mehr Kinder bekommen. Dazu seid ihr Frauen doch da, oder?«

Michael wandte sich dem alten Mann zu, und ein finsterer Blick huschte über sein Gesicht. »Das reicht.«

»Was wirst du mit dem Kind machen?«

»Es großziehen, Colleen. Meinen Jungen großziehen.« Michaels Lippen umspielte ein Lächeln, und sie empfand schlagartig Hass für ihn. Einen Hass, der so stark war, dass die Sterne vom Himmel hätten hinunterfallen können. »Oder mein Mädchen. Ich werde mich um das Kind kümmern. Vielleicht hilft es mir sogar, na ja, du weißt schon, mich …«

Er befeuchtete die Lippen und sah wieder auf den Boden.

»Zu ändern und kein Monster mehr zu sein?«, beendete Colleen den Satz. Er warf ihr erneut diesen verletzten Blick zu, und plötzlich hielt sie es nicht mehr länger aus. Sie hob die Hand. »Ihr werdet hierbleiben und warten. Wagt euch ja nicht in mein Haus, oder ich schwöre bei Gott, ich werde das Kind selbst umbringen, bevor ihr es euch schnappen könnt. Habt ihr mich verstanden?«

Der alte Mann schien protestieren zu wollen, doch Michael nickte. Colleen ging über den Flur zu der Kammer, die sie behelfsmäßig als Kinderzimmer eingerichtet hatte, und kämpfte gegen die Übelkeit an, die mit jedem Schritt größer wurde. Die Zwillinge lagen in identischen Stubenwagen, in winzigen gelbweißen Strampelanzügen, die kleinen rosa Gesichter zerknautscht, weil sie so tief und fest schliefen. Als sie sich zu ihnen beugte, war ihr klar, dass sie keine Zeit hatte, um zu überlegen, überhaupt keine Zeit – der übel riechende alte Mann würde ungeduldig werden, er würde kommen, um sie zu holen, und dann wären sie alle verloren –, trotzdem fiel es ihr schwer wegzuschauen, denn sie wusste, dass dies der Augenblick war, wo sie die beiden zum letzten Mal zusammen sehen würde.

In den vielen Jahren, die danach noch kommen sollten, dachte Colleen oft an den Moment zurück, an dem sie ihre Entscheidung getroffen hatte. Suchte nach den Gründen dafür, suchte nach der Wahrheit. Lag stundenlang wach, während das Licht der Morgendämmerung durch die Gardinen fiel und sie in einen gelben Farbton tauchte. Jedes Mal, wenn sie mit Heather in den Park ging und sah, wie die Kinder auf den Rutschen hinunterglitten oder sich gegenseitig schubsten und zu Boden fielen –, quälte sie diese Frage. Doch sie hatte überhaupt nicht nachgedacht, als sie sich hinunterbeugte und den kleinen Jungen aus seinem Stubenwagen hob. Das war die Wahrheit. In ihrem Kopf hatte eine entsetzliche Leere geherrscht, alle Hoffnung und Zufriedenheit waren innerhalb eines grausamen Moments daraus gelöscht worden.

Sie ging mit ihm über den Flur zur Haustür und gab ihn den Monstern.

45. KAPITEL

Der Himmel hatte seine Farbe geändert. Die tiefschwarze Dunkelheit war verschwunden und durch ein silbriges Violett ersetzt worden. Heather betrachtete den Himmel für einen Moment irritiert. Wie lange hatte sie gebraucht, um durch den Wald zu laufen? Wie lange war sie in dem Haus gewesen? Ihr kam es vor, als hätte sie Harrys Leiche erst vor wenigen Minuten im Cottage gefunden, und jetzt begann der Morgen schon am Horizont zu dämmern.

Als sie auf der Suche nach einem Eingang um den Turm herumging, entdeckte sie ein altes Auto, das auf der anderen Seite parkte. Daneben standen zwei Gestalten, von der eine schützend die Hand über die Augen hob und zweifellos interessiert nach ihr spähte. Eine bekannte Stimme drang zu ihr herüber.

»Lyle!«

Heather nickte, winkte und lief hinüber zu ihnen. Es waren Lillian und die Frau, die sie hinter dem Cottage zu fassen bekommen hatte, ihre Schwester. Jetzt, da die beiden nebeneinanderstanden, war offensichtlich, dass die Schwester älter war oder ein härteres Leben gehabt hatte. Lillian war in einen langen Kamelhaarmantel gehüllt, den Kragen hochgeschlagen, während die andere noch immer den schweren Mantel trug. Der Wind wehte durch Lillians Haar, die auf sie zukam, ein breites Grinsen im Gesicht.

»Hast du sie erwischt, Lyle? Hast du sie umgebracht?«

Heather wandte das Gesicht ab und blickte nach unten, damit die beiden sie erst im letzten Augenblick erkannten. Doch Lillian schien keinerlei Verdacht zu schöpfen und trat mit offenen Armen auf sie zu.

»Kleiner Wolf, dein Vater wird *so* zufrieden mit dir sein.«

Heather packte die ältere Frau bei den Schultern und stieß sie nach hinten, gegen den Wagen. Sie kreischte auf wie ein Huhn, während ihre Schwester etwas rief, das Heather nicht verstand.

»Wer *bist du*?«, stieß Heather hervor, zückte das tödlich aussehende kleine Messer und hielt es Lillian an die Kehle. Als die andere Frau sich bewegte, schüttelte Heather den Kopf. »Noch ein Schritt, und sie ist tot. Das verspreche ich dir, verdammt nochmal.«

»Heather, meine Liebe, beruhig dich«, sagte Lillian. Sie räusperte sich. »Wir sind alte Freundinnen deines Vaters. Du weißt doch mittlerweile, wer er ist, oder?«

»Warum? Du bist in das Haus eingedrungen, wenn ich nicht da war, richtig? All die Sachen auf der Beerdigung, der Kranz, die Federn. Du wolltest, dass ich hierherkomme. Warum?«

»Eine kleine Familienzusammenführung«, antwortete Lillian und verzog das Gesicht. »Wir fanden, dass Lyle seine Schwester kennenlernen sollte.«

»Wir haben diesen Jungen großgezogen«, spie die andere aus. Heather warf ihr kurz einen Blick zu. Sie sah wütend aus, hektische rote Flecken überzogen ihre fahlen Wangen. »Als dein dämlicher Vater geschnappt wurde, wurden wir alles für diesen kleinen Kerl – seine Mütter, seine Schwestern. Wir haben ihn behütet und vor der Welt geschützt. Aber als er alt genug war, da waren wir plötzlich …«

»Da waren wir plötzlich nicht mehr gut genug und wurden ausgeschlossen«, fuhr Lillian fort. »Ich frage dich, Heather, ist das fair? Nach all dem, was wir geleistet haben? Immerhin waren wir es, die diese Kinder von Fiddler's Mill all die Jahre im Auge behielten. Wir waren praktisch wie zweite Eltern für sie. Und dann wurden wir aufs Abstellgleis geschoben, was dein Vater offensichtlich befürwortete. Er stimmte auch zu, dass wir aus dem Leben des Jungen entfernt werden sollten, obwohl er im Gefängnis vor sich hin rottete.« Sie schnaubte. »Als wir begriffen, dass die liebe, süße Colleen uns die ganze Zeit belogen hatte, dachten wir, wäre das nicht ein kleines, passendes Geschenk für Michael?«

»Die Tochter, von der er nichts wusste, ermordet von seinem kostbaren Sohn«, fügte die andere grinsend hinzu. »Aber das hat er nicht geschafft, dieser Versager, natürlich nicht. Eigentlich sollte ich es besser wissen. Man kann Männern nichts zutrauen.«

»Was weißt du über meine Mutter?«

Lillian bleckte die Zähne. »Alles. Wir haben immer gewusst, wo sie war, und sie natürlich nur mit liebevollen Gedanken bedacht. Wir haben sie besucht, nicht wahr, Lizbet? Als uns klar wurde, was sie gemacht hatte und womit sie all die Jahre davongekommen war, haben wir nachgefragt. Haben nach dir gefragt und nach dem, was in den vielen Jahren dazwischen passiert war. Sie hat uns alles erzählt. In gewisser Weise. Nach etwas … *Zuspruch*. Sie hat uns von dem Mann erzählt, der dich großgezogen hat und von dem Vogel. Und dass du seinen Tod verschuldet hast.«

»Zum Teufel mit dir, du Miststück.«

»Und wir haben ihr auch einiges erzählt – von der bevorstehenden Ernte und von der Rolle, die sie darin gespielt hatte. Zugegeben, ich war nicht furchtbar überrascht, als ich hörte, dass sie sich umgebracht hatte. Schließlich will keine Mutter dahinterkommen, dass sie ein Monster geboren hat. Beziehungsweise zwei.«

Heather bewegte sich nicht. Sie konnte ihren Blick nicht von der Stelle abwenden, an der sie das Messer gegen Lillians schlaffen Hals presste. Noch etwas mehr Druck, nur ein bisschen mehr, und diese ekelhafte Frau würde nie wieder einen Ton von sich geben. Am Himmel schrie eine Möwe, und Heather trat zurück, entsetzt darüber, was sie beinahe getan hätte.

»Das ist alles völlig krank«, sagte sie zu ihnen. »Ihr seid alle völlig krank. Ich werde jetzt meine Freundin holen. Wenn ihr hinter mir herkommt oder ich eure alten, verkniffenen Gesichter noch einmal sehe, werde ich euch umbringen.«

Diese Antwort schien den Frauen irgendwie zu gefallen. Sie tauschten einen Blick miteinander aus, und ihre Augen leuchteten.

»Wie der Vater, so die Tochter«, sagte Lillian.

Heather ließ die Schwestern am Wagen stehen. Auf der anderen Seite, gegenüber vom Wald, entdeckte sie die Tür zum Turm, die offen stand. Sie trat in einen merkwürdig leeren Raum, ausgelegt mit Steinplatten, die mit Sand und Laub bedeckt waren, und in dessen Mitte eine Wendeltreppe nach oben führte. Der Geruch von Salz und Blut hing in der Luft, und ein silbriges Licht schimmerte durch schmutzige Fenster. Heather hatte ihren Fuß gerade auf die erste Stufe gesetzt, als sie mehrere alte Jutematten in der Ecke bemerkte – die hinterste war halb umgeknickt, als sei sie eilig über irgendetwas auf dem Boden geworfen worden. Das Messer noch immer in der einen Hand, lief sie zu den Matten herüber und zerrte sie beiseite. Eine Falltür kam zum Vorschein, eingelassen in die Steinplatten.

Darunter offenbarte sich eine weitere Wendeltreppe, die in den Keller führte. Helle, moderne Leuchten waren an den Wänden angebracht, und schwache Geräusche drangen von weit unten zu ihr herauf – jemand bewegte sich und weinte leise.

»Nikki?«

Ihre Stimme wanderte hinab ins Nichts, doch die Geräusche von unten wurden stärker. Heather stieg hinab und stützte sich mit einer Hand an der Wand ab, bis sie schließlich eine unauffällige Tür erreichte. Dahinter war ein feuchter, kalter, kleiner Raum. Auf dem Boden saßen dicht zusammengekauert Nikki und eine andere Frau, die Heather nicht kannte. Sie begann zu stöhnen, als sie Heather erblickte. Ein verzweifelter, angsterfüllter Laut, doch Nikki richtete sich auf, die Augen weit aufgerissen. Die beiden waren geknebelt und die Hände mit Nylonseilen auf den Rücken gefesselt. Nikki schirmte die andere Frau mit ihrem Körper ab, als wollte sie diese vor etwas schützen.

»Oh Gott«, rief Heather. Als sie sich mit dem gefährlichen kleinen Messer näherte, begann die Frau hinter Nikki erstickt durch ihren Knebel zu schreien. »Keine Angst. Ich möchte euch nur losschneiden.«

In dem Augenblick hörte Heather ein Geräusch hinter sich auf der Treppe. Sie drehte sich um und hielt das Messer wieder in die Höhe.

»Hier bist du also. Dass du irgendwann hierherkommen würdest, war wohl unausweichlich, denke ich.« Der alte Mann, der ihnen Tee serviert hatte, der Heathers Polaroidfoto betrachtet hatte, stand da. Der kleine, gebeugte alte Mann, der sie mit einem Auge angestarrt und dabei so gebrechlich und wackelig auf den Beinen gewirkt hatte. Jetzt versperrte er ihr den Weg zur Treppe und wirkte überhaupt nicht mehr zerbrechlich. Bert lächelte und nickte bekräftigend. »Jesus, Maria und Josef, du siehst wirklich aus wie er. Wie er und wie dein Bruder. Wo ist mein Junge, hm? Was hat du mit ihm gemacht?«

»Er ist tot«, antwortete Heather. »Wer bist du wirklich?«

Der alte Mann zuckte mit den Achseln und machte einen weiteren Schritt in den Raum hinein. Die beiden Frauen hinter ihr waren still.

»Du kannst sie nicht retten«, sagte er leise. »Vor allem nicht meine Cathy. Cathy gehört hierher, verstehst du? Sie gehört mir.« Die schaurige Zufriedenheit auf seinem Gesicht begann zu schwinden und durch etwas anderes ersetzt zu werden. »Ich habe sie *gemacht*. Ich habe ihre Eltern hierhergebracht, ich habe ihnen diese freie Welt gegeben, in der sie leben konnten, und die Früchte davon gehören mir. Alle …«

»Die Frauen wurden allesamt hier geboren, in Fiddler's Mill. Und dann? Was geschah dann? Hat man sie den Müttern weggenommen und zur Adoption freigegeben?«

Bert lächelte. »Die Bickerstaff-Schwestern, denen du gerade begegnet bist, waren Krankenschwestern, wusstest du das? Oder zumindest Krankenschwesternschülerinnen. Ich bin mir nicht sicher, ob sie je ihr Diplom gemacht haben, oder wie man das nennt. Aber sie kannten sich mit den notwendigen Medikamenten aus und wussten, wie man Kinder zur Welt bringt, auf der reinen schwarzen Erde. Sie besitzen sehr viel Überzeugungskraft, diese Bickerstaff-Schwestern. Die Kinder von Fiddler's Wood kamen zu ihren neuen Familien, und wir haben gewartet. Bis jetzt. Bis zur *Ernte*.«

»Oh Gott, Sie sind völlig irre.« Heather schluckte. Aufrecht zu stehen schien die schwerste Sache in der Welt zu sein, und sie hörte ein klingelndes Geräusch in ihren Ohren. In ihrer Jeans sammelte sich Blut, nahm sie verschwommen wahr, und sobald sie sich bewegte, durchzuckte sie ein brennender Schmerz. »Ihr seid alle völlig irre.«

Bert presste die Lippen aufeinander. Sein Blick war auf sie gerichtet, und Heather bemerkte zum ersten Mal sein künstliches Auge, das unter den grellen weißen Lichtern matt wirkte.

»Michael war egal, wen er sich schnappte. Er war immer furchtbar primitiv. Diese kleine Bestie. Aber ich war an dem perfekten Opfer interessiert, das ausschließlich dazu da war, um zu sterben – und je länger wir darauf warteten, die Ernte einzuholen, umso wunderbarer war es. Die Macht zu wissen, dass es da draußen Leben gibt, das dir *zu verdanken ist*, das du dir jederzeit nehmen kannst. Siehst du nicht, wie *herrlich* das ist? Wie *durchdacht*? Vieh, bereit zur Schlachtung. *Reif.*« Er grinste und offenbarte seine langen Zähne. »Aber wir konnten nicht ewig warten. Die Zeit macht uns am Ende alle mürbe. Wir haben diesen Jungen großgezogen, und er sollte dabei einen feineren Geschmack entwickeln als sein Vater. Und falls die Polizei auf die Idee kommen sollte, dass sie vielleicht doch nicht den wahren Roten Wolf damals erwischt hatte, na dann … Der Bursche wollte unbedingt seinen Vater wiedersehen. Aber jemand wie Lyle kann nun einmal nicht so einfach Leute besuchen, wie du mir bestimmt zustimmen wirst.«

»Du geisteskranker alter Bastard. Hast du es noch nicht begriffen? Das hier ist das Ende deines Irrsinns. Deine Waffe ist tot, und ich werde gleich mit Nikki und Cathy hier hinausgehen.«

Bert neigte den Kopf wieder zur Seite.

»Dafür musst du erst einmal an mir vorbeikommen, was heißt, dass du mich umbringen musst. Aber dazu bist du nicht fähig, denn dein Blut ist schwach. Michael war ein beeinflussbarer Idiot, den ich mühelos nach meinen Vorstellungen formen konnte. Lyle war letztendlich noch schwächer, weil das Blut deiner Mutter ihn verdorben hat. Und du? Du bist nur ein weiterer kleiner Sprössling einer lasterhaften Familie, in der Inzest herrschte.« Als er den überraschten Ausdruck sah, der über Heathers Gesicht huschte, wurde sein Grinsen noch breiter. »Das hast du natürlich nicht gewusst, aber die Frau, die Michael als Kind umgebracht hat, war nicht seine richtige Mutter. Frag ihn bei Gelegenheit nach der Frau in dem roten Mantel. Frag ihn, was sie ihm angetan hat.«

»Das reicht.« Heather hob das Messer. »Geh mir aus dem Weg. Jetzt.«

»Ich habe dir doch gesagt, dass du mich dafür umbringen

musst«, erwiderte er und hob die Hände. »Und dazu bist du nicht fähig, meine Kleine.«

Heather hörte, wie sich Nikki hinter ihr auf dem Boden bewegte, doch die Geräusche in dem Raum entfernten sich immer mehr und klangen zunehmend verzerrter. Sie sah den alten Mann vor sich. Seine höhnische Miene verwandelte sein Gesicht in eine zwergenhafte Fratze. Doch über ihm schwebte eine kahle, ihn verschleiernde rote Landschaft – ein Ort, der ihr zuwinkte und zurief, nach Hause zu kommen. Heather hielt das Messer hoch.

»Du kennst mich überhaupt nicht.«

Als die Klinge in seine Brust eindrang, erfasste sie ein Freudentaumel, und für einen kurzen Augenblick war der Schmerz ihrer eigenen Wunden wie ausgelöscht. Der alte Zwerg röchelte und schien vor ihr in sich zusammenzusacken.

Heather. Heather. Heather.

Und dann kehrte die Wirklichkeit zurück. Sie hatte das Messer – das sie in den oberen Teil seiner Brust gestochen hatte, nicht weit entfernt von seinem Schlüsselbein – irgendwann wieder herausgezogen. Ihre Hände und Arme waren übersät mit hellroten Spritzern seines Bluts. Ein Schauer des Entsetzens und der Abscheu überkam sie, und sie ließ das Messer fallen. Klirrend landete es auf den Betonboden.

»Scheiße!«

»Ich wusste es«, krächzte er. »Ihr seid alle so schwach.« Er presste eine knorrige Hand auf die Wunde, die sein Hemd dunkel verfärbte. »Warum … verschwende … ich überhaupt … meine Zeit?«

»Ich kann nicht …« Heather blickte auf das Messer und wieder auf den alten Mann. »Ich bin keine …«

Ein Arm tauchte aus der in der Dunkelheit liegenden Treppe auf und legte sich um Berts Hals. Der alte Mann wurde nach hinten gerissen, und dieses Mal schrie er auf, ehe etwas tödlich Glänzendes ihm die Kehle aufschlitzte. Es gab einen kurzen Kampf, in dem Bert mit den Armen um sich schlug, bis er schließlich wieder zurück auf den Boden fiel, in eine sich schnell ausbreitende Blutlache. Heather bekam die Gestalt auf der Treppe kurz zu sehen – das Gesicht, in das sie blickte, sah aus wie ihres, doch die Augen waren nicht menschlich, überhaupt nicht menschlich – und dann war Lyle weg. Schlurfend ging er die Treppe hinauf, oben angekommen, schlug eine Tür auf und wieder zu. Dann Stille. Er war weg.

Heather hob mühevoll das Messer vom Boden auf und taumelte zu Nikki und der Frau namens Cathy. Sie befreite ihre Freundin von ihrem Knebel und schnitt ihr mit letzter Kraft die Fesseln durch.

»Hev? Alles in Ordnung mit dir? Oh Gott, du blutest ja überall.«

Heather nickte stumm. Sie hatte sich hingesetzt und spürte, dass sie nicht mehr aufstehen konnte. Nikki wandte den Blick nicht von ihr ab, selbst als sie die andere Frau losband.

Heather sah sich in dem Raum um. Es wurde dunkler.

Nikki griff nach ihrem Arm und drückte ihn. »Bleib wach, Hev. Hev?«

46. KAPITEL

Früher

Der Albtraum von Fiddler's Mill verblasste, aber er ließ Colleen nie ganz los. Die Wesen, die sie im Wald zurückgelassen hatte, vergaßen sie schlussendlich doch nicht – und sie fühlte sich ihr ganzes Leben lang von ihnen beobachtet.

Sie hatte auf jenem Sommerfest das *Oak-Leaf*-Symbol auf einem Sonnensegel gesehen, unter dem kleine Kinder in einer Schlange gestanden und ihre Preise abgeholt hatten. Es war *seine* Stiftung, seine Art, alles im Auge zu behalten. Und obwohl der alte Mann nicht da gewesen war, hatte sie das Gefühl gehabt, seinen stinkenden Atem auf ihrem Nacken riechen zu können. In blinder Panik hatte sie Heather in ihre Arme genommen und war mit ihr im Arm zum Parkplatz gelaufen.

Eines Tages dann lag diese Karte vor ihrer Haustür. Als sie begriff, wie nahe sie der eigentlichen Wahrheit gekommen waren, hatte ihr das den Boden unter den Füßen weggerissen.

Und schließlich tauchten die Bickerstaff-Schwestern auf, schlichen um ihr Haus herum und bahnten sich einen Weg hinein. Colleens gesamter Schutzwall, den sie über die vielen Jahre hinweg sorgfältig aufgebaut hatte, zerbrach an diesem Tag in tausend Stücke. Sie erfuhr von dem Schicksal ihres Sohns, den sie vor so vielen Jahren verloren hatte, und von der Ernte, die bevorstand. Trotzdem schafften es die Schwestern, sie in Schach zu halten, indem sie die schlimmste Drohung überhaupt ausstießen: Erzähl jemandem davon, und wir werden auch deine Tochter holen.

Als sie schließlich ihr Haus verließen – nachdem sie all die schmerzhaften Geheimnisse aus ihr herausgequetscht hatten, die sie immer für sich behalten hatte – ging Colleen ihren schönsten Schreibblock holen, den Block, den sie benutzt hatte, um Michael zu schreiben. Sie setzte sich an ihren Küchentisch und versuchte, genau wie ihre Tochter, die Worte zu finden.

47. KAPITEL

Der Wald erschien nicht dunkler mit ihm darin. Die Vögel sangen noch immer, und auch das Sonnenlicht schien weiterhin durch die Äste und hüllte die Erde und das Gras in seinen wärmenden Schein. Michael Reave ging, das Gesicht nach oben gerichtet, und versuchte alles in sich aufzunehmen, während Heather ihn genau beobachtete. Er erschien falsch, dass Fiddler's Wood nicht vor ihm zurückschreckte, dass der Himmel sich nicht verdunkelte und dass die Bäume nicht abstarben, aber er war sein Geschöpf. Er hatte die Wurzeln genährt und den Boden gehegt, auf seine Weise.

»Heather?« Er wandte sich zu ihr und lächelte. »Siehst du das da?« Er deutete mit dem Kopf auf ein Loch neben einem kleinen Hügel frischer Erde. »Das ist der Eingang zu einem Dachsbau. Ich habe sie früher manchmal gesehen, aber sie sind scheu. Die größeren Baue bestehen aus einem ausgeklügelten Netzwerk von Tunneln, in denen große Familien leben können.«

»Das hier ist kein Rundgang durch die Natur.«

»Nein.« Sein Lächeln verschwand und er blickte über ihre Schulter. »Nein, da hast du recht.«

Sie wusste, dass er die Polizisten sehen konnte, die ihnen folgten, darunter auch Detective Inspector Ben Parker. Sie waren nie weit entfernt.

Michael Reave hatte sie zu den Überresten von vier Frauen geführt, von denen eine, wie er sagte, nie auf der Liste seiner offiziellen Opfer gestanden hatte. Die Toten zu identifizieren würde schwer sein – er hatte nur das im Wald begraben, was er als »ihre

Weichteile« bezeichnete, obwohl er manchmal noch Kleinigkeiten hinzugefügt hatte – billigen Schmuck, Gegenstände aus ihren Handtaschen oder Haarklammern, einmal sogar einen Schuh. Er hatte zugestimmt, die Polizei zu den Opfern zu führen, solange Heather ihn weiterhin besuchte und auf diese kleinen Ausflüge nach Fiddler's Wood begleitete. Mit dem Tod von Albert »Bert« Froame und der Verhaftung von Lyle Reave behauptete er nicht mehr länger, unschuldig zu sein.

»Du bist glücklich hier.« Das war keine Frage.

»Ja. Ich war es auf jeden Fall einmal.« Er blieb stehen. Also blieb auch Heather stehen. Seine Hände waren in Handschellen auf seinem Rücken gefesselt. Michael Reave hatte zwar keine Drohungen ihr gegenüber ausgesprochen, aber sie mochte ihm immer noch nicht zu nahe kommen. »Bevor das alles richtig begann …« Er zuckte mit den Achseln. »Gab es einmal eine kurze Zeit, in der ich glaubte, frei zu sein, und die habe ich hier verbracht, mit diesen Bäumen. Ich verbinde mit ihnen gute Erinnerungen.«

Heather nickte. Wenn man nicht wusste, was hier begraben war, konnte dieser Ort friedlich erscheinen.

»Ich wollte …«, begann Heather und blickte nach den Polizisten, um sich zu vergewissern, dass sie nahe genug waren, um im Notfall zu helfen, aber auch weit genug entfernt, um nichts zu hören. »Ich wollte dich nach der Frau in dem roten Mantel fragen.«

Michael Reave straffte die Schultern. Er holte tief Luft und hielt kurz den Atem an. Seine Augen glänzten zu sehr.

»Meine Schwester«, sagte er schließlich. »Meine ältere Schwester. Nur dass sie nicht bloß meine Schwester war. Mein Vater, dein Großvater, war ein kranker Mann, und er steckte das ganze Haus mit seiner Krankheit an. Meine Schwester wurde 1947 geboren, sie hieß … Evie.« Er hielt inne. Ihren Namen auszusprechen, schien ihm körperliche Schmerzen zu bereiten. »Und dann, als sie etwas älter wurde, gerade einmal dreizehn, bekam Evie mich.«

Heather blickte auf ihre Hände, ihr war übel. Ihr fiel ein, was Ben Parker gesagt hatte, nämlich dass Mörder fast immer Missbrauch erfahren hatten.

»Die Frau, die sich meine Mutter nannte, sie hasste mich dafür«, fuhr Reave fort. »Denn ich war der fleischgewordene Beweis der Abartigkeit dieser Familie, verstehst du? Und ich denke, dass Evie versucht hat, diesen Hass, den ihre Mutter auf mich hatte, wiedergutzumachen. Aber das konnte sie nur auf diese Weise. Wegen all dem, was man ihr angetan hatte. Sie kam zu mir, nachts.« Er hielt inne und schauderte. »Ich sehe sie noch immer in meiner Schlafzimmertür stehen, in ihrem roten Mantel. Lächelnd. Sie wolle nur lieb zu mir sein, hat sie gesagt.«

»Was ist aus ihr geworden? Aus Evie?«

»Sie ist gestorben. Lange nachdem ich von zu Hause weggelaufen war und bereits einige Jahre in Fiddler's Mill gelebt habe, ist sie an irgendwelche üblen Leute geraten. Sie wohnte zusammen mit ihnen in einem Haus, das abgebrannt ist, während sie dort drinnen war. Ich habe das nur erfahren, weil die Nachricht in der Zeitung gestanden hat.« Als er Heather wieder ansah, hatte er sich beruhigt. »Und … ich denke, dass du nicht mehr darüber erfahren solltest. Das ist nicht gesund.«

In einem der Bäume saß eine Elster und machte Krach. Er blickte in die Zweige und lächelte wieder.

»Ich würde dir gern noch eine andere Geschichte erzählen«, sagte er.

Heather zuckte mit den Achseln.

»Es war einmal ein reicher Mann, der sein ganzes Leben damit verbracht hatte, Übles zu tun. Er war ein Geizhals, der seinen Reichtum nie teilte. Stattdessen schaute er zu, wie andere verhungerten und fand Vergnügen daran, seinen Mitmenschen weh zu tun. Aber eines Tages besann er sich eines Besseren. Als sein Nachbar, ein armer Mann mit hungrigen Kindern, an seiner Tür klingelte, versprach er, dass er ihm die Hälfte seines Essens und seines Vermögens überlassen würde, wenn dieser, sollte er sterben, drei Nächte hintereinander sein Grab bewachte. Er war besorgt …« Michael Reave hielt inne, sein Gesicht gelassen. »Er war besorgt, dass der Teufel seine Seele holen könnte.«

Reave blieb eine Weile stumm, obwohl Heather wusste, dass dies bestimmt nicht das Ende der Geschichte war. Sie gingen noch ein Stück weiter, während die Polizisten ihnen leise folgten.

»Das ändert nichts«, sagte Heather schließlich. »Weder daran, wer du bist, noch daran, was du getan hast.«

»Nein«, erwiderte er. »Das ändert nichts.« Als er sich zu ihr wandte, spürte Heather nicht zum ersten Mal, wie ein Schauer des Unbehagens sie erfasste. Es war, als würde er geradewegs in ihr Inneres blicken. Als könnte er in sie hineinschauen.

»Was ist?«

»Ich dachte nur gerade.« Er lächelte. Es war dieses reumütige leise Lächeln, das man von seinem Polizeifoto her kannte. »Ich dachte nur gerade, dass Colleen dich mir hätte geben sollen statt Lyle. In dir steckt so viel mehr von mir als in ihm.«

Es war Frühling. Die Hundsrosen auf dem Weg entlang der Klippen blühten, ihre zartrosa und gelben Köpfchen nickten in dem auffrischenden Seewind. Heather strich im Vorbeigehen mit den Fingern über die Blütenblätter, pflückte ein oder zwei Blumen und dachte an nichts Bestimmtes, bis sie den Rand der Klippe erreichte. Vor ihr lag der gähnende Abgrund und das tiefblaue

Meer – was ihre Mutter wohl zuletzt in ihrem Leben gesehen hatte.

Colleen Evans war vor eine schreckliche Entscheidung gestellt worden – vielleicht die schlimmste Entscheidung überhaupt – und letztendlich hatte sie damit nicht leben können. Und schon gar nicht mehr, als die Bickerstaff-Schwestern auftauchten und begonnen hatten herumzuschnüffeln. Als die Zeit der finsteren Ernte von Fiddler's Wood gekommen war. An dieser Entscheidung war sie zerbrochen. Die Entscheidung hatte sie verbogen und zu einem kalten, harten Menschen werden lassen. Heather fragte sich, ob Lyle, der in seiner Gefängniszelle saß, es verdiente, das alles zu wissen: ob er es verdiente zu wissen, dass das Herz ihrer Mutter zerbrochen war, als sie ihn den Monstern aushändigen musste. Sie fand, dass dies eine Gnade war, die er alles in allem nicht verdiente. Egal, wie klein diese Gnade auch war.

»Ich glaube, ich bin eher so wie du«, sagte sie entschieden, doch der Wind trug ihre Worte hinaus aufs Meer. »Das glaube ich wirklich. Es tut mir leid, dass ich das nicht früher erkannt habe, Mum.« Eine Möwe schrie am Himmel, ein klarer und hoffnungsvoller Laut. »Es tut mir leid.«

Heather verstreute die Blütenblätter der Hundsrosen dort, wo sie stand, und trat vom Rand der Klippe weg. Dann drehte sie sich um und ging.

DANKSAGUNG

Dieses Buch verdankt im Wesentlichen seine gesamte Existenz meiner brillanten Agentin und Freundin, Juliet Mushens. Uns verbindet seit langem ein großes Interesse an wahren Verbrechen, wir tauschen Geschichten und Wikipedia-Links aus, und als ich eines Tages scherzte, dass ich meine ganzen dubiosen Internetaktivitäten als Buchrecherche ausgeben könnte, warf sie mir einen vielsagenden Blick zu und sagte: »Warum schreibst du keinen Thriller, Jennifer?« Danke, Julia, dafür, dass du mir diesen Schubs gegeben hast, den ich gebraucht habe, und natürlich dafür, dass du eine meiner liebsten und weisesten Freundinnen bist.

»Der Herzgräber« war ein neues Genre für mich, und noch nie hat mich ein einziges Buch so viel gelehrt. Ich hatte das Glück, ein außergewöhnliches Team von exzellenten Köpfen an meiner Seite zu haben, die mich begleitet und mir auf eine sehr einfühlsame Weise all die Dinge beigebracht haben, die ich lernen musste. Mein großer Dank geht an Natasha Bardon von HarperFiction, die das Gerüst dieses Buchs sofort erkannt und zum Funktionieren gebracht hat und an Jack Renninson, der alles auf Kurs gehalten und in jeder Phase durchdachte Ratschläge gegeben hat. Enormer Dank auch an das Team von Crooked Lane Books, das mich so freundlich aufgenommen und das Buch mit so viel Enthusiasmus unterstützt hat – Faith Black Ross, Melissa Rechter, und Madeline Rathle, ihr seid Spitze. Vielen Dank auch an Jenny Bent, eine weitere Agentin, die mir bei jedem Schritt den Rücken gestärkt hat.

Ich schreibe diese Danksagung während einer weltweiten Pandemie – was sicherlich kein Satz ist, den ich mir jemals hätte vorstellen können zu schreiben, um es mal so zu sagen.

Wir sind jetzt seit etwa drei Monaten im Lockdown, und das ist keine einfache Zeit, um etwas Kreatives zu tun, schon gar nicht, um einen Roman zu schreiben. Die zwei hervorragenden Buchläden, in denen ich arbeite, Clapham Books und Herne Hill Books, haben mich eine Weile nicht gesehen, aber die Kollegen haben mich in dieser Zeit, die nicht die beste war (aus verschiedenen Gründen), so unglaublich gut unterstützt. Nikki, Ed, Sophie und Roy – ich danke euch sehr.

Und ich bin wie immer dankbar für die Hilfe, die moralische Unterstützung und die motivierende Begleitung meiner Schriftstellerfreunde. Den Patrick, Andrew Reid, Adam Christopher, Alasdair Stuart und Peter Newman – danke. Ihr seid die besten Resonanzböden und Saufkumpane. Ich möchte auch den Onesies einen großen Dank aussprechen; ich hoffe, dass ich bald wieder mit Euch auf Abenteuerreise gehen kann.

Und natürlich unendliche Dankbarkeit und Liebe für meine Mum und den Rest meiner Familie, von denen einige vielleicht sogar dieses Buch lesen werden, weil es darin um Morde und nicht um Drachen geht. Und schließlich meine ganze Liebe an Marty Perrett, meinen Lebensgefährten und besten Freund, der, wie ich glaube, schon immer etwas besorgt war über mein Interesse an vermissten Personen und der Entsorgung von Leichen. Aber das alles nur wegen eines Buchs, wie sich jetzt herausgestellt hat. Ich liebe dich.

Jen Williams

Totenbraut

VORANKÜNDIGUNG

Eine uralte Sage, ein totes Mädchen und eine Nacht, die das Leben dreier Menschen für immer verändern wird.
In einem malerischen Küstenort verschwindet ein Mädchen. Am helllichten Tag, am Strand. Nicht das erste Mädchen, das hier in den letzten Jahren verschwunden ist. Charlie ist mit ihrer Nichte nach Hithechurch gefahren, um für ein Buch zu recherchieren. Was niemand ahnt: Charlie kennt den Ort nur zu gut, hat sich doch hier in den 1980er Jahren ihr Leben in nur einer Nacht dramatisch verändert. Doch die Vergangenheit scheint nicht zu ruhen, bei ihren Nachforschungen stößt sie auf schier Unfassbares ...
Ab dem 6.12.2023 im Handel!

Thriller
Klappenbroschur

Weitere Informationen finden Sie auf
www.fischerverlage.de